西安曲江文化产业资助项目

西安市政协文史资料委员会
西安曲江新区管理委员会 编

西安秦腔剧本精编

尚友社卷

59

西安出版社

图书在版编目（CIP）数据

　　西安秦腔剧本精编. 尚友社卷：全 4 册/西安市政协
文史资料委员会,西安曲江新区管理委员会编. 一西安：
西安出版社,2011.10

　　ISBN 978 - 7 - 80712 - 839 - 7

　　Ⅰ.①西… Ⅱ.①西… ②西… Ⅲ.①秦腔—剧本—
作品集—中国 Ⅳ.①I236.41

　　中国版本图书馆 CIP 数据核字（2011）第 217420 号

西安秦腔剧本精编 ⑤⑨　　尚友社卷

编　委　会	西安市政协文史资料委员会
	西安曲江新区管理委员会
出　　　版	西安出版社
	（西安市长安北路 56 号）
电　　　话	（029）85253740　邮政编码　710061
网　　　址	http://www.xacbs.com
发　　　行	西安曲江出版传媒股份有限公司
	（西安市雁塔南路 300 - 9 号曲江文化大厦 C 座）
电　　　话	（029）85458069　邮政编码　710061
网　　　址	http://www.xaqjpm.com
印　　　刷	西安新华印务有限公司
开　　　本	710mm×1092mm　　　1/16
印　　　张	326
字　　　数	4210 千
版　　　次	2011 年 12 月第 1 版
	2011 年 12 月第 1 次印刷
书　　　号	ISBN 978 - 7 - 80712 - 839 - 7
全套定价	1740.00 元（共 12 册）

读者购书、书店添货或发现印刷装订问题,请与本公司营销部联系。
电话：（029）85458066　85458068（传真）

序

西安市政协主席　程群力

　　戏剧是人类精神文化形态之一,在世界戏剧史上,中国戏剧具有辉煌的地位。周、秦、汉、唐以来,历经千百年的发展积淀,中国戏剧形成了属于华夏文明自有的、独特的艺术体系。这个体系如同一个庞大的家族,遍布全国各地。在这个大家族中,秦腔以其丰厚的文化滋养、突出的历史贡献、沉雄质朴的艺术魅力而备受尊崇。

　　关于秦腔的起源和形成问题,历来争论甚多,有秦汉说、唐代说、明代说,甚至还有更早的西周说、春秋战国说等。但相对多数的看法,趋向于秦腔形成于明代中后期,即明代说。明代说认为,社会发展的基本规律表明,一切文化意识形态的发展变化,都由当时的生产力发展状况和水平来决定。明代中期正是我国资本主义萌芽期,商品经济的产生、发展,为当时文化的发展、变革、传播、繁荣提供了较丰实的经济基础。明代说也提供了必要的实物例证和文献记载。现在能见到的最早的陕西凤翔流传下来的明代正德九年的两幅《回荆州》戏曲木板画;现存文字记载中最早能见到"秦腔"字样的明代万历年间《钵中莲》传奇抄本中标出的[西秦腔二犯]曲调名,就是

明代说有力的支撑。明代说的另一个支撑是比较能经得起专家、学者和秦腔爱好者以"体系"的视角作"系统论"式的考查和诘问。作为地方戏，秦腔和其他兄弟剧种一样，既有中国戏曲的共性，又有其独具的个性。共性的一面，都是以表演艺术为中心，融文学、音乐、表演、美术等各种艺术形式于一体的高度综合艺术，具有成熟的、完备的写意性、虚拟性、程式性和以"唱、做、念、打，手、眼、身、法、步""四功五法"为基本技艺手段，以生、旦、净、丑的行当角色作舞台人物，以歌舞扮演故事等这些经典的中国戏曲美学特征。个性的一面，秦腔与许多地方剧种相比，在"出身"上有着更多的原创性特征，体现在其声腔、音乐、文学、表演等基本要素与我国源远流长的原创性大文化之间，存在着直接的一脉相承的亲缘关系。这是因为，我国古代许多原创性文化，特别是诞生于周秦汉唐时期的《诗经》、秦汉乐舞、汉乐府、俳优和百戏、唐梨园法曲、歌舞戏、唐参军戏等等，都直接发生在以古长安(今西安)、咸阳为中心的关中地区，从而使这一地区成为当时全国文化最发达、成就最高的地区。根之茂者其实遂，膏之沃者其光晔。由于有这些原创性文化的滋养，更由于板腔体音乐在民间音乐和说唱文学的基础上日益成熟而引发的变革，最终造就了秦腔这个大的地方剧种，在西至陇东与银南、东至豫西与晋南、南至川北与鄂北、北至陕北与蒙南这片广袤的古秦地生根、发芽、成长，并影响到之后其他众多地方戏和京剧的产生与发展。

秦腔一经形成，就显现出卓尔不凡的气质和强大的生命力。一是秦腔长期从民间音乐和说唱艺术中吸取营养,活跃于人民群众之中,有广泛的群众基础;二是秦腔首创了板腔体音乐结构,奠定了中国梆子戏的发展基础。从而在声腔艺术的创造方面,在剧本创作、表演艺术等多方面,凸显出不可取代的许多特点,有力地推动了戏曲艺术特别是梆子腔艺术的大发展,具有划时代的意义。

由于秦腔是诞生最早、历史最悠久的梆子腔戏曲,更由于它当时作为新的艺术形式,内容上贴近生活、通俗易懂,表现形式上好听好看、生动感人、极易流传,所到之处,除了在陕西境内形成中路、东路、西路、南路、北路五路秦腔外,还渐次流传到晋、豫、川、鲁、冀、鄂、苏、皖、浙、滇、黔、桂、粤、赣、湘、闽、蒙、新、藏等全国许多地方,并与当地民间曲调融合,对当地新生剧种的催生、成长、成熟、完善做出了重大贡献。因之它也赢得了"梆子腔鼻祖"的地位和称誉。

近百年来,秦腔表演艺术,其行当角色之全、演出剧目之多、表现手段之丰富、唱腔艺术之精湛、四功五法之规范、演出综合性与整体性之完善,都备受文艺界和城乡观众的推崇。在陕西乃至西北广大地区,秦腔与老百姓的精神生活息息相关。人们津津乐道秦腔的魅力,对心目中的秦腔演员如数家珍,特别是一提起西安城里有易俗社、三意社、尚友社以及五一剧团,更带有几分神往。相当多的人,不仅会谈到演员,还会谈起许多脍炙人口的剧目《三滴血》《柜中缘》《看女》《三回头》《软玉屏》《翰墨缘》《夺锦楼》《庚娘传》《新华梦》《伉俪会师》《双锦衣》《盗虎符》《貂蝉》《还我河山》《西安事变》等等,更会谈论

在这些琳琅满目的剧目后面，站着的一群让人们肃然起敬的剧作家：康海、王九思、李十三、李桐轩、孙仁玉、范紫东、高培支、李仪祉、吕南仲、李约祉、王伯明、封至模、马健翎、李逸僧、李干丞、淡栖山、王淡如、冯杰三、樊仰山、姜炳泰、谢迈千、袁多寿、袁允中、鱼闻诗、杨克忍等等，还有由于种种原因没有留下名姓的剧作家，以及后来四个社团中加入编剧队伍的一批新知识分子，他们用心血熬成了一个个可供世代传唱的剧本。正是有了他们幕后的辛勤劳作，才有了台前精彩的表演。西安市的四大秦腔社团易俗社、三意社、尚友社、五一剧团，前三个都跨越了两个时代、两种社会制度，其中长者年已百岁。百年以来，四个社团总计演出的剧目逾千部之多。这些剧目，有些来自明清以来的秦腔老传统、老经典；有些来自各社团根据本单位的演员和资源条件，根据时势和观众的审美需求而开展的新创作、改编或移植、整理。这些众多的秦腔剧本满足着一代又一代观众的精神需求，也在很大程度上支撑着古城西安的文化舞台。西安秦腔事业的发展，为西安、为秦腔积累了一大笔可贵的精神财富。保护、传承、弘扬这笔财富，增强古城西安的文化软实力，扩大其国内国际影响力，实在是我们应尽的历史责任、文化责任和社会责任。

从 2008 年下半年起，西安市政协与西安曲江新区管委会合作，着手策划、组织、实施《西安秦腔剧本精编》工作。这是一项大型的剧本编辑工程，收录了西安市易俗社、三意社、尚友社、五一剧团四大著名秦腔社团上自清末、下至二十一世纪初百年来曾经上演于舞台的保存剧本，共计 679 本，2600 余万字；另有 22 个内部资料本，约 65 万字。参与编辑本书的专家、学者、工作人员，面对四个社团档案室中尘封了百年的千余本三千万字的剧本稿样，其中不少含混不清、章节凌乱、缺张少页、错误多出及其他众多问题，本着抢救、保护、弘扬国家非物质文化遗产的责任感，按照"精审精编"的工作要求，专心致志地投入工作。通过收集筛选、初审初校、集中审校、勘疏补正、规划编辑、三审三校等几个工作程序，对上述文本问题和学术问题，逐一研讨、逐一明晰、逐一完善。历经三年，终于编辑了这套纵跨百年、横揽西安四大秦腔社团舞台演出本的《西安秦腔剧本精编》，了却了广大剧作家、表演艺术家和人民群众的一大心愿，对西安的秦腔文化是一个重要的回眸与总结，对未来秦腔的振兴与发展做了一件坚实的基础性工作，对此我们感到欣慰。

编辑这套剧本集，工程浩繁，工作难度大，加之时间紧，错漏不足在所难免，诚望各方面人士，特别是专家、学者、业内人士提出批评指导意见，以便修订完善。

目录

演出单位

西安尚友社

白沟议和

根据同名蒲剧移植

西安尚友社　移植

剧情简介

　　北宋太平兴国四年左右，太宗赵光义继承兄位，在平北汉之后，欲乘机恢复燕云十六州，不料辽兵南下，侵夺汴京，太宗与辽兵大战白沟河，辽不支，假意遣使求和，愿以燕云十六州之地相许。太宗因疲于征战，允其情。杨继业洞察辽邦求和非真，力劝太宗坚决抗敌、收复燕云。太宗听信妥协派王侁、潘仁美之言，反诬杨继业怀有反宋之心，将其全家贬回原郡为民。

　　杨家被贬后，辽乘白沟议和之机，将太宗围困城内，逼其割让河东土地。继业闻讯即与其妻佘赛花率领全家儿女与代州百姓，出奇兵于白沟救出宋王，收复失地。

场　目

人 物 表

杨继业

佘赛花

杨八姐

杨九妹

杨排风

杨洪郎

杨四郎

杨六郎

杨七郎

杨家众儿

赵德芳

赵光义

王侁

呼延赞

吕蒙正

潘仁美

肖银宗

耶律吉

耶律休格

肖驸马

辽兵

宋兵

辽将

宋将

辽禁军

西安秦腔剧本精编　QINQIANGJUBENJINGBIAN

第一场

〔在战鼓声中大幕起。

〔宋军元帅杨继业,辽军元帅耶律休格,各带两支人马随军旗对上。

耶律休格 来将何名?

杨继业 大宋抗辽元帅杨继业。

耶律休格 杨继业,老匹夫!尔等背叛北汉,归降宋朝,夺我河东属地,是何道理?

杨继业 耶律休格,番贼!河东乃我国疆土,燕云属我国大地,本帅率领人马,收复国土,辽贼何不马前归降!

耶律休格 出言无理,围定杀。

〔两军对阵,辽败追下,杨家弟兄冒烟过场。

〔辽兵埋伏状,四郎随后追杀耶律休格,休格败。四郎追,被辽兵截住去路,四郎战辽将,休格突上打四郎下马。正要生擒,被七郎营救,七郎战败休格番将。

杨七郎 四哥速快上马随我来杀!来呀!

〔七郎下,四郎拉马,马不起立,打马上马下。

耶律休格 (领辽兵将上)啊!实想埋伏,活擒杨将,不料闪上个黑脸大汉,杀得本帅累累大败,这如何是好?(回头见杨将赶上)来,兵退白沟河岸。(领番兵将下)

〔杨继业领兵将上。

杨继业 众儿郎!奋勇追杀去者!

众儿郎 遵令!

〔幕后鸣金,众大惊。

第二场

〔塞外,白沟河北岸。辽国肖太后的穹庐,背景系万里长城。

〔幕启:辽女与耶律吉上,肖太后趾高气扬地上。

肖太后　（唱）　万里平沙明如镜,

茫茫草原称霸雄,

控弦走马图大宋,

何惧宋王提大兵,

百万铁骑齐催动,

誓夺三关取汴京。

辽国太后肖银宗,自开国以来,国运昌盛,物阜州安。可恨南朝国主赵光义,今又举兵北上,图取燕云,本后曾屡次兴兵讨伐,均遭失利。已命耶律休格元帅率领大军越过白沟,直取三关,活捉宋王,一举灭宋。耶律吉!

耶律吉　在。

肖太后　可有军报?

耶律吉　方才报来我军已到白沟,正在围攻三关。

肖太后　什么? 我军已到白沟,正在围攻三关?

耶律吉　正是。

肖太后　哈……我以为白沟河是铜墙铁壁。今日看来哼哼!也不过如此而已。

耶律吉　活捉宋王,直捣汴京指日可望了。

耶律吉
肖太后　哈哈……

〔耶律休格内喊报上。

耶律休格	启禀太后！
肖太后	讲。
耶律休格	我军被包围在白沟河以南。
肖太后	怎讲？
耶律休格	我军正在突破三关，围攻宋营，杨继业老鬼率军前来，我军累累大败，死伤甚重，杨家兵将正在抢渡白沟河，扬言要收复燕云十六州。
肖太后	（气极）哼！
	（唱）　费心机筹策略欲吞大宋，
	聚精锐渡白沟华夏称雄。
	却不料庸才辈出师辱命，
	挫前锋失要塞关系非轻。
耶律吉	太后，既然三关宋兵雄厚，我军何不转屯雁门，乘隙先下河东，然后再取汴京。
耶律休格	还是恳求太后再赐十万兵马，令臣二次攻打三关，活擒宋王。
肖太后	（傲慢地）哼……你们这些奴才只知用兵。来！（辽女应声）与本后取来燕云十六州地图。
耶律吉	啊！要它何用？
肖太后	向宋求和。
耶律吉	哎呀太后！此策万万行不得，燕云自后晋割献以来已三十余载，如今岂能白白送与他人么？
耶律休格	还请太后圣衷三思才是。
肖太后	休得多言，地图呈上。
	〔辽女捧图、牌子，肖后看介。
肖太后	耶律吉！
耶律吉	在。
肖太后	本后派你携带此图，向宋求和。
耶律吉	这……
肖太后	哼……依照此图另绘一张，可曾明白？
耶律吉	明白了，明白了，明白了。（接图下）

肖太后　耶律休格听令！

耶律休格　在。

肖太后　再赐你十万大军，攻打白沟河。本后率领倾国人马随后即到。

耶律休格　遵命。（欲下）

肖太后　回来！如若宋营鸣金收兵，我军立即撤退，隐蔽白沟河附近，待机而动。可曾记下？

耶律休格　记下了。（下）

肖太后　（唱）　趁此机将和书与他递送，
　　　　　　　　何惧那杨家将如此威风！
　　　　　　　　避锋芒再将巧计用，
　　　　　　　　撒下香饵钓金龙。

第三场

〔幕启：王侁领四将上。

王　侁　（唱）　奉圣旨同继业与辽争战，
　　　　　　　　上阵来朝暮愁度日如年。
　　　　　　　　昼鏖战夜厮杀马疲人倦，
　　　　　　　　何日能解甲胄逃离边关？
　　　　　　　　梦寂间只望着息兵罢战，
　　　　　　　　回汴京享太平多么安然。

〔宋兵上。

宋兵甲　禀监军。在阵前拿住一名辽寇。

王　侁　什么？辽寇？

宋兵甲　正是。

王　侁　带进来。

〔宋兵甲乙押耶律吉上。

耶律吉　参见元帅。

王 佽	哇！大胆的辽寇,竟敢擅入我境刺探军情,这还了得！
耶律吉	并非刺探军情,现有公文呈上。（递公文）
王 佽	（看后惊喜）好哇！（自得地）
	（唱）　我以为是奸细暗施毒手,
	却原是辽国使来把和求。
	这真是大好事能得天助,
	息干戈偃旗鼓解我心愁。
	士兵无知,误拿贵使,尚望海量。
耶律吉	岂敢,岂敢,元帅多心。
王 佽	我并非元帅,我乃监军。
耶律吉	噢！你就是监军大人？失认了失认了。久闻监军大人,治理军务有方,今日一见才能果然非凡。
王 佽	贵使过奖了,快快请坐。
耶律吉	谢坐。监军大人,敝国太后,因连年争战,决心息兵求和。因此,特派敝使前来求见宋王,如若天朝陛下应允,恳请天朝收兵。
王 佽	呀！好,好,好,真乃高见。战争实属众人所恶,只要能罢兵和好永息干戈,两国万民之幸也！
耶律吉	监军大人,敝使请教,此去入关,拜见宋王该投向何人？
王 佽	我朝潘相国对连年争战,实感厌倦,他现伴驾在国内,只要此去投他,和议即可告成。待我与潘相国修书一封。
耶律吉	有劳监军大人。
王 佽	贵使！（笑）
	（唱）　肖太后遣使节来把和讲,
	本监军修书信理所应当。（修书）
耶律吉	（接唱）撒鱼网他就把钩儿来上,
	一霎时愁眉展喜在心房。
王 佽	贵使。
	〔吓了耶律吉一跳,很快又转入泰然。

耶律吉　王大人！

（唱）　奉懿旨到贵国来把和讲，

蒙监军费周全功非寻常。

返辽国我定要真情奏上，

王大人果称得英明贤良。

王　佺　贵使！（递信）

（唱）　愿宋辽永和好安乐同享，

化干戈为玉帛各守边疆。

耶律吉　王大人，告辞了！

王　佺　奉送！（王佺送辽使帐外，耶律吉下）啊，我想既能遣使求和，我何不停止进军。来，鸣金收兵！

〔兵下，金声三响，杨继业上。

杨继业　（念）　追辽寇将士英勇，

是何人鸣金收兵？

王　佺　杨元帅回来了？

杨继业　回来了，何人鸣金收兵？

王　佺　杨元帅，肖太后派使前来求和，愿与我朝罢兵盟好，我已领其入关见驾。为了表达我方罢兵诚意，因而鸣金收兵。

杨继业　王监军，辽国派使求和，谨防敌人阴谋在内。

王　佺　何以见得？

杨继业　监军你想，既然辽国愿与我朝罢兵盟好，为何还命耶律休格带领大军攻我三关，当我击败辽国进攻，肖后忽而派使求和，这不是阴谋，还是什么？

王　佺　杨元帅，想是辽国太后发兵在前，派使求和在后，辽国大军未撤，定是太后旨意尚未下达，也是有之。

杨继业　你且醒来吧！堂堂监军，不明敌情，私意鸣金，不辨真伪，私放辽寇，这样治理唯恐有违军纪。

王　佺　什么有违军纪？我且问你，本监军命大队人马撤退白沟，你为何按兵不动？

杨继业　辽国兵马未动，岂能轻易撤军？

王　佋　本监之命,谁敢不听?

杨继业　无有本帅之命,你为何私自鸣金?

王　佋　如此说来,你是不遵王命?

杨继业　怎见得本帅不遵王命?

王　佋　本监军乃是代替宋王,管理军务,你却有意对抗监军,这不叫违抗王命还叫什么?

杨继业　王监军!

　　　（唱）　白沟河北辽兵将,
　　　　　　　气势汹汹布阵忙。
　　　　　　　我军把守沿河岸,
　　　　　　　岂能撤军不提防。
　　　　　　　你我阵前休争论,
　　　　　　　龙栅见驾有何妨。（下）

　　　〔宋兵报上。

宋兵报　禀将军,白沟河北岸辽兵纷纷撤退。（下）

王　佋　哈!好一杨继业,辽兵纷纷撤退,你竟对抗监军,按兵不动。来!速快二次鸣金。

　　　〔兵下,紧急金声三响。佘赛花上。

佘赛花　王监军,元帅何在?

王　佋　龙栅见驾去了!

佘赛花　何人私自鸣金?

王　佋　本监军鸣金。

佘赛花　鸣金如何?

王　佋　宋辽罢兵,永息干戈,本监军有命,大队人马立即撤退白沟。

佘赛花　辽国大兵未撤,须防敌人阴谋诡计。

　　　〔七郎暗上偷听。

王　佋　你且住口!什么辽国大兵未撤,方才军报,白沟河北岸辽国大兵纷纷向北撤退,佘副帅,你谎报军情是何道理?大队人马立即撤退!

李七郎　慢,慢,慢着!待我取回耶律休格的首级再来撤军不

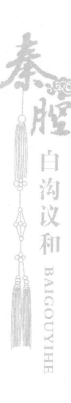

迟!

佘赛花　（对七郎）哼！王监军，如要大军撤回，待元帅见驾回来，再作决策。

王　佽　我看你等是不听监军之命了。

杨七郎　我等遵从元帅之命，哪用你来费口舌！

王　佽　我王佽代替宋王管理军务，你敢不听！

杨七郎　谁来听你这贪生怕死的监军之命，再要私自鸣金，小心拧下你的头颅！

佘赛花　奴才大胆！

王　佽　哈，哈，这还了得。（气下）

佘赛花　七郎奴才，军阵以上对待监军，焉敢这样无理？

杨七郎　军阵以上，他为何违犯军纪私自鸣金？

佘赛花　私自鸣金自有娘与他面理，何用你来多口！

杨七郎　他私自鸣金！误了儿活捉辽寇，哪有好话对他。

佘赛花　再休多言，你看监军气势汹汹龙栅见驾，与你父定有一番争论，为娘放心不下，进关打探，命你六哥代父之职，河岸把守可曾记下！

杨七郎　六哥代父之职，记下了！

佘赛花　好，速快前去。（七郎急下）

　　　　（唱）　肖银宗居心太狂妄！
　　　　　　　　得陇望蜀谋汴梁。
　　　　　　　　在边关我军士气正盛旺，
　　　　　　　　灭辽寇复疆土国富民强。

第四场

〔御林军、二彩女、太监引宋王上。

赵光义　（唱）　乘皇帏率禁军南征北战，
　　　　　　　　承兄志慰民望平定四方。

昨日里肖太后和书呈上，
愿还我燕云地息战边疆。
梦寂求今如愿喜从天降，
也不枉渡黄河冒风披霜。
也不枉亲临阵提兵调将，
也不枉冒矢石决胜疆场。
从今后社稷固海不兴浪，
建麟阁行恩赏永保安康。

〔潘仁美上。

潘仁美 （唱） 与辽国议和事臣奏圣上，
复疆土解民困万古名扬。

臣潘仁美参拜万岁！

赵光义 平身。潘爱卿，与辽使议商燕云之事，可曾议定？

潘仁美 均已定妥，这是燕云地图，请万岁过目。

赵光义 这是三十年前，后晋石敬瑭出卖的燕云国土，到如今总算归还我大宋了。

潘仁美 还有议和文卷请万岁过目。

赵光义 与肖后会盟之地设在白沟。潘相国，这白沟城位居何处？

潘仁美 白沟城位居三关不远，两国军队后撤，八十里是无兵之区。

赵光义 为何选于此地？

潘仁美 万岁，白沟城依山傍水，风景宜人，选此吉地，一为会盟适宜，二为中秋佳节游览之地也。

赵义光 爱卿安排，真是周到之至。宣辽使进帐。

潘仁美 万岁有旨，宣耶律吉辽使进帐。

〔耶律吉上。

耶律吉 参见陛下！

赵光义 此次贵使肩负重任，谋求和议，实乃两国之大幸，还望转告贵国太后，朕当依期前往。

耶律吉 多谢陛下慷慨恩允。

赵光义　潘爱卿即刻设宴,代寡人为使者饯行。

耶律吉　多谢陛下盛情,敝使告辞!

〔耶律吉出帐,继业进帐,二人相遇,对视良久,耶律
吉下,继业进帐。

杨继业　(跪)参见陛下。

赵光义　杨爱卿平身。

杨继业　谢万岁!

赵光义　杨爱卿进帐有得何事?

杨继业　为臣白沟河岸正在追杀辽寇,王监军忽然鸣金收兵,
令大队人马撤退白沟河岸,因此进关见驾。

赵光义　爱卿哪知,肖太后遣使求和,愿与我朝罢兵盟好,监
军鸣金收兵,乃是表达我国罢兵诚意!

杨继业　万岁呀!

（唱）　肖银宗似虎狼信义不讲,
　　　　她岂肯息干戈轻易屈降。
　　　　驱辽寇复国土全胜在望,
　　　　辽求和多诡计须加提防。

赵光义　（唱）　杨爱卿勿过虑听朕言讲,
　　　　肖银宗亦非是吃人虎狼。
　　　　派使臣足见她诚心热望,
　　　　求议和足见她厌战疆场。

杨继业　（唱）　说什么求议和是她热望,
　　　　外恭顺内诡诈两副心肠。
　　　　既求和为什么调兵遣将,
　　　　既求和为什么布阵匆忙。

潘仁美　（唱）　肖太后差使把和讲,
　　　　你不该信口评邻邦。
　　　　只要能永远不打仗,
　　　　我大宋忍让又何妨。

杨继业　（唱）　潘相国出此言全不思想,
　　　　豺狼辈怎能改吃人心肠。

　　　　　　　为大臣不察敌虚实动向，

　　　　　　　难道说图安逸任国灭亡。

潘仁美　（唱）　杨继业太放肆礼义不讲，

　　　　　　　抗王命阻议和信口雌黄。

　　　　　　　难道说久厮杀是你所望，

　　　　　　　耗国力损兵将是何心肠。

赵光义　杨爱卿，这就不是，肖后好意派使求和，实我大宋求
　　　　之不得，你为何百般刁难呢？

杨继业　如此说来，辽寇可愿归还我燕云失地？

赵光义　派使将燕云地图呈送寡人，焉有假吗？

杨继业　万岁，这……

潘仁美　啊呀！万岁呀！辽国求和，他意阻挠，万岁主和，他
　　　　意抗拒，为臣解劝，又复信口诬蔑，万岁！杨继业居
　　　　心何在，我王三思。

赵光义　哼……

杨继业　你……

王　侁　（上念）杨继业违抗军令，

　　　　　　　　面圣上是非辨清。

　　　　臣王侁参见万岁！

赵光义　爱卿为何回营甚迟？

王　侁　万岁！

　　　　（念）　为臣鸣金把兵退，

　　　　　　　杨家竟把军令违。

　　　　　　　兵进白沟严壁垒，

　　　　　　　不听劝阻反施威。

杨继业　万岁，当辽兵失败，调动频繁之际，监军大人突命收
　　　　兵，老臣唯恐中了辽寇诱兵之计，故而未敢撤军。

王　侁　啊呀！万岁！辽国兵马，早已退到白沟河北四十里
　　　　以外去了。

赵光义　啊！我国兵马呢？

王　侁　哼，哼，追过白沟河去了！

杨继业　万岁……

赵光义　住口！我来问你监军何人派遣？

杨继业　万岁派遣。

赵光义　职权所在？

杨继业　代万岁监管军务。

赵光义　好道也，你既知监军代王管理军务，如今不听监军之命，这不就是违抗王命，欺压寡人么？

王　侁　啊呀万岁！杨继业违抗王命，不听调遣莫要说起，臣我二次鸣金，杨家父子不唯不听调动，反要责打为臣，又说兵将在外只服从帅令，王命圣旨算个什么？万岁，这还了得！

杨继业　哈哈！王侁！（气极）

赵光义　杨继业竟敢欺压寡人，辱骂监军，蓄意破坏两国和好，武士们！绑赴法场候斩！

　　　　〔呼延赞、吕蒙正、武士急上。

杨继业　哈哈！嘿嘿！哈……

　　　　〔杨继业被武士们押下。

呼延赞
吕蒙正　臣呼延赞吕蒙正有本奏上。

赵光义　有何本奏？

呼延赞
吕蒙正　杨元帅忠心为国，屡建奇功，不可处斩，还望万岁宽赦。

王　侁　万岁！杨继业违抗圣旨，破坏两国和好，若不处斩，日后怎样施行军令？

呼延赞　王大人，辽国占我燕云，屡犯河东，若非杨元帅奋勇，三关汴京早已不保了！

　　　　（唱）　王大人你为何不辨良莠，

吕蒙正　（唱）　诬杨家谋叛逆火上浇油。

呼延赞　（唱）　归燕云唯恐人以饵诈诱，

吕蒙正　（唱）　我大宋岂能够轻上钓钩。

王　侁　（唱）　二大人且莫要妄言陈奏。

呼延赞
吕蒙正　（唱）　谁似你害忠良与敌同筹。

赵光义	（唱）　众爱卿休争论暂且息怒，
	杨继业抗圣命岂能再留。

呼延赞 吕蒙正	啊呀！万岁！
赵光义	（止之）像这样违抗王命的臣子，若不处斩，日后怎样施法行命呢？
呼延赞 吕蒙正	这……
赵光义	不必多言，爱卿下去！
呼延赞 吕蒙正	臣遵旨。（二人下）
赵光义	潘爱卿听旨！就命爱卿代送使臣。
潘仁美	臣遵旨。（下）
佘赛花	（内唱）二大人传信息祸从天降，（急上望介）

（唱）　元帅已押赴法场。

　　　　奸贼作事太狂妄，

　　　　迷惑圣上斩忠良。

　　　　面见万岁理要讲，

　　　　事非曲直辨端详。

　　　　怒冲冲进龙栅忙见圣上。

臣佘赛花叩拜万岁！

赵光义	平身，进帐何事？
佘赛花	杨元帅身犯何罪，押赴法场。
赵光义	他乃大宋逆臣，故而推下问斩！
佘赛花	啊呀万岁呀！我杨家为保大宋江山，南征北战，出死入生，丹心耿耿，有何不忠？
赵光义	他为何违抗王命，触犯军法？
佘赛花	请问万岁，怎见得违抗王命，触犯军法？
赵光义	监军命他兵撤三关，他偏进兵白沟，这不叫违抗王命还叫什么？
佘赛花	请问，身为元帅该不该抗辽保国？
赵光义	该！

佘赛花　既然如此，我家元帅唯恐面君之际，辽军乘虚反攻，留兵把守白沟，面君之后，再来撤军也不为迟，这有何违抗王命之处？这，这，这何罪之有？

赵光义　将这莫要说起，元帅他谎报军情，拒绝调遣，诬称辽兵反扑，不是王监军回营作证，两国和交，已成泡影，这等欺君诬友，破坏邦交，还不叫触犯大宋法典吗？

佘赛花　万岁啊，杨元帅见敌大兵未退，又派使求和，恐中敌缓兵之计，故而进关面君再作商议，这又有何罪！

（唱）　为将帅保边疆守土为重，
　　　　敌尚在怎能够轻易退兵。
　　　　不撤兵严防敌滋事蠢动，
　　　　怎能说违君命抗旨不从。
　　　　驱辽寇镇边关临危不警，
　　　　也非我杨家将盲目进兵。
　　　　白沟河察敌情具实报禀，
　　　　难道说防奸计也落罪名。
　　　　主抗辽为的是朝野安靖，
　　　　怎能说欺君诬友拒绝调遣破坏交情触犯法典有罪名。
　　　　肖银宗怀阴谋狼心兽形，
　　　　肆抢掠我中原民不聊生。
　　　　辽失利即求和定有暗用，
　　　　我大宋实不该认敌为友反与辽寇去结盟。
　　　　轻议和敌若还狡计得逞，
　　　　恐将来国事误贻祸无穷。
　　　　杨家将火塘寨投顺大宋，
　　　　为大宋江山奋勇杀敌阵阵不离我杨家兵。
　　　　为江山众儿郎疆场驰骋，
　　　　为江山杨元帅屡建奇功。
　　　　为江山昼夜间防御边境，
　　　　为江山筹策略竭尽忠诚。

为江山南征北战出生入死苦战沙场效忠勇，
为江山餐风宿霜忠心耿耿一个一个一个一
个一个一个战袍他血染红。
赤胆忠心保大宋，
燕云悬念在心中。
是非曲直不察省，
拒纳忠谏斩元戎。
请万岁当机立断惩办奸佞整朝政，
乘时机擒肖后一战功成。

赵光义 （唱） 句句话讲的是为把国保，
句句话讲的是为了抗辽。

（向佘）难道说拒调遣不算违命，
辱监军欺同僚法律难容。

佘赛花 （唱） 王伾他为监军无识无勇，
军阵前厌征战怕死贪生，
有罪者不罚反来用，
为什么军阵前不察真情。

王　伾 （唱） 老乞婆你竟敢恶言控诉，
望万岁速降旨一律同刑。

佘赛花 （唱） 王伾贼为监军作事专横，
进谗言诬忠良是何心情。
石敬瑭太无耻把燕云奉送，
数十年忍耻辱你无动于衷。
为监军就应该效忠效勇，
谁似你图安乐怕死贪生。
为大臣作此事居心何用，
纵辽寇引狼入室对朝廷。
奸邪辈在朝中事非拨弄，
你有何脸在人前说西道东。

赵光义 （唱） 唇枪舌箭太娇宠，
诋触寡人罪非轻。

秦腔
白沟议和
BAIGOUYIHE

你进得帐来，唇枪舌剑，责难寡人，辱骂监军，哪里容得！武士们，给我绑了打入牢内！

佘赛花　哈……

〔被武士押下时正遇赵德芳。

佘赛花　八千岁！

〔押下，赵德芳看介进帐。

赵德芳　参见叔王！

赵光义　免礼！宫人，速与你家千岁打坐。皇儿一路之上受风沙之苦了。

赵德芳　为了大宋理应如此。请问叔王，杨元帅、佘副帅身犯何罪，为何押赴法场打入牢内？

赵光义　只因辽邦求和，叔王命他兵撤三关，不料杨继业不遵圣旨反而欺压监军，率兵擅进，破坏两国和好，因而依法处斩。

赵德芳　啊，叔王，今日处斩杨继业，大宋江山何人来保？

赵光义　两国和好，边患永息，何处用他？

赵德芳　啊呀！叔王呀！

（唱）　杨家将镇边关为国屏障，
　　　　今处斩岂不是自折栋梁。
　　　　众儿郎若不服你该怎样，
　　　　到那时众叛亲离后悔难当。

王　侁　禀万岁！时刻已到，就该动刑。

赵光义　你先慢慢慢着！

（唱）　御侄真来有远见，
　　　　一举失策后悔难。
　　　　斩继业众儿郎必然造反，
　　　　为王的锦绣江山难安全。
　　　　倒不如将他全家都赦免，
　　　　永不用杨家将免得麻烦。

　　　　传旨下去，将他二人松绑。

王　侁　啊万岁！

赵光义	不必多言。
王　侁	旨下,杨继业夫妻松绑!
	〔潘仁美急上。
潘仁美	继业夫妻为何不斩?
赵光义	休得多言,下去。
	〔杨继业、佘赛花上。
杨继业 佘赛花	谢万岁不斩之恩。
赵光义	杨继业夫妻听旨,你等违抗王命,破坏宋辽两国和好,本应处斩,姑念前功,死罪开活,发配原郡代州为民。
杨继业	万岁,臣虽受贬,还有本奏上。
赵光义	你还有何话说?
杨继业	辽寇虎视大宋,诡计多端,望圣上垂念燕云父老大宋社稷,不可轻入虎穴。
赵光义	哼,哼! 真来的多事!
杨继业	万岁……
赵光义	给我推出帐去!
	〔武士将继业夫妻推出,宋王等下。
杨继业	五内俱焚怒冲冠。(气极下)
佘赛花	满腔忠诚对谁言。

第五场

〔中秋佳节,白沟城一所庙宇,临时和议之地,在和乐声中,宋辽仪仗队、呼延赞、耶律休格、王侁、耶律吉、赵光义、肖太后依次上,礼毕坐。

肖太后	天朝陛下驾安?
赵光义	太后玉体康宁?

肖太后　谢问，承蒙驾临修好，不胜欣幸。

赵光义　承贵国有意退兵言归于好，至为欣佩。

肖太后　恭贺驾临，陛下，请酒！

赵光义　请。

肖太后　（念）　陛下今日幸光临，
　　　　　　　　聊备不腆表寸心。

赵光义　（念）　但愿两国开幸运，
　　　　　　　　一杯美酒万家春。

肖太后　好！好一个万家春。陛下，请！

赵光义　请！（牌子、饮酒）

肖太后　来来来，再斟。

赵光义　且慢，今日两国会盟，理应先决大事，然后畅饮。

肖太后　陛下言之甚是，现有移交燕云公文，请来一览。
　　　　〔赵光义捧起桌上的公文看介。

赵光义　哈哈哈，真是周详之至，连人口多寡也书写得一清二
　　　　楚，足见太后之诚意，不知何时可移交得清？

肖太后　定然遵循议定书，于十日内移交完毕，只是本后还有
　　　　不敬言上。

赵光义　太后但讲何妨。

肖太后　贵国尊帅杨继业屡犯我国疆土，请陛下善自处置。

赵光义　哈……太后，吾已察其情，杨继业粗鲁武夫，故已将
　　　　他革职代州为民去了。

肖太后　安……（惊喜、忽又转沉静）陛下真乃英明果断，真
　　　　乃英明果断。

赵光义　好说，好说。太后还有何言，请讲当面。

肖太后　本后再无他求了。

赵光义　如此，你我签署盟书。

肖太后　请。
　　　　〔奏乐、双方签署，互相交换。

赵光义　太后，寡人告辞。

肖太后　慢着，还望小住数日，以观塞外风光。

赵光义　国事羁身，不便久留，就此起程了。

肖太后　送陛下。

赵光义　太后留步。

〔仪仗队、王侁、赵光义、呼延赞下，肖太后望着赵光义下去，突然变脸。

肖太后　依计而行，本后随后亲自督战活捉宋王。

〔肖太后下，众急随后下。

〔二幕外，四御林、四宋兵、王侁、呼延赞、太监、赵光义上。

赵光义　（唱）　白沟会盟心愉快，

　　　　　　　从此边疆无阴霾。

　　　　　　　两国和约永远在，

　　　　　　　海晏河清宏运开。

　　　　众卿，此番议和堪称顺利，此后再无边疆之患了。

王　侁　我王洪福，我王洪福。万岁，塞外风景宜人，就该游
　　　　览才是。

呼延赞　万岁，塞外险地不可久留，还是速回汴京才是。

赵光义　哦！议和已定，天下升平，何险之有？王爱卿，为朕
　　　　带路！

　　　　（唱）　呼延爱卿欠检点，

　　　　　　　说什么塞外险地莫迟延。

　　　　　　　说什么肖后多奸险，

　　　　　　　说什么辽寇多凶残。

　　　　　　　适才间两国议和你亲眼见，

　　　　　　　你看她深感自愧表心田。

　　　　　　　你看她一片赤诚奉还燕云归大宋，

　　　　　　　你看她恭恭敬敬把盟约签。

　　　　　　　幸喜得王已早将杨家贬，

　　　　　　　如不然一举失策后悔难。

　　　　　　　转面来孤把王卿唤，

　　　　　　　你看这塞外风光美景幽雅令人恋。

从此后天下升平遂人愿，
从此后两国和好万民安。
枪刀寄库永息战，
马放南山享安然。
兵强将勇遂孤愿，
莺燕漫舞太平年。
君臣们速渡黄河排驾返，
马嘶人喊为哪般？

〔圆场幕后起喊杀声。

宋　兵　桥上有兵拦路！

呼延赞　桥上有兵拦路！

赵光义　什么人把守，呼延爱卿，前去看过。

呼延赞　遵旨！（下）

赵光义　王爱卿，为何有兵拦路？

王　侁　想是辽兵仪仗送我王也是有之。

〔呼延赞急上。

呼延赞　万岁，不好了，桥头伏兵皆起，口口声声要擒我主。

赵光义　难道肖后有变？

呼延赞　你我君臣陷入罗网了。

赵光义　这却怎处？

王　侁　呼延兵部领兵抵挡，待臣保驾速退白沟城中。

〔赵光义、王侁率御林军下，耶律休格领辽兵急上。

耶律休格　休走、看叉！

呼延赞　狂妄的番贼，两国和约业已签订，又动干戈是何道理！

耶律休格　你主签和绝非诚意，恐我国难免战祸，限期割让河东一带，方许入关。

呼延赞　反复无常的贼寇！众将士，杀！

〔呼延赞、宋兵败下。

辽　兵　宋兵已逃入沟城中。

耶律休格　哈……不出吾主之料也，来！

辽　兵　有!

耶律休格　将城围了!

〔辽兵、耶律休格下。

第六场

〔代州杨府,天将破晓,月已西沉,空中有稀落的星斗闪闪发亮。

〔在沉重的音乐声中,敲五更,佘赛花不安地踱上。

佘赛花　(唱)　恨潘洪和王侫贼把国卖,

恨万岁听谗言全不应该。

贬忠良归故土其情何在,

贬忠良归故里王意难猜。

秋风起雁南归飞过村寨,

思想起以往事痛在心怀。

石敬瑭奴颜婢膝把燕云卖,

甘愿当儿皇帝无耻奴才。

燕云地被敌占数十余载,

国土失民遭难愁在胸怀。

拯黎民复国土责无旁贷,

又谁知遭贬谪解甲归来。

儿女们后院里练武比赛,

女孩儿真可算巾帼将才。

一个个真不愧杨门后代,

也不愧老身我将尔培栽。

忆当日我杨家奋战边塞,

复国土保边疆常把兵排。

到今日被解甲以民相待,

虽为民也常恨祸国狼豺。

〔八姐九妹上。

杨八姐 杨九妹	（唱）	姐妹们后院里舞棍弄剑,
		练武艺待时机去到阵前。
		心儿里只把那宋王埋怨,
		听谗言贬举家所为哪般。

佘太君　代州刺史差官到来,禁止我等操练阵法,搬枪舞剑。

杨八姐　什么! 禁止搬枪舞剑!

杨九妹　我们偏要搬枪舞剑。

杨八姐　妹妹来者!

杨九妹　姐姐看枪!

　　　　（唱）　演一个青龙阵上把敌扫。

杨八姐　（唱）　一个白虎阵上驱番辽。

杨九妹　（唱）　朱雀阵上……

杨八姐　（唱）　……我擒虎豹,玄武阵上……

杨九妹　（唱）　斩魔妖。

　　　　　　　　咱姐妹似阵前同把敌扫。

杨八姐　（唱）　你假扮辽寇阵外逃。

杨九妹　你说什么?

杨八姐　你扮个辽寇。

杨九妹　你是辽寇。

杨八姐　你是辽寇。

杨八姐
杨九妹　你是辽寇,你是辽寇。

〔二人对阵,七郎上阻止了他们。

杨七郎　哈,你们在此作甚?

杨九妹　我们在此演阵。

杨七郎　演的什么阵?

杨八姐
杨九妹　演六哥前日教给我们的白虎阵、青龙阵。

杨七郎　女孩儿家不去务习针工,演它何用?

杨八姐
杨九妹　准备上阵,杀辽寇、保家乡。

杨七郎	不提辽寇还则罢了,提起杀辽寇哇,我的气就涌上心头,我杨家南征北战,东荡西杀,到如今落下这步田地,你们还要杀辽寇保家乡,我劝你们还是早早收拾了吧!如其不然,七哥的脾气你们是知道的。
杨八姐 杨九妹	嗯!你的脾气怎样?莫非还要吃了我们不成?
杨七郎	休得多嘴,还不快快回去?
杨九妹	不回去!
杨七郎	哼!
杨九妹	哼!
杨七郎	快快回去!
杨八姐 杨九妹	就不回去,就不回去。
杨七郎	嘿。
杨九妹	莫非你要动武?
杨七郎	你们不听七哥的话,七哥要教训你们。
杨九妹	动武就动武,哥哥,打伤了可不要见怪。
杨七郎	哼哼,我每日上山擒虎,还怕你们两个毛丫头不成,说是你们来!来!来!
杨四郎	(上,一见刀枪剑戟,看出他们是在比武,十分不满地)哦!众弟妹呀!不去务作营生,为何在此动刀动枪呢?
杨八姐 杨九妹	四哥你来评评理。
杨八姐	我姐妹在此演阵。
杨九妹	七哥回来死活不让我们练,把眼睛瞪得和鼓环一样大。
杨八姐 杨九妹	你说,是他不对还是我们不对?
杨七郎	你们不听说,七哥就要训教你!
杨四郎	弟妹呀! (唱)　众弟妹且莫要吵吵嚷嚷, 　　　　遭贬斥却为何又练刀枪?(八姐、九妹不满地)

代州官与王伀同是一党，
咱杨家受监视理应提防。
你七哥也未免失之猛浪，
倘若是闯下祸谁来承当？

杨八姐　（不服地）四哥你听！

（唱）　叫四哥你何必担惊受怕。

杨九妹　（唱）　习武艺演阵法有何错差？

杨八姐　（唱）　难道说遭贬斥不保华夏？

杨九妹　（唱）　难道说让庶民任敌宰杀？

杨七郎　（唱）　四哥出言真可恼，

贪生怕死为哪条？（下）

杨八姐　（唱）　难道说家乡也不保。

杨九妹　（唱）　四哥你出此言见识不高。

杨四郎　这是什么话？

佘赛花　儿呀！

（唱）　怀忠心寝难安心头闷倦，
解甲胄归故里心犹未甘。
想当日白沟河狼烟弥漫，
肖太后势汹汹要夺中原。
若不是众将士浴血奋战，
中原地早成为辽人牧园。
万岁他太怯懦不听忠劝，
信谗言赴白沟与敌和谈。
和儿父军帐中曾拿本见，
不准本反将我解甲归田。
到如今为时久音信不见，
惦议和念万岁心神不安。
怕只怕白沟议和肖后她有变，
怕只怕万岁他陷入龙潭。
常言道大敌当前有备无患，
演阵法习韬略尤为当先。

杨四郎	（唱）	母亲忠勇抗辽兵，
		刻骨铭心记心中。
杨　洪	（上念）	宋王被困白沟城，
		忙向太君禀一声。
佘赛花	杨洪你慌慌张张为了何事？	
杨　洪	哎呀老太君，那宋王在白沟和肖银宗议和，中了辽寇诡计，现被围困关外，眼看大宋难保。	
佘赛花	你道怎讲？	
杨　洪	宋王被围关外，眼看大宋江山难保。	
佘赛花	呀！	
	（唱）	听罢言低头暗思量，
		止不住怒火怨宋王。
		事到如今该怎样？哎！
		我岂能眼看着国家沦亡。
		儿呀，快请你父回来一同商议。
杨六郎	（上）	走，禀母亲，我父得知宋王被围白沟，现已回府了。
佘赛花	快快有请。	
杨继业	（紧上念）	宋王果然上圈套，国家垂危在眉梢。
佘赛花	老爷你回来了？	
杨继业	回来了。	
佘赛花	白沟之事，可曾知晓？	
杨继业	代州城已有军报，焉能不知。	
佘赛花	但不知代州刺史作何准备。	
杨继业	夫人呀！	
	（唱）	州官们闻噩耗心中惧恐，
		胆似鼠行魍魉逃走天涯。
		众乡民请长缨要去救驾，
		举戟剑赴疆场誓保中华。
佘赛花	噢！代州乡民们都在纷纷请缨抗敌吗？	
杨继业	夫人！现有三千乡兵，愿随我等前去白沟救驾！	

佘赛花　哎呀！好好好，六郎速去通知全家，快作准备！

杨六郎　是。（下）

佘赛花　老爷，你我此次出征该如何用兵？

杨继业　夫人！我等扮就猎户模样，马不停蹄，人不夜宿，沿路之上，悄悄而行，趁敌不备，突入城内，料无差错。

佘赛花　老爷高见，如此你我速快准备。老爷，七郎孩儿性烈，怕不肯前去。

杨继业　噢，七郎我儿不愿前去？这有何难。你速准备。

〔佘赛花下。

杨继业　七郎孩儿走来！

〔七郎上。

杨七郎　参见爹爹。

杨继业　七郎儿呀，适才得报宋王被困，眼看大宋有失，为父心想和你母带你众家兄妹和代州乡民前去救驾，我儿以为如何？

杨七郎　爹爹，为国杀敌，儿不敢辞，若是去救那宋王天子吗？谁叫他听信谗言，陷害忠良，如今咱又是匹马单枪，儿我不去救他！

（唱）　我杨家为国家忠心耿耿，
　　　　却为何处处地遭受欺凌。
　　　　恨宋王宠奸佞把持朝政，
　　　　救宋王孩儿我实不依从。

杨继业　七郎儿呀！

（唱）　七郎儿呀你年纪小，
　　　　不知道地厚与天高。
　　　　难道说居官才把江山保，
　　　　难道说杀敌只为紫罗袍。
　　　　国有难民有责应把敌扫，
　　　　虔诚将岂能够任敌狂嚣。
　　　　救宋王为的是疆土不丧，
　　　　救宋王为的是万民无伤。

怕什么此去把祸闯，

怕什么奸佞害忠良。

怕什么无兵又无将，

匹马单枪又何妨。

宁愿白沟阵前丧，

决不能目睹大宋亡。

杨七郎　（想介）爹爹，孩儿愿往。

杨继业　啊呀好！

（唱）　七郎儿气轩昂愿把国保，

不愧为杨家将抗辽英豪。

我的儿速入内常衣换掉，

〔七郎下。

杨继业　（唱）　举家人赴白沟救驾抗辽。（下）

〔佘赛花戎装上。

佘赛花　（唱）　着戎装心似那弩弓之箭，

鬓发苍精神振犹如当年。

唤一声儿女们快来听点。

〔八姐、九妹与六个儿媳齐上。

众女将　（唱）　急忙忙走上前施礼拜参。

佘赛花　（唱）　女儿们一个个多么英健，

真赛过当年的花木兰。

儿呀！

众女将　母亲！

佘赛花　（唱）　到白沟与辽寇可敢杀战？

众女将　敢！

佘赛花　（唱）　初上阵且莫要胆怯不前。

众女将　不怕！

佘赛花　（唱）　杀辽寇要有破天胆，

上阵去凭的是智勇双全。

妹护嫂来嫂护妹，

姑嫂姐妹巧连环。

佘赛花	（唱）	正讲话间，又听得七郎喊。

〔七郎内喊声：众位哥哥快走。

〔众儿郎上。

众	参见母亲，参见爹爹！
杨继业 佘赛花	站下！

（唱）　儿女们雄纠纠我心喜欢。

杨继业	（唱）	你们的甲胄可完善？
众		完善了。
佘赛花	（唱）	你们的兵器可齐全？
众		带全了！
杨继业	（唱）	今出征不比往常战。
佘赛花	（唱）	无兵少将势孤单。
杨继业	（唱）	乔装改扮猎户样，
		出其不意到军前。
佘赛花	（唱）	出寨遇有人来问，
		就说打猎到深山。
		马不停蹄往前赶，
		抖擞精神到阵前。
		白沟救主除奸佞，
		誓灭辽寇保江山。
佘赛花 杨继业	（唱）	为保国咱杨家重执戟剑。
杨继业		上马！

〔众出门上马。

众	（唱）	杀不退辽寇贼誓不回还。（男女齐下）

〔赵德芳、吕蒙正、太监乘马上。

吕蒙正	（唱）	君臣二人离三关。
赵德芳	（唱）	代州火塘把兵搬。
吕蒙正	（唱）	但愿杨家听调遣。
赵德芳	（唱）	只怕还要费周旋。
吕蒙正		火塘杨府就在这里，千岁，请来下马。

（一同下马）门上哪个在？

杨　洪　（不耐烦地上念）

　　　　　　　只恨不能去上阵，

　　　　　　　留在火塘来看门。

　　　　谁在叩门？

吕蒙正　快快开门，与老将军有要事商议。

杨　洪　有什么要事，真来麻烦。（开门一看，十分惊讶）

吕蒙正　杨洪不认识了？

杨　洪　噢……吕大人，快快请到府下。

吕蒙正　千岁在此。

杨　洪　千岁！

赵德芳　杨洪！

杨　洪　原是八千岁到了，杨洪参见！（欲跪，被赵拉起）

赵德芳　慢着，慢着，你老爷可在？

杨　洪　我家老爷他……他不在。

赵德芳　上哪里去了！

杨　洪　上山打虎去了。

赵德芳　你家老夫人？

杨　洪　我家老夫人也不在。

赵德芳　上哪里去了？

杨　洪　也上山打虎去了。

赵德芳　哦！全家老少？

杨　洪　全家老少，一同打虎去了。

吕蒙正　杨洪，你今天为何在千岁面前道起谎来了？

杨　洪　罢了，念你们远道前来我就依实讲来，但有一件。

赵德芳　哪一件？

杨　洪　不许向外声张。

赵德芳　决不声张。

杨　洪　千岁你听！

　　　　（唱）　北国里肖银宗信义不讲，

　　　　　　　　白沟城设圈套囚困君王。

033

我老爷得信息当仁不让，

不惜命……

赵德芳　怎么样？

杨　洪　（接唱）不畏难。

赵德芳　怎么样？

杨　洪　（唱）　他同那佘太君同赴疆场。

赵德芳　（接唱）问杨洪你可是真情实讲？

杨　洪　（唱）　对千岁怎敢有半句隐藏。

吕蒙正　（唱）　你老爷他带有多少兵将？

赵德芳　（唱）　多少兵，多少马，何人运粮？

杨　洪　（唱）　我杨家贬为民哪有兵将？

　　　　　　　　他带有七郎、八虎、八姐、九妹、众家儿媳还

　　　　　　　　有那代州青壮，同上战场。

赵德芳　好呀！

　　　　（唱）　听罢言不由人心花怒放，

　　　　　　　　想不到他全家早奔疆场。

吕蒙正　（唱）　八千岁你且看此情怎样？

　　　　　　　　常言道国有难方显忠良。

　　　　〔杨洪下。

吕蒙正　啊，千岁，你还站着是怎的？

赵德芳　我该怎样？

吕蒙正　就该调集粮草，运往白沟战场啊！

赵德芳　如此你我速快上马。

吕蒙正　（念）　君臣上战马。

赵德芳　（念）　送粮赶杨家。

杨　洪　（上）千岁、吕大人，请到府下用茶。

赵德芳

吕蒙正　不用了！（同下）

第七场

〔会盟后第十日。

〔白沟城内、原议和之所现已十分凄凉。

〔幕起,太监引赵光义、王侁上。

赵光义　（唱）　王如同虎入笼威风难抖,

似蛟龙困沙滩身不自由。

谁料想监军你谎言来奏,

把寡人害成了阶下之囚。

王　侁　（唱）　议和事潘相国身经亲手,

看起来还是他虑事不周。

赵光义　（唱）　若不是你把那军情错奏,

寡人我怎能够驾临白沟。

王　侁　（唱）　与辽议和王为首,

埋怨为臣无来由。

赵光义　（唱）　到如今不认错还来多口,

我问你杨家将怎回代州。

王　侁　（唱）　圣上你何必把往事追究,

眼看着限期到速把策筹。

〔呼延赞上。

呼延赞　万岁呀,城外辽寇大增,辽帅言讲,若过午时便要进城擒人,夺取汴京。

赵光义　（唱）　一声报不由人肝胆气炸,

肖银宗设圈套诓骗孤家。

入罗网我缺少运筹策划,

眼看着朕性命千钧一发。

呼延赞　王大人这边厢来!

王　侁　呼延大人讲说什么?

呼延赞　事已如此！你我就该带领御林军突围，与敌决一死
　　　　战。

王　佖　慢来！慢来！呼延大人！辽寇兵山将海，铺天盖地，
　　　　你带领几千御林军怎能冲出重围呢？

呼延赞　王大人，为时不久大祸临头，在这千钧一发之际，若
　　　　不行突围之举，你说还有何策？

王　佖　呼延大人，灾难临头，总须分忧，在这烈火燃眉之际，
　　　　就该设法转危为安，乃为上策，以我之见，只要汴京
　　　　得保，圣上命在，暂行屈下一、二，亦无不可。

呼延赞　王大人！莫非你叫圣上纳降不成？

王　佖　若不呈写降表，你我性命事小，万岁龙体，何人来保！

呼延赞　满口胡道！丧权辱国之事宁死不为！

王　佖　啊！万岁有难，你不设法搭救，反而花言巧语滔滔不
　　　　绝，分明要万岁一死，汴京沦亡，呼延赞你的忠在哪
　　　　里！

呼延赞　王佖，奸贼，你把杨家害到代州又把万岁害到白沟，
　　　　你还想害大宋黎民吗？……真乃卖国逆贼！

王　佖　破口伤人！是何道理？

呼延赞　奸贼！还敢狡辩！（持刀欲杀）

赵光义　啊呀！呼延爱卿呀！

　　　　（唱）　事已至此休嗔怒，

　　　　　　　　午时若过王命休。

　　　　　　　　进退维谷无去路，

　　　　　　　　为朕快把良策筹。

　　　　〔战鼓鸣，众惊。

赵光义　（唱）　忽听得战鼓鸣人喊马吼，

　　　　　　　　定然是肖银宗兵临城头。

　　　　〔又一阵战鼓。

赵光义　（唱）　叫爱卿你快去打探清楚。

　　　　〔呼延赞应声下。

赵光义　（唱）　眼巴巴不能回华夏神州。

王　佋　万岁,事已至此,还是速写纳地降表。

赵光义　走,好一王佋,竟敢如此行事,真乃大胆!

（唱）　若再言割地事立即斩首,
　　　　我岂能错上错遗恨千秋。
　　　　思想起杨元帅良药苦口,
　　　　哪是杨元帅,哪是老将,哎将军。
　　　　为寡人进忠言费尽舌喉,
　　　　辽求和他早把阴谋识透。
　　　　革职后还劝朕勿来白沟,
　　　　像这等忠良将古今罕有。
　　　　视金玉为铁石王心愧脸羞,
　　　　悔不该让金汤化敌为友,
　　　　悔不该听谗言来到白沟。
　　　　悔不该存妄想被敌骗诱,
　　　　悔不该把老将贬回代州。
　　　　事到此也无法召他来救,
　　　　闷悠悠坐军帐愁锁眉头。

〔又一阵战鼓,呼延赞领继业上,王佋以为辽兵到,急忙上前,跪倒,赵光义伫立一旁。

王　佋　（以为是辽寇）太后千秋! 太后千秋!

〔杨继业一看是王佋,悲愤交加,忍气上前,参拜赵光义。

杨继业　臣,叩见陛下。

〔王佋发现并非太后,悄起。

赵光义　（闻声转过身来）你……你是何人?

杨继业　臣是杨继业。

赵光义　啊……他……他……

呼延赞　他就是贬家为民的杨继业。

赵光义　啊,杨老将军,你来了。

杨继业　臣我救驾来迟了。

赵光义　（十分感激地）你来得好……

（唱）　　见爱卿止不住心中惨痛,老……老爱卿、杨
　　　　　……杨老将,
　　　　老将军可称得保国精忠。
　　　　我不该将老将贬家不用,
　　　　我不该听馋言任意孤行。
　　　　你一步若来迟山河断送,
　　　　你一步若来迟寡人丧生。
　　　呼爱卿!
　　　　　　把奸贼紧缚绑严加看定,
　　　　　　正国法除奸佞重整军容。
　　　杨爱卿,你是如何进来的?

杨继业　老臣我是扮作猎户冲进来的。
赵光义　城外战鼓喧天,可是老帅与敌撕杀?
杨继业　是老臣与敌撕杀。
赵光义　你来时带了多少人马?
杨继业　万岁,老臣贬家为民,从哪里来的人马呢?
赵光义　老将未带兵马,怎能保王回到汴京?
呼延赞　老将军把他的全家儿女,代州的乡民都带来了。
赵光义　什么? 代州的百姓都来了?
杨继业　臣把他们都带来了。
赵光义　啊呀! 好好好,众位少将军现在何处?
呼延赞　现在外边候旨。
赵光义　快快请进来。
呼延赞　众位少将军里边见驾!
　　　　〔杨家众人上,独无七郎。
众　　　参拜万岁!
赵光义　慢慢慢着,众位少将军,你们都来了。
众　　　都来了。
赵光义　怎么不见七郎?
　　　　〔七郎上。
杨六郎　帐外候令。

杨继业	奴才还不见驾？
杨七郎	冲锋打仗，离不了咱家。
赵光义	少将军你好。
杨七郎	我好，你也好？
杨继业	走，好一奴才，见了圣上就是这样无礼，这还了得！（欲打）
赵光义	（拦阻）慢着，老将军你好糊涂，少将军一路之上鞍马劳困，杀敌时又要冲锋陷阵，还行什么大礼？寡人不怪，你怪他何来？呼延爱卿，随驾的御林军尽归老将军，即刻行令。（把令旗交杨）
杨继业	遵旨。延嗣听令！
杨七郎	在！
杨继业	命你阵前冲锋，只可取胜，不得有败，速作准备。
杨七郎	只能打胜，不能打败，记下了。
杨继业	记下了好。速作准备。（七郎下）延景听令。
杨六郎	在！
杨继业	随后接应你家七弟，杀出重围，前锋变为后队，没有为父命令，只能边杀边走，不准冲锋陷阵，可曾记下？
杨六郎	记下了。
杨继业	众家孩儿随后冲杀，犄角相应，其余人马与呼延将军保定圣驾，就此出城。

（同下）

第八场

〔紧接上场、白沟河、三关之间。

〔幕起，耶律休格带辽兵上。

耶律休格	如今午时已过，不见城内送出降表，众儿郎一鼓作气，捉拿宋王！

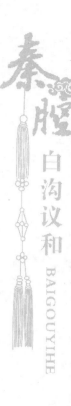

〔呼延赞上城。

呼延赞 慢慢慢着,我王降表已写就,请耶律休格元帅前来接
表!

耶律休格 哈哈哈哈,哪怕他不写,肖驸马上前接表!

〔城门大开,七郎冲击,喊:"辽贼看枪",肖绰里特未
加提防,七郎后面一枪,将其挑在马下,耶律休格等
败而下。

杨七郎 快快出城。

〔赵光义等出城,耶律休格带兵将上。

耶律休格 啊!这等勇将从何而来?

辽　将 方才有几个打猎的乡民,趁我军未防之际窜进城去,
莫非就是他们。

耶律休格 几个打猎的乡民?四处截杀,活捉宋王!

〔七郎冲击。

杨七郎 辽贼让路!

〔耶与七郎战,三二回合,刘里达杀上,七郎连战二
将,正要取胜,耶律奚底上。三人与七郎战,不分胜
负,耶律休格大战七郎,六郎上冲击,兄弟二人战辽
四将,此时辽兵越战越多,杨家七子全出挡阵,两家
人马混战,杨家七郎八虎,构成了一条铁链,挡住所
有辽兵。

〔呼延赞保定赵王过场,这时前营改为后营,辽兵急
追下。

〔佘赛花领众女将上。

佘赛花 众家女儿,埋伏者!（下）

〔杨继业,呼延赞保宋王上。

赵光义 啊呀!二卿,你看辽兵追赶如此凶猛,寡人身困力
乏,实实支持不住了!

佘赛花 拜见万岁!

赵光义 你,你你是何人?

杨继业 乃是臣妻,她带着众家儿媳和小女也杀敌解围来了。

赵光义　佘副帅也来了!

杨继业　万岁,辽寇大队人马追来,呼延将军保驾前行,让老臣我金刀再为大宋放一放豪光。

〔杨继业与敌三二回合托刀而退,辽寇认为杨败,急追下,这时耶律休格在后押营,追赶时恰中了佘等女将的埋伏,辽前队亦被杨家父子击回来,两军混战,辽寇见势不妙急退,被杨家父子追至燕云南路牌前。

〔后幕开,台上露出路牌,上书"大辽燕云南路"。

耶律休格　啊,你们何处来的,何不通上名来?

杨继业　不是别人,乃是我金刀杨令公! (刀砍倒路牌,"杨"三旗随后展现)

耶律休格　啊,这个老儿怎么又来了? 众儿郎! 大兵倒退八十里!

〔辽兵将齐下。

杨继业　众将士,就此整顿人马,乘胜收复燕云去者!

〔齐亮相,幕落。

——剧　终

演出单位

西安尚友社

文嫣之梦

根据蒲剧、同州梆子《麟骨床》移植

王小康　李旭东　　移植

剧情简介

东晋时,有女牛文嫣,利欲熏心,野心勃勃,使用各种伎俩,献媚取宠,陷害他人,由一个败落的士庶人家的小姐爬上权位显赫的贵妃地位。

文嫣好梦不长,阴谋终于败露,最后饮鸩而亡。

场　目

人 物 表

牛文嫣

马　氏

牛　二

张雪娟

张夫人

张　治

许士礼

晋　帝

郭　后

卜建文

小太监

家　院

第一场　吵　架

〔牛文嫣上。

牛文嫣　（唱）　父母丧家业败糠菜糊口，

正青春叹红杏难出墙头。

与兄嫂渡日月有苦难诉，

我只得手把书卷独自愁。

〔牛二上。

牛　二　（念）　赌博把钱耍，

空手转回家。

柴米未买下！

我的妈呀！只怕老婆使家法。

我乃牛二，书香世家，浪荡成性，一份好家业赌了个干净。这几日生计无着，偷了老婆些金银首饰，大街典当。不料我到赌场，一把输了个精光。哎呀！这回去该咋交待呀！哎咳咳！这还交待个什么！男子汉大丈夫，她能把我怎么样？

（圆场）妹妹，开门来！

牛文嫣　（开门）哥哥回来了。

牛　二　回来了。你家嫂嫂可在家中？

牛文嫣　早在家中等待。我问你，典当的……

牛　二　你小声些。今天哥哥的运气不好。

〔马氏内喊"文嫣"上。牛二躲一旁。

马　氏　（唱）　何人倒柜又翻箱，

金银首饰全丢光！

文嫣！是你开我的柜箱了吗？

文　嫣　我什么时候开你的柜箱？

马　氏　我的金银首饰怎么不见了？

文　嫣　家中无米无面，八成我家哥哥拿去典当了。

马　氏　为何不把你的书卷拿去典当？

文　嫣　我要研读。

马　氏　哼！你哥哥浪荡在外，饭都吃不上，你还之乎也者，舞墨弄文。给我把这些书变卖了！

牛　二　嘿嘿嘿……咳，马氏，我的老婆，嘿嘿嘿……请来见礼。（马氏不理）不理？不理就不理。你又不是个十七的，我又不是个十八的。谁还离不了谁呀？

马　氏　我的首饰呢？

牛　二　卖啦！

马　氏　钱呢！

牛　二　买了柴米。

马　氏　柴米呢？现在哪里？拿来！

牛　二　柴在柴市上，米在米铺里。

马　氏　你……你又耍赌去了！

牛　二　不去，心里想得很，手里痒得很。

马　氏　啊！强盗！

　　　　（唱）　每日里赌博场游荡玩耍，

　　　　　　　　把一份好家业全都糟蹋。

　　　　　　　　柴和米你全然不在心上挂，

　　　　　　　　害得人挨饥饿米不沾牙！

牛　二　（唱）　实想赌博捞一把，

　　　　　　　　哪知手气忒不佳。

　　　　　　　　命苦受穷天定下，

　　　　　　　　再莫要穷唠叨怨七怨八。

马　氏　（唱）　说什么穷唠叨怨七怨八，

　　　　　　　　眼看着一家人全要饿煞。

　　　　　　　　腹中饥忍不住将你叫骂，

　　　　　　　　倒不如送老娘削发出家。

牛　二　贱婆，你干什么去？

马　氏　饥饿难挨,我要出家!

牛　二　哎,出家? 丢下老子打光棍?

　　　　（唱）　狗贱婆出此言好生胆大,
　　　　　　　　嫌家贫你就要削发出家。
　　　　　　　　我和你又不是前婚后嫁,
　　　　　　　　分明是借出家欺压与咱。

文　嫣　嗯呀! 哥哥,你少说话。我把嫂嫂劝一劝。嫂嫂,你
　　　　少说两句吧!

马　氏　哼!

文　嫣　嫂嫂!

　　　　（唱）　若吵闹让邻里听去不雅,
　　　　　　　　好夫妻再莫说出家在家。

马　氏　（唱）　穷人家怕什么别人笑话,

文　嫣　（唱）　难道说人穷了不讲礼法。

马　氏　（唱）　你说是哪一个不讲礼法,
　　　　　　　　分明是花言巧语祖护他。

马　氏　文嫣,你让开。（对牛二)狗强盗,我看这日子过不
　　　　成了。你讲你的礼,我出我的家!

牛　二　哎! 我看你是——

文　嫣　哥哥!

　　　　（唱）　想当初咱也有高车驷马,
　　　　　　　　我嫂嫂当长媳安享荣华。
　　　　　　　　人穷了倒被她百般咒骂,
　　　　　　　　可笑你全无有半点家法。

牛　二　（唱）　听一言气得我毛发齐乍,
　　　　　　　　不由人一阵阵咬碎钢牙。
　　　　　　　　看起来夫妻情完全是假,
　　　　　　　　我不打你呀,不知我牛二的家法。

马　氏　哼,你敢打我? 你等着!（下)

　　　　〔牛二急躲。

文　嫣　咳咳咳! 堂堂男子汉,连自己的老婆都管不了!

牛　二　好我的妹子,你看你嫂嫂气壮如牛,哥哥我如何打她
　　　　得了?

文　嫣　说是你打不了?

牛　二　打不了!

文　嫣　妹子暗里帮你一把。

牛　二　既然妹妹帮我,那咱就打!(虚张声势地)贱婆慢
　　　　走,老爷赶来了,妹妹,你跟着些,不要叫哥哥吃
　　　　了亏。

文　嫣　哥哥前去,你走嘛!(牛二下)我看,今天这架是打
　　　　定了。待我找个护身的东西。(下)
　　　　〔马氏、牛二各持棍棒上。

马　氏　强盗,你真要打!

牛　二　打!你当老子跟你闹着玩呢!
　　　　〔文嫣提棒上。

马　氏　哎呀,贱人,你也来了!看你兄妹能把我怎么样!

牛　二　招家伙。
　　　　〔牛二与马氏撕打。文嫣从后而朝马氏头上打了一
　　　　棍,将马氏打倒。文嫣心虚胆怯,站立一旁。

牛　二　哎呀!马氏,我的老婆呀!东邻西舍你们来看呀,小
　　　　姑子打死嫂嫂了。

文　嫣　(情急,变脸)谁把人打死了?

牛　二　你!

文　嫣　你住口!明明你将嫂嫂打死,诬赖哪个?

牛　二　明明是你将我妻打死,你诬赖哪个?

文　嫣　你住了吧!明明你将你妻打死,反诬赖于我,我与你
　　　　口说无凭,咱二人去到官衙辩理。

牛　二　明明你一棍子将我妻打死,见官你还有何理辩?

文　嫣　不在你说,也不在我说。刹时惊动四邻,将咱兄妹送
　　　　到官衙。你跪一旁,我跪一边。我说:太爷在上,民
　　　　女在下,他是我兄牛二,酒醉打死他妻马氏。四邻俱
　　　　知你每日赌钱,夫妻不和,并不知我姑嫂争斗。问官

在上,推情夺理,我是个瘦弱女子,焉能将人打死。打死人命事小,诬赖胞妹文嫣情重。情重!

牛　二　哎哟,哎哟,哎……哈哈哈……好我的妹子,我是你亲长兄,你为何用那样的言词对待于我?

文　嫣　自古当堂不让父,何况你是奴长兄。

牛　二　哎,妻呀!

文　嫣　别哭!早点报官,免得四邻出首。

牛　二　妹妹,哥哥一生一世没有见过官,见了官胆怯呢!你给哥哥出个不见官的主意吧。方才都是为兄不是,我这里赔礼了。

文　嫣　我且问你,到底是谁将人打死?

牛　二　嗯……嗨,是我一棍子将她打死,与妹妹无干,与妹妹无干。妹妹,快出个主意吧!

文　嫣　事到如今,别无良策,只有将妹妹卖进哪家官宦府中,卖得几两银子。一来,掩埋嫂嫂,二来侧身官衙,别人也不敢深究了。岂不了却此事。

牛　二　啊啊!如此甚好,先将你嫂嫂的尸首掩盖起来。(哭)哎,妻呀!

〔文嫣堵嘴。

第二场　卖　身

〔张治府中。张夫人、张雪娟及丫环上。
〔内喊:"老爷回府!"张治上。

张夫人　老爷,你下了朝了。

张　治　下了朝了。

张雪娟　爹爹万福。

张　治　少礼,坐下。唉!

张夫人　老爷,下得朝来,因何闷闷不乐?

张　治　　夫人哪知,只因西羌国进来麟骨宝床一具。

张夫人　　何谓麟骨宝床?

张　治　　据羌人言道,此床乃世间罕见之珍宝,柱嵌麟骨,顶缀明珠,冬暖夏凉,瑞气蒸腾!

张夫人　　朝廷得此珍宝,真乃一喜。老爷为何愁眉不展?

张　治　　此乃惑君乱世之物,何喜之有? 万岁见得此床,果然十分喜爱。责令内侍大臣,即刻为此床大兴土木,建造逍遥宫;又命那奸佞许士礼四处挑选美女,送进宫内。如此劳民伤财,岂是国家之福?

张夫人　　这——

家　院　　(上)禀老爷,本京穷民牛二,带领他妹妹文嫣,愿卖与府中为奴。

张夫人　　啊! 我正要买个丫头,伺候我儿雪娟,老爷,你意下如何?

张　治　　就依夫人。叫牛二府门伺候,唤他妹妹进府回话。

家　院　　是。牛二府门伺候,文嫣进府回话。

〔文嫣上。

文　嫣　　与老爷夫人叩头。(跪)

张　治　　女子何名?

文　嫣　　文嫣。

张　治　　文嫣,你因何事,自卖本身?

文　嫣　　老爷夫人容禀!

　　　　　(唱)　小女子住本京亲亡家破,

　　　　　　　　自幼儿无依靠深受坎坷。

　　　　　　　　多亏了我长兄抚养于我,

　　　　　　　　又怎奈我嫂嫂搅家不和。

　　　　　　　　他夫妻常争吵怒中生祸,

　　　　　　　　不料想嫂自尽命见阎罗。

　　　　　　　　为兄长分忧虑难煞了我,

　　　　　　　　无奈何自卖身死里求活。

张夫人　　自卖本身,以解兄长之危、报抚养之恩,真乃义女。

张　治　文嫣,你可识字?

文　嫣　先祖系出簧门,略通诗文。

张　治　既通诗文,即刻口占一首。

文　嫣　老爷太太在此,民女不敢献丑。

张　治　不怪于你,站起来讲。

张夫人　好,你站起来讲。

文　嫣　谢谢老爷夫人。

　　　　(念)　浮云曰千里,

　　　　　　　何处是皈依?

　　　　　　　不求浣纱迁,

　　　　　　　只盼琼枝棲。

张　治　好,绝妙,绝妙!

张夫人　比得好。

张雪娟　文采可夸。

张　治　夫人,你看文嫣才貌双全,老夫倒有一比。

张夫人　老爷比作何来?

张　治　夫人。

　　　　(唱)　她好比污泥里明珠一颗,

　　　　　　　灵芝草却长在荒野山坡。

张夫人　(唱)　你看她娇滴滴鲜花一朵,

　　　　　　　露乌云伴春山俊俏婀娜。

张雪娟　(唱)　儿羡她甚聪明才高博学,

　　　　　　　好与我朝夕处切磋琢磨。

　　　　爹爹,就该付她身价银两,留在府中。

张　治　我儿喜悦,为父焉有不允。家院。

家　院　有。

张　治　传牛二。

家　院　牛二进府回话。

牛　二　(内)来了。(上)牛二与老爷夫人叩头。

张　治　牛二。

牛　二　老爷。

张　治	你因何事，令你妹妹卖身？
牛　二	哎呀，老爷，小人怕见官，见官就糊涂了。
文　嫣	我家哥哥生来愚痴，有话只问民女。
牛　二	着哇！有话问我妹妹。
张　治	文嫣，留你在府，你要身银多少？
文　嫣	多蒙老爷收留，不敢争论身价银数。
张夫人	会说话，多给她些。
张　治	家院，与她取来五十两银子。
家　院	是。
牛　二	哎，老爷，小人也愿留在府中，伺奉老爷。
张　治	有造化的。再看过二十两。
家　院	是。（下复上）五十两、二十两，共七十两。（交与牛二）
张　治	牛二。
牛　二	老爷。
张　治	银子拿回家去，将你妻安埋以后，再来府听用。
文　嫣	谢过老爷夫人。
牛　二	哎，谢过老爷夫人。
张　治	只要你忠心听候使唤，日后再给你娶房妻室。
文　嫣	哎呀，谢过老爷。
牛　二	谢过老爷。
	〔文嫣推牛二出外。
文　嫣	快走吧，你看什么？快走吧！你看什么？
牛　二	老爷一旁坐的那个女子，是什么人呀？
文　嫣	那就是小姐。
牛　二	方才老爷言道，要与我配一个媳妇老婆，莫非就是她？
文　嫣	胡说。若有人听去，难免惹出祸来。还不快回去！（推牛二下）
张夫人	文嫣，见过你家小姐！
文　嫣	与小姐叩头。

张雪娟　罢了！丫环。

丫　环　有！

张雪娟　叫文嫣下边梳妆。

丫　环　跟我来。（文嫣随丫环下）

张夫人　老爷，万岁四处求妃，我看文嫣才貌双全，送上必得
　　　　君宠。

张　治　夫人。

　　　　（唱）　虽然她姿色过人才学博，
　　　　　　　　你可知她品德又如何？
　　　　　　　　贸贸然荐进宫多有不妥，
　　　　　　　　这件事还需要仔细斟酌。

〔夫人点头，同下。

第三场　采　花

〔张府花园。文嫣上。

文　嫣　（唱）　离寒舍进张府门庭更换，
　　　　　　　　宦门深避过了官司牵连。
　　　　　　　　若再能得富贵一身荣显，
　　　　　　　　纵然是为姜小我也心甘。
　　　　　　　　张老爷他时常将我夸赞，
　　　　　　　　莫不是老牛郎还童少年。
　　　　　　　　若得他将我纳岂不如愿，
　　　　　　　　到那时不为正也愿为偏。
　　　　　　　　这才是春光不嫌老梅淡，
　　　　　　　　想老梅他未必不把春恋。
　　　　　　　　这事要巧安排仔细盘算，（行弦）
　　　　啊，那不是老爷到花园去了吗？刚巧夫人命我采
　　　　花，嗯。

（接唱）抓时间花园采花走一番。（下）

张　治　（上唱）下朝来满腹心事难排遣，

　　　　　　　　信步儿来在了自家花园。

　　　　　　　　看眼前景色宜人风扑面，

　　　　　　　　不由人见情忘忧心胸宽。

文　嫣　（上，采花舞蹈）老爷！

张　治　文嫣，你不在上房伺候你家夫人小姐，来到花园
　　　　为何？

文　嫣　夫人小姐命我来采那金莲白菊。老爷，你是散心
　　　　来了。

张　治　哦。你是采花来了。

文　嫣　老爷！

　　　　（唱）　你看这风摆垂柳映湖面，

　　　　　　　　镜中另有一重天。

　　　　　　　　这一旁菊花齐放竞争艳，

　　　　　　　　那一旁桂花芬芳香满园。

张　治　这真是：不是春光胜似春光啊！哈哈哈！

文　嫣　老爷！

　　　　（唱）　你道是胜似春光花争艳，

　　　　　　　　却怎知转眼霜天花便残。

　　　　　　　　老爷若是将花爱，

　　　　　　　　就该及时早摘攀。

张　治　啊！我哪来的兴致摘花？

文　嫣　老爷你看，那一对蝴蝶翩翩起舞，左右不离，你看你
　　　　看，老爷你看。（文嫣扑蝶，抓住，又飞走。）双蝶翩
　　　　翩舞，孤燕嗷嗷鸣，蝶喜成双对，鸟恶独飞行。

张　治　此诗甚好。只是提到孤燕，不觉使人有些悲惜怜悯
　　　　之情。

文　嫣　苦哇！

张　治　文嫣，你苦什么？

文　嫣　我有愿未许。

张　治　莫非为了你家哥哥的婚事？

文　嫣　老爷……

张　治　你不必多愁。日后老爷为你家哥哥娶房妻室，也就
　　　　是了！

文　嫣　（唱）　我明挑暗逗对他言，
　　　　　　　　他快快不乐为哪般？
　　　　　　　　迈动步儿两厢看，（见左右无人）
　　　　　　　　我文嫣岂能够就此心甘。
　　　　　　　　好时机莫错过我再下钩线，
　　　　　　　　哪怕鱼儿不向前！

　　　　老爷，想这园中四季之花连开不断，花花绿绿、有香
　　　　有色。正是：牡丹占尽艳阳春，桃李无言意更深；唯
　　　　有秋菊篱畔隐，何人怜悯与同心。

张　治　什么，菊花？

文　嫣　正是菊花！

张　治　何不以菊花为题，口占一绝！

文　嫣　老爷请听！
　　　　（念）　昂昂傲骨非落凡，
　　　　　　　　屹立高秋傲霜寒。
　　　　　　　　国人都怨秋容淡，
　　　　　　　　唯有渊明独自怜！

张　治　前两句可通，后两句就不对了。

文　嫣　老爷指正。

张　治　你看，尘世之上，爱菊之人甚多，何独陶渊明一人？
　　　　（唱）　说什么国人都怨秋容淡，
　　　　　　　　唯有那陶渊明独把菊怜。
　　　　　　　　尘世上爱菊人岂止万千，
　　　　　　　　老爷我与渊明俱是一般。

文　嫣　（唱）　听他言不由我暗自盘算，
　　　　　　　　莫不是老牛郎春意缠绵？
　　　　　　　　倒不如将心事讲在当面，

到此时又何必踌躇再三。

老爷既爱此花，我想这花岂不愿伴老爷。

张　治　文嫣，听你言语吞吐，牵枝弄叶，莫非有什么心事？

文　嫣　侍儿有心已久。

张　治　何不明讲？

文　嫣　侍儿怕老爷怪罪，不敢明讲。

张　治　不怪与你。

文　嫣　想老爷身为朝廷宰辅，应有三房四妾，侍儿文嫣不
　　　　才，甘愿为老爷铺床叠被，伺奉枕席。

张　治　你当怎讲？

文　嫣　陪伴老爷共枕同眠。

张　治　唉，你大胆！

　　　　（唱）　贱人说话好大胆，
　　　　　　　　厚颜无耻发狂言。
　　　　　　　　原以为你才德过人另眼看，
　　　　　　　　谁知你心怀淫邪乱人寰！

　　　　岂有此理！哼！（甩袖而去）

　　　　〔文嫣拽张衣袍。

张　治　你放手！哼！你……无耻！呸！（下）

文　嫣　这是何意？这是何体面？

　　　　（唱）　满面含羞只觉惭，
　　　　　　　　哎呀呀，枉自多情下钓竿，
　　　　　　　　实想他鲤鱼吞钩线，
　　　　呀，啐！
　　　　　　　　谁知夜静水又寒！
　　　　　　　　非是我小文嫣生来卑贱，
　　　　　　　　为今生享富贵哪顾容颜。
　　　　　　　　我这里拨乌云抓破粉面，
　　　　　　　　哭啼啼到上房鸣苦诉冤。（下）

第四场　赶　府

〔张府客厅。张夫人、张雪娟、丫环上。

张夫人　（唱）　命文嫣去采花不见回转。

张雪娟　（唱）　是何故我还要细问根源。

文　嫣　（上唱）假意儿哭啼啼忙擦泪眼，

　　　　　　　　见夫人我装作故意为难。

张雪娟　文嫣，让你花园采花，为何成了这般摸样？

文　嫣　哎呀！

　　　　（唱）　奉夫人小姐命去把花采，

　　　　　　　　遇一人行无理与我纠缠。

　　　　　　　　无处逃无处躲万般无奈，

　　　　　　　　他上前就撕扯奴才的衣衫。

　　　　　　　　你看这乌云蓬散血污面。

　　　　我的夫人啊！夫人为奴作主，把奴可怜！夫人小姐，
　　　　我是没法见人了。

张夫人　这是哪家无赖光棍，行此无理，将他扯来见我！

张雪娟　哎呀，文嫣，就该对夫人据实讲来。

文　嫣　我，我不敢讲。

张夫人　他是何人？但讲无妨，有老身我给你做主。

文　嫣　既然老夫人与我做主，那我就讲了吧。他不是别人，
　　　　他……

张夫人　他是何人？

文　嫣　他……他就是我家老爷！

张夫人　啊！

张雪娟　小贱人满口胡道，我家爹爹岂肯淫戏于你！

文　嫣　哎呀，小姐！老爷若无此事，小婢岂敢诬陷？哎呀老

夫人，你看这，我可是跳进黄河也洗不清了。

张夫人　嗯！

张雪娟　嗟！

（唱）　狗贱人莫犟嘴休要巧辩，

假意儿编是非逆理欺天。

稍时刻打得你皮开肉绽，

先戒你在人前任意胡言。

看家法！

文　嫣　老夫人！

张夫人　且慢！

（唱）　常言道风不动浪花不卷，

嫩黄花怎禁得葛藤纠缠？

你休怪小文嫣讲话大胆，

此事儿还需要细问根源。

我儿回房去！

张雪娟　儿遵命。文嫣！

文　嫣　小姐！

张雪娟　从今以后，再也不准你到我房中。你太不知廉耻
　　　　了。（下）

丫　环　看你，羞也不羞。（下）

文　嫣　夫人呀！

（唱）　这委曲说不清该把谁怨？

我只得怨天意不将我怜。

我这里施一礼急忙告便，（行弦）

张夫人　文嫣，你哪里去呀？

文　嫣　（唱）　辞别了老夫人我一死了然。

张夫人　文嫣，你，不可！

（唱）　且从容断不可轻寻短见，

细思量这件事确有根源。

为什么文嫣进宫老爷不愿？

原来是船到此处拐了弯。

倒不如收偏房两可情愿，

老牛郎配织女红线我牵。

文嫣，依老身之见，将你收为老爷偏房，你意如何？

文　嫣　哎呀！老夫人，你看这府中人多嘴杂，我还有何颜面站立人前？老夫人你不要拦我，我……我还是死了的好！

张夫人　哎呀，你再莫要如此。丫环。

丫　环　有！

张夫人　将文嫣引在我的房中，把那上好的衣裙与她穿戴起来，你家老爷回来就要纳宠！

文　嫣　哎呀，老夫人，这事使不得！

张夫人　使得的。

文　嫣　通不得！

张夫人　通得的。

文　嫣　老夫人。

张夫人　嗯——

文　嫣　你说使得？

张夫人　哦！丫环，搀你二夫人下面更衣。

丫　环　二——二夫人，走，穿戴走！（下）

张夫人　家院。

家　院　有。

张夫人　你家老爷哪里去了？

家　院　西府议事去了。

张夫人　二堂铺红挂彩，鼓乐伺候。你家老爷回来若问就说老身安排，可曾记下？

家　院　哦，记下了！下边听着：夫人有命，打扫厅堂，张灯结彩，鼓乐伺候。

〔鼓乐起。内声："老爷回府哇！"张治上。

张夫人　老爷，你回来了！

张　治　回来了。啊？

张夫人　老爷，你看个什么？

张　治　夫人，二堂之上铺红挂彩，却是为何呀？

张夫人　老爷有所不知，妾身斗胆，为老爷收了一个偏房。

张　治　呃！夫人，你看老夫偌大年纪，白发苍苍，行将就木，娶的什么妾，纳的什么宠？

张夫人　老爷，可叹你我夫妻，膝下无子，老来无人送终。丫环，搀你二夫人出来。

张　治　此事不可。

张夫人　老爷不必推辞，此女保你称心如意。

　　　　〔丫环搀文嫣上。张夫人掀去盖头。

张夫人　老爷请看。

张　治　夫人，这不是文嫣么？

张夫人　你当她是何人？

张　治　唉！莫怪下官说你，不贤惠、没正经，唉呀你！唉！

张夫人　是我不贤惠、没正经？还是你老不正经？

张　治　嗯？我怎么老不正经？

张夫人　你还叫我明言不成？

张　治　你就明言。

张夫人　你听！

张　治　你讲！

张夫人　我命文嫣花园采花，你不该在花园强行无理，淫戏于她！是她执意不从，哭哭啼啼，前来见我。我将计就计，按照你的心愿将她收下，做一偏房，你还假作正经，为着何来？

张　治　啊！哎呀！天哪！苍天！尘世以上，竟有这样颠倒黑白的事儿？真真气煞人也！（昏倒）

张夫人　老爷苏醒，老爷苏醒！

文　嫣　老爷，老爷！

张　治　（唱）　听一言气得我肝肠扭断，

张夫人　老爷！

张　治　（唱）　没想到她竟敢黑白倒颠！

　　　　　　　　我居官数十载并无淫乱，

若作此亏心事上有青天。

小文嫣她如此无耻下贱！

张夫人　老爷！你收下她，她就不下贱了。

张　治　唉！

（唱）　你无才听信她巧语花言。

此女子心术不正貌容妖艳，

想当初悔不该将她悯怜！

张夫人　老爷，事到如今，还是将她收下才是！

张　治　此事不用你管，回房去！

张夫人　不叫我管，我便不管，我看你将她怎样发落！

文　嫣　夫人！

张夫人　唉，你真是无耻啊！（下）

张　治　家院！

家　院　有。

张　治　唤牛二来见。

家　院　是。牛二来见。

牛　二　（内"来了！"上）牛二叩见老爷。

张　治　牛二。

牛　二　老爷。

张　治　快将你妹子领走！

牛　二　唵？领往何处哇？

张　治　领出府去。

牛　二　老爷不要啦？

张　治　快走！

牛　二　哎呀，老爷，我的身价银两都花费完了。

张　治　老爷分文不要，快快领出府去。

牛　二　哎，这深更半夜，赶我兄妹出府，为了何事呀？

张　治　不必多言，小贱人她自知晓。丫环！

丫　环　有。

张　治　将她的衣服剥掉，赶出府门。

丫　环　是！起来起来！（剥衣）

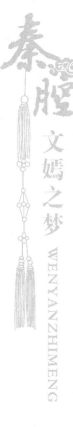

〔张治、丫环等下。牛二、文嫣出门。

牛　二　这倒为了什么？唉,这倒为了什么？

文　嫣　我知道为了什么？我知道为了什么？

牛　二　你每日伺候老爷,你不知道,难道,难道我知道？

文　嫣　唉！哥哥有所不知,妹妹奉了夫人小姐之命,去到花园采花。遇见老爷,他要纳我作妾。是我执意不从,老爷发怒,才将咱兄妹赶出府来。就是这事,你再问！

牛　二　哎呀,好我的妹妹呀,这是一件好事么,你怎么不从？

文　嫣　呸！人穷了,连这点志气都没有啦！

牛　二　嘿……好好,你有志气,你有志气嘛！你看这深更半夜,你我兄妹,该到哪里歇身？

文　嫣　回家！

牛　二　回家？你嫂嫂之事,若是被人告发,岂不又要吃官司？

文　嫣　寺里走！

牛　二　寺里有和尚,要我不要你。

文　嫣　到庵里去！

牛　二　庵里有尼姑,要你不要我。

文　嫣　哎！罢罢罢,咱兄妹只有——
　　　　（唱）　沿街乞讨了。
　　　　　　　　刹时间风云变好不悽惨,
　　　　　　　　想回家又只怕人命牵连。

牛　二　（唱）　看起来宦情薄欺压良善,
　　　　　　　　真不是老夫人吃醋拈酸？
　　　　　　唉！老夫人吃了醋了！（下）

第五场 夜 逢

〔校尉上。许士礼上。

许士礼 （唱） 为帝王选贵妃我夸下海口，

数日来无良策愁锁眉头。

怕只怕失君宠圣上迁怒，

这美人我该向何处去求？

〔文嫣、牛二上。

校 尉 什么人？

文 嫣 落难女子。

校 尉 启禀，前边一男一女，来路不明。

许士礼 哦！深更半夜，一男一女，必有隐情，把他们带上来。

〔校尉带牛二、文嫣。

文 嫣 叩见老爷。

许士礼 深更夜半，沿街行走，冲撞许老爷的马头，难道不知
禁法么？

文 嫣 许大人？在张府听说刑部许大人与张府乃两代世
仇，水火不容。我不免趁此机会，告老儿一状，许大
人定会收留与我。大人，民女冤枉！

许士礼 有何冤枉？

文 嫣 大人容禀：我名文嫣，他是我胞兄牛二。因遭横祸，
无奈投奔礼部尚书张老爷府中为奴，张老爷见我容
貌过人，立逼小女为妾。是我执意不从，黉夜将我兄
妹赶出府门，误撞许老爷的马头，还请老爷恕罪。

许士礼 噢！你说的可是真情？

文 嫣 句句实言。

许士礼 啊！好一个张治老儿。自称居官清正，竟敢作出这

等欺压良善之事。天理难容。左右掌灯，民女抬头。

（看）你站起来！

（唱）　观此人果是个女中魁首，

　　　　面如玉貌如花窈窕风流。

　　　　这佳人尘世间真乃少有，

　　　　广寒宫嫦娥女让她一筹。

　　　　这才是着意寻花花无有，

　　　　无意觅珠珠来投。

　　　　此乃天助我也！哈哈哈。

爷有一言和你商议。

文　嫣　老爷有何贵言，请讲何妨。

许士礼　圣上正在挑选美女。入宫之人尽皆不得圣喜。我有心将你进上。若得恩宠，岂不是你的大富大贵？

文　嫣　啊！诚恐民女无福，若得老爷荐引，得遇圣宠，你就是我的重生父母，再生爹娘。爹爹请上，受儿一拜。

（跪拜）

许士礼　啊，哈哈哈。起来起来。哈哈哈……日后我儿如得荣显，千万莫忘今夜之言。

文　嫣　儿我绝不会过河拆桥。若再忘誓，皇天昭鉴。

许士礼　如此甚好。左右！

校　尉　啊！

许士礼　请你家姑娘入衙。带马！

牛　二　（笑）嘿嘿……这下又搂着啦！（下）

第六场　入　宫

〔新建的逍遥宫，金碧辉煌。

〔四太监引晋帝上。

晋　帝　孤，大晋天子司马核，幸喜逍遥宫业已建成，麟骨床安放其中。命人四处选美,却无一人中意,真真令人可恼。内侍,宣许士礼进见。

卜建文　是。圣上有旨,许士礼见驾哪!

〔许士礼内:"遵旨"上。

许士礼　臣,许士礼参见万岁!

晋　帝　平身。

许士礼　万万岁!

晋　帝　许卿,你可为朕选到美女?

许士礼　为臣四处奔走,昼夜不停。能称王意的美女,确实难得。

晋　帝　唉!珍宝易得,美女难求。

许士礼　臣有一义女,名曰文嫣,颇有姿色。

晋　帝　现在何处?

许士礼　现在午门候旨。

晋　帝　速速宣上金殿。

许士礼　遵旨。圣上有旨,文嫣上殿。

文　嫣　(上唱)淡扫蛾眉改旧装,

　　　　　　　步上金殿谒君王。

　　　　　　　又喜又惊心似鹿儿撞,

许士礼　莫要害怕,随为父上殿面君。

文　嫣　(唱)　无惊无忧貌如常。

许士礼　臣女文嫣到。

文　嫣　文嫣见驾,愿陛下万岁!

晋　帝　女子抬头。(观)妙哇!

　　　　(唱)　朕将她容貌儿仔细端详,

　　　　　　　再将她举动儿用心度量。

　　　　平身!

文　嫣　谢恩。

晋　帝　(唱)　好一似中秋月毫光初放,

　　　　　　　又好似御花园沉醉荷棠。

　　　　　　　比西子赛貂蝉不为过奖,

论俊俏评风流赛过王嫱。

文嫣,你青春几何?

文　嫣　万岁!

（唱）　蒙圣问小女子不敢虚讲,

　　　　居本京处燕室二八春光。

晋　帝　你父母何人?

文　嫣　（唱）　生身父系生员母亲织纺,

　　　　遭不幸二爹娘中年夭亡。

晋　帝　何人抚养?

文　嫣　（唱）　蒙义父许刑部教诲抚养,

　　　　作螟蛉当亲生身居绣房。

晋　帝　可曾许人?

文　嫣　（唱）　云中月哪有人望夜观赏,

　　　　墙里花并无有蝶恋蜂狂。

晋　帝　如此甚好,你可愿居深宫么?

文　嫣　（唱）　醉芙蓉冷落在秋江岸上,

　　　　蒙皇恩沾雨露平步天堂。

晋　帝　妙哇!

（唱）　言语儿甚动听声音清亮,

　　　　性温柔又文雅聪明贤良。

　　　　得此女寡人我心欢意畅,

　　　　做一个风流天子跨凤乘凰。

许卿,朕将文嫣带至后宫,见过你家昭阳娘娘。你且退下。

许士礼　遵旨。（下）

张　治　（上）启禀万岁,羌邦使臣起程回国,仙鹤阁酒宴齐备,特请万岁光临。

晋　帝　不必。我卿奉陪也就是了。

张　治　遵旨。（见文嫣,惊）啊!

晋　帝　文嫣,随朕进宫。

张　治　万岁,她——

晋　帝	她是许卿为寡人进献的美女。
张　治	万岁,臣有本要奏。
晋　帝	爱卿有本,改日面奏,摆驾回宫。(下)
张　治	唉!

（唱）　万岁他见文嫣心欢意满,
　　　　必定是许士礼巧用机关。
　　　　我大晋锦江山毁于一旦,
　　　　回府去修本章再见君颜。(下)

第七场　遭　贬

〔宫娥引郭后上。

郭　后	（唱）　步香尘无心赏良辰美景,

　　　　闷坐在昭阳宫心绪不宁。
　　　　万岁他一心要选妃纳宠,
　　　　苦无有贤德女赘入深宫。
　　　　但愿得选良臣将君侍奉,
　　　　盼只盼嫦娥女嫁到龙庭。

〔内声:"圣驾到!"

郭　后	接驾!

〔太监引晋帝上。文嫣随上。

郭　后	妾妃接驾,陛下万岁。
晋　帝	平身。文嫣,见过昭阳娘娘。
文　嫣	参拜娘娘千岁。
郭　后	平身。
文　嫣	谢娘娘。
郭　后	万岁,此女子乃系何人?
晋　帝	此女乃许刑部义女文嫣。许卿将她进献寡人。寡人看她倒也聪明伶俐。

郭　后	（沉思）许刑部进来——（旁白）想那许刑部常怀欺君惑主之心,他将义女献与圣上,莫非另有图谋? 万岁,文嫣既是大家闺秀,何不让她赋诗一首?
晋　帝	倒也可通。
郭　后	文嫣,你且作诗一首,待万岁与本宫一观。
文　嫣	请娘娘命题。
郭　后	就以"西施入宫"为题。
文　嫣	遵命!
	（念）　苎萝村中一女童,
	姑苏台上留芳名。
	越王自雪会稽辱,
	何干西子入吴宫。
晋　帝	（念）"越王自雪会稽辱,何干西子入吴宫"。
	好哇! 真乃杰作。
郭　后	陛下,非也。西子入吴,致使吴王败家亡国。文嫣自比西子,以妾妃看来恐非吉兆。
晋　帝	这个……
郭　后	选妃纳宠系朝廷大事,陛下尚需从长计议。
晋　帝	依爱卿之见……
郭　后	将她暂留昭阳宫中,做一宫娥,再作道理。
晋　帝	既然如此,不如将她留在逍遥宫中伺奉寡人,你意如何?
郭　后	尽在万岁。
晋　帝	文嫣,将你留在逍遥宫中,做一宫娥,伺奉寡人。
文　嫣	谢主隆恩。（下）
晋　帝	梓童! 逍遥宫业已建成,你我一游如何?
郭　后	遵旨。
晋　帝	（唱）　纳妃未成必烦乱,
	逍遥宫中听管弦。（下）

第八场　登　床

〔逍遥宫内,景同六场。

文　嫣　(上唱)可叹我文嫣女命薄如纸,
　　　　　　　享荣华得富贵连失良机。
　　　　　　　我只说入宫后诸事如意,
　　　　　　　谁料想多情女枉受委屈。
　　　　　　　恨张治与郭后串通一气,
　　　　　　　奏本章进谗言把我贬低。
　　　　　　　有一日我若得君王宠意,
　　　　　　　杀仇敌除心恨再展蛾眉。

〔内声:"摆驾回宫——"
〔太监挽晋帝上。

晋　帝　(念)　酒醉精神多恍惚,
　　　　　　　心酣醉眼总朦胧。

〔卜建文与文嫣扶晋帝上麟骨床。

卜建文　文嫣,你且小心伺候,待我奏明昭阳娘娘。(下)

文　嫣　万岁吃酒带醉,独卧麟骨床上。眼下只有我一人伺
　　　　候,真乃天赐机缘,岂能错过,不免上床与他同眠,等
　　　　到万岁酒醒,生米已经做成熟饭,纵然娘娘不悦,圣
　　　　上也有口难言。到了那个时候,贵妃娘娘的宝座岂
　　　　不就是我的? 哎呀,且慢,当初在花园挑逗张治,被
　　　　那老儿赶出府来,如今我私上麟骨床,倘若君王怪
　　　　罪,这可如何是好? 哎咳! 多情多义的君王不比那
　　　　冷若冰霜的张治。不免斗胆上床。万岁若是怪罪,
　　　　我自有道理。
　　　　(唱)　见君王醉卧在鸳鸯帐内,

放大胆上龙床去把驾陪。（上床）

郭　后　（上唱）宫人禀万岁爷吃酒带醉，

昭阳宫急坏我粉黛蛾眉。

麟骨床为何有绣鞋一对，

锦罗帐紧相闭令人生疑。

前去接驾！

卜建文　是！

文　嫣　（内声）且慢！圣上酣眠未醒，娘娘请回。

郭　后　卜宫人，前去问过，是何人大胆伴驾？

卜建文　是！何人伺陪圣驾？

文　嫣　奴婢文嫣。

卜建文　禀娘娘，是文嫣在麟骨床上伴驾。

郭　后　什么什么，文嫣？

卜建文　正是。

郭　后　哎呀！这……贱人！礼部张治，屡奏本章，言说文嫣
　　　　乃淫贱之女，今日一见，果然不假。宫人，将她拉
　　　　下来。

卜建文　娘娘，若拉文嫣，必惊圣驾，望娘娘暂忍片刻。

郭　后　毁法度，乱宫律，如何使得。将她拉下来！

卜建文　是！（拉文嫣下床）

郭　后　贱人伤天害理，休想活命。宫人看过荆条！

卜建文　是。

郭　后　（唱）　你本是妲己辈淫贱之女，

君臣道上下礼全不顾及。

胆包天竟敢将龙体淫戏，

整宫规我定要活剥你皮！

文　嫣　冤枉，冤枉啊！

郭　后　宫人，把贱婆拖出去着实地打！

文　嫣　圣上呀，你害死奴婢了！

郭　后　啊！事到如今，你还有何话说。给我拉下去斩了。

〔宫人将文嫣拉下。

晋　帝	梓童，这般吵嚷为了何事？
郭　后	陛下，妾妃适才接驾来迟，见得文嫣在麟骨床上伴驾，只得将她拉下床来。万岁，请看这宫中的法度何在？
晋　帝	啊！竟有这等事！
郭　后	宫人，宣文嫣见驾。
卜建文	文嫣见驾。（文嫣上）
郭　后	文嫣，你是怎得私上麟骨床伴驾，万岁在此，你从实招来。你说，你讲！
文　嫣	奴婢不敢直言，望娘娘力整宫规，奴婢万死不辞。
晋　帝	赦你无罪，从实讲来。
文　嫣	只因万岁吃酒带醉，强扯奴婢上床同眠。奴婢不敢违抗圣意，只得依从。娘娘驾到，力责奴婢，罪在不赦，乞求陛下，立将奴婢斩首，以消娘娘怒气。
晋　帝	啊，呀，呀……（羞状）
郭　后	贱人，你还敢诬蔑圣上。
文　嫣	今已酿成大错，再敢诬蔑圣上，更有欺君之罪了。
郭　后	你住口！
晋　帝	梓童！
	（唱）　几曾见海棠花自将蜂觅， 　　　　黄花女有何胆敢将君欺。 　　　　看起来还是朕酒后失礼， 　　　　奴婢们哪个敢不从不依。
郭　后	（唱）　明知晓这其中必有情弊， 　　　　看起来这贱人恶过妲己。 　　　　倒不如斩其首以整纲纪， 　　　　也免得留祸患后悔不及。
晋　帝	咳！文嫣无罪，岂能斩之。事已至此，不如就纳文嫣为贵妃，遮羞这场丑事罢了！
郭　后	陛下不可，妾观文嫣有貌无德，如纳她为贵妃，恐将来遗祸非浅。万岁三思。

秦腔

文嫣之梦

WENYANZHIMENG

晋　帝	哦！（冷笑）嘿嘿嘿！当日，朕纳文嫣为贵妃，是你百般阻拦。今日，朕酒后失礼，纳她为妃，你又说她有貌无德，看起来，你真是个嫉妒多疑的妇人！朕意已决，爱妃平身。
郭　后	万岁，张治老臣屡奏本章……
晋　帝	不必多言！宫人看过凤冠霞帔，与贵妃娘娘更衣！
文　嫣	谢万岁！（下）
郭　后	万岁，此事万万不妥。
晋　帝	太得啰嗦，回昭阳宫去吧！
郭　后	（无奈）遵旨！ （念）　这才是酒不醉人人自醉， 　　　　　色不迷人人自迷。
晋　帝	卜建文。
卜建文	在！
晋　帝	命光禄寺在仙鹤阁设宴，为你贵妃娘娘一贺。
卜建文	启禀陛下，刑部许士礼带牛二前来求见。
晋　帝	哦，皇亲国戚来了。宣二卿进宫。
卜建文	圣上有旨，二卿进宫。 〔鼓乐声中，许、牛上。
许士礼	臣许士礼叩见万岁！
牛　二	臣牛二叩见万岁！
晋　帝	二卿听旨。
许士礼 牛　二	臣！
晋　帝	朕纳文嫣为贵妃，封许士礼兼管吏部尚书，封牛二为光禄寺少卿，命二卿入宫赐坐。
许士礼	万岁，万万岁！
牛　二	万岁，万万岁！
晋　帝	二卿随寡人仙鹤阁饮宴。
许士礼	谢万岁！
牛　二	谢万岁！ 〔鼓乐起。同下。

第九场 抄 府

〔张府,景同二、四场。

张　治　（唱）　为文嫣进宫事我多次进谏,
　　　　　　　　君王他反斥为诬陷之言。
　　　　　　　　那文嫣称贵妃得势荣显,
　　　　　　　　与许贼暗勾结狼狈为奸。
　　　　　　　　为社稷我提笔再修奏谏,
　　　　　　　　郭娘娘对奸佞与我一般。
　　　　　　　　盼只盼君王他商殷为鉴,
　　　　　　　　锄妖狐保大晋锦绣江山。

家　院　禀爷,许士礼率领人役手捧圣旨,赶来我府。

张　治　什么,许士礼手捧圣旨?

家　院　正是。

张　治　哎呀!不好!快去禀报夫人小姐,让她们多加小心。

　　　　〔校尉上,许士礼上。

许士礼　张治听旨:"朕建宫选美,尔竟隐藏美女不献,有意诽
　　　　谤寡人,欺君冈上,罪重难赦,下到天牢候处!"

张　治　（手捧圣旨）"隐美不献……罪重难赦!"这……这……
　　　　（唱）　读罢旨只觉得天旋地转,
　　　　　　　　万岁竟听谗言是非倒颠。
　　　　　　　　我纵然下牢狱绝不忏悔,
　　　　　　　　不剔除虎狼辈晋朝难安。

许士礼　（念）　莫道君情薄,
　　　　　　　　还是自作孽。

　　　　校尉们!

校　尉　啊!

许士礼　将老儿与我带了！

张　治　哈哈,嘿嘿！走！

校　尉　走！

许士礼　(大笑)嘿嘿嘿……(下)

　　　〔张夫人与张雪娟上。

张夫人　老爷！

　　　〔牛二带人上。

牛　二　哈哈……张小姐,你往哪里走?我看你还往哪儿走
　　　呀！(拉扯张雪娟)

张夫人　(唱)　狗奴才全不知人伦为大,
　　　　　　　你竟敢仗权势把人欺压。

张雪娟　(唱)　像你这猪狗辈该千刀万剐,

牛　二　走,小姐,你我成亲去吧！

张雪娟　(唱)　奴本是金凤凰岂配乌鸦。

牛　二　抢！

张雪娟　强盗！

　　　〔张夫人打牛二。牛二将张夫人打死。

张雪娟　啊！娘啊！

牛　二　哈哈哈,快,快带上走,抢回府中拜堂成亲。

　　　〔牛二等抢拉张雪娟下。

第十场　献　寿

　　　〔逍遥宫张灯结彩。景同六、八场。

　　　〔宫娥、太监引文嫣上。

文　嫣　(唱)　进宫来如愿偿心情舒展,
　　　　　　　君王他宠爱我非同一般。
　　　　　　　你看我罗衣如云花枝展,
　　　　　　　你看我头戴金钿,身穿贵衫,朝朝饮宴,夜夜

笙歌听管弦。

谁敢与我比权势？

谁敢与我比容颜？

常与君王共欢宴，

富贵荣华我占全。

逍遥宫重重宫殿我独占，

只盼着：昭阳由我管，辅政掌大权，

蛾眉写青史，粉黛谱新篇。

莫道是富贵荣华由天定，

全凭我施巧术雨覆云翻。

喜今日文嫣我又逢寿诞，

逍遥宫乐逍遥龙凤呈欢。

太　监	启奏娘娘，许大人、牛皇亲到。
文　嫣	有请。

〔鼓乐声中许士礼、牛二上，跪拜。

许士礼 牛　二	臣叩见娘娘千岁！
文　嫣	免礼，平身。
许士礼	谢过娘娘千岁。
文　嫣	你我非同一般，尔后还是免去君臣之礼，以父女兄妹相称。
许士礼	遵旨。今日我儿寿诞，为父备得薄礼，务请我儿笑纳。
牛　二	为兄也备有薄礼，还望妹妹笑纳。
文　嫣	义父兄长多劳心了。
许士礼 牛　二	不成敬意。
文　嫣	想我出身寒室，一步登龙，全仗义父荐引之功。
许士礼	我儿说哪里话。若不是我儿姿色过人，怎得君王宠爱。圣上焉能封我吏部尚书，统握大权。
文　嫣	此乃我父女兄妹千年富贵，共同之喜！
许士礼	共同之喜！

牛　二　共同之喜！（三人大笑）

文　嫣　许大人，你我今日欢聚，你把那张治老儿——（许示意）侍儿们退下。（侍儿退下）你把张治怎么样了？

许士礼　奉王旨意，已将张治押进天牢。

牛　二　妹妹呀！那日把张治押到天牢，我去抢他女儿成亲。不料花堂还没拜，她就在房中悬梁自缢了。哎……实在可惜！

文　嫣　一个张雪娟死了，有什么可惜！

许士礼　那日那张治下监，在他身上查出奏柬一份，请我儿过目。

文　嫣　（看柬）张治与郭后串通一气，置我于死地。老儿不除，必是你我终身之祸。

许士礼　那张治老儿隐藏美女不献，不犯斩首之罪，若杀老儿，圣上知晓，反而于你我不利。

文　嫣　不能明斩，也要暗除！

许士礼　张治乃郭后心腹，除掉张治，郭后岂能与你我罢休？

文　嫣　杀张治，除郭后，斩草除根，免除后患！

许、牛　但不知怎样下手。

文　嫣　眼前有万岁爷赐的酒宴，转送给郭娘娘。

许士礼　美酒中下毒。

牛　二　借刀杀人。

文　嫣　只是深宫里无毒品，这该怎办？

许士礼　这有何难。我立刻去办。

文　嫣　如此甚好，女儿备有寿宴，请父兄一同饮用。

许士礼　不用，事成之后，再来痛饮，为父告辞了。（下）

牛　二　妹妹，许大人走了，你我兄妹痛饮几杯。

文　嫣　哥哥抚养了妹妹一场，叫妹妹敬你三杯。

牛　二　哦，好！今天是你的大喜日，我应喝你三杯喜酒。啊哈哈哈！（饮酒）喝个一定高升，干，倒，喝干哥俩好，不不不，不对，喝个兄妹好。干，倒，喝个三桃园。干，再倒。

文　嫣　哥哥,你不能再喝了。

牛　二　嗯,不妨事,你拿过来吧。(自斟自饮)

小太监　禀娘娘,昭阳娘娘送来寿筵。

文　嫣　什么?我正要给她送去,怎么她倒先送来了。好,有请。

小太监　有请昭阳娘娘。

〔郭后上。

文　嫣　小妃接驾。

郭　后　平身。

文　嫣　谢娘娘。娘娘千岁驾到,有失远迎,多有得罪。

郭　后　适逢贵妃寿诞,本官贺寿来迟,还请海量。

文　嫣　娘娘亲自驾临,岂不折杀小妃。

郭　后　寿筵呈上,请贵妃笑纳。

文　嫣　谢娘娘。

〔起音乐。寿筵端上,牛二拿起郭后送来的银酒壶。

牛　二　郭娘娘,来来来,我先敬你一杯!

郭　后　今日贵妃寿辰,你乃是皇亲国戚,本官理应敬牛皇亲才是。看过寿酒。(倒送来的寿酒)

牛　二　今日郭娘娘驾临,原是我妹妹的荣幸,来来来,我先敬你一杯。

郭　后　不敢。

牛　二　嘿嘿嘿,哈哈哈,你不喝,我便自饮。

文　嫣　侍儿们,牛皇亲喝醉了,搀到后面歇息。

郭　后　快请太医马师与牛皇亲醒酒。

牛　二　啊!马氏!马氏!嘿嘿嘿,妹子呀,要不是你一棍子打死你嫂嫂马氏……我……

文　嫣　酒后无礼,搀下去。

牛　二　是我无礼,还是你无礼。你要不是在张府戏弄张治,他还会赶你?

文　嫣　搀下去!(侍儿搀牛二下)

郭　后　侍儿们,回宫!

秦腔 文嫣之梦 WENYANZHIMENG

文　嫣　慢怠娘娘千岁了。

郭　后　好说！

文　嫣　娘娘千岁，我兄酒后失礼，娘娘莫要见怪。

郭　后　贵妃娘娘多心。

文　嫣　我兄酒后失言，娘娘不必见真！

郭　后　本宫是不会见真的。（下）

文　嫣　哎呀！不好。我兄酒后失言，泄露真情，郭娘娘定会禀知万岁，这该如何是好？这该如何是好？内侍，速传许大人进宫！

文　嫣　（唱）　恨兄长吃酒醉真情泄露，

　　　　　　　　刹时间君王怪罪性命难留。

　　　　　　　　这才是画虎不成反类狗，

　　　　　　　　难道说一朝富贵付东流。

许士礼　（上）我儿为何如此焦急？

文　嫣　哎呀，义父，大事不好！是你出宫之后，郭娘娘前来，我哥哥酒醉，把儿过去之事，一泄而尽，儿想郭娘娘定会禀报万岁！

许士礼　啊！这将如何是好？

文　嫣　我问你，毒品可曾带来？

许士礼　带来了。

文　嫣　一不做，二不休。刹时万岁驾到，必与女儿同饮。将毒品放入酒内，毒死万岁，岂不大权在握！

许士礼　毒杀万岁，文武得知，岂能与你甘休。

文　嫣　这个——方才郭娘娘送来一桌酒宴，不免将毒品放入郭后银壶之中，岂不一箭双雕。

许士礼　如此，待我去到天牢，除掉张治！（下）

〔文嫣放毒，小太监看见，吓得发抖。

〔内："万岁和郭娘娘驾到！"

〔晋帝与郭后同上。

晋　帝　（唱）　文嫣女多妖媚仙女天降。

郭　后　（唱）　她乃是狐媚辈屡把人伤。

牛皇亲酒后言绝非虚妄。

晋　帝　（唱）　怕的是妒妇之舌有锋芒。

文　嫣　（上）小妃接驾。

晋　帝　平身。喜逢爱妃寿辰,寡人命仙鹤阁为爱妃设置花宴,可曾呈上?

文　嫣　多蒙圣上宠意,容妾妃叩谢赐宴之恩。

晋　帝　你我恩重情笃,爱妃生辰,理应恭贺。

文　嫣　宫人看酒。万岁!
　　　　（唱）　郭娘娘赐酒宴金杯玉酿,
　　　　　　　请饮此万寿杯龙凤呈祥。

郭　后　（见小太监倒酒两手发抖,知有隐情,忙制止）万岁!
　　　　今日是贵妃娘娘生辰,理应娘娘先饮。

晋　帝　是啊!
　　　　（唱）　爱妃生辰非已往,
　　　　　　　寡人我先敬爱妃理应当。

文　嫣　万岁!
　　　　（唱）　妾妃实不敢当,
　　　　　　　先饮了岂不失纲常?

郭　后　（唱）　什么纲常不纲常,
　　　　　　　万寿盏理应该贵妃先尝。

文　嫣　（唱）　郭后一再来阻挡,
　　　　　　　莫非万岁有提防。

郭　后　（唱）　她推三推四不肯饮,
　　　　　　　难道酒内有文章?

文　嫣　嗯,万岁,这是妾妃的赤诚之心,你还是饮了吧。

牛　二　（上）这么好的酒,你们不喝,我喝。（端酒一饮而尽）

文　嫣　啊!

牛　二　嘿嘿……嗯,好酒!啊!（中毒倒地）

郭　后　牛二口吐鲜血而亡,分明酒内有毒,有意毒害万岁!

晋　帝　啊!害到寡人的头上来了!

文　嫣　万岁明鉴,此乃郭娘娘给妾妃送来的寿酒!万岁,你

要给我作主哇！

晋　帝　啊！梓童，这可是你送的寿酒？

郭　后　正是！

文　嫣　我可怜的哥哥呀！

郭　后　万岁，这是妾妃送的寿酒不假。送来之时，牛皇亲连饮数杯，并不见他中毒倒地。

晋　帝　可有此事？

文　嫣　这个……

郭　后　再说我居深宫，哪来的毒品？

文　嫣　（撒泼）你居深宫，没有毒品。难道我居深宫就有毒品不成？

郭　后　万岁——

文　嫣　万岁——

晋　帝　不必争吵，寡人自有道理。内侍，方才何人进宫饮宴？

小太监　贵妃娘娘与许大人、牛皇亲一同饮宴。

晋　帝　哦！他们讲些什么？

小太监　奴才门外伺候，并未听清。

晋　帝　哼！哼！哼……将小太监推出斩了！

小太监　啊！我说我说。

（念）　许士礼与牛二进宫拜寿，

　　　　除张治害郭后共定计谋。

　　　　牛皇亲吃酒醉机密泄露，

　　　　牛贵妃怕降罪破釜沉舟。

　　　　一不做二不休下了毒手，

　　　　敬药酒毒万岁一箭双收。

〔文嫣见事败露，智穷计尽，忙躲进麟骨床。

晋　帝　尔等狗胆包天，竟敢谋害寡人！将小太监押监候处。（押小太监下）将贱婢与我扯下麟骨床。（卜建文拉文嫣出）将那阴谋毒害寡人的毒酒赐与贱婢，勒令自裁！

〔文嫣无奈，喝毒酒下。

郭　后　万岁受惊了。

晋　帝　寡人悔恨未听我卿之言,铸成大错。

郭　后　妾妃受屈莫要说起。只是那老臣张治尚在狱中。

晋　帝　宣张治进宫。

卜建文　张治进宫!

张　治　(上)万岁!

晋　帝　仙鹤阁设宴,为张爱卿郭娘娘压惊!

卜建文　是!

　　　　〔众下。

——剧　终

演出单位

西安尚友社

青蛇传

根据同名锡剧移植

范　角　移植

剧情简介

  这是《白蛇传》的续篇。小青思念姐姐白素贞,苦奈功力不敌法海,在救得其姐之子梦蛟后上山修炼。十八年后,小青不听桃山圣母劝阻,偷偷下山,不幸被法海擒获,受尽酷刑。桃山圣母令二徒儿救出小青后,赐她碧海神珠和宝剑,重派众徒儿随其下山大战法海和众神将。在危急时刻,小青刺胸喷血破除金钵妖威,并吐出碧火神珠焚塔舍身救姐,终使白素贞夫妻、母子团圆。

场　目

人 物 表

青　贞　仙　小

素　贞　　白

许　仙　蛟　梦

李　奶　奶　清

明　风　月

小青化身　　将

众　神　将

法　海　神

司　钵　智

净　空

众桃山仙女

桃山圣母

第一场　别姐救蛟

〔西子湖畔。西湖波涛滚滚,天空乌云翻腾。狂风呼啸,飞砂走石。电闪雷鸣。

〔幕后合唱:天昏地暗风雨骤,

　　　　　　电闪雷鸣摧红楼。

　　　　　　法海金钵把素贞扣,

　　　　　　小青妹,

　　　　　　义薄云天报姐仇。

〔帷幕在合唱声中徐徐启。

法　海　(内声)众神将,将白妖押出红楼。

众神将　遵法谕。

白素贞　(内唱)怒火满腔恨法海——

〔众神将威武地上场警戒,司钵神手举金钵,一道眩目的钵光罩住白素贞。白素贞在钵光中艰难挣扎前行,痛苦万状。

白素贞　(接唱)仰问苍天忒不该!

　　　　　　　恶僧法海欠冤债,

　　　　　　　棒打鸳鸯两分开。

　　　　　　　许郎伶仃今何在?

　　　　　　　难舍姣儿离娘怀!

　　　　　　　青妹只身何处待,

　　　　　　　血泪滴滴恸悲哀。

　　　　　　　骨碎命危正气在,

　　　　　　　重修苦炼把法海裁。

许　仙　(内喊)娘——子——!

〔许仙怀抱梦蛟不顾一切地冲上。

白素贞　官人——

〔众神将左拦右挡，不准白素贞与许仙相见。

〔白素贞被押至山岗，许仙紧追不舍。司钵神作法，霹雳一声山崩石裂，白素贞钵光中立于断崖山石上。

白素贞　（唱）　咫尺相近天涯外，

　　　　　　　泪眼相看湿粉腮。

　　　　　　　风雨同舟梦犹在，

　　　　　　　生离死别难分开。

　　　　　　　盼郎别后惜恩爱，

　　　　　　　祝郎康泰百事乖。

　　　　　　　抚儿成人讨冤债，

　　　　　　　誓诛恶僧志不衰。

〔二道表演区。法海立于山巅之上。

法　海　白妖！你私下红尘，违犯天规，迷惑许仙，水漫金山，天怒人怨，十恶难赦。众神将！速将白妖压在雷峰塔中。

众神将　遵法谕！

〔众神将托起白素贞。雷峰塔自天而降，压住白素贞。

白素贞　许郎！梦蛟啊！

〔众神将围守塔前。

司钵神　众神将！搜拿青妖！

众神将　啊！（下）

许　仙　娘子！

〔怀抱梦蛟踉跄近塔，悲愤欲绝地撞塔，昏晕。

〔小青心急如焚疾步而上，怒火满腔抽剑斩断"白妖永镇雷峰"碑石。

〔婴儿啼哭。

小　青　梦蛟！

〔见许仙昏倒在地，急扶。

小　青　许相公！许相公！

〔许仙苏醒。

许　仙　青姐!

小　青　此处不可久留,你要管好梦蛟,速速离开此地,小青我苦访师尊,修炼功力,警诛恶僧,姐姐定有出塔之日。

〔法海率众神将上。小青无所畏惧地迎上,怒目相对。

法　海　青妖,你好大胆,老僧正在找你!

小　青　法海,你恶贯满盈,末日不远。

法　海　捉拿青妖。

〔众神将包围小青,小青无心恋战,保护许仙和梦蛟且战且走。

〔塔神夺走梦蛟,踢倒许仙,梦蛟啼哭。塔神登上山石将梦蛟抛入西湖。

〔小青奋力战退神将,跃上山石,踢下塔神。

小　青　梦蛟!(纵身跳入西湖)

〔许仙扑向湖边,被法海拦住。

〔众神将随塔神搜巡湖面。

〔二道表演区。小青怀抱梦蛟腾空而去。

众神将　(惊讶)啊!

法　海　许仙,你快皈依三宝!

许　仙　(又恨又怕)不,不!

法　海　众神将!

众神将　啊!

法　海　将许仙押上金山!

众神将　走。

法　海　阿弥陀佛!

〔法海、众神将、许仙"造型"亮相。

〔切光。

第二场　私下桃山

〔距前场十八年后。

〔仙境桃花山。

〔幕后合唱：遍访千山把师投，

小青桃山苦炼修。

光阴荏苒十八载，

时刻不忘报姐仇。

〔幕启。晨光熹微，小青剪影。鼎炉熊熊的神火映照出小青艰辛地修行炼丹，习武练功。

〔红日冉冉升起，桃山仙境姹紫嫣红，风光旖旎，众仙女从桃花丛中出现，协助小青扇火炼丹。

〔众仙女舞蹈毕下。小青望着桃山百感交集。

小　青　（唱）　桃花山万紫千红、莺啼鹤舞无心看，

旖旎风光不留恋。

雷峰塔隔断了姐妹相见，

相思情飞越过碧水青山。

是生离是死别吉凶难辨，

生离死别，死别生离，日夜思念，常为姐姐把心担。

只恨小青功力浅，

欲报姐仇百虑煎。

幸遇那桃山圣母慈悲为怀知我愿，

投师门下苦炼丹。

想姐姐塔底受苦难，

春光明媚悲暗添。

想姐姐塔下受苦难，

夏日炎炎苦炼丹。

想姐姐塔底受苦难，

秋风萧瑟不畏寒。

想姐姐塔下受苦难，

严冬风雪一肩担。

姐姐呀！

小青将仇恨记心坎，

为报仇苦修苦炼十八年。

小梦蛟已托人照管，

许仙被法海禁金山。

想姐姐合家东西散，

恨不得——

速离仙境、粉身碎骨，翦除法海再次斗金山。

〔桃山圣母驾祥云上。

小　青　徒儿迎接师父。（拱手跪拜）

圣　母　小青。近来你修炼得如何？

小　青　遵师所指，徒儿不敢懈怠。

圣　母　仙家修道，须养性修心，摒除杂念，以竟全功。

小　青　（无语）——

圣　母　为何不语？

小　青　师父，小青难忘姐姐在塔底受苦，救姐心切。

圣　母　欲速则不达，瓜熟蒂自落，且勿操之过急，而致功亏
　　　　一篑。

小　青　是。

圣　母　为师欲察看你近来功力如何，由你师兄伴练。清风、
　　　　明月。

清　风
明　月　（内应）在！（翻上）参见师父！

圣　母　命你们与小青伴练，比试高低！

清　风
明　月　遵命！（三人比武，小青略强）

圣　母　冰冻三尺非一日之寒，小青未曾辜负为师指点，功力

大进了。

〔炉火突然变色,碧火神珠大放光华。

圣　母　小青,碧火神珠已经炼就,速守八卦炉旁等候吞珠。

小　青　遵命!（守在炉边）

圣　母　（作法）开炉!

〔一声轰鸣,炉顶飞去,一颗火珠从炉内喷薄而出。

圣　母　徒儿站稳了!（抛下神珠）

〔小青吞下神珠腹内如焚,满地滚翻。

圣　母　青儿,碧火神珠乃仙家之丹元,功力无比,你是蛇体,要经受撕心裂肺之痛,脱胎换骨之苦,吞珠容易守珠难呀!

　　　　（唱）　神珠入腹痛如绞,

　　　　　　　　经受磨难功德高。

　　　　　　　　道高何惧魔鬼闹,

　　　　　　　　百折不挠斩群妖。

小　青　师父!

　　　　（唱）　为替姐姐把仇报,

　　　　　　　　徒儿甘愿受煎熬。

　　　　　　　　碧玉神珠仙家宝,

　　　　　　　　雷殛身焚定守牢。

圣　母　好!你们速将小青送进神泉!

〔清风、明月与桃花仙女簇拥小青去神泉。

圣　母　（唱）　桃山清秀太虚境,

　　　　　　　　一泓神泉映桃山。

　　　　　　　　滴滴泉水祛劫难,

　　　　　　　　碧火神珠功力添。

〔二道表演区。山顶一泓清泉,小青碧波中欢快地沐浴。浴毕,复原。

小　青　（精神抖擞地上）徒儿拜见师父。

圣　母　青儿,如今你感觉如何?

小　青　眼明心亮,功力倍添!

圣　母　青儿，你看这把宝剑！

（唱）　神剑一把豪光放，

带在身边游四方。

为师练剑岁月长，

千年炉火铸神钢。

我怜你报姐仇朝思暮想，

我怜你救善良不畏刀枪。

我恨那贱法海恶毒狂妄，

我怜你姐妹俩苦受风露。

赠你神剑有妙用，

往后你会知端详。

此剑法力剑中藏，

灵性万端世无双。

剑未出鞘妖胆丧，

人逢险处剑救亡。

神剑不是寻常物，

不到危时剑不扬。

用剑还须心虔诚，

人心昭昭剑露芒。

你性烈似火太鲁莽，

谋略不足难敌强。

修心养性添涵养，

下山报仇暂收藏。

小　青　多谢师父！

（边舞边唱）

此剑果然不寻常，

豪光熠熠世无双。

今日神剑在我手，

定叫法海剑下亡。

（宝剑入鞘）

小　青　师父，徒儿不忍姐姐受苦，意欲速速下山。

圣　母　不可造次。

小　青　敢问师父却是为何？

圣　母　那法海邪术不凡，骄横凶残，更兼他有金钵，你还须潜心修炼，日后方可下山。

小　青　（迟疑）这……请问师父，何日可以下山？

圣　母　须看修炼如何？

小　青　少则几年？

圣　母　三年五载。

小　青　多则几年？

圣　母　百年千年！

小　青　师父，我姐姐压在雷锋塔下受尽磨难，渴求重见天日，合家团圆，望眼欲穿，求师父允小青早日下山，毁去雷峰搭，翦除法海！

圣　母　非是为师不允，实是你功力浅薄，一旦失去神珠，便将毁去千年道行！

小　青　小青为救姐姐，愿毁千年道行，纵然粉身碎骨，也要斗一斗法海！

圣　母　这……

　　　　（唱）　小青儿气贯长虹刚烈性，
　　　　　　　　救姐姐敢对强敌轻死生。
　　　　　　　　靠勇猛怎能把骄敌制胜，
　　　　　　　　可惜她功力尚未炉火青。
　　　　　　　　下山去风云多变匹夫勇，
　　　　　　　　到那时失珠毁道全落空。
　　　　　　　　我暂且收回神剑指明径，
　　　　　　　　再劝她桃花仙山苦修行。

　　　　清风明月，收回神剑。

小　青　师父，这是为何？

圣　母　为师怕你孤注一掷，欲速不达呀！

小　青　师父，徒儿在桃山苦修苦炼，如今碧火神珠在胸，师父神剑在手，徒儿恨不得一步跨到西湖，推倒古塔，救出姐姐,踏平金山,剪除法海!

圣　　母　青儿,你虽炼就碧火神珠,可以焚烧雷峰塔,可是法海金钵十分厉害,你还须潜心修炼护身破钵法术。

清　　风
明　　月　师父,小青救姐心切,望师父成全师妹一片苦心,我们愿助一臂之力,和师妹一同下山除恶扬善!

圣　　母　休得多言,收回神剑!

清　　风
明　　月　(三人)师父!
小　　青

圣　　母　收回神剑!

〔清风、明月无奈收回小青手中的神剑。

(合唱声起)

忍痛交出神灵剑,

遥望西子泣素贞。

不下桃山不消恨,(重现西湖,雷峰塔景)

夙愿难酬心如焚。

〔小青刚毅地"造型"亮相。

第三场　　夜访诉情

〔南屏山村。

〔幕启。山民家堂屋,陈设简单洁净。北墙有窗,可见篁竹绕宅。月挂中天。远处是南屏夜景。

〔梦蛟伏案苦读。李奶奶端碗上。

李奶奶　(唱)　十八年前来了一位青姑娘,

怀抱一个小儿郎。

像从湖中刚捞起,

裹着一领湿衣裳。

婴儿放在家门口,

眨眼不知去何方!
我看定是她私生子,
未曾出嫁怎做娘?
我二老正好无子养,
当做膝下亲儿郎。
天生麒儿好貌相,
七岁就能念文章。
一目能看十行字,
读了一遍记心上。
他日夜苦攀龙虎榜,
大比年定是个状元郎。
看来我家还是积德好,
乐得我睡也甜来饭也香!

（慈爱地亲呼梦蛟）蛟儿,夜已经深了,回房睡吧!

梦　蛟　孩儿拜见母亲。

李奶奶　儿呀,吃了这碗饭,就早点睡吧!

梦　蛟　孩儿不饿,母亲请吃!

李奶奶　为娘吃过了,你快吃了吧!

梦　蛟　母亲,爹爹披星戴月捕鱼张网,还是留给爹爹吃吧!

李奶奶　真是个孝顺的蛟儿。儿呀,人是铁,饭是钢,一顿不
　　　　吃心里慌,你快吃了去睡吧!

梦　蛟　孩儿稍读一回,母亲你先去安睡吧!

李奶奶　好好好。（欲走又回）蛟儿,夜冷了,你要多披件衣
　　　　裳,身体要当心呀!

梦　蛟　是,孩儿,送母亲!

〔李奶奶欢心地笑下。

梦　蛟　（凝视李奶奶的背影,感动地）

　　　　（唱）·天下最慈父母心,
　　　　　　　爱我犹如掌上珍。
　　　　　　　愿我双亲松柏寿,
　　　　　　　经风历霜四季青。

为报慈恩更勤读，

龙虎榜上见孝心。（梦蛟秉烛夜读）

〔风啸声，小青腾云飞下。

小　青　（唱）　行程万里驾云来，

背着师父下桃山。

先会梦蛟诉真情，

再上金山报仇冤。

待我敲门唤梦蛟——

（见自己装束感到不妥，变幻成村姑）

小　青　（唱）　化着村姑把他瞒。

小相公开门来。

梦　蛟　你是哪个？（开门，见是陌生女子，急忙关门）你是
何人啊？

小　青　我是你的亲戚，是一个陌生的亲人。

梦　蛟　亲人？除了父母我没有亲人。

小　青　你开了门，讲明了，就会知道的。

梦　蛟　待我开门。（欲开又止）不，不，不能开门，半夜三更
男女来往多有不便。

小　青　我有要事和你面谈。

梦　蛟　和我面谈？不，不，明日你对我母亲讲吧！

小　青　我有急事在身，不能等到天明。

梦　蛟　你不能等到天明，我不到天明绝不开门！

小　青　当真不开？

梦　蛟　当真不开！

小　青　果然不开？

梦　蛟　果然不开！

〔小青作法径自入内，梦蛟转身见小青，惊慌失措。

梦　蛟　你，你你怎么进来的？

小　青　你不开门，我自己也会进来的。

〔梦蛟见门窗紧闭，越想越怕。

梦　蛟　你，你是妖怪还是仙人？

小　青　（坐定）不要害怕，我是你的长辈。

梦　蛟　长辈！什么长辈？

小　青　我是你母亲的妹妹。

梦　蛟　啊呀呀，你讲话真不知轻重，我母亲七十五岁了，你不过十七、八岁，做我母亲的孙子还差不多啊！

小　青　嘿，他倒讨起我的便宜来了，告诉你，在长辈面前，你得放稳重些！

梦　蛟　（急开门）你少说废话，你与我走，走，走！

小　青　哎！（一推，梦蛟险些跌倒，小青扶住）梦蛟！

梦　蛟　啊，你怎么知道我的名字？

小　青　我怎么不知道，你的名字还是我取的！

梦　蛟　我的名字是你取的？

小　青　是呀！

梦　蛟　（重新打量小青）你这黄毛丫头几岁了？

小　青　不多不少，正好一千岁！

梦　蛟　你……

小　青　梦蛟！

　　　　（唱）　我违背师命下桃山，
　　　　　　　　千里寻你诉前缘。
　　　　　　　　未将情由讲出口，
　　　　　　　　冷淡长辈吐狂言。

梦　蛟　（唱）　你半夜三更忽露面，
　　　　　　　　破门诡秘我心寒。
　　　　　　　　我与你素昧平生不识面，
　　　　　　　　毛丫头充长辈于理不端。

小　青　（唱）　你不知父母受苦难，
　　　　　　　　身负重罪十八年。

梦　蛟　（唱）　我侍奉椿萱未怠慢，
　　　　　　　　你故弄玄虚是非颠。

小　青　好，我对你实说了吧！这里二位老人家不是你的亲生父母！

梦　蛟　（不悦）哼，一派谎言，你怎说不是我的亲生父母？

小　青　你母亲几岁了？

梦　蛟　已逾古稀之年，七十五岁了。

小　青　你呢？

梦　蛟　年方弱冠，一十八岁。

小　青　那你算算，你母亲生你时她几岁了？

梦　蛟　（思索，呆了）这……！

小　青　难道快六十岁的老太婆还会生儿子么？

梦　蛟　这……（惊呆，跌坐椅上）

小　青　听我讲来。

　　　　（唱）　你的母是蛇精灵性和顺，

　　　　　　　　在梨山的神道修成仙人。

　　　　　　　　乐施好善心慈悲，

　　　　　　　　芳名唤作白素贞。

　　　　　　　　我姐妹下山峨嵋西湖游玩，

　　　　　　　　与你父许仙雨中借伞才联姻。

　　　　　　　　恶僧法海心毒狠，

　　　　　　　　他言说私下红尘违犯天规几番残害你娘亲。

　　　　　　　　你满月正在把奶吮，

　　　　　　　　那恶僧动怒突然临。

　　　　　　　　金钵闪光雷声震，

　　　　　　　　雷峰塔压住你娘亲。

　　　　　　　　那法海作事更残忍，

　　　　　　　　将你抛入西湖葬儿身。

　　　　　　　　逼迫你父金山进，

　　　　　　　　骗他赎罪重修心。

　　　　　　　　我冒死西湖救了你，

　　　　　　　　深山托孤二老人。

　　　　　　　　生离死别十八年，

　　　　　　　　强忍仇恨十八春。

　　　　　　　　今夜特来看望你，

诉前情你莫忘了骨肉恩！

梦　蛟　（唱）　听罢姑娘一番话，

　　　　　　　　不知是假还是真。

　　　　　　　　我若以真作了假，

　　　　　　　　天地难容我这不孝人。

　　　　　　　　我若以假作了真，

　　　　　　　　独恐得罪了父母亲。

　　　　　　　　无凭无据休骗我，

　　　　　　　　道出证据辨假真。

小　青　证据？不是在你身上么？

梦　蛟　我身上有何凭据？

小　青　一块金锁！

梦　蛟　家家孩儿都有金锁，怎能作得凭证？

小　青　它与众不同！

梦　蛟　不同在哪里？

小　青　不同在四个字上。

梦　蛟　四个字？哪四个字？

小　青　"风雨同舟"！

梦　蛟　这是何意？

小　青　（回忆）那年断桥相逢，风雨骤来，你父母与我共撑
　　　　一把伞，同乘一只船，一叶扁舟航行在风雨之间，西
　　　　湖之上。后来生了你，铸了一块金锁，刻上"风雨同
　　　　舟"四字，以慰情思！

梦　蛟　（再看锁片）爹爹，母亲……

　　　　（唱）　娘蒙奇冤爹遭难，

　　　　　　　　风刀霜剑十八年。

　　　　　　　　睹物思亲心伤惨，

　　　　　　　　梦蛟身负不孝男。

小　青　梦蛟，这是法海犯下的弥天大罪！（扶起梦蛟）

梦　蛟　姨母，你因何今日才来看我？

小　青　今夜前来为了诉明前情，救你母亲出塔。

梦　蛟　（感动地）姨母!

小　青　梦蛟呀!

　　　　（唱）　法海做事心毒狠,
　　　　　　　　金钵寒光玉石焚。
　　　　　　　　小青若是遭不幸,
　　　　　　　　报仇雪恨落你身。
　　　　　　　　发奋名跃龙虎榜,
　　　　　　　　请下恩昭到杭城。
　　　　　　　　塔前立碑昭天下,
　　　　　　　　为你母亲把冤伸。

梦　蛟　是!

小　青　（唱）　李二老抚你成人心力尽,
　　　　　　　　恩同再造骨肉亲。
　　　　　　　　你是许家后裔李家子,
　　　　　　　　要一片孝心待恩人。

梦　蛟　（唱）　姨母今日讲根本,
　　　　　　　　句句话儿记在心。
　　　　　　　　儿要攻读求上进,
　　　　　　　　儿要亲闯金山门。
　　　　　　　　救爹爹何惧对锋刃,
　　　　　　　　救母亲敢闯枪刀林。

小　青　梦蛟,切莫擅闯金山!

　　　　（唱）　恶僧害了你娘亲,
　　　　　　　　斩草定要除草根。
　　　　　　　　你若擅闯金山寺,
　　　　　　　　自投罗网枉葬身。

梦　蛟　（唱）　儿不忍爹爹身受禁,
　　　　　　　　儿不忍母亲身上压万钧。

小　青　（唱）　姨母立誓除恶棍,
　　　　　　　　毁雷峰救出你娘亲。
　　　　　　　　我合家团圆母子认,

梦　蛟　（伤感）姨母……

李奶奶　（唱）　深夜何来女儿音。

　　　　〔李奶奶听见房中女子说话声音,疑惑地上。

李奶奶　梦蛟,（见小青）她是何人?

梦　蛟　母亲她……

李奶奶　你不好好攻读,夜静更深与女子相会,读书之人岂能
　　　　做出这越理之事?

梦　蛟　（又羞又急）母亲。……

李奶奶　哼,气死为娘了!

小　青　老人家息怒。

李奶奶　你是哪家女子,不遵闺训深夜到此,你可知男女有
　　　　别,授受不清?

小　青　老人家,你不认识我了吗?

李奶奶　（仔细地打量,似乎见过一面,一时记不起）你……

小　青　老人家,我是十八年前,将梦蛟托付二老的青姑娘!

李奶奶　青姑娘?（大惊）你是十八年前的青姑娘?

小　青　老人家,我真是十八年前的青姑娘。

李奶奶　（细看、摇头。一想再看）哦,我明白了,莫非你是青
　　　　姑娘的女儿,代你母亲来看望你梦蛟哥哥的吧!

梦　蛟　啊母亲,她是我姨母小青呀!

李奶奶　小青?哪个小青?

梦　蛟　她就是十八年前水漫金山的小青!

小　青　老奶奶,十八年前,有一女子抱着一个孩子,放在你
　　　　家门口……

李奶奶　转眼不知去向……

小　青　那一女子就是我——小青。

李奶奶　那你不是他母亲?

小　青　他母亲就是我义姐白素贞!她……她被法海压在雷
　　　　峰塔中。

老奶奶　白、素、贞?恩人哪!

　　　　（唱）　伤心往事心头起,

前情难忘二恩人。

曾记得那年瘟疫降，

凶灾浩劫众黎民，

炊烟日断人烟少。

陌上垅边添新坟，

我二老病倒床上无人问，

无医药气息奄奄将归阴。

泪眼长淌等死去，

来了恩人白素贞。

施诊舍药救穷人，

霜打的枯枝又回春。

灵丹妙药验如神，

我二老才能活到今。

朝盼夜想见一面，

谁知一去杳无音。

皇天偏偏不睁眼，

善良却被恶人侵。

古塔无情人情在，

祭塔尽是受恩人。

为娘我、常记恩，

拜雷峰、祭恩人。

未想到蛟儿就是恩人子，

有幸相伴十八春。

小恩公代你母受一礼，

聊表怀恩寸草心。

〔李奶奶跪，小青、梦蛟急扶。

梦　蛟　母亲，折煞孩儿了！

（唱）　儿虽非二老亲骨肉，

恩同再造骨肉亲。

大恩大德儿常记，

今生永怀报恩心！

〔梦蛟跪，李奶奶扶起梦蛟。

小　青　老人家，十八年来你们含辛茹苦，把梦蛟抚养成人，请受小青一拜！

〔李奶奶急扶起小青。

李奶奶　请青姑娘后堂叙话。

小　青　小青报仇救姐心切，不能久留，我告辞了。

（唱）　辞别老人急出走，

　　　　报仇心切难久留。

李奶奶　（唱）　盼望你速将恩人救，

　　　　　　毁塔除恶解心愁。

小　青　多谢老人家！（挥泪而别）

梦　蛟　（伤心地）姨母！

〔小青、梦蛟、李奶奶"造型"。

第四场　金山风险

〔金山寺大雄宝殿。

〔幕后合唱：许仙离家十八载，

　　　　　　二次被迫金山来。

　　　　　　险地父子巧相遇，

　　　　　　小青涉险斗法海。

〔幕在钟磬齐鸣的佛乐声中开启。

〔肃穆阴森的大雄宝殿中，供奉着佛祖如来，佛像高大，庄严。案上有佛灯、金钵。

〔四小沙弥双手合十，闭目修行。法海眉心打结，点香拜佛，青龙禅杖立于佛案旁。

〔护法神将巡护佛殿。

〔小青蹑足潜踪，敏捷机灵地躲避护法神将，来到大雄宝殿探查动静。

〔法海警觉地四望。

法　海　（唱）　数日来老僧我眼跳心惊，

　　　　　　　　坐蒲团神不安睡也不宁。

　　　　　　　　金山寺防守严佛门清静，（觉察有声）

　　　　　　　　宝刹内突传来蹑行之声。

〔小青窥视，禅杖爆光。

〔法海掐指数算。

　　　　（唱）　莫非是那青妖伺机骚动，

　　　　　　　　斩毒草不除根逢雨返青。

　　　　　　　　想当年未除掉白妖孽种，

　　　　　　　　十八年消声迹无影无踪。

　　　　　　　　竟敢来金山把土动，

　　　　　　　　青妖更比白妖凶。

　　　　　　　　欲擒还须故放纵，

　　　　　　　　老僧谋略藏腹中。

　　　　　　　　许仙当作诱鱼饵，

　　　　　　　　网开静候入网中。

法　海　小沙弥，命许仙前来见我！

小沙弥　是。（对内）许仙，师父唤你！

〔许仙上。

许　仙　（念）　佛门清静心不静，

　　　　　　　　白娘娇儿梦魂中。

　　　　　　　徒儿叩见师父！

法　海　（伪善地）徒儿，起来，起来！

许　仙　师父，有何吩咐！

法　海　多日不见，修心养性如何？

许　仙　请师父关注。

法　海　你脸上气色不好，怕是辛苦了！

许　仙　多劳师父操心。

法　海　衣食可足么？

法　仙　尚能温饱！

法　海　定是思念你那白素贞了？

许　仙　望师父念在徒儿一十八年苦修赎罪的份上，饶了我家娘子吧！

法　海　老僧替天行道慈悲为本，只要你虔诚苦修，白素贞自有出头之日的。

许　仙　是！

〔法海与小沙弥下。

许　仙　苦呀！神灵呀神灵，许仙一向心善，未曾作孽，因何落到这般地步。

（唱）　许仙被逼入空门，

　　　　妻离子散十八春。

　　　　南望临安无音信，

　　　　黄卷青灯伴晨昏。

　　　　我目睹娘子雷峰困，

　　　　亲生蛟儿丧了身。

　　　　有冤不敢当面诉，

　　　　落泪只能背着人。

　　　　法海他犹如豺狼心毒狠，

　　　　十八年我忍辱含冤仇似东流江水深。

〔许仙边掸扫边擦泪。

〔梦蛟上。

梦　蛟　（唱）　寻访慈恩金山进，

　　　　　　　　悄悄进庙探讯音。

　　　　　　　　赤子之心情难禁，

　　　　　　　　身入虎山访亲人。

许　仙　（唱）　伤心啊！想我一家多厄运，

　　　　　　　　求神灵救我许仙难称心。

　　　　　　　　有朝一日得团聚，

　　　　　　　　募修庙宇重塑金。

梦　蛟　（唱）　但见一僧在掸扫，

　　　　　　　　因何悲伤泪淋淋？

大师父请了！

许　仙　小相公请了？

仙　蛟　啊！（四目相对,静场）

　　　　（唱）　眼前面熟人陌生,
　　　　　　　　似曾相识记不清。

许　仙　小相公请了！

梦　蛟　大师父请了！

许　仙　听小相公口音,像是杭州人氏,

梦　蛟　正是杭州人氏,大师父是……

许　仙　俗家也在杭州。

梦　蛟　巧极了！

许　仙　巧极了！

　　　　（唱）　离乡已有十八年,
　　　　　　　　梦魂常到古临安。
　　　　　　　　今日幸会家乡客,
　　　　　　　　貌似娇妻站面前。
　　　　　　　　疑云阵阵心头起,
　　　　　　　　待我暗中细细观。

梦　蛟　（旁唱）他乡遇见故乡人,
　　　　　　　　正好打听我父亲。
　　　　　　　　聆音查理暗思忖,
　　　　　　　　答问处处要留心。

许　仙　小相公少年英俊,今年贵庚多少?

梦　蛟　虚度一十八岁了！

许　仙　哦,十八岁了！

梦　蛟　是呀,我十八岁了！

许　仙　（触景生情）十八岁了,十八岁了。（转身擦泪）

梦　蛟　你因何伤心落泪呀?

许　仙　（掩饰地）我没有伤心……（拭泪）小相公是路过金山,还是特来拈香?

梦　蛟　我母亲被邪气所侵,终日受苦,爹爹流落镇江音讯不

109

知,小生特来金山寺还愿,求菩萨保佑我全家早日团聚。

许　仙　哦,原来是位孝子,失敬了!
　　　　（唱）　可怜我儿已丧生,
　　　　　　　　含冤落入枉死城。
　　　　　　　　倘若活在人世上,
　　　　　　　　定会踏遍江南寻父亲。
梦　蛟　（唱）　但见他珠泪暗抛令人悯,
　　　　　　　　不由梦蛟起疑云。
　　　　　　　　猛想起我与他面貌甚相近,
　　　　　　　　莫非眼前是父亲?
　　　　　　　　我察颜观色再动问,
　　　　　　　　拨开迷雾面目真。

　　　　大师父,你既是杭州人,我要打听一个杭州人的下落。
许　仙　有名便知,无名不晓,他姓什么?
梦　蛟　姓许!
许　仙　（一惊）名讳?
梦　蛟　许仙!
许　仙　（大惊）你与他有亲?
梦　蛟　有亲!
许　仙　什么亲?
梦　蛟　骨肉至亲。
许　仙　你是……
梦　蛟　（取出金锁片）我——是——
许　仙　他、他、他在十八年前……
梦　蛟　他被一位青姑娘救出西湖,——他,他没有死!
许　仙　（无比激动地看着金锁片,凄厉地呼喊）"风雨同舟"!
梦　蛟　你们三人共撑一把伞,同乘一只船,一叶小舟漂行在西湖之上,风雨之中。

许　仙　不要讲了。(心欲裂碎,哭、喊)我那苦命的……(正欲拥抱梦蛟,佛堂钟声起)小相公,金山乃是风险之地,快快回去吧! 快快回去吧! (推蛟速去)

梦　蛟　(跪地惨呼)爹爹!

　　　　(唱)　别父离母十八年,
　　　　　　　世上孤儿最可怜。
　　　　　　　褴褓姣儿遭劫难,
　　　　　　　我蒙在鼓里十八年。
　　　　　　　不知娘亲塔底苦,
　　　　　　　我身负不孝十八年。
　　　　　　　亲爹空门遭磨难,
　　　　　　　呼叫人爹十八年。
　　　　　　　不姓许来改姓李,
　　　　　　　改名换姓十八年。
　　　　　　　流光易逝人易老,
　　　　　　　人生有多少十八年。
　　　　　　　十八年呀十八年,
　　　　　　　许氏一家苦连天。
　　　　　　　若非青姨指点我,
　　　　　　　未知相逢在何年。

许　仙　(唱)　十八年牵心肺思绪难剪,
　　　　　　　十八年梦依稀汤饼之欢,
　　　　　　　十八年愁得我鬓发霜染,
　　　　　　　十八年相思泪双眼流干,
　　　　　　　十八年杳茫茫亲人信断,
　　　　　　　十八年孤寂寂苦度金山,
　　　　　　　十八年盼良辰云开雾散,
　　　　　　　十八年梦魂中合家团圆,
　　　　　　　十八年暗饮恨把法海埋怨,
　　　　　　　十八年祝神灵雷峰推翻,
　　　　　　　十八年心余悸惨景重现,

秦腔
青蛇传
QINGSHEZHUAN

十八年方寸断不露颜欢，

十八年只盼你灾消祸免，

十八年只盼你得救遇仙，

十八年只盼你门楣重建，

十八年只盼望早回临安。（钟声）

金山暗藏风和险，

宜速离去莫留恋。

僧俗似隔山万重，

我有苦处难尽言。

愿你此去常戒备，

代父杭州祭塔前。

人生苦短昙花现，

有缘相会再不难。

非是我无情不认你，

梦蛟！

为的是儿的性命安全不受牵连。

梦　蛟　爹爹！

许　仙　（迸发地）梦蛟，亲儿啊！

　　　　〔父子抱头痛哭，法海悄出现。

法　海　（虎视耽耽）他是何人？

许　仙　（惊恐万分）他、他、他是一位进香的施主。

梦　蛟　（怒）不！我是你害不死的梦蛟！

法　海　（狞笑）嘿……孽种，老僧寻你十八年了！

　　　　（抓住梦蛟）来！与你父同在金山为僧吧！

许　仙　（跪求）师父有好生之德，求求你不要加害我儿。

小　青　（内喊）恶僧休得猖狂，小青来也！

　　　　〔小青从佛座后飞出。

法　海　啊！（惊慌失措，举禅杖打小青）

　　　　〔小青喷火，法海被烧，僧帽起火。

法　海　司钵神何在？

　　　　〔钵神空举金钵抛向上空，一只庞大的金钵射出一束白光罩住小青和梦蛟,小青忍住巨大的痛苦托住金钵,推出梦蛟,以剑斗钵不敌钵光法力,被罩擒,梦蛟逃下。

许　仙　(撕心裂肺)小青姐!
　　　　(法海狞笑)
　　　〔切光。

第五场　　受逼保珠

〔金山寺白云洞。
〔独唱:凄风惨雾白龙洞,
　　　　　铁索叮当锁小青。
　　　　　赴汤蹈火救亲人,
　　　　　自身陷落入牢笼。
〔幕启。白云洞内阴森可怖,小青被铁索锁绑悬半空,脚下是神炉,令人毛骨悚然。看守白龙洞的小沙弥净智、净空心生恻隐,微微叹息。法海率僧众上。

法　海　(狞笑)青妖! 你昔日的威风哪里去了?
小　青　(不屈)恶僧! 看你作恶到哪一天!
法　海　青妖,老僧有好生之德,若将碧火神珠吐出,我就饶你性命,放你归山!
小　青　要我吐出火珠? 待我毁去雷峰塔,救出姐姐!
法　海　休要梦想,如今你已落到老僧手掌之中,还敢逞强。
小　青　恶僧呀恶僧! 要烧要杀随你之便,要我吐出火珠,除非日出西天。
法　海　执迷不悟,自讨苦吃,烧! 阿弥陀佛!
　　　〔神炉顿时窜起邪火,小青痛苦万状,仍坚贞不屈。
法　海　青妖,限你三日,吐出碧火神珠,如若不然,三天过后,你将与白妖一起化为灰烬。

〔小青昂首不理。

法　海　净智、净空，看守青妖，若有差错，休怪老僧无情。

〔法海率众僧下。

净　空　（念）　佛门慈悲为本，

净　智　（念）　师父害人为能。

净　空　（念）　老虎身披袈裟，

净　智　（念）　乔装普渡众生。

净　空　（念）　满口阿弥陀佛，

净　智　（念）　狼心狗肺妖精。

净　空　师兄，金山寺杀戒大开，还算什么佛门净地？

净　智　师弟！你是不是可怜这个艳色美人？

净　空　罪过！罪过！我小和尚号净空，四大皆空！

净　智　阿弥陀佛。

净　空　师兄，你可认得这位青姑娘？

净　智　有点面熟。

净　空　师父说她是个啥青妖？

净　智　不要瞎说！她是十八年前水漫金山的小青。

净　空　小青神通广大，怎会被师父捉住的？

净　智　师父打不过小青，全靠一只断命的紫金钵！

净　空　师父心狠手辣，小青可要吃煞苦头啦！

（阴火幽幽，小青痛苦难禁，挣扎）

二　人　阿弥陀佛！阿弥陀佛！

净　空　师兄，师父跟小青有啥不共戴天之仇，竟下这种毒手！

净　智　你问我，我问谁呀？还是去问问小青。

〔二人回望，走近神炉。

二　人　小青姑娘！

净　空　看你阴火烧身凄凄惨惨。

净　智　我小沙弥心里悲悲戚戚。

二　人　小青姑娘。

净　空　你明明晓得金钵无情。

净　智　为啥偏偏要闯金山寺?

小　青　(满腔仇恨似火山迸发)

　　　　(唱)　腾腾怒火三千丈,

　　　　　　　义愤填膺恨满腔。

　　　　　　　恶僧无端掀孽浪,

　　　　　　　凶神恶煞拆鸳鸯。

　　　　　　　衔恨苦修十八载,

　　　　　　　报仇救姐铭心房。

　　　　　　　涉险踏浪金山闯,

　　　　　　　奇冤未雪刀对枪。

净　智　净空师弟。

　　　　(念)　仙凡相配啥稀奇,

　　　　　　　牛郎鹊桥会织女。

　　　　　　　瑶池七姐嫁董永,

　　　　　　　刘彦昌宝莲灯下情诗题。

　　　　　　　四岳华山压圣母,

　　　　　　　小沉香劈山救母志冲天。

　　　　　　　二郎庙供三只眼,

　　　　　　　他是王母娘娘亲亲嫡嫡,嫡嫡亲亲的宝贝杨

　　　　　　　戬外甥男。

　　　　　　　白娘娘思了凡,

　　　　　　　游湖借伞爱许仙。

　　　　　　　师父作孽毁红楼,

　　　　　　　棒打鸳鸯为哪般?

净　空　(念)　要学我哩小沙弥,

　　　　　　　四大皆空,绝子绝孙断香烟!

净　智　(念)　小青救姐斗志坚,

　　　　　　　一身正气冲云天。

　　　　　　　可恨师父又作孽,

　　　　　　　钵罩小青腾飞难、腾飞难。

净　空　师兄,小青姑娘不肯吐出碧火神珠,可怜她三天之后就要化为灰烬了！

净　智　许氏一家也要呜呼哀哉。

净　空　喔唷！罪过、罪过、阿弥陀佛！

净　智　救人一命胜造七级浮屠。

净　空　你是想……

净　智　放小青！

净　空　放小青？

净　智　放走小青，可救许仙一家三条命。

净　空　放？

净　智　放！

净　空　师兄，放不得！师父心狠手辣，放走小青，我们要吃
　　　　苦头！

净　智　师弟，法海玷污佛门，我早想还俗下山，净空，你要苦
　　　　守四大皆空，杭州灵隐寺、嵩山少林寺，任你远走高
　　　　飞。

净　空　放？

净　智　师弟，莫非你想助纣为虐，见死不救？

净　空　一不做二不休，放！

　　　　〔两人紧张地观望，用甩佛珠、走矮步、搭人梯为舞蹈
　　　　技巧，展示紧张心理，攀高欲救小青。

净　空　不好，（两人摔倒）有人来了。

　　　　〔净智拉净空隐蔽下，许仙提水桶上。

许　仙　青姐，你受苦了！

小　青　相公，何出此言，小青未能救出姐姐死不瞑目。

　　　　〔许仙将水桶盛水浇入神炉，阴火更旺，烈焰浓烟腾
　　　　卷，小青痛苦万分，许仙如万箭穿心。

许　仙　（唱）　烈火毒焰烧你身，

　　　　　　　　犹如滚油浇我心。

　　　　　　　　眼见亲人苦受尽，

　　　　　　　　我欲救护难从心。

　　　　　　　　你为我娘子奔天涯，

宿仇未报陷自身。
你为我许仙父与子，
蛟龙浅滩遭围擒。
你救我妻儿我难救你，
叫我如何能安心。

小　青　相公呀！

（唱）　小青作事太鲁莽，
　　　　相公何必责自身，
　　　　不怨天来不怨地，
　　　　千仇万恨对恶僧。
　　　　小青一死不足论，
　　　　未能救姐恨在心！

〔净智、净空暗上。

许　仙　青姐！（哭）

二沙弥　青姑娘——

〔正欲相救，清风、明月执神剑上。

清　风
明　月　师妹，师父命我们救你来了！

〔清风、明月用神剑斩断铁索，小青飞回桃山。

净　智　许仙，此时不走更待何时？

许　仙　你是？

净　智　你可记得十八年前水漫金山，我是放你下山的小沙
　　　　弥。

〔许仙拜，净智挽起。

净　智　许仙，师弟，随我来。

〔许仙，净智，净空"造型"。

第六场　二下桃山

〔紧接上场。

〔桃山、雷锋塔天空。

〔幕启。朵朵祥云缥渺奔涌,云雾中露出起伏的峰峦。

小　青　(内唱)奉师法谕下桃山。

〔众桃花仙女执云帚。腾云驾雾,飞驰,舞蹈。

〔清风、明月引小青上,"造型"。

小　青　(接唱)感圣母,赠神剑,壮我胆。

　　　　　　　勇斗法海挽狂澜。

〔小青率领众师兄妹驾云疾飞,"舞蹈造型"。

小　青　(接唱)恶僧狰狞把姐害,

　　　　　　　佛面兽心骗如来。

　　　　　　　雷峰塔镇十八载,

　　　　　　　善良偏遭无妄灾。

　　　　　　　今临极限万分险,

　　　　　　　我小青舍命解危来。

　　　　　　　足下青风催征快,

　　　　　　　朵朵祥云逐雾开。

〔小青率众师兄妹驾云疾飞,"舞蹈造型"。

小　青　(接唱)圣母法谕点青妹,

　　　　　　　耳畔霹雳难解魔。

圣　母　(内唱)需用心血将钵破,

　　　　　　　吐珠焚塔功力殁。

清　风　小青,欲破金钵,需用心头一滴鲜血,这可是九死一生呀!

明　月　师妹,若要焚倒雷峰塔,必须吐出碧火神珠,你千年

　　　　　　道行岂不毁于一旦？

仙　女　是呀，我们再也不能相见了。

众兄妹　师妹，师妹，师妹！

小　青　（唱）　为救姐姐出苦海，

　　　　　　　　除恶斩妖扫阴霾。

　　　　　　　　甘洒碧血破金钵，

　　　　　　　　焚塔毁功酬壮怀。

　　　　　　　　舍却一身救万众，

　　　　　　　　虽死犹生笑颜开。

　　〔小青率众师兄妹驾云飞驰，遥见雷峰塔。

师兄妹　雷峰塔！

小　青　姐姐——

　　　　（唱）　扬眉吐气剑出鞘，（清风踢剑出鞘，小青接剑）

　　　　　　　　万道霞光彩云飘。

　　　　　　　　神剑指处环宇净，

众　　　（唱）　众志成城敌难逃。

　　〔小青、清风、明月、众桃花仙女威武的"造型"。

第七场　舍身救姐

　　〔与上一场同时。

　　〔杭州西湖畔，雷峰塔前。

　　〔合唱：　巍巍雷峰塔七层，

　　　　　　　深深幽禁白素贞。

　　　　　　　哀哀梦蛟断肠泪，

　　　　　　　愤愤小青诛恶僧。

　　〔幕启：梦蛟风尘仆仆地上，跌跪塔前。

梦　蛟　母亲、娘、亲娘啊！

　　　　（唱）　阴森古塔镇慈帏，

儿难会母母难归。
咫尺天涯关山隔，
衷情未诉心伤悲。
儿才出娘胎一月满，
天伦未叙娘蒙危。
恨法海，施妖威，
害得你娇儿夫君活活拆散东西飞。
害得你凄凉岁月暗挥泪，
害得你诀别知音永难归。

娘呀！
儿年年端阳来祭你，
竟不知恶塔囚禁亲慈帏。

娘呀！娘呀！
你可知赤子之心思娘苦，
孤燕盼投娘怀偎。
儿愿进塔相聚首，
儿不怕身碎骨成灰。

娘呀！娘呀！
呼天唤地娘不应——
只闻湖塔惨声回。
悲愤难禁撞恶塔，
〔梦蛟奋力地撞雷峰塔。
〔白娘娘显影，梦蛟心力交瘁晕倒塔前。
〔合唱：儿凄凉、娘悲怆、惨绝人寰。

白素贞　（唱）　别梦依稀闻儿泣，
字字浸血声声啼。
蛟儿哭娘娘心碎，
蛟儿晕眩娘悲凄。

儿呀，儿呀！
恶塔无情压娘身，
难出雷峰把儿偎。

隔塔观容,难献母爱,万种凄楚阵阵悲,
泪如大江东流不断摧。

〔梦蛟在白素贞唱段中苏醒。

白素贞　（合唱）　儿啊——
梦　蛟　　　　　　娘啊——

〔幕后伴唱:悲声撼塔面相对,
　　　　　　　凄风苦雨十八春。

梦　蛟　（唱）　森森塔影罩断碑,

白素贞　（唱）　缘何不见许郎回?

梦　蛟　（唱）　痛爹爹苦熬岁月古刹内,
　　　　　　　孤衾相思泪暗挥。

〔白娘娘在塔中挣扎。

白素贞　（唱）　三昧神火白昼灭,
　　　　　　　幽幽阴风彻夜摧。

梦　蛟　（唱）　恨无回天千钧力,
　　　　　　　开砖破壁解娘危。

白素贞　（合唱）抱恨终天望残月,
梦　蛟　　　　　许家生聚化梦灰。

梦　蛟　（唱）　娘亲呀!
　　　　　　　但愿得青姨驾云下桃山斗法海,
　　　　　　　涉险踏浪早归来。

白素贞　（唱）　漫漫长夜盼月坠,
　　　　　　　望穿秋水迎妹归。
　　　　　　　水漫金山法海畏,
　　　　　　　你我姐妹显神威。
　　　　　　　我虽然陷身雷峰内,
　　　　　　　常念青妹何处归。
　　　　　　　但愿天助把塔毁,
　　　　　　　澄清玉宇迎朝晖。

〔强烈的音乐声中变景。

〔旭日冉冉东升,绮丽的彩霞和湖光山色相映辉。

〔小青和众师兄妹英姿飒爽地飞驰而至。

小　青　（内唱）遵师谕离桃山行云驰雷，
　　　　〔小青上。
　　　　（接唱）驾彩云飞度了群山重关。
　　　　　　　　这一回与法海雌雄一战，
　　　　　　　　收云头落西湖雷峰塔前。

梦　蛟　姨母！快救我母亲重见天日。（跪倒在地）
　　　　〔小青挽起梦蛟，小青面对雷峰塔，悲愤交加。

小　青　姐姐！你冤沉塔底一十八载，小青救你来了！
　　　　〔正欲焚烧，塔神率神将上，护塔。
　　　　〔法海、钵神隐现。

法　海　青妖，谅你难逃老僧手掌。

小　青　法海！你恶贯满盈，今日定要怨仇相报，休走看剑！

法　海　众神将！捉拿青妖！
　　　　〔众仙女掩护梦蛟下。开打，小青、众师兄妹击溃守
　　　　塔神将。
　　　　〔法海、钵神上，金钵罩住小青。

众师兄妹　小青！

圣母内声　欲破金钵，只要心头一滴鲜血！

众师兄妹　心头一滴鲜血！
　　　　（合唱）啊——
　　　　〔小青以利剑刺胸，喷洒心头碧血破去金钵。
　　　　〔众师兄妹奋勇冲杀，小青用神剑斩诛法海，法海尸
　　　　显原形，倒地成癞蛤蟆。
　　　　〔小青伤痛难禁，众师兄妹救护。
　　　　〔小青毅然挺立。

小　青　焚烧雷峰塔。
　　　　〔众师兄妹扇火焚塔，雷峰塔燃烧起熊熊大火。
　　　　〔小青奋力喷出碧火神珠，霹雳一声，地动山摇。
　　　　〔雷峰塔轰然毁塌。
　　　　〔烟雾中白素贞重见天日。

〔小青功力毁于一旦,难以支持。

〔许仙赶到。

白素贞 青妹!

许 仙 青姐!

梦 蛟 姨母!

众师兄妹 小青!

(合唱)重见天日恶塔倾,

缺月重圆喜泪盈。

舍身救姐功力毁,

气贯长虹小青青。

〔众姐妹,清风,明月救护小青。

〔白娘,许仙,梦蛟扑向小青,依依惜别。

〔众"造型"。

——剧 终

演出单位

西安尚友社

湖阳公主

陆继文　编剧

西安尚友社　西安易俗社移植

剧情简介

　　东汉光武帝之姐湖阳公主,丧夫寡居,欲求招赘已婚的大司空宋弘,宋弘不允。乡友刘大以李代桃,代宋入宫招赘,公主骑虎难下,只好以宫女许刘大。宋弘不忘糟糠,不结贵攀高,忠言直谏,说服刘秀和公主,善了棘事。

《西安秦腔剧本精编》
QINQIANGJUBENJINGBIAN

场　目

秦腔

湖阳公主

HUYANGGONGZHU

人 物 表

湖阳公主	刘秀的大姐
宋　　弘	东汉大司空
宋　　氏	宋弘妻
刘　　秀	汉光武皇帝
刘　　大	宋弘好友
春　　桃	公主侍女
宫　　女	若干
轿　　夫	若干
官员甲	
官甲之子	
官员乙	
官乙妻	
官员丙	

第一场　游园思春

〔幕启：湖阳公主的后花园，百花盛开，群芳争艳，绿
草如茵，百鸟争鸣。音乐声中二宫女载歌载舞上。

宫女甲　（唱）　阳春二月景色新，
宫女乙　（唱）　花阶轻扫净无尘。
宫女甲　（唱）　黄鹂双双鸣翠柳，
宫女乙　（唱）　蝴蝶对对落花心。
〔二宫女扑蝶，蝶飞。
宫女甲　（唱）　春色媚人浓如酒，
宫女乙　（唱）　落英满地乱纷纷。
宫女甲　（唱）　牡丹本是花中王，
宫女乙　（唱）　湖阳公主女中尊。
宫女甲　（唱）　金枝玉叶春闺恨，
宫女乙　（唱）　可怜宫中断肠人。
宫女甲　可叹我家公主三十多岁就做了寡妇，每天长吁短叹，
　　　　愁眉苦脸，吓得你我姐妹心惊胆颤，好不闷煞人也。
宫女乙　唉！也不知公主这个寡守到何时是个头？
宫女甲　你我哪里管得许多，趁公主尚未起床，我们何不玩耍
　　　　一番？
〔二宫女玩耍嬉闹，碰在上场的春桃身上。
春　桃　嗯！放肆！公主已经起床，要游花园，你们要小心伺
　　　　候了。
二宫女　（调皮地）是！听二公主的吩咐。
春　桃　死丫头，看我不撕烂你的嘴。（追打）
二宫女　好姐姐饶了我吧！
春　桃　还不小心伺候！（对内）有请公主。

湖　阳　（内）来也！

湖　阳　（内唱）未亡人置身在怨天恨海，

　　　　〔众宫女簇拥湖阳公主上，她白衣素服，满腹心事，宫
　　　　女甲乙欲扶被踢倒。

湖　阳　（唱）　孤单单凄惨惨眉锁难开。

　　　　　　　冷清清守空闺愁肠不解，

　　　　　　　有何人能到来慰我情怀？

　　　　　　　后花园群芳艳缤纷多彩，

　　　　　　　看此景烦恼忧愁涌上心来。

　　　　　　　为什么天地里禽鸟成双成对，

　　　　　　　我湖阳形单影只凄凉悲哀？

　　　　紫燕啊！紫燕，你高兴的什么？鸳鸯啊！鸳鸯，你又
　　　　得意的什么？莫非你笑我湖阳不成？（恼怒）春桃，
　　　　取弹弓来！

春　桃　公主，要弹弓何用？

湖　阳　叫取就取，何必多问？

春　桃　是！（取弹弓给公主）

湖　阳　（开弓，弦响燕落）我叫你唱，我叫你笑！

春　桃　（旁唱）公主她进园触目伤怀，

　　　　　　　可怜那鸳鸯紫燕也遭祸灾。

湖　阳　（折断连理枝，烦躁地）

　　　　（唱）　看处处不顺心把我气坏，

　　　　（欲倒，众宫女急扶，公主怒打）滚开！

　　　　（唱）　我宫中全养的无用奴才。

宫女甲
宫女乙　（相顾失色小声嘀咕）咳呀呀，公主得疯病了，这便
　　　　如何是好？

春　桃　（跪下）公主请息雷霆之怒。

　　　　（唱）　公主心事奴知情，

　　　　　　　驸马已死难复生。

　　　　　　　公主金枝玉叶体，

　　　　　　　何必寡居在深宫。

你若想奏求凰曲。

我的公主啊！满朝文武，国公王侯，左右将军，求亲之人定会挤破迎客厅。

湖　阳　（抓住春桃）怎么？求亲之人定会挤破迎客厅？

春　桃　那是自然，谁不想做当今皇上的姐夫？

湖　阳　哈哈哈哈，言之有理，言之有理，快快与我更衣。

春　桃　是。（扶公主下）

宫女乙　姐姐，你看公主怎么又眉开眼笑了？

宫女甲　（神秘地）公主想嫁人啦！

宫女乙　啊，公主想嫁人啦？

宫女甲　（急掩其口）你小声点，你小声点！

宫女乙　阿弥陀佛，公主一嫁人，咱姐妹也就有好日子过了。待我祝告天地，保佑公主早日找一个如意郎君吧！

湖　阳　（内声）春桃，带路！（换了一身大红衣服喜气盈盈上）

　　　　（唱）　小春桃一席话解我愁肠，

春　桃　（唱）　公主她脱素衫换上红装。

湖　阳　（唱）　封公主居深宫谁不敬仰，

　　　　　　　　我兄弟刘秀是四海名扬。

春　桃　（唱）　你何必愁眉锁热泪流淌？

　　　　　　　　你何必掩竹箫独自悲伤！

湖　阳　（唱）　若碰到美男子我选中不放，

　　　　　　　　天佑我找一个如意夫郎。

春　桃　（唱）　你再把花园景重新观赏，

湖　阳　（唱）　只觉得百花艳气味芬芳。

　　　　　　　　并蒂莲成双对迎风怒放，

　　　　　　　　连理枝紧相依儿女情长。

　　　　　　　　看这边为什么鸟儿哀唱？

　　　　　　　　是何人射紫燕弹打鸳鸯？

嗯，哪一个大胆的东西射杀紫燕，弹打鸳鸯？

　　　　（唱）　活活地拆散了比翼之鸟，

　　　　　　　　真正是又毒又狠蛇蝎心肠。

（见众宫女暗笑）笑什么？快把它们好好掩埋。

众　　　　是！

春　桃　（唱）　绕假山，过荷塘，

　　　　　　　　穿柳堤，走花房，

　　　　　　　　千树桃花红似火，

　　　　　　　　池水盈盈绿波漾。

湖　阳　（唱）　花含情水带笑大不一样，

　　　　　　　　满腹的愁和怨一扫而光。

　　　　　　　　进宫中见兄弟把本递上，

　　　　　　　　将我的心中事细说端详。

　　　　　　　　小春桃你快去和太监商量，

　　　　　　　　与文武透消息你不要声张。

春　桃　是！请公主静候佳音。（下）

湖　阳　（沉浸在幸福的憧憬之中）

　　　　（唱）　等那日俺与他成对成双，

　　　　　　　　高烧起龙凤烛来拜花堂。

　　　　　　　　耳边厢似听得鼓乐齐响，

　　　　　　　　从那边走过来美貌少年郎。

　　　　〔拉宫女甲拜天地。

　　　　　　　　和郎君手挽手同进罗帐。

宫女甲　（害怕）公主你……

湖　阳　（惊醒害羞唱）

　　　　　　　　大白天我做下春梦一场。（急下）

第二场　求凤盈门

　　　　〔二幕前。

官员甲　（唱）　太监公公传喜信，

　　　　　　　　湖阳公主想嫁人。

手拉着我的儿去碰好运，

碰上了我就是国戚皇亲。

官甲子　爹爹,孩儿我不去。（欲回）

官员甲　（拉住）儿啊！这可是千载难逢,不可坐失良机。

官甲子　爹爹,孩儿要苦读诗书,我不要媳妇。

官员甲　傻孩子,娶了这媳妇,胜读十年书哟！

　　　　（唱）　这一回倘能把金枝玉叶攀,

　　　　　　　升官发财不费难。

　　　　　　　君臣对咱另眼看,

　　　　　　　耀武扬威在人前。

　　　　　　　全家荣华还不算,

　　　　　　　七大姑八大姨、姐夫小舅、表兄表弟,鸡猫狗

　　　　　　　猪都能跟着把光沾。

　　　　儿啊！快跟我走吧！过了这个村,可就没有这个店

　　　　哟！（二人下）

　　　　〔求亲官乙上。

官员乙　（唱）　写休书把糟糠赶出府门,

官乙妻　（手拿休书怀抱婴儿跪步哭上）老爷,老爷！

　　　　（唱）　求老爷莫做那无义之人。

　　　　　　　我与你夫妻恩爱一言难尽,

　　　　　　　生下对小儿女伶俐聪明。

　　　　　　　到今日把为妻赶出房去,

　　　　　　　撇下了无娘孩子度光阴？

官员乙　呸！

　　　　（唱）　你休怨为夫心肠狠,

　　　　　　　只怨你爹爹不是做官人。

　　　　　　　我与你门不当来户不对,

　　　　　　　娶来那金枝玉叶攀皇亲。

官乙妻　老爷,你千不念万不念,也该念这个可怜的孩子,你

　　　　就留下我吧！

官员乙　贱人,你可知道。

（数板）娶了那乞丐闺女睡街头，

娶了那知府闺女住高楼。

我今若娶皇家女，

升官发财不用愁。

你休想把我前程误，

快快给我走，走，走！（一脚把妻子踢倒，扬长而去。）

官乙妻 天啊！苍天啊！这样弃旧迎新的薄情之人，你怎么不叫他早死呀！（怀中婴儿啼哭）冤家呀！冤家，你爹爹无情无义，把咱母子赶出府来，害得咱有亲难奔，有家难投，哪里是俺安身之处？也罢，待我跳河一死便了。（将婴儿放道旁急下）

〔二幕启，湖阳公主的宫外，众校尉引宋弘上。

宋 弘 （唱） 吾主爷他称帝驾坐洛阳，

官封我大司空扶保朝纲。

治国家理朝政心机操碎，

为百姓立新法除暴安良。（地上婴儿啼哭）

校 尉 禀大人，路旁有一婴儿啼哭。

宋 弘 落轿！（下轿抱起婴儿）哎呀呀，好一个肥胖俊俏的娃娃，是何人丢弃此地！

〔内喊：有人跳河啦！快救人呀！

校 尉 禀大人，有人落水。

宋 弘 快快搭救。

〔众校尉下，救官员乙妻复上。

众校尉 民妇醒来，民妇醒来！

官乙妻 （苏醒）苦啊！

宋 弘 快把这女子抬回府去，问明情由再送她回家。

校 尉 是！（把官员乙妻抬入轿内护送下）

宋 弘 （猛然想起）还有这个娃娃……唉！你看这成何体统？（幕后喝声：湖阳公主回宫来了）哎呀！待我躲在一旁。

〔众宫女簇拥湖阳公主上。

湖　阳　（唱）　进宫去将心事对弟言讲，
　　　　　　　　小三儿为姐姐一片热肠。
　　　　　　　　他让我满朝中去把夫相，
　　　　　　　　选定了赐王侯千里封疆。
　　　　　　　　催凤辇急急行心花怒放，

（婴儿哭）

湖　阳　（唱）　是何人抱婴儿躲在道旁？
　　　　　　　春桃，看那边是哪家官员怀抱婴儿躲在道旁？

春　桃　哎，何人大胆，冲撞公主的銮驾？

宋　弘　（上前）大司空枸邑侯宋弘参见公主。

湖　阳　（离位急扶）宋大人请起。（二人四目相视，公主为
　　　　宋弘风采所摄，暗暗惊绝）好一个漂亮的男子，我差
　　　　一点把他给忘啦！
　　　　（唱）　大司空貌端庄人品俊秀，
　　　　　　　久闻他满腹经纶儒雅风流。
　　　　　　　他好比司马相如才高八斗，
　　　　　　　我愿效卓文君伴他远游。
　　　　　　　这心思聪明人一点就透，
　　　　　　　玉叶女龙凤体他能不求？

宋　弘　（唱）　公主她痴呆呆只把我瞅，
　　　　　　　看得我脸发烧遍体汗流。

湖　阳　（唱）　面如粉唇似朱玲珑剔透，
　　　　　　　眼含情脸带笑与我意投。

宋　弘　（唱）　上金殿议朝事我精神抖擞，
　　　　　　　在这里只觉得浑身别扭。

湖　阳　（唱）　但愿得能与他结成佳偶，
　　　　　　　缔良缘共生死同到白头。

宋　弘　（唱）　她本来未亡人宫中独守，
　　　　　　　这里乃是非地不可久留。

湖　阳　（唱）　我越看越不想放他行走，

　　　　请进宫摆酒宴一醉方休。

　　　　宋大人，何不随我进宫一叙？春桃，酒宴伺候。

宋　弘　宋弘俗务缠身，恕不奉陪，失礼了。

　　　　〔婴儿突然啼哭，宋弘手足无措，腰中同心结失落在地，被湖阳悄悄拾起。

湖　阳　（一笑）宋大人，你原来也是个惧内之人。

宋　弘　公主此话从何说起？哪个惧内？

湖　阳　既不惧内，为何上朝还要怀抱婴儿？

宋　弘　公主有所不知，只因下官散朝回来，在道旁发现婴儿
　　　　啼哭，我就把他抱在身边。

湖　阳　哟！怪不得宋大人生得慈眉善目，原来是个菩萨心肠。

宋　弘　下官告辞了！（下）

湖　阳　（痴呆呆地看着）宋大人慢走！宋大人慢走！

春　桃　启禀公主，宋大人走远了。

湖　阳　你待怎讲？

春　桃　宋大人走远啦！

湖　阳　啊！宋大人人选啦！对对对！人选了，人选了，我就
　　　　选中他了。（抖动同心结得意地）春桃，调转凤辇进
　　　　宫见驾。

春　桃　哎呀公主，那太监公公找来老老少少高高矮矮一大
　　　　帮相亲的官员怎么办呢？

湖　阳　宋大人威容德仪群臣莫及，满腹经纶，首屈一指，我
　　　　是看准了，选中了，你去告诉他们，不要癞蛤蟆想吃
　　　　天鹅肉了。（下）

春　桃　是！（得意地）公主命我打发他们，我是一朝权在
　　　　手，便把令来行。

　　　　（唱）　公主大权交给我，
　　　　　　　　春桃不由笑呵呵，
　　　　　　　　我要把文武大臣来戏弄，
　　　　　　　　谁叫你癞蛤蟆想吃白天鹅！

　　　　（对内喊）你们都过来！过来！

〔众相亲官一个个走上。

春　桃　我家公主吩咐下来了,命你们一个个低头瞑目,面南而跪,她让我代她一个个细挑细选。

官员甲　哎! 哪有这样相亲的道理?

春　桃　皇家相亲就是这个相法。

官员乙　春桃姐姐,你能代公主相亲?

春　桃　你没听人说宰相门前七品官,公主门前官六品,既然你小看于我,来来来,自己去见公主!

官员乙　下官不敢!（掏银子）区区薄礼,请姐姐笑纳。

春　桃　好,你是个明白人!（一手装银,一手伸向众官员,众纷纷献礼）这才是求人办事的规矩。（全部收下,发现官员丙献上一包点心）啊! 你就拿这点儿东西?（扔下）

官员丙　春桃姐,这包内并非点心,乃夜明宝珠百颗。

春　桃　（急忙拾起）有粉不知往脸上搽,见你娘的鬼! 你们快快跪下,俺要替公主相亲了,相中的可是享不尽的荣华富贵哟!

　　　　〔众依次跪好,春桃像看牲口一样,一个个摸耳朵,看牙,拧脖子,尽情耍笑。

春　桃　（拉官员甲的胡子）哟! 看你胡子拉茬的,倒越老越风流啦,今年多大啦?

官员甲　一十五岁,不、不,是五十一岁!

春　桃　呸! 你个老不正经,异想天开,瘦小枯干像堆烂柴,别说去见公主,连我也不要你提鞋。还不给我滚开!

官员甲　唉! 抱着木炭亲嘴,碰了一鼻子灰。（下）

春　桃　（对官员甲之子）这个娃娃眉清目秀,肥头大脸,倒还讨人喜欢,可惜胎毛未褪,乳臭未干,给我家公主当儿子还差不多,要想相亲还得再过二十年。滚!

官甲子　都是爹爹硬叫我来的,爹爹,爹爹!（哭下）

春　桃　（对官员乙）李将军,快快请起。

官员乙　（受宠若惊）春桃姐姐,你相中我了吗?

春　桃　我听说你早已娶妻生子。

官员乙　我已经休妻,对公主略表痴心!

春　桃　你就不想你的老婆孩子?

官员乙　糟糠蠢子,想他作甚? 只求能得公主垂青,我愿
　　　　足矣!

春　桃　呀呀啐,瞧你那副头蹄下水,你热乎乎的一大家人,
　　　　硬叫你拆得七零八落,子散妻离,你真是无情无义,
　　　　伤天害理,天网恢恢岂能容你! 来呀! 给我乱棍打
　　　　了出去!

　　　　〔众官女乱棍齐打。

春　桃　(唱)　姐妹们挥棍狠狠打,

　　　　　　　打得他骨筋折断顺地爬。

　　　　　　　我叫你偷鸡不成蚀把米,

众　　　(合唱)引得俺姐妹笑掉牙!

　　　　〔官员乙狼狈逃下,其他官员偷偷溜下。

第三场　千里寻夫

　　　　〔八百里秦川,秦岭巍峨,野景不断变换。

宋　氏　(幕内唱)

　　　　　　　离长安千里迢迢奔洛阳,

　　　　〔刘大与宋氏上,宋氏骑小黑驴,刘大持鞭随后,跑驴
　　　　舞蹈。

宋　氏　(唱)　接家书不由宋氏心花放。

　　　　　　　十年来伤离别朝思暮想,

　　　　　　　今日那将相逢欢聚一堂。

　　　　　　　怕只怕他居高官心肠变样,

　　　　　　　又娶下三妻四妾儿女成行。

刘　大　(唱)　嫂子你且莫胡思乱想,

俺大哥品德好四海名扬。

从孩提俺二人光腚长大，

他教我勤耕耘牧猪放羊。

小时候识大礼尊老爱幼，

到如今决不会改变心肠。

嫂子，天色不早，你我还是赶路要紧。

宋　氏　（唱）　秦岭高，渭水长，

西岳华山莽苍苍。

潼关鸡叫听三省，

黄河咆哮流东方。

刘　大　（唱）　梨花白，菜花儿黄，

桃红柳绿好风光。

满眼春景令人醉，

乐得刘大放高腔。

〔天色转暗，乌云滚滚，天降大雨。

宋　氏　兄弟，你来看。

（唱）　乌云滚滚天色暗，

倾盆大雨从天降。

刘　大　（唱）　顶风冒雨往前闯，

鞭打毛驴赶路忙。（二人圆场）

宋　氏　（唱）　地湿路滑难行走，

刘　大　（唱）　我的娘来！小毛驴陷进烂泥塘。

〔毛驴陷进烂泥塘挣扎怪叫，刘大拉驴尾巴出泥塘。

我满身滚得泥猴样，（擦汗）

宋　氏　（唱）　一口袋干粮泡了汤。

俺好像前朝孟姜女，

俺千里迢迢寻夫郎。

刘　大　（唱）　嫂子说话不吉祥，

你和孟姜不一样。

孟姜寻夫哭长城，

长城下埋着范杞良。

你今寻夫到洛阳，

黄金大印交你掌。

嫂子呀，你说荣光不荣光？

宋　氏　兄弟，取笑了。

刘　大　嫂子，你给我宋大哥带的东西掉进泥塘没有？

宋　氏　没有，都在我怀里抱着哪！

刘　大　你再点点。

宋　氏　（唱）糟糠米酒隔年梨，

核桃本是大厚皮。

红通通山楂开胃口，

柿饼个个甜如蜜。

干辣椒子腊羊肉，

还有两只芦花鸡。

刘　大　（唱）这些东西不值提，

银子没花一两七，

怕大哥看了会生气，

说你是乡下婆娘没出息。

宋　氏　他敢？

（唱）千里鹅毛表情意，

都是他当年爱吃的。

他定会夸我心儿细，

眯缝着双眼笑嘻嘻。

刘　大　（唱）笑嘻嘻乐心里，

夸你是知冷知热恩爱的妻。

宋　氏　（唱）兄弟休把笑话提，

快快赶路莫迟疑。

千里寻夫多亏你，

结拜兄弟重情义。

刘　大　（唱）老刘浑身有力气，

送嫂不怕路千里。

宋　氏　（唱）寻夫哪管风吹脸，

寻夫不怕雨打衣。

哪管荆棘铺满地，

寻夫不顾路崎岖。

刘　大　（唱）　前面已到洛阳地，

赶快进城莫迟疑。

得儿驾！（赶驴下）

〔众宫女拥湖阳公主上。

湖　阳　（唱）　小兄弟旨宣我把宫来进，

他愿给姐姐当月老媒人。

叫为姐屏风后细听喜讯，

召宋弘进密室面许婚姻。

〔刘大和宋氏上，驴见凤辇惊，撞得人仰马翻乱成
一团。

刘　大　（唱）　小毛驴受了惊撒腿狂奔，

碰翻了龙凤辇撞倒贵人。

嫂子，小心点，倒霉，驴也跑啦！

春　桃　你这个野汉子，瞎了眼啦？

刘　大　真晦气，我成了野汉子啦！你不要出口伤人呀！

春　桃　出口伤人算得了什么？恼了你姑奶奶我便要打。

刘　大　你看你个歪瓜丑妞的，不赔驴还要打人，你打谁？

春　桃　我就打你。（一个耳光）

刘　大　你怎么打人？

春　桃　打是好的，恼了姑奶奶我要杀你！

刘　大　（火冒三丈）你是谁的姑奶奶？

春　桃　我是你的姑奶奶！

刘　大　我是你姑老爷！

春　桃　你混账！

刘　大　我是当今皇帝的近房，做你姑老爷也不辱没于你。

春　桃　你是朝廷的近房？

刘　大　怎么，不相信？你没听人说朝廷还有三门子穷亲戚。

春　桃　既然是当今皇上的近房，你可认得皇上的姐姐，我家

湖阳公主？

刘　大　认识，认识，这不是他大姑娘吗？你好啊，你好。

湖　阳　嗯！哪个是你的大姑娘？

刘　大　皇上姓刘，我也姓刘，一笔写不出两个刘字，咱五百年前不是一家人吗？

湖　阳　倒是个会讲话的人。

刘　大　光会讲话没有用，驴跑了没人赔。

湖　阳　春桃，赏他三百两银子买驴。

春　桃　是。（不满地送给刘大）

宋　氏　（上）兄弟，驴跑得不见踪影，这便如何是好？

刘　大　嫂子，丢了咱再买新的，这有公主赏的三百两银子。

宋　氏　多谢公主。

湖　阳　这一乡下女子她是何人？

刘　大　你问的是她？她可是大大有名，她乃是当朝大窟窿宋弘……

湖　阳　哎，是大司空宋弘。

刘　大　对对对，她乃是当朝大司空宋弘大人结发之妻。

湖　阳　（一惊）怎么？你是宋弘之妻？（与宋氏对视）

刘　大　这元配夫人还能是假的不成？

湖　阳　你从何处而来？

宋　氏　从长安而来。

湖　阳　奔何处而去？

宋　氏　特到洛阳寻夫。

湖　阳　你待怎讲？

宋　氏　洛阳寻夫。

湖　阳　哼哼！

（唱）　你蓬头垢面脏模样，

　　　　衣衫褴褛实窝囊。

　　　　糟糠难入司空府，

　　　　草鸡怎能伴凤凰。

　　　　宋弘已中公主意，

　　　　　马上入宫拜花堂。

　　　　　给你纹银三百两，

　　　　　劝你速速转回乡。

　　　　　若敢大胆不听劝，

　　　　　定然送你见阎王。

宋　氏　哈哈哈哈！公主不要剃头担子——一头热，只怕我
　　　　夫宋弘不允。

湖　阳　不允？（拿出同心结猛地一抖）你来看！

宋　氏　啊，同心结？

湖　阳　这是宋大人赠我的定情之物。你快快死了那条心
　　　　吧！给我轰了下去！

　　　　〔众轰宋氏、刘大下。

春　桃　公主，事不宜迟，你要及早动手，免生枝节。

湖　阳　此话怎讲？

　　　　〔刘大暗上。

春　桃　一会儿皇上宣大人进宫提亲，他如不允，皇上也拿他
　　　　没有办法呀！就是他答应了，还得看吉日良辰，不是
　　　　三月就是半载。

湖　阳　那可怎么办呢？

春　桃　你何不派人埋伏路口，在他进宫之时，先抢进府来，
　　　　拜堂成亲，生米做成熟饭，再去金殿谢恩。

湖　阳　好主意，好主意！只是抢朝廷大臣可犯王法呀！

春　桃　什么王法屁法，谁能管得了金枝玉叶？再说公主是
　　　　奉旨选婿，皇上赐婚，谁敢说个不字？

湖　阳　如此说来，这宋大人抢得？

春　桃　抢得，抢得！

湖　阳　好，你给我带人大胆去抢，抢来了重重有赏。（下）

春　桃　是！

　　　　（唱）　说稀奇，道稀奇，

　　　　　　　春桃给人抢女婿。

　　　　　　　只要公主撑后腰，

	我把那乱子惹得大大的。（下）
刘　大	哼！你真是光秃子打伞——无法无天。嫂子，公主拿个驴价钱把俺大哥买去啦！马上就要抢去拜堂成亲。
宋　氏	（唱）　晴天霹雳当头响，
	想不到官人变心肠。
	亲手做同心结落入公主手，
	只觉得冷水浇头浑身凉。
	你不该凭仗皇家势力大，
	欺我百姓不应当。（扔银子和土产）
	这东西我情愿把狗喂，
	也不给你这薄情郎。
刘　大	嫂子，难道就这样罢了不成？
宋　氏	兄弟，你怕不怕？
刘　大	怕？我怕天和地碰架！
宋　氏	好，你随我打进司空府，找宋弘问个明白！
刘　大	是！

第四场　　夫妻重逢

〔大司空府。

宋　弘	（念）　长安故里传家信，
	杜门谢客盼夫人。
	家院！
家　院	伺候老爷。
宋　弘	那投河妇人现在何处？
家　院	那妇人已经醒转，正给婴儿喂奶。
宋　弘	唤她前来见我。
家　院	是！（下）
	〔官乙妻怀抱婴儿上。

官乙妻　（唱）　可恼大人把闲事管，
　　　　　　　　不该水中救我还。
　　　　　　　　怒冲冲我把大人见，
　　　　　　　　你拦我寻死为哪般？
　　　　　多管闲事的大人呐！你害了小妇人了。

宋　弘　这又怪了，本官救你不死，不但不谢，怎么反而埋怨
　　　　　起本官来了？

官乙妻　大人呐！
　　　　（唱）　我的夫骠骑将军名李环，
　　　　　　　　与大人同殿称臣在朝班。
　　　　　　　　只因为湖阳公主把夫选，
　　　　　　　　儿的父一纸休书扔面前。
　　　　　　　　他将我母子二人府外赶，
　　　　　　　　为的是攀上高门再升官。
　　　　　　　　小妇人满腔悲愤满腔怨，
　　　　　　　　我情愿投水一死命归天。

宋　弘　真是天地之大，无奇不有。
　　　　（唱）　闻听此事太稀罕，
　　　　　　　　这官儿不值半文钱。
　　　　　　　　做官要凭真本领，
　　　　　　　　怎能去做裙带官？
　　　　　　　　裙带官，靠婵娟，
　　　　　　　　女人吹风在枕边。
　　　　　　　　碧玉簪换来乌纱帽，
　　　　　　　　大红袄换来蟒袍穿。
　　　　　　　　汗巾换来白玉带，
　　　　　　　　官印上留下脂粉斑。
　　　　　　　　这样的无耻官员就该免，
　　　　　　　　王法条条不容宽。
　　　　　校尉们，快把骠骑将军李环摘去乌纱、扒下朝服，锁
　　　　　来见我。

官乙妻	多谢大人。

〔刘大持棍和宋氏怒冲冲上。

刘　大	（唱）　闻听大哥把皇亲攀，
	不由刘大怒气冲，
	和嫂子闯进宋府看，（校尉拦挡，被刘大打倒
	在地）
	嫂子,随我来！
宋　氏	啊！
	（唱）　他果然有妻妾儿女在堂前。
	如同打翻五味瓶，
	不知是苦还是酸。
	哼,你干的好事。
宋　弘	我家夫人来了,你且回避。
乙　妻	是。（下）
宋　氏	她怎么跑啦？ 跑了和尚跑不了庙。
宋　弘	不知贤弟驾到,有失远迎,望乞恕罪。
刘　大	你还认得我放猪的刘大吗？
宋　弘	贫贱之交不可忘,怎能不认得兄弟呢？
刘　大	你如今进了城了,当了官了,两顿饱饭一吃,就忘了
	当年窝窝头用手捧,稀饭照人影啦？ 你也不想想,你
	做的那事对得起俺嫂子吗？
宋　弘	贤弟何出此言？
宋　氏	苦啊！（哭泣）
刘　大	你去问嫂子去。嫂子,给他摆理。有理讲遍天下,无
	理寸步难行！（下）
宋　弘	夫人,你千里迢迢风餐露宿,一路之上辛苦了。
宋　氏	（不理）
宋　弘	你我夫妻久别重逢,理当高兴,你为何对我这样
	冷淡？
宋　氏	（转脸哭泣）喂呀呀！
宋　弘	夫人莫要啼哭,如有冤屈本官与你作主申冤。

宋　氏　你能为我申冤？

宋　弘　我能为你申冤。

宋　氏　你能为我作主？

宋　弘　本官乃当朝大司空,位列三公,天下事情我都与你作主。

宋　氏　那我要状告一人。

宋　弘　你状告哪一个？

宋　氏　我状告那无父无君无法无天不忠不孝不仁不义不恩不爱的欺我之徒！

宋　弘　(怒拍惊堂木)这个大胆的狂徒现在何处？我命校尉将他拿下。

宋　氏　他远在天边,近在眼前。

宋　弘　什么？莫非你状告本官？

宋　氏　我告的就是宋弘！

宋　弘　哎！夫人差矣！本官两袖清风,明镜高悬,忠君报国,何罪之有？

宋　氏　我告你三款大罪。

宋　弘　哪三款大罪？

宋　氏　第一款你欺骗圣上,迎娶公主,这为不忠;第二款母死不归,由儿媳送葬,这为不孝;第三款撇下结发之妻,弃旧迎新,忘恩负义,这为不仁。

宋　弘　哎呀！你这三款虽然厉害,可与事实不符啊！

宋　氏　刚才那个怀抱婴儿的妇人她是哪个？你休想巧言折辩,我来问你——

（唱）　当年你宋家多贫穷,

　　　　家中没有半文铜。

　　　　是何人过门勤耕织？

　　　　是何人重振旧门庭？

宋　弘　（唱）　贤妻今日叙旧情,

　　　　分明要摆往日功。

　　　　我且暂忍窝囊气,

她问我一句我答一声。

宋　氏　你倒是讲啊！

宋　弘　贤妻啊！

（唱）　当年宋家多贫穷，
　　　　家中没有半文铜。
　　　　自从贤妻过门后，
　　　　脚踩楼梯步步升。
　　　　你日日夜夜勤耕织，
　　　　重振宋家旧门庭。

宋　氏　（唱）　你给人家把猪放，
　　　　　　　是何人送你读五经？

宋　弘　（唱）　我给人家把猪放，
　　　　　　　贤妻你送我读五经。

宋　氏　（唱）　你新婚不愿把书念，
　　　　　　　是何人催你苦用功？

宋　弘　（唱）　新婚燕尔贪欢乐，
　　　　　　　夫人你催我苦用功。

宋　氏　（唱）　你冬天读书到深夜，
　　　　　　　谁为你手捧火炉把脚烘？
　　　　　　　夏天念书到深夜，
　　　　　　　是何人为你扇扇赶蚊虫？

宋　弘　（唱）　我冬天读书到深夜，
　　　　　　　你为我手捧火炉把脚烘。
　　　　　　　夏天念书到深夜，
　　　　　　　你为我扇扇赶蚊虫。

宋　氏　（唱）　你投刘秀举义兵，
　　　　　　　是谁送到十里亭？
　　　　　　　是谁赠你同心结？
　　　　　　　是谁临别细叮咛？

宋　弘　（唱）　我投刘秀举义兵，
　　　　　　　贤妻你送我十里亭。

夫人你赠我同心结，

夫人你临别细叮咛。

你说道莫忘糟糠和百姓，

常想黎民受苦情。

宋　氏　（唱）　你临行之时怎样讲?

宋　弘　（唱）　我面对苍天把誓盟。

和宋氏恩爱夫妻永到老，

不忘乡亲待我情。

宋　氏　（唱）　你不该往日恩爱付流水，

誓言只当耳旁风。

你可知弃糟糠如同弃百姓，

弃百姓社稷危来江山崩。

纵有那金枝玉叶有何用?

风吹霜打自飘零。

我越说越气将你打，

宋　弘　（跪唱）夫人且莫怒气冲。

同心结我佩身中，

朝朝暮暮睹芳容。

你我好比同心结，

心心相印共死生。

宋　氏　呸! 你还有脸提同心结!

（唱）　快把同心结还给我，

斩断夫妻恩爱情。

宋　弘　这同心结么! （一摸不见,大惊失色）啊! 哪里
去了?

宋　氏　别装啦! 早被你送给公主啦!

宋　弘　无有此事,无有此事。（欲起）

宋　氏　（按住)你给我跪好!

校　尉　（上)禀大人。（宋弘羞起,校尉暗笑)李环拿到。

宋　弘　带上来,请夫人暂且回避。

宋　氏　我不回避又该怎样?

宋　弘　你回避了我好问案呀？

宋　氏　我就要看你怎样问法？

宋　弘　（无奈）好好好，你就仔细地看来。与夫人看坐。

官员乙　（上）下官李环叩见大司空。

宋　弘　呸！胆大李环，为了巴结湖阳公主，竟然写下休书赶走妻子，逼她投水，你该当何罪？

宋　氏　（闻言大怒）你这个没良心的东西，和那上头坐的都是一样货色。（上前就打，校尉拦）

官员乙　下官知罪，下官知罪。（连连叩头）

宋　弘　本该严办，姑念初犯，免去骠骑将军，领你妻子回家去吧！

官乙妻　（上）哼！

官员乙　我的妻呀！

官乙妻　什么七呀八的，你给我下站，再往下站！

　　　　〔官员乙喏喏连声，连连后退。

官乙妻　再给我打呀！

官员乙　我再也不敢打了。

官乙妻　再给我骂呀！

官员乙　我再也不敢骂了。

官乙妻　你再休呀！

官员乙　我再也不休了。

官乙妻　你往日的威风哪里去了？

官员乙　（指头）贤妻你来看，为夫知错了。

官乙妻　吃狗肉喝凉水，你也回过味来啦？

官员乙　为夫后悔晚矣！

官乙妻　哼，不摘你的乌纱帽，你也不知道婆婆是个娘，接着！（把婴儿交给乙）别摆老爷臭架子啦！乖乖给我回家抱孩子去吧！

　　　　〔官员乙长叹一声抱孩子下。

宋　氏　（拉乙妻）好妹妹，真长咱姐妹的威风。

官乙妻　这多亏我的青天大老爷。（叩头下）

宋　弘　夫人,那可不是我的妻妾儿女了吧?

宋　氏　(羞)你且慢得意,就算这个错怪于你,那湖阳公主看中了你,马上要进宫成亲,难道也是假的?

宋　弘　无有此事啊!

宋　氏　公主亲口对我言讲,并有同心结为证,怎说无有此事?

宋　弘　唉! 这从何说起呀!
　　　　〔内声:圣旨下!

宋　弘　接旨!
　　　　〔唢呐声中太监上,宋弘跪接圣旨。

太　监　奉天承运皇帝诏曰:宣大司空枸邑侯宋弘即刻进宫议事,不得有误。宋大人艳福不浅,恭喜! 恭喜。(下)

宋　氏　皇帝宣你进宫,分明是为了此事,你还有何话说?

宋　弘　宋弘一片赤心对天可表。
　　　　(唱)　贤妻只管放宽心,
　　　　　　　宋弘不做无义人。
　　　　　　　皇上本是中兴主,
　　　　　　　望重德高有道君。
　　　　〔刘大上。

宋　弘　(唱)　但愿今日把宫进,
　　　　　　　逢凶化吉善临门。

刘　大　大哥且慢,皇帝有道就怕公主蛮缠,她早已派人埋伏路口,准备把你抢进宫去拜堂成亲,来个先斩后奏。

宋　弘　哎呀! 这便如何是好?

宋　氏　(眼珠一转)我倒有个主意,大哥附耳过来。(附耳低语)

第五场　真假宋弘

〔刘大穿着宋弘的袍服冠带背向观众坐轿上,众校尉
护送,猛然转身。

刘　大　哈哈,真是有趣。

　　（唱）　有刘大我乐开怀,
　　　　　　替大哥来搪灾。
　　　　　　等把我抢进宫,
　　　　　　看你公主咋安排。

　　（数板）我说众哥们!

众　　　　哎!

刘　大　你们听端详。

众　　　　大人请讲。

刘　大　半路有人问,莫把实话讲。

众　　　　是喽!

刘　大　（数板）有人把轿抢,且莫动刀枪。
　　　　　　　　丢轿快点跑,不准回头望。

众　　　　那怎么行?

刘　大　行! 行! 跑慢有大罪,跑快有重赏。

众　　　　这……

刘　大　你们可听准啦?

众　　　　听准啦!

刘　大　记清啦?

众　　　　记清啦!

刘　大　那就照我的话办,不得有误。

众　　　　是!

　　　　　〔春桃领恶奴持刀上。

春　桃　什么人？

校　尉　宋大人奉旨进宫。

春　桃　给我抢。

〔开打，恶奴赶走校尉，刘大故意用凤帽盖脸鼾声大作，春桃掀轿帘看。

春　桃　不错，就是你，快快抬走。

〔音乐起，抬花轿。

春　桃　哈哈，真是有趣呀！

（唱）　小春桃我笑哈哈，

宋大人被我抢回家。

公主夸我本领大，

赏下来金银财宝我大把抓。

第六场　公主赐婚

〔时间紧接前场，幕启。湖阳公主宫中，张灯结彩，鼓乐声大作。

湖　阳　（唱）　红灯高挂鼓乐响，

天地桌摆在正中央。

只凭着兄弟坐金殿，

我才敢强抢宋弘拜花堂。

春　桃　禀公主，我把新郎给抢来啦！

湖　阳　快唤傧相，快唤傧相。

春　桃　傧相快来喊礼。

傧　相　（上）一块檀香木，雕刻骏马鞍。新人入洞房，四季保平安。新郎新娘就位喽！

〔二宫女扶刘大上，幕后一阵喧哗，宋氏闯上。

湖　阳　（一惊，急忙护住刘大）你来干什么？

宋　氏　特来给公主道喜。

湖　阳　道喜？（急忙看刘大，认出不是宋弘。又羞又气）

　　　　（唱）　满怀喜悦拜夫来，

　　　　　　　　轿中搀出了这蠢材。

　　　　　　　　我好像捧个大刺猬，

　　　　　　　　甩不掉来扔不开。

　　　　　　春桃！

春　桃　拜见公主。

湖　阳　你真会办事，你办的好事！

春　桃　（得意）那还用说吗？

湖　阳　你的眼力不错！

春　桃　我早就瞅准啦！还能有错吗？公主你可得重赏
　　　　我呀！

湖　阳　好。跪下听赏。

春　桃　多谢公主。

湖　阳　哼！既然你把人抢来，我就把人赏给你了，与他成亲
　　　　去吧！（把蒙头红巾丢在春桃的头上，气冲冲下）

　　　　〔宫女搀春桃与刘大拜天地，唢呐声声。

春　桃　（揭开蒙头红巾）啊！原来抢的是你？

刘　大　不错，是我。

春　桃　你这大胆的野汉子，快给我推出去斩了！

宋　氏　嗯，大胆！公主赐婚竟敢不允？小心你的脑袋！

春　桃　那……那……俺就愿意呗！老爷，恕为妻失礼。

刘　大　呸，不害臊，我还不要你来！

　　　　（唱）　你不识小麦和韭菜，

　　　　　　　　农家生涯过不来。

　　　　　　　　装酒皮囊盛饭袋，

　　　　　　　　狐假虎威女奴才。

　　　　　　　　俺乡下早有心上人，

　　　　　　　　刀砍斧剁难分开。

　　　　　　　　快跟我金殿打官司，

　　　　　　　　告公主抢亲不应该。

走！打官司去！

〔春桃不走，刘大用红蒙巾栓住背走。

春　桃　公主救命。

〔湖阳急上。

湖　阳　何处狂徒，搅闹深宫，与我拿下。

宋　氏　你身为公主，拦路抢人，该当何罪？走，我与你到金殿辩理。

湖　阳　哈哈哈哈！你可知道当今皇帝是我的亲兄弟，猪蹄子煮一百个滚，只能往里弯，你我金殿辩理么！只怕你要把宋大人辩给我了。走！

第七场　善了棘事

〔时间紧接前场，二幕前。刘大拽春桃，宋氏拉湖阳公主上。太监拦挡，放公主、春桃入内，轰宋氏、刘大下。

〔金钟玉鼓声中二幕启，刘秀的后宫，后为美女屏风，众太监拥刘秀上。

刘　秀　（唱）　午门外撞动了玉鼓金钟，

　　　　　　　　刘秀我想往事心潮难平。

　　　　　　　　只恨那王莽贼谋位篡政，

　　　　　　　　有孤王南阳春陵起雄兵。

　　　　　　　　举义旗千军万马如雷动，

　　　　　　　　论征战全靠马武与岑彭。

　　　　　　　　云台二十八员将，

　　　　　　　　都给为王立大功。

　　　　　　　　左有邓禹赛张良，

　　　　　　　　右有寇恂比萧何强。

　　　　　　　　宋弘他直言敢谏如明镜，

献计策出奇制胜鬼神惊。
南征北战狼烟扫净,
扶为王洛阳把基登。
孤王我大赦天下施仁政,
喜的是风调雨顺庆升平。
只因皇姐守了寡,
看中宋弘大司空。
皇姐丈为国捐躯令人敬,
姐改嫁三番五次闹宫中。
孤王我只得给姐姐把媒做,
哪怕他宋弘大胆不依从。

湖　阳　（急上）哎呀！兄弟,姐姐给你惹下麻烦了。

刘　秀　姐姐不必惊慌,慢慢讲来。

湖　阳　那宋弘之妻得到消息,她、她、她闹到宫门来了。

刘　秀　只要宋弘遵旨完婚,皇姐怕她何来？

湖　阳　好兄弟,家里我全准备好啦！可就等你的啦！

刘　秀　皇姐放心,有孤王作主,他一定会受宠若惊,大司空
　　　　见驾,你就躲在屏风后面听上一听。

湖　阳　如此说来,我就静候佳音了。（躲屏风后）

太　监　启禀万岁,宋大人参驾。

刘　秀　宣他进宫。

太　监　圣上有旨,宋大人进宫。

宋　弘　臣宋弘叩见吾皇万岁万万岁！

刘　秀　爱卿平身,赐坐。

宋　弘　谢坐。万岁,臣有本奏。

刘　秀　散朝之后,不谈朝事,孤换一美女屏风,召卿观赏。

宋　弘　（发现美人屏风一惊）怎么殿上的屏风又换了？

刘　秀　你看这画中美人神采飘逸,楚楚动人,怎不叫孤神
　　　　往啊！

宋　弘　（正色相劝）求万岁多想黎民疾苦,少想美貌佳人。

刘　秀　啊,诗经云："关关雎鸠,在河之洲。窈窕淑女,君子

好逑"！

宋　弘　天下多少治国良臣通博之士，万岁为何不求？众大臣有多少治国强兵的方略，万岁为何不求？

刘　秀　这——

宋　弘　万岁啊！好女色远贤才，求淑女爱美人，玩物丧志，形销骨立，江山难保，社稷危矣！

刘　秀　哎呀呀，好厉害的一张铁嘴啊！爱卿不必多言，孤闻义则服，知错了，知错了。快把美女屏风拆换。

宋　弘　（跪）万岁肯纳忠言，臣不胜之喜。

〔太监拆美女屏风，换松鹤屏，露出湖阳公主。

湖　阳　宋大人。

宋　弘　参见公主，不知公主进宫为了何事？

湖　阳　我……我……（对刘秀）喂！你快点说呀！

刘　秀　（尴尬地）唉！提亲之事倒叫孤王不好启齿了。（走近宋弘欲说又止）

湖　阳　兄弟，你怎么成了哑巴葫芦啦！

刘　秀　姐姐，那话儿我实在说不出口，还是你当面去讲吧。（下）

湖　阳　唉！真是望山跑死马，指亲戚饿死人，还是我厚着老脸进、进言吧！

（唱）　想吃龙肉自下海，
　　　　想吃果子亲手栽。
　　　　指望别人没有用，
　　　　求郎还是自己来。

我看宋大人哪里？我看宋大人哪里？宋大人，俺这厢有礼了。

宋　弘　公主请坐。

湖　阳　（搬椅子靠近宋弘）你我同坐。宋大人请用参汤。

宋　弘　多谢公主。

湖　阳　宋大人，这参汤味道如何？

宋　弘　御用之物，自然与众不同。

湖　阳	哪里哪里,这叫人义水也甜。
宋　弘	怎么人义水也甜?
湖　阳	(又靠近宋)对,人义水也甜。请问宋大人贵庚?
宋　弘	虚度三十二春。(把椅子挪开)。
湖　阳	哎呀呀,我长你三岁,女大三,抱金砖,好得很。(掏出同心结,在宋弘脸前晃动,宋弘求她交还,公主不允)我的宋大人哪!
	(唱)　你倜傥风流令人敬, 　　　　才华横溢冠群英。 　　　　与君相识多有幸, 　　　　愿缔良缘慰生平。
宋　弘	(唱)　公主身世多不幸, 　　　　宋弘闻之也动容。 　　　　怎奈是家中已有糟糠妻, 　　　　难舍难分恩爱情。 宋弘爱莫能助,实难从命。
湖　阳	(旁白)你看他多凉人,唉!还是把我兄弟请来,靠万岁的金面吧!兄弟!兄弟!
刘　秀	(上)姐姐,怎么样了?(湖阳打手势求刘秀,刘秀不去,被湖阳硬推进去)
宋　弘	万岁请坐。
刘　秀	爱卿请坐。唉!刮大风吃炒面,叫孤王我怎么张口啊!
宋　弘	万岁把臣宣进宫内,到底为了何事?
刘　秀	这个?啊,宋爱卿,我听说贵易交,富易妻,这是人之常情吧?
宋　弘	万岁,此言差矣!
刘　秀	差在何处?
宋　弘	贵在易交,富则易妻如是人之常情,那江山易主臣易君也是人之常情了?这样一来,还分什么善恶忠奸啊!

刘　秀　　这个——

宋　弘　（唱）　万岁说话欠思量，

　　　　　　　　照此处世太荒唐。

　　　　　　　　我只说贫贱之交不可忘，

　　　　　　　　我只晓糟糠之妻不下堂。

　　　　　　　　如若要富抛妻子贵忘交，

　　　　　　　　岂不是枉披一件人衣裳？

　　　　　　　　如若要江山易主臣易君，

　　　　　　　　苏武何必去牧羊？

刘　秀　（唱）　一席话堵得我无话可讲，

　　　　　　　　一句句如珠玉慷慨激昂。

　　　　　　　　我还是寻梯下楼莫鲁莽，

　　　　　　　　别落得为君不正脸无光。

　　　　　（欲走，湖阳公主在外摆手急拦）

　　　　　　　　皇姐姐为求亲进宫多趟，

　　　　　　　　我怎忍伤她心令她凄惶。

　　　　　也罢，九五尊皇帝位至高无上，摆一摆万岁威仪脸上

　　　　　含霜。爱卿，为王给你提亲你可应允？

宋　弘　　臣已有糟糠之妻在堂，不能从命。

刘　秀　　我皇姐金枝玉叶并不辱没于你。

宋　弘　　臣罪该万死，实难应允。

刘　秀　（不悦）臣可知君无戏言？

宋　弘　　君可知臣无反悔？

刘　秀　　我来问你，君叫臣死？

宋　弘　　不能不死。

刘　秀　　臣要不死呢？

宋　弘　　为不忠。

刘　秀　　对啊！君叫臣娶呢？

宋　弘　　臣就……

刘　秀　　就什么？

宋　弘　　就不一定娶。

刘　秀　臣若不娶呢？

宋　弘　那为……为大忠。

刘　秀　哼！背抗圣命就有欺君之罪，岂为大忠？真是一派
　　　　胡言，来呀！给我推出去斩了。

　　　　〔校尉架宋弘下。

湖　阳　（急上）刀下留人，刀下留人，哎呀！我的好兄弟，你
　　　　怎么说着说着就发起脾气来啦？你要杀了宋弘叫为
　　　　姐终身托付何人？

刘　秀　他随孤南征北战，出谋献策，屡建奇功，我哪里舍得
　　　　杀他，只不过吓他一吓。

湖　阳　你这一吓呀，可把俺的汗给吓出来啦！

　　　　〔幕后宋氏高呼：冤枉啊！冤枉！

校　尉　启禀万岁，有一民妇高呼冤枉。

刘　秀　啊呀呀，不好了，传扬下去，岂不坏了孤王的名声？
　　　　快把喊冤民妇宣上殿来。

　　　　〔校尉引宋氏上。

宋　氏　冤枉啊！

刘　秀　民妇有何冤枉？快快诉来。

宋　氏　万岁！

　　　　（唱）　人都说万岁圣明有道君，

　　　　　　　我看你昏庸糊涂昧良心。

　　　　　　　纵姐抢亲巧成拙，

　　　　　　　洛阳城里传丑闻。

　　　　　　　给我夫强赐玉叶他不允，

　　　　　　　要屈斩宋弘保国的臣。

　　　　　　　思一思来想一想，

　　　　　　　你这个中兴之主好狠的心。

刘　秀　（怒斥湖阳）哼！都是你干的好事！

湖　阳　我又怎么啦？"满朝文武任挑任选"可是你说的？

刘　秀　嗯，是我说的。

湖　阳　那我就是奉旨抢亲。

刘　秀　如此胡闹，这还得了？

湖　阳　好你个没良心的刘小三，我男人为你南征北战死在疆场你全给忘啦！你今天要不还我的男人，我就不活啦！（夺校尉的刀用刀背抹脖子，校尉急忙拦住）

刘　秀　唉！姐姐不必如此。民妇听了，孤王赐婚，金口玉言难以更改，只要你答应此事，孤王封你一品诰命夫人，赐黄金百两，良田万顷，回家安守田园去吧！

宋　氏　万岁，俺不要一品诰命、良田黄金，只要一物。

刘　秀　要什么？

宋　氏　要我的同心结。

刘　秀　同心结？现在何处？

宋　氏　在公主身上。

刘　秀　姐姐，快快还了给她。

〔湖阳公主狠狠解下丢过，宋氏拾起。

宋　氏　民妇求再和我夫见上一面。

刘　秀　把宋弘赦上殿来。

〔校尉推宋弘上，湖阳亲为解绑，宋弘不理，宋氏把同心结系在宋弘身上。

宋　氏　老爷，只要你允下这门亲，皇上就封我一品诰命夫人，赐黄金百两、良田万顷，你享荣华，我也富贵，不知你意下如何？

宋　弘　万岁，臣情愿和糟糠之妻归隐田园，不愿遵旨完婚。

刘　秀　如再不遵旨，我就斩了你。

宋　氏　要死俺死在一块，生同床死同坟，生生死死不离分。

宋　弘　（叩头）万岁啊！万岁！你身为中兴之主，开国明君，以仁义治天下，才使四海归服，今日你屈尊为媒，硬逼有妇之夫再婚，如若传扬出去，岂不叫大臣齿冷，百姓寒心？万岁可知弃糟糠如同弃百姓，弃百姓而山河崩，金枝玉叶枯萎凋零，龙子凤孙不如乡野老牧童矣！

刘　秀　（强烈震动）言之有理！

宋　弘　万岁既然不纳忠言,臣只好自刎金殿。(夺去校尉宝刀欲自尽)

刘　秀　(下殿夺过宝刀)宋爱卿,真是忠贞义烈之士,赤心保国之臣,孤王我错了。

湖　阳　宋大人,你看你吃了猪油蒙了心,你那黄脸婆子就在眼前,我俩站在一起,玉叶糟糠比上一比。

宋　弘　比上一比又该怎样?

湖　阳　只要一比么,你就不会这么犟了。
　　　　(唱)　她是草鸡我是凤,
　　　　　　　她是土鳖我是龙。
　　　　　　　我是明珠光闪闪,
　　　　　　　她是粪土和烂铜。

宋　弘　(唱)　草鸡生蛋有大用,
　　　　　　　土鳖作药救生灵。
　　　　　　　万物都在粪土长,
　　　　　　　千家万户用青铜。

湖　阳　(唱)　鸟往高飞水流东,
　　　　　　　大树干上盘青藤。
　　　　　　　谁人不识真富贵,
　　　　　　　谁人不愿把官升?

宋　弘　(唱)　鸟往高飞水流东,
　　　　　　　做官要靠真本领。
　　　　　　　宋弘不贪皇亲贵,
　　　　　　　不在世上落骂名。

湖　阳　(唱)　我头戴凤冠身穿罗,
　　　　　　　你妻蓬头打赤脚。
　　　　　　　我细皮嫩肉颜如玉,
　　　　　　　你的妻面目乌黑皱纹多。

宋　弘　(唱)　不羡凤冠不羡罗,
　　　　　　　只爱我妻打赤脚。
　　　　　　　公主虽然颜如玉,

难挡三九暴风吹。
萍水相逢情义少，
患难夫妻恩爱多。

湖　阳　（唱）　我三弟金殿朝廷坐，
公主我威风不必说。
宫中只把喷嚏打，
倾盆大雨往下落。
公主我双脚跺一跺，
洛阳城塌下一只角。
你今天胆敢不应允，
叫你死来你不能活。

宋　弘　（唱）　公主权大威风多，
犯罪王法能管着。
想把我夫妻来拆散，
除非太阳往东落。

湖　阳　你，你太放肆了！

宋　弘　你，你太欺人了！

湖　阳　兄弟，宋弘蔑视皇姐就是目无朝廷，你快将他治罪。

宋　弘　万岁，公主欺压大臣，目无王法，就该将她斩首。

刘　秀　不必争吵，为王自有公断。
（唱）　孤称谁的帝做谁的皇？
怎能忘贫贱和糟糠。
宋氏听封。
你夫妻恩爱美名扬，
孤封你一品诰命坐高堂。
（湖阳扯刘秀衣服摆手示意，刘秀不理）领她更衣。

宋　氏　叩谢圣上龙恩。（下）
〔刘大上。

湖　阳　兄弟，这个村夫冒充大臣私闯深宫，你要把他斩首。

刘　大　万岁，要不是我替宋大哥搪灾，被公主错抢，你一世
英明就完啦！你可得好好谢谢我呀！

刘　秀　你是何人？

宋　弘　这是我的贫贱之交，长安农夫刘大。

刘　秀　刘大，孤来问你，长安乡下百姓对为王有何议论？

刘　大　万岁！他们都夸你：

　　　　（念）　仁义治国天下服，

　　　　　　　好比当年汉高祖。

　　　　　　　废苛政、减税赋，

　　　　　　　从谏如流万民福。

刘　秀　哈哈，刘大听封。

　　　　（唱）　孤封你不纳税不完粮，

　　　　　　　不出官差的自在王。

刘　大　哎哟！这怎么可以？不纳税不完粮，你们都喝西北

　　　　风啊！

刘　秀　嗯？

刘　大　是，谢主龙恩！

刘　秀　宋爱卿！

　　　　（唱）　今日事切莫记心上，

宋　弘　为臣不敢。

刘　秀　（唱）　要忠心扶保振朝纲。

宋　弘　臣肝脑涂地在所不辞。

刘　秀　姐姐！

　　　　（唱）　婚姻之事再商量，

　　　　　　　皇姐何愁少年郎。

湖　阳　喂呀呀！（掩面痛哭）

宋　弘　（唱）　公主不必泪两行，

　　　　　　　宋弘来日愿帮忙。

　　　　〔湖阳公主狠狠瞪了他一眼欲下，又和凤冠霞帔的宋

　　　　氏撞个满怀。

宋　氏　（故意抖威唱）

　　　　　　　糟糠之妻不下堂，

　　　　　　　草鸡偏要伴凤凰。

春　桃　（上扶湖阳）公主呀！

　　　　　（唱）　这场官司输个光，

　　　　　　　　　就数咱娘们最窝囊。

　　　　〔众大笑，春桃、湖阳大哭。

——剧　终

秦腔
湖阳公主
HUYANGGONGZHU

演出单位

西安尚友社

英　烈　传

根据刘定九京剧《背父报国》改编

江　巍　改编

剧情简介

　　李自成灭明，清兵入关。明将郑芝龙在福州立朱韦称帝。后郑为保权势降清，其子郑成功劝父抗清被囚。闯王旧部袁宗第救出成功，保朱韦出汀州，与清兵苦战不胜，朱韦中箭身亡，成功入海招兵抗清。清帅博洛设"套中套"之计，欲擒成功，成功深入虎穴，破"套"歼敌。

场　目

人　物　表

郑成功

郑芝龙

郑　母

郑　琳

郑鸿逵

李金花

董　氏

袁宗第（鲍国）

朱　韦

张煌言

郑芝豹

博　洛

郑必昌

马进宝

序 幕

〔时间：明隆武二年（1646 年）秋。

〔布景：仙霞关郊外。

〔音乐声中幕启。传帅博洛率清兵高举火把枪械耀武扬威地过场。

〔幕内合唱：熊熊大火照天烧，

　　　　　　忧忧民愤震九霄。

　　　　　　不是胡儿兵将勇，

　　　　　　还怪我朝毁长城。

〔合唱声中，清兵做烧杀状。天幕上燃起熊熊烈火。推出"英烈传"字头，由小及大定格。

博　洛　（念）　一心灭明兴大清。

　　　　　　　血洗中原逞威风。

　　　　　　　雄兵如入无人境，

　　　　　　　马踏隆武小朝廷。

　　　　　巴图鲁，兵发仙霞关！

郭必昌　（内）大帅！（上）大帅，我已探得清楚，这仙霞关山高险峻，城池坚固，郑芝龙又派有二十万精兵，六百条战船防守，真可谓兵强将勇、粮草充足。况其子郑成功更是智勇过人，忠贞保国，大帅万万不可轻进。

博　洛　难道就此罢兵不成？

郭必昌　大帅，兵法云："不战而屈人之兵，善之善者也！"何况又有洪承畴暗中策应……

博　洛　你是说要智取？

郭必昌　大帅高见。

博　洛　好。此事就托军师办理。巴图鲁！

171

众　　　有！

博　洛　离城十里安营下寨！

众　　　喳！

〔众亮相下，幕闭。

第一场　拒谏困子

〔时间：距序幕五日后的初夜。

〔布景：郑芝龙平国公府"镇海堂"。画栋雕梁，陈设豪华。

〔幕启：郑母忧心忡忡地上。

郑　母　（唱）　胡虏猖獗逞凶顽，

　　　　　　　　万里山河起烽烟。

　　　　　　　　朝野震惊人心乱，

　　　　　　　　圣上坐卧心不安。

　　　　　　　　成功儿有识又有胆，

　　　　　　　　献策招兵上金銮。

　　　　　　　　万岁闻言龙心展，

　　　　　　　　命他募将赴漳泉。

　　　　　　　　我郑家为社稷丹心一片，

　　　　　　　　临危惟挥金戈跃马直前。

董　氏　（上唱）忧心忡忡回府院，

　　　　　　　　要与婆母说根源。

郑　母　媳妇，你到皇宫请安，万岁和娘娘有何吩咐？

董　氏　（唱）　仙霞关浦城俱失陷，

　　　　　　　　万岁与娘娘泪涟涟。

郑　母　怎么？仙霞浦城两城俱都失陷？

董　氏　（唱）　原指望赖咱家把狂澜扭转，

不料想临危难无人向前。

郑　母　万岁没有治罪么？

董　氏　（唱）　蒙圣恩念老臣不忍查办，

　　　　　　　　收失地驱胡虏解民倒悬。

　　　　　　　　望婆母劝公爹以苍生为念，

　　　　　　　　整军威重收拾这残破河山。

〔李金花，郑鸿逵急上。

李金花　（唱）　大哥不发抗敌令，

郑鸿逵　（唱）　鸿逵心中似油煎。（叹气）唉！

李金花　嘿！亏你还是个武进士出身，大明朝的定国公！清
　　　　兵打来了，这么唉声叹气的就成啦。

郑鸿逵　唉！如今清兵逼进，国家危在旦夕，我欲抗敌上阵奋
　　　　力决战，怎奈大哥不允，如何是好？

李金花　我们去找大嫂说理去。（进门）嫂子！

郑　母　三弟、弟妹请坐。

李金花　我的心急得都要蹦出来了，哪里还坐得住啊！

郑　母　为何如此慌张？

鸿　逵　哎呀嫂嫂！仙霞浦城二关不战而失，敌警频传，延平
　　　　城危在旦夕！

李金花　难道咱们就这么乖乖地将福建送给清兵，一个个都
　　　　插老鸭子毛投降吗？

郑　母　我郑门岂可做此辱没祖先之事？

〔内传来郑芝龙笑声。携郑芝豹满面春风，酒意犹酣
地上。

李金花　大哥，五日之内，咱们连失仙霞、浦城二关，如今清兵
　　　　又向延平进发，你到底打算怎么办呐？

郑芝豹　啊三嫂，大哥他要……

李金花　什么要不要，谁问你来？

郑芝龙　芝豹休要多口。三弟妹，清兵来势凶猛，我正为此烦
　　　　心哪！

李金花	那有什么烦的。常言道:兵来将挡,水来土掩嘛!
郑芝龙	唉!可惜联、彩二侄不在此处,有谁能当此头阵呢。
李金花	哎呀呀!打硬仗我还能不如联、彩两个小子。你下令吧,我去把那些拖猪尾巴的东西杀退赶跑!
郑芝龙	好!三弟妹真是勇冠三军。(取令箭)来来来,就请你带领本部三千人马城北驻扎。
李金花	得令!
鸿逵	(私向李)三千人马,你如何去挡十万清兵。
李金花	哼,三百人马我都敢打,何况还有三千!

   (唱) 自古道文死谏武将死战,
      国危难我怎能苟且偷安。
      为救黎民披肝胆,
      且看我陷敌阵挥戈扬鞭。

〔李豪迈地下,郑成功风尘仆仆地上。

郑成功	爹爹母亲,请受孩儿大礼参拜。
郑母 郑芝龙	一路辛劳,快快起来!

〔郑与众见礼。

郑芝龙	儿啊,圣上命你觅将招兵,却为何匆匆而回?
郑成功	儿急切要知仙霞浦城二关如何落入敌手。
郑芝龙	御敌之事,为父自有深谋密划。我儿一路鞍马劳顿,下边好生歇息再说。
郑成功	敌情紧迫,人心慌乱,请爹爹速示御敌方略以慰众望。
郑芝龙	这个…………为父胸有成竹,你就不必细问了。
郑母	老爷,成功问你御敌之策,你吞吞吐吐却是为何?
郑芝龙	这……
郑成功	爹爹,孩儿一路之上见逃难灾民甚多,他们家室俱毁、妻离子散,凄惨情景着实目不忍睹,耳不忍闻,我……
郑芝龙	时势动荡,百姓流离失所自古难免啊!
郑成功	这……
郑芝龙	儿啊,为父闯荡半生,经世处事多矣!我郑家前程事

大,撤离失地事小,为了保全我郑家这份家业,我早设下良策,大功告成,我儿方知为父爱子之心啊。

郑成功　（沉痛地）爹爹,你老人家常常教导孩儿,刻苦攻读,奋发上进,要做个忠孝双全、见义勇为之人。如今国难当头,万岁视我郑家如同长城,你怎么能说撤离失地事小,我郑家前程事大呢?

郑芝龙　哈……娃娃家倒不失赤子之心,你可知彼一时也,此一时也。古人云:学以致用贵在适时应世,启之固其本,本立而道生啊!

郑成功　啊!

郑芝豹　成功,你真是年幼少知,你爹爹要不是军权在手,万岁能赐你国姓,贵为殿下吗?

郑成功　此言差矣。

郑芝豹　嗨,我的话你听听大有好处。国姓国姓,你心里要明白还是姓郑。咱郑家这点实力要是糊里糊涂拼掉,我们还能有什么权,有什么势,还能有什么荣华富贵?

郑鸿逵　你休要信口胡言。

郑　母　咱绝不可辜负圣恩。

郑芝龙　妇道人家休要过问国家大事。值此风云变幻之际,咱犯不着与他人同归于尽。皇上他可自行方便!

郑鸿逵
郑　母　啊!
郑成功

〔内:圣旨下!

郑芝龙　你们回避。

〔郑母、郑琳、董氏下,曾樱捧旨上。

曾　樱　圣旨下,尔等接旨。

郑成功
郑鸿逵　臣!

〔郑芝龙无动于衷地背着身,郑芝豹漫不经心地退立一角。

曾　樱　（强压怒火）诏曰:宣平国公,定国公,忠孝伯,澄济伯,急速上殿计议御敌大事,钦此。

郑成功　万岁、万万岁!
郑鸿逵

郑成功　（诚恳地）爹爹,接旨犹如迎驾啊!

郑芝龙　噢,老夫正凝思遐想,竟然疏忽,真是罪该万死。

曾　樱　平国公,万岁言道:清兵兴虎狼之师,麻痹大意欲夺大明天下,若不急速发兵抗敌,后患不堪设想。

郑芝龙　地广兵少,本公实在抽掉不开。

曾　樱　平国公举足轻重,万望上对得起祖宗,下对得起百姓。

郑芝龙　你这是何意?

曾　樱　平国公!

　　　　（唱）　平国公拥重兵举足轻重,
　　　　　　　　仙霞失浦城陷圣眷不宁。
　　　　　　　　万望你为国家挺身奉命,
　　　　　　　　率众将雪国耻扫灭清兵。

郑芝龙　（唱）　清兵势锐难阻挡,
　　　　　　　　为保这延平城我费尽心肠。
　　　　　　　　适才间调兵遣将设屏障,
　　　　　　　　进可攻退可守固若金汤。
　　　　　　　　贸然进兵乃空想,
　　　　　　　　到时候损兵折将谁承当?

曾　樱　平国公,社稷安危事大啊!

郑芝龙　要我出兵却也不难,可打仗就得有粮有饷啊。

曾　樱　万岁言道,你奏请拨款一百五十六万两,一时实难凑齐,国库现有五十万两,命我悉数带来,所差之数,明日早朝设法筹措。

郑芝龙　粮饷不济三军如何调遣得动?

郑成功　父帅,府库存饷充盈……

郑芝龙　大胆! 大学士,请你回禀圣上,粮饷不济,实难出兵。我要料理军事,失陪了。

〔芝龙下,芝豹随下。

曾　樱　(怒不可抑)你……

郑成功　大学士息怒,我随你进宫面君。三叔父,你在此应付不测。

郑鸿逵　好。

郑成功　大学士,咱们走。

郑芝豹　(突上)且慢!你爹爹有令,要你留下。

曾　樱　如此老夫先行回朝复命。　(下)
〔郑芝龙上。

郑成功　爹爹……

郑芝龙　哼,你幼读圣贤之书,就该体亲行孝,当众顶撞为父,真乃欺天犯上。

郑成功　爹爹啊!
（唱）　天下慌慌国临难,
　　　　四海汹汹民不安。
　　　　你怎忍看铁骑踏来风云惨,
　　　　你怎忍看山河蒙羞疆土残。
　　　　你怎忍看国破家亡多凄惨,
　　　　你怎忍看骨肉同胞泪斑斑。
　　　　望父帅以民为重把社稷念,
　　　　装一个岳武穆青史留传。

郑芝龙　你再不要张口岳飞闭口岳飞,岳飞若知独善其身,父子二人还能屈死风波亭。

郑成功　父帅差矣。岂不闻丹心照千古,名利若浮云,是非有公论,忠奸众人分。

郑芝龙　哼,真乃年轻气盛,义气用事。芝豹,送他圣庙读书。

郑芝豹　是。

郑成功　爹爹,国难当头,孩儿实难从命。

郑芝龙　大胆!
（唱）　奴才出言好大胆,

气得老夫咬牙关。
送你圣庙把书念，
不信尔能反了天。

甘潘二将！

甘
潘　　　（上）有。

郑芝龙　命你二人随同澄济伯，陪伴殿下圣庙读书。

郑成功　爹爹——

郑芝龙　哼！

第二场　焚衣盟志

〔时间：紧接前场深夜。

〔背景：孔庙殿前天井中。火炉之中，香烟缭绕，苍松吐翠，霜菊迎风，残月西沉，寒星稀疏，浮云不时掠过。

〔幕启：郑成功内着战衣，佩长剑，外罩儒服，在天井中只身孤立，心潮起伏，拔剑起舞，砍断苍松一枝。

郑成功　（唱）实想说劝父帅为国效命，
　　　　　　　不料想反被困锁入樊笼。
　　　　　　　我自幼习武艺又读孔孟，
　　　　　　　怎能够国有难苟且偷生。
　　　　　　　恨父帅他不以国难为重，
　　　　　　　惜兵力不抵抗任敌横行。
　　　　　　　仙霞关遭沦陷举国震惊，
　　　　　　　浦城地又失守令人心疼，
　　　　　　　众百姓携儿女奔波逃命，
　　　　　　　父帅他对此情无动于衷。
　　　　　　　民有苦我怎能屈从乱命，

国有难我怎顾父子之情。

我有心见圣上请戈效命,

怎奈是守卫严脱身不能。(沉思)

〔幕后女声独唱:

烟笼寒水月笼沙,

夜泊秦淮近酒家。

商女不知亡国恨,

隔江犹唱《后庭花》。

郑成功 (唱)　尘海苍茫难呼应,

仰天长啸泪啼零。

三尺龙泉何所用?

无路请缨恨难平。

(面对儒服,情绪激烈,脱下捧于手中,对大成殿躬身施礼)

(念)　昔为儒子,今为孤臣,

向背去留,各行其是,

谨谢儒衣,祈先师昭鉴。(将儒衣投入炉中烧尽,思绪万千。幕后传来鲍老丈吟诗声:"生当做人杰,死亦为鬼雄")

郑成功 (惊惑)怎么这夜半更深,还有吟诗之声。

鲍　国 (白发苍苍,由侧门踱出吟)

楚虽三户能亡秦,

岂有堂堂中国空无人。

郑成功 细听此诗,分明暗示于我。嗯,不免上前答话。请问老丈高名上姓,缘何到此?

鲍　国 老朽名唤鲍国,因天下扰攘,流落在此看守圣庙。

郑成功 报国?

鲍　国 鲍叔牙之鲍,治国安民之国。

郑成功 噢,鲍国……报国!

鲍　国 老朽下愚,不识尊驾。

179

郑成功　在下名唤郑成功。

鲍　国　哎呀，不知国姓殿下驾到，多有怠慢。

郑成功　岂敢（还礼），请问老丈，炉中清香可是老丈所供？

鲍　国　正是。

郑成功　深夜燃香，所为何事？

鲍　国　殿下。

（唱）　胡虏军侵中华长驱直进，

　　　　将不战关不守误国害民。

　　　　眼睁睁延平城清兵已近，

　　　　众百姓家室难保一个一个泪纷纷。

　　　　老朽心中如火焚，

　　　　欲从军杀敌怎奈是霜鬓白发力难从心。

　　　　闻得殿下忧国愤，

　　　　招募将士御敌军。

　　　　因此上祷告上苍发怜悯，

　　　　助殿下灭胡虏保国安民。

郑成功　（颇为感动）国难当头，我不能上报君恩，下安黎民，
　　　　却得老丈如此器重，着实惭愧。

鲍　国　殿下何必过谦，当此山河破碎，生灵涂炭之日，多少
　　　　做大官的都贪生怕死，卖国求荣，难得殿下坚贞保国，
　　　　真正令人感奋啊！

郑成功　唉，老丈有所不知，正是为了抗敌请战，遭我父帅斥
　　　　责被困于此啊。

鲍　国　原来如此。公卿有党排宗泽，帷幄无人用岳飞，古事
　　　　可鉴莫自馁，何不奋臂起惊雷！

郑成功　学生有心冲出樊笼，怎奈防卫森严也是枉然。

鲍　国　殿下勿忧，圣庙后侧有便道通外，钥匙就在我手。

郑成功　（大喜）如此请老丈速速领我出走。

鲍　国　且慢。若欲救国，必得联络海内志士，共同抗敌。闽
　　　　浙江广一带义军志士，老朽颇多结识，殿下就该修书

　　　　　　一封,老朽愿奔走联络,共举大业。

郑成功　如此甚好。出庙之后,请在宫外等候,即便作书。

鲍　国　遵命。(下)

　　　　　〔甘辉、董氏、郑琳上。

董　氏　殿下!

郑　琳　兄长!

郑成功　你们怎么来了。

董　氏
郑　琳　(看甘辉)这……

甘　辉　小姐少夫人,末将不才,稍明大义。如今国事危急,
　　　　望殿下决策,末将愿与潘将军誓死追随,杀敌报国。

郑成功　难得将军肝胆相照。我四叔现在哪里?

甘　辉　殿前把守寸步不离。潘将军寻得酒来陪他畅饮。

郑成功　好。你速前去,轮番劝他多饮。

甘　辉　遵命!(下)

郑成功　(对董、琳)爹爹意态如何?

董　氏　殿下。

　　　　(唱)　自从殿下被困后,

郑　琳　(唱)　爹爹他要将延平让敌酋。

董　氏　(唱)　婆母誓死不肯走,
　　　　　　　　常念国难恨悠悠。

郑　琳　(唱)　她要兄长脱身走,
　　　　　　　　万莫再作阶下囚。

董　氏　(唱)　万岁盼你把驾救,
　　　　　　　　护送圣眷奔汀州。

郑成功　(唱)　听一言不由我切齿痛恨,
　　　　　　　　爹爹他竟做了误国罪人。

　　　　　〔郑芝豹醉醺醺上,甘、潘二将随上。

郑芝豹　成功,你爹爹有令,要你随我回府一同撤往安平。

郑成功　怎么撤往安平?请代我回禀,我就在此不走了。

郑芝豹　不走了?

郑成功	在此攻读乃是我父之命,如今不见爹爹,我誓死不走!
郑芝豹	好,我拗你不过。(对董、琳)你们都在这儿陪伴。(对甘、潘)你二人好生伺侯,待我回府禀告。　(下)
董　氏	殿下就该速快出走!
甘　辉	且慢。澄济伯严令看守庙门,不准殿下离庙半步。
郑成功	这……
	〔鲍国急上。
鲍　国	(亮钥匙)殿下!(众大喜)
郑成功	啊,走!
	〔亮相。

第三场　隆武遇难

〔背景:清兵营寨。

〔幕启:郭必昌谄媚地拥博洛上。

郭必昌	(唱)　十万雄兵不可挡,
	大帅神威天下扬。
	攻城掠地如反掌,
	又取延平做战场。
博　洛	哈……
	〔报子上。
报　子	报!
博　洛	讲。
报　子	明王朝得知郑芝龙献出延平关,合朝震惊,郑成功保着皇帝老儿逃往汀州。
博　洛	啊!
郭必昌	大帅,皇帝若还逃往汀州,明朝人心难死,就该紧追

才是。

博　洛　（对报子）传令马将军前面截杀，不可放过。

报　子　喳！（下）

博　洛　巴图鲁！

〔清兵将上。

众　　　啊！

博　洛　紧紧追杀！

众　　　喳！（下。）

〔景转延平城郊外。

郑成功　（内唱）保护圣驾汀州往。

〔甘、潘二将率明兵士保护皇帝车辇上，马僮翻上，引郑成功上。

郑成功　（唱）　人声喊，炮声喧，战鼓咚咚硝烟漫，

誓与胡虏不共天。

哀鸿啊，遍野不忍见，

尸骨堆山星斗寒。

妇孺哀号声一片，

成功心内似油煎。

半壁河山又遭难，

热血男儿发冲冠。

马　僮　（内喊）哪里走！

〔马进宝率清兵上，开打。郑保护皇帝车辇下。

马　僮　追！（率清兵下）

郑成功　（内唱）满腔怒火起兵燹。

〔郑成功率众护皇帝车辇上。

博　洛　（内大喊）哪里走！

〔率清兵清将上，开打。博败下。

郑成功　甘潘二将。

甘
潘　　　在。

郑成功　清兵前截后追，来势凶猛，你二人保护圣上从小路突

围,待我抵挡清兵。

甘潘　　这……

〔马进宝内喊:哪里走!

郑成功　(对甘潘二将)执行将令!

甘潘　　是。

〔马进宝率清兵上,开打,郑成功挡住马进宝、甘潘二将拥车辇下。

郑成功　(战败马进宝,威武亮相)

(唱)　重整旗鼓定中原。(下)

李金花　(内唱)探马报圣上突围汀州走,

〔李金花率女兵上。

李金花　(唱)　助成功率女将亚赛貔貅。

博　洛　(内)哪里走!(上,与李开打,双方下)

〔甘潘二将护车辇上,马进宝率清兵上截杀,甘潘二将不敌。马进宝将皇帝挑于辇下欲杀,甘潘二将力保。皇帝逃下,双方再战,甘潘败下。

马进宝　追!(追下)

〔皇帝仓皇逃上,李金花上,正欲搭救,博洛上,开打,李金花不敌,郑成功上,截住厮杀,博洛不敌,郑欲追,马进宝上,搭箭射成功,成功一避,箭正射中皇帝后背,马救博急下。郑成功,李金花见皇帝带箭大惊。

郑成功
李金花　圣上!

〔众人扶隆武帝卧于土台之上。

郑成功　圣上,为臣护驾不力,罪该万死!

隆武帝　爱卿尽力了,不必自责。

〔鲍国暗上。

鲍　国　殿下,我已联络数处爱国义士,此处不远便有一处,寨固沟深,不若请圣上暂去那里疗伤。

郑成功　如此甚好。李婶母,烦你带领甘潘二将护送圣上。

李金花	是。
郑成功	鲍老丈,带路。
鲍　国	是。

〔众人护送隆武帝上路,亮相。

第四场　狼狈为奸

〔背景:泉州博洛军营。

〔幕启:豹、郭背向观众窃窃私语。

郑芝豹	(转身)好! 我家大哥生性豪爽,我嘛,也是条硬汉子。只要"闽广总监"的大印一到,我弟兄就马上改换旗帜。
郭必昌	老弟台放心,"闽广总监"的大印,即日就可送到。
郑芝豹	好。那小弟的事……
郭必昌	老弟台的前程,为兄早已禀告大帅。
郑芝豹	大帅……
郭必昌	大帅拟待闽广平定之后,奏请圣上,封老弟台为平南侯。
郑芝豹	当真?
郭必昌	这岂能儿戏。
郑芝豹	嘿嘿,老兄啊!

（唱）　曾不记莫愁湖畔咱玩骨牌,

　　　　我抓了猴儿一对喜心怀。

　　　　又谁知转眼时间变了样,

你把我小猴三,换成了板凳四,叫我变成个鳖十大王八。

（唱）　输了三千两银子不上算,

还到处说我是傻瓜。

郭必昌　哈……那是玩笑场中，今乃军国大事岂可儿戏。

郑芝豹　我可是个爽快人，事成之后，定当重谢。

郭必昌　咱弟兄还客气的什么。不知令侄郑成功……

郑芝豹　他的行踪我也不大清楚。老兄……

郭必昌　噢，大帅之意，像令侄那样的英俊人才，拟以澄海公之印相待。

郑芝豹　你是说要我大哥带子归顺？

郭必昌　老弟台真是快人快语。

郑芝豹　我倒有个好主意。

郭必昌　老弟台请讲。

郑芝豹　后天是我大哥五十大寿，成功必然回来，让我大哥带他一同投奔不就完了。

郭必昌　老弟台真是足智多谋啊。愚兄后天也想过府奉献寿礼，只怕你那三兄三嫂……

郑芝豹　我那个三嫂蛮横无理，早晚要把她（做杀状）。至于我三哥，只要成功归顺，他也就无能为力了。

郭必昌　只是贵防区戒备森严，愚兄一行来往甚不方便。

郑芝豹　不难不难，我与你腰牌一面，凭此出入无人敢挡。我回去即将此事禀告大哥，老兄可要早来报喜啊。

郭必昌　老弟台放心，决不食言。

郑芝豹　小弟告辞。

郭必昌　老弟台请。

〔豹下，博洛上。

博　洛　参军高才！

郭必昌　大帅夸奖。

博　洛　后日前往郑府，除了带上"闽广总监"金印，再带黄金千两，白银十万，彩缎百匹，珠玉百件。

郭必昌　他能值此高价么？

博　洛　哼哼，寄存而已。我们当然还要带上精兵良将。

郭必昌　大帅真乃英明。

博　洛　哼,重利为饵诱芝龙夺其兵权。

郭必昌　以父制子擒成功永绝后患。

博　洛　啊,啊,哈……

郭必昌　啊,啊,哈……(亮相)

第五场　郑母殉国

〔背景:郑芝龙府。

〔幕启:郑琳愁绪满怀地上。

郑　琳　(唱)　有郑琳在府中难以立坐,
　　　　　　　　思想起近日事实实可恶。
　　　　　　　　隆武帝晏了驾周期未过,
　　　　　　　　我父他又祝寿笑语呵呵。
　　　　　　　　今日里郭必昌又来祝贺,
　　　　　　　　他二人在密室暗设网罗。
　　　　　　　　定毒计要我兄投清结伙,
　　　　　　　　如不然借拜寿生擒哥哥。
　　　　　　　　闻此言不由我满腔怒火,
　　　　　　　　欲报讯难脱身苦费思索。
　　　　　　　　情势急时日短急煞了我,
　　　　　　　　临危难无良策却是奈何。

董　氏　(上)贤妹如何这般焦急?

郑　琳　哎呀嫂嫂,适才郭必昌和爹爹密谋,要借明日祝寿之机
　　　　　迫使我兄投降清廷,我兄如若不从,便要立地擒拿!

董　氏　噢——
　　　　　(唱)　听一言不由我大吃一惊,
　　　　　　　　心儿里不住地埋怨公公。

英烈传
YINGLIEZHUAN

你降清廷千夫指，

又害你儿入火坑。

情势紧急莫可等，

去找殿下说分明。（欲下）

郑　琳　嫂嫂意欲何往？

董　氏　去向殿下报讯。

郑　琳　哎呀嫂嫂，如今你的行踪必然受到严密监视，倘若贸然出走，父亲必然派兵追赶，莫若嫂嫂在此替妹妹应付，待妹妹去找我家兄长。

董　氏　如此甚好，就请妹妹速速前往。

郑　琳　嫂嫂多加小心。（二人下）

〔郑母上。

郑　母　（唱）　波涛汹汹人烦恼，

我大明锦绣山河遭敌掠，只落得：

尘烟滚滚，国破家亡，哭声遍野，

不由我心中似火烧。

恨夫君屡撤防助恶虎豹，

千秋遗恨恨难消。

成功儿冲出圣庙把驾保，

汀州道打一仗鬼哭狼嚎。

万岁爷带了箭圣命不保，

遗血诏我儿四海把兵招。

恨夫君犹似那当年海盗，

图荣华为富贵狠如蛇枭。

摆寿宴分明是设下圈套，

要诱成功入笼牢。

满腔悲愤向谁告，

家贼外患共煎熬。

〔郑芝龙、郑芝豹与郭必昌上。

郭必昌　今日只是带来寿礼，博洛大帅让小弟特意嘱咐，不成敬意，来日再补。

郑芝龙　呃,重礼,重礼。请向大帅转告我的谢意。

郭必昌　大帅言道,明日是老兄寿诞正日,他一定要亲自前来,
　　　　一来祝寿,二来奉上"闽广总监"之印。

郑芝龙　那就有劳大帅了。芝龙定当躬身等候。

郭必昌　那就告辞了。

郑芝龙　芝豹代为兄相送。

郑芝豹　请。(送郭必昌下,芝龙欲下)

郑　母　你站住,(芝龙转身),你这就认贼做父,投降清廷吗?

郑芝龙　话不要说得那么难听。我这还不都是为了郑家吗?

郑　母　为了郑家?让千夫所指,万人唾骂。

郑芝龙　什么千夫指,万人骂?那都是虚的,我郑家荣华富贵
　　　　才是真的, 我郑芝龙二十多年苦心经营的这份家业
　　　　才是真的!

郑　母　那隆武圣上封你郑家二国公、两伯爵,不是荣华富
　　　　贵?赐我儿成功为国姓不是荣华富贵?许你有招兵
　　　　买马,修建国公府、伯爵府不是郑家家业?

郑芝龙　而今他明朝不是就要完蛋了吗?难道你要让我郑家
　　　　和明朝同归于尽不成!

郑　母　常言道,国难见忠臣。你身为大明国公,轻信寡义,
　　　　反复无常,真正不齿于人类!

郑芝龙　任你辱骂,我意已决,你若不从,各行其是!(怒下)

郑　母　你——
　　　　(唱)　霎时间气得我心血俱冷。
　　　　　　　　厚颜无耻郑芝龙。
　　　　　　　　为我儿修血书莫可久停,
　　　　(撕破衣襟,咬破手指,边书边唱)
　　　　　　　　寄语我儿郑成功:
　　　　　　　　为的是让我儿为国效命,
　　　　　　　　为的是让我儿识破奸情。
　　　　　　　　为的是让我儿心坚意定,
　　　　　　　　灭清兵救黎民跳出火坑。

为娘性命何足重，

为国捐躯留芳名。

（携白凌凄然缓慢地下）

郑　琳　（内凄然地）母亲！

〔董氏以手捂郑琳口悄然推上。

董　氏　情势万分危难，妹妹千万节哀，这是母亲血书，速告你
　　　　兄长要紧。

郑　琳　（压抑）嫂嫂！

董　氏　妹妹快走！

〔二人亮相。

第六场　毅然回府

〔背景：茫茫大海，波涛滚滚。

郑成功　（内唱）驾舟出海迎风浪。

　　　　众将官！

众　　　有！

郑成功　开船！

众　　　啊！

〔郑率鲍、曾及众将官驾船上舞蹈。

郑成功　（唱）　觅兵将挽危局重整家邦。

　　　　忆往事不由我阵阵泪淌，

　　　　对父帅我束手无策恨满腔。

　　　　他和那吴三桂无有两样，

　　　　媚清兵撤天险引进豺狼。

　　　　自此后暴尸盈野多惨状，

　　　　自此后田园荒芜黎民百姓遭祸殃。

　　　　自此后清兵烧杀抢掠多狂妄，

自此后日月无光星斗凉。

可怜把隆武帝带箭命丧，

只落得孤臣无主山河破碎多凄凉。

天又低，云又暗。

天低云暗波涛响，

秋景惨淡满目荒。

海鸥飞，群起翔，

心绪汹涌欲断肠，

且把这清兵凶蛮秋景惨淡一旁放。

征战人国事在胸力挽狂澜，

我定要驱逐达虏收复失地为国为民重整家园
保家邦。

披星戴月把将访，

联络志士与豪强。

众将官驾舟船急速前往，

哪顾得风狂浪打征途忙。（率众下）

郑　琳　（内唱）心急如焚为（驾舟上）觅兄长，

我的娘殉国难痛断肝肠。

临终时留血书告谕兄长，

为送信哪管这风急浪狂。

苍海茫茫极目望，

见一船只在前方。

（呼叫）兄长——　哥哥——

〔郑率众驾舟行驶在远方景中。

郑　琳　（唱）　风急浪涌难呼应，

弯弓搭箭报长兄。

〔琳用箭射出，郑接看舞蹈。

郑成功　原是贤妹。（两舟舞蹈、琳上郑船）贤妹轻舟急追，必
有要事。

郑　琳　哥哥，母亲她……

郑成功　母亲怎么样？

郑　琳　（掏出血书，双手捧上）哥哥……

郑成功　（大惊）血书！（在乐曲中悲痛地念）"成功吾儿，国家不幸，惨遭清兵蹂躏，侵我疆土，毁我城池，灭我朝廷，杀我黎民，圣上不幸，以身殉国，复国重任，委托于你。怎奈你父，邪气不改，为图荣华，密降清廷。今又与郭必昌密谋，欲趁你拜寿之机，胁迫降清，望我儿切莫自投罗网。为断你天伦之情，为娘已魂赴天宫，今遗血书，以死告知。"

郑成功　（唱）　读血书不由我心血潮涌，老娘亲——

　　　　　　　　牙关紧咬恨在胸。

　　　　　　　　圣上之仇未雪净，

　　　　　　　　又添娘亲恨一宗。

　　　　　　　　国仇家恨能不报？

　　　　　　　　不灭清顽气难平。

　　　　　　　　众将官！船开平国公府！

鲍　国　殿下意欲何为？

郑成功　回府报仇雪恨。

曾　　　殿下莫可，平国公既然设计诱骗于你，此去必然凶多吉少。

郑成功　哼，螳螂捕蝉，焉知黄雀在后。

鲍　国
曾　　　殿下……

郑成功　我已成竹在胸，尔等勿忧。小妹，你速回府，只须……
　　　　（与琳耳语）

郑　琳　兄长放心。

郑成功　众将官，船开平国公府！

众　　　啊！
　　　　〔亮相。

第七场　父子反目

〔背景：安平郑芝龙府，寿堂布置。

〔郑芝龙同郑芝豹兴高采烈地上。

郑芝龙　（唱）　人生在世要聪明，
　　　　　　　　看风使舵才成功。

郑芝豹　（唱）　要识时务顺天命，
　　　　　　　　降清依旧享尊荣。
　　　　　　　　博洛对你很器重，
　　　　　　　　总监印即将掌在你手中。

郑芝龙　哈……

〔内：博洛元帅到！

郑芝龙　动乐相迎！

〔内：动乐相迎！

〔博、郭捧印上。

郑芝龙　不知大帅驾到，未曾远迎，多有得罪。

博　洛　郑总监不必客气，来来来，请来接印。

郑芝龙　遵命。（跪拜接印）多谢大帅器重，就请后堂饮酒。

郭必昌　且慢。郑总监，昨日咱们言得明白，今日怎么不见令
　　　　郎呢？

郑芝龙　参军放心，据小女禀报，成功今日必回。

博　洛　好，好，好。

郑芝龙　大帅请。

郑芝龙　总监请。（待龙、豹下后，向郭）密令众将，一旦成功不
　　　　从，立即动手！

郭必昌　是。（下）

〔郑成功孝服，持丧棒上。

郑成功　（唱）　进府来见花烛令人愤恨，
　　　　　　　　寿字堂更使我面带怒云。
　　　　　　　　踩红毡好似那将士血浸，
　　　　　　　　忆往事历历在目涌上心。
　　　　　　　　我的父投大明举家归顺，
　　　　　　　　结束了海盗生涯洗面改心。
　　　　　　　　郑成功发下誓保国为民，
　　　　　　　　谁料想朝政败主庸臣昏。
　　　　　　　　李自成举义旗乱了朝政，
　　　　　　　　煤山上吊死了明帝崇祯。
　　　　　　　　吴三桂引狼入室计谋用尽，
　　　　　　　　展旗号复明室剿灭叛军。
　　　　　　　　山海关打一仗天昏地震，
　　　　　　　　李自成兵不胜九宫杀身。
　　　　　　　　偏偏地我的父良心丧尽，
　　　　　　　　背朝廷降清兵利欲熏心。
　　　　　　　　二十万子弟兵精选苦训，
　　　　　　　　眼看着改旗号归顺他人。
　　　　　　　　想到此不由我心血翻滚，
　　　　　　　　想到此不由我紧咬牙根。
　　　　　　　　我的娘不愧是女中杰俊，
　　　　　　　　身虽亡在天灵谁不仰尊。
　　　　　　　　哭老娘哭得我声竭泪尽，
　　　　　　　　点点血洒尘埃犹如血痕。
　　　　　　　　我今日着重孝手执丧棍，
　　　　　　　　扫群丑要让这山河回春。
　　　〔郑琳、董氏上。
郑　琳　哥哥。
董　氏　殿下果然回来了。
郑成功　府中出此大事，焉能不回？

董　氏　安平镇可不平安啊!

郑成功　正为不平安,故此来安平。

董　氏　公公他……

郑成功　我今日就是要力劝爹爹悬崖勒马,共同抗清。

　　　　〔郑芝龙,郑芝豹上。

郑芝龙　成功我儿果然回府。嗯,这你们怎么都是身着孝服?

郑成功　圣上身殉社稷,母亲又以身赴难,国孝母孝,孩儿理应
　　　　穿孝。

郑芝龙　这……

郑芝豹　侄儿今日回府为兄长祝寿又是一孝,大哥,成功果乃
　　　　一忠臣孝子啊。

郑芝龙　噢,哈……

郑成功　爹爹,孩儿受先帝遗诏,四海觅兵选将,八方忠义之
　　　　士,群起响应,还望爹爹助儿一臂之力,扫灭胡虏,抗
　　　　敌保国。

郑芝龙　这……

郑芝豹　这也太不自量了吧!

郑芝龙　儿啊!

　　　　(唱)　事已至此你要清醒,
　　　　　　　利害轻重要分清。
　　　　　　　清帅对你很器重,
　　　　　　　清帝封你澄海公。

郑成功　(唱)　人生在世气节重,
　　　　　　　叛国投敌落骂名,

郑芝豹　(唱)　富贵荣华最要紧,
　　　　　　　管他好名与骂名。

郑成功　(唱)　清兵残暴豺狼性,
　　　　　　　屠城掠地害生灵。

郑芝龙　(唱)　众生沉浮由天定,

郑芝豹　(唱)　谁违天意也不成。

郑成功　（唱）　如若没有回天手，
　　　　　　　　灭顶之灾我担承。

郑芝龙　休再多言，清帅现在后堂，霎时随父接受清封。

郑成功　叛国投敌，恕儿实难从命。

郑芝龙　你敢违抗父命。

郑成功　途殊志异，敌我分明，倘若爹爹执意投敌，父子之情两断！

郑芝龙
郑芝豹　你——

博　洛　哈哈，郑成功，你已上天无路，入地无门，还不赶快投降！

郭必昌　投降！

清　兵　投降！

郑成功　（唱）　狼哭鬼嚎逼我降，
　　　　　　　　怒火难抑燃胸腔。
　　　　　　　　手执打鬼哭丧捧，
　　　　　　　　管叫群鬼性命亡。

〔开打：

1. 郑成功与博洛开打，郑芝龙、郑芝豹下，清兵众，郑败下。

2. 郑鸿逵、李金花率兵过场，鲍国，甘、潘二将率兵过场。

3. 郑芝龙抱金印上，遇博洛、博怒、郑成功上与博开打，芝龙钻入桌下。博败，郑追下。

4. 郭必昌被郑琳追上，开打，琳杀死郭，又与清兵开打、败，李金花救，战败清兵下。

5. 郑芝豹仓皇上，与桌下郑芝龙相遇，二人欲逃，遇博洛开打，龙、豹先后被清兵杀死。

6. 郑鸿逵、李金花、鲍国、甘、潘二将轮番上场与清兵、博洛战，胜负各有，后郑成功上，奋力搏斗，终杀死博洛。

7. 众亮相。

——剧　终

演出单位

西安尚友社

银屏挂帅

根据秦腔传统剧改编

王君秋 段肇升 改编

江巍 整理

剧情简介

  唐初,苏保童造反,秦怀玉平叛。先行罗通阵亡,程咬金回朝搬兵,太师詹沛作梗阻拦。程在金水桥路遇秦英说明情由,巧逢詹沛下朝过此,挑衅闹事,秦英一怒之下,失手打死太师。

  银屏公主知情后绑子请罪,经唐王从中周旋,说服詹妃,了却此案。命银屏公主挂帅,秦英先行,母子统兵,叛乱平息。

场　目

秦腔

银屏挂帅

YINPINGGUASHUAI

人 物 表

银屏公主
苏　宝　童
李　世　民
王　伯　超
秦　书　玉
罗　家　童
秦　内　通
程　宫　院
詹　咬　英
唐军若干　侍
詹　太　金
叛军若干　女

第一场　火龙阵

〔四火龙旗,四边将引苏宝童上。

苏宝童　（念）　火龙金镖无人挡,

一心兴隋灭大唐。

界牌关外扎营帐,

兴兵造反打锁阳。

俺,杨广旧部苏宝童。旧降大唐,镇守边关,如今兴兵造反,但听探马一报。

〔报子上。

报　子　报,秦怀玉统兵马已到界牌关!

苏宝童　再探再报!

报　子　得令!（下）

苏宝童　众将官!

众　　　啊!

苏宝童　界牌关摆设火龙阵,擒拿唐兵唐将去者!

众　　　啊!

〔舞火龙旗,摆阵,下。

第二场　盘肠战

〔四兵,四将,罗通引秦怀玉上。

秦怀玉　（诗）　威风凛凛志气豪,

旌旗飘飘天兵骄。

逆贼兴兵打战表，

平定叛乱保宋朝。

本帅秦怀玉，苏宝童造反，圣上挂我为帅，统兵已到界牌关，但听探马一报。

〔报子上。

报　子　报！苏宝童摆下火龙阵，前来讨战！

秦怀玉　再探。

报　子　得令。（下）

罗　通　元帅，苏宝童讨战，待我会他一会！

秦怀玉　且慢。火龙阵非同一般，你且看守大营，待本帅先去会他一阵。

罗　通　遵令。

秦怀玉　抬枪带马！

众　　　啊！

〔秦怀玉上马引众下，罗通分下。

〔四火龙旗，四将引苏宝童上。秦怀玉引众将士上。会阵。

秦怀玉　阵前来的敢是苏宝童？

苏宝童　然也。

秦怀玉　天朝未曾亏待尔等，为何兴兵造反？

苏宝童　李世民夺我大隋江山，故而反唐。

秦怀玉　满口胡言，看枪！

苏宝童　杀！

〔开打。苏宝童败下，秦怀玉追下。

〔苏宝童上。

苏宝童　秦怀玉杀法厉害，等他到来，火龙镖伤之。

秦怀玉　（内）哪里走！

〔秦怀玉上。

苏宝童　看镖！

〔秦怀玉中镖，败下。

苏宝童　哈哈，哈哈，哈哈……追！（引众下）

〔罗通上。秦怀玉被扶上。

罗　通　元帅为何昏迷?

兵　卒　中了贼人火龙金镖。

罗　通　快快搀到后帐调治。

　　　　〔士卒扶秦怀玉下。报子内:"报"!

　　　　〔报子上。

报　子　苏宝童挑战!

罗　通　再探。

报　子　得令。(下)

罗　通　众将官!抬枪带马!

众　　　啊!

　　　　〔罗通上马,众下,罗通欲下。

　　　　〔程咬金上。

程咬金　贤侄何往?

罗　通　苏宝童摆下火龙大阵,秦元帅中贼金镖,小侄前去破
　　　　阵!

程咬金　火龙阵非同小可,咱们再做商议。

罗　通　伯父休长他人志气,灭了自己威风,且看小侄破贼!
　　　　(下)

程咬金　这……贤侄回来!追!(引众下)

　　　　〔罗通引兵上,苏宝童引兵上,会阵。

罗　通　呔,阵前敢是苏宝童?

苏宝童　然也。

罗　通　苏宝童,你乃一条好汉,爷乃天朝大将,破阵交锋,只
　　　　许一刀一枪,不许暗器伤人!

苏宝童　啊!

　　　　〔开打。苏宝童败下。叛兵叛将接打罗通亦败下。
　　　　苏宝童复上,被罗通鞭肩膀败下,罗通追下。
　　　　〔八叛兵引王伯超上。苏宝童引败兵上。

苏宝童　罗通破我火龙大阵,被他打了一鞭,痛煞我也!

王伯超　待我会罗通一阵!

苏宝童	宁要小心。
王伯超	得令。
	〔苏宝童下。
王伯超	众将官,带马!
众	啊!(同下)
	〔罗通引众上,王伯超引众上,会阵。
罗 通	来将通名!
王伯超	大将王伯超。
罗 通	看枪!
	〔开打。王伯超败下。八叛兵群战罗通亦败下。王伯超暗窥罗通,趁机出枪。
王伯超	看枪!(枪挑罗通)
	〔罗通捂腹败下。王伯超追下。
	〔罗通疼痛难忍上,肠从腹出,翻跌扑爬。
罗 通	是我一时不防,被他一枪,腹破肠出,大料性命难保。圣上啊圣上,臣不能保全社稷了!(疼痛难忍,最终死亡)
	〔程咬金引众上,大惊。
程咬金	贤侄!罗将军!
众	罗将军!
程咬金	收拾尸首,兵败锁阳!
众	啊!(下)

第三场　搬救兵

〔唐王金阙,钟鸣鼓响,文、武仓促而上。

文	金钟玉鼓响连天,
武	不知所为何事端?
丑	国事日非太烦乱,

詹	借机行权报仇冤。

〔文武各就各位,内侍引唐王李世民紧上。

唐　王	（引）　杨广无道朕净乾坤,
	施政贤明四海称尊。

　　　　寡人——李世民,只因杨广旧部趁机作乱,朕命秦驸马挂帅挥师出征,近日未闻捷报,叫孤时刻操心! 内侍,何人击钟鸣鼓?

内　侍	程老千岁,边关而归,有本求奏!
唐　王	快快命他晋见!
内　侍	程老千岁,快快晋见!
内	来也!

〔程咬金紧上。

程咬金	（念）　单人独骑把闯闯,
	为搬救兵面吾皇。

　　　　万岁在上,程咬金拜见吾皇万岁万万岁!

唐　王	且慢! 皇兄鞍马劳顿免礼坐了!
程咬金	咦! 这礼可是不能免的啊!（拜毕就位）
唐　王	老皇兄坐了! 内侍看座!

〔内侍搬座,程入座。

程咬金	哎呀万岁呀! 苏宝童兴兵造反,摆下火龙大阵,驸马中贼金镖、罗先行他……
唐　王	他怎么样?
众	他怎么样?
程咬金	他他他,被苏宝童部将枪挑肠出,他他他阵亡了!
唐　王	啊!（惊悲,众哀悼）
	（唱）　闻噩耗不由孤悲声大放,
	哭了声先锋将为国阵亡。

　　　　内侍看酒!

〔内侍捧酒上。唐王接酒。

唐　王	捧玉杯洒热泪西天遥望,
	愿皇侄魂灵儿早归天堂。

众	万岁！边关军情紧急，请万岁振作精神，发兵救援啊！
程咬金	万岁！兵家胜败古今常事，万岁不必伤心。常言救兵如救火，请速选将觅帅，边关救急！
太　师	臣启万岁，秦驸马乃国家栋梁，罗通乃我朝名将。伤的伤了，亡的亡了，还有哪家能御敌援边……
唐　王	难道让孤家抱印投降不成？
太　师	苏宝童兴兵造反，无非是为讨封受爵，何不多赏金帛，封他为王，再送他几座城池也就无事了。
程咬金	今日苏宝童造反，送他几座城池，明天王宝童造反送他几座城池，唐室江山有限，送完了还送什么？
太　师	这个……
程咬金	难道让万岁将龙头也送去，你才甘心吗？
（唱）	前番出征你不情愿，
	今日搬兵又阻拦。
	驸马受困遭凶险，
	你不发救兵何心肝？
太　师（唱）	平叛失利不宜战，
	罢戈息兵民心欢。
	为了太平赔银款，
	忍让求和事不鲜。
	程国公既然愿请战，
	哪里有帅和先行官？
程咬金	元帅先行目下就有。
太　师	在哪里？
程咬金	银屏挂帅，秦英先行，文武兼备，盖世无双！
太　师	金枝玉叶，皇宫内养，两军阵前可是真刀真枪！
程咬金	王公大臣请了！
众	请了！
程咬金	你等可曾记得万岁与公主订婚择婿之事否？
众	我等早已遗忘了，就劳老千岁讲讲，我等洗耳恭听！

程咬金　好好好，众位大人请听！公主虽说身居宫闱，但她从未有内苑娇雅之气息。她从小跟随万岁，阻矢石，冒烽烟，其志不凡，颇为英贤。她琴棋书画，技绝古今，战阵韬略，胜过孙吴。因此，万岁曾诏曰天下：朕不论贫贱富贵，为公主选才择亲，若能胜过公主战阵韬略者，加官晋爵；若能超越公主琴棋书画者，赏金赐锦；两全其美者，朕当选为驸马都御。我先不讲当时应试进京之人多少，只说这看热闹的每日不下十万之众。七七四十九天的比试，能胜公主者竟然无有一人。后来秦怀玉娃娃总算和公主不差上下。今日驸马被困，边关危难，论国论家公主挂帅最好，论公论私秦英先行最佳。

（唱）　银屏公主能挂帅，

　　　　秦英先锋是良材。

　　　　哪怕火龙阵法摆，

　　　　马到成功破冰开。

太　师　老千岁，银屏公主就算挂得帅，你说小小秦英也是先锋之材，这恐怕言过其实了吧！

程咬金　你听！

（念）　提起秦家子，

　　　　双手千斤力。

　　　　百步穿杨箭，

　　　　刀马世无比。

　　　　赛过楚霸王，

　　　　胜似白袍将。

　　　　言未过其实，

　　　　万里难挑一。

太　师　唉！你心太偏！

程咬金　嘿嘿，你心太奸！

唐　王　皇兄，国丈！

（唱）　金殿议策要和气，

二卿何必性躁急。

要战要和非小事，

太　师　万岁！宜和不宜战！

程咬金　万岁！宜战不能和！

唐　王　（唱）　待朕三思定主意。

锦绣山河来非易，

开国元勋汗马功。

今日边关风云起，

无有能员怎御敌。

徐世勋今春才谢世，

尉迟恭抱病归乡里。

白袍虽勇镇北地，

李靖辞孤身有疾。

恨只恨能臣武将武将能臣尽早去，

只丢下程王兄虽有韬略和武艺，可就是他他

他须似银发如霜血气不足近古稀。

看起来只有银屏女，

文武兼备皆相宜。

二卿莫要动义气，

容朕筹划再三思。

退朝！

程咬金
太　师　啊！（惊介）万岁！（同下金阙）

文、武　哎！（文武全下）

唐　王　内侍听旨！（用笔写旨）

内　侍　在！

唐　王　传朕旨意，速命银屏挂帅，秦英马前先行，即日发兵，边关解围！

第四场　金水桥

〔驸马府的书房,秦英被锁石锁着。

秦　英　我好急也!

（唱）　边关上狼烟起金鸣鼓响,

我的父领人马保国安邦。

将门子我不能把军阵去闯,

每日里被绳索捆在书房。

恨不能变鹏鸟扶摇直上,

恨不能扭金锁飞越高墙。

气上心舞锁石舒展臂膀,（舞石）

真真地气煞了秦门儿郎。

〔书童闻声而上。

书　童　少爷,少爷,你你你这是干啥?

秦　英　你将门开开,我要出去凉快、凉快!

书　童　我说少爷啊!什么都行,就是要开门不行。驸马出
征之时,怕你出事闯祸,才将你锁押小房。我要是给
你把门开了,公主若知,那我可要挨打哩!

秦　英　我妈从小疼爱我,不妨事!

书　童　疼爱你可不疼爱我呀!

秦　英　你开不开?

书　童　我不开!

秦　英　你不开,我就将它踢开!（欲踢门）

书　童　你别踢,我开,我开!（背躬）我不开,他将门踢开,
我还得挨打!我说少爷啊!咱把话说在前边,我开
了门,你出来透透风,转个圈儿赶快进去!

秦　英　那个自然!

书　童　你说话可得算数啊！

秦　英　少啰嗦！

〔书童开门，秦英欲出被铁索绊住。

书　童　看看看，我给你把门开了，你还是不能出啊！

秦　英　取钥匙开锁！

书　童　这可不由我了，钥匙你娘拿着哩！

秦　英　无妨！（秦英用劲一扭，铁索即被扭断）

书　童　啊！

秦　英　不要声张！

书　童　少爷你快进去，被你妈知道了，就不得了！

秦　英　无妨！书童！咱们在外边玩玩你看如何？

书　童　玩玩！好！你给我教玩枪！

秦　英　不好！

书　童　射箭？

秦　英　也不好！咱俩偷偷地到外边散散心去！

书　童　不行不行，你快进去吧！你娘一时来了，那可不得了啦！

秦　英　时辰尚早，我娘不会来的，咱俩在外边探听探听边关的消息吧！（欲走，书童拦住不放）

书　童　我的少爷啊！你不能出去啊！（跪着劝阻）

秦　英　你甭怕，我决不闯祸！要么这样，你我拿上钓鱼竿，蹲在金水桥边，只听来往人说，不和来往人交谈。将情况探清楚以后，咱俩马上回府行吧？

书　童　哎呀我的妈呀！好好好，你可一定说话算数！

秦　英　决不食言！

〔书童下，取鱼竿上。

书　童　快去快回！

秦　英　走！走！走！

〔转场幕启，金水桥边。秦英和书童蹲下钓鱼。

程咬金　（内唱）边关上风云紧敌囚狂妄！

〔程咬金上。

程咬金　（唱）　老夫我返回京搬兵御强。

谁料想当殿上奸相阻挡，

请救兵如救火怎能缓商。

万岁爷有难色不把旨降，

倒教我老迈臣难筹良方。

行步儿来到金水桥上，

又只见小秦英持竿水旁。

程咬金　这是谁家小子，胆敢在金水桥上钓鱼啊？

秦　英　（头不回地说）你爷爷钓了，你要怎样？

程咬金　啊！你奴才翻天了，竟然骂起你爷爷来了！

〔秦英猛回头。

秦　英　啊！原是程爷爷回来了！

程咬金　别忙！别忙！到底咱俩谁是谁的爷爷，先将班辈搞
　　　　清楚，免得胡叫冒答应！（假生气地）

秦　英　程爷爷，自古不知不作罪吧！老人不把小人怪，你就
　　　　绕了孙孙吧！

程咬金　哼！（不理睬地）

秦　英　爷爷，孙孙与你跪倒了！（双膝跪地，假装哭介）

程咬金　起来，起来，爷和你闹着玩哩！看将衣裳跪土了着！

秦　英　爷爷恩宽。（起身）

程咬金　我的孙孙，你倒清闲，在这儿钓起鱼来了？

秦　英　清闲？哼！有啥方子……爷爷，什么时候能将鱼竿
　　　　换成枪杆那就好了！

程咬金　唉！……（颇有伤感地）

秦　英　你从边关回来，我父可好吗？

程咬金　你父他……

秦　英　他怎么样？

程咬金　他、他还好！

秦　英　我罗叔叔康福吧？

程咬金　你罗叔叔他……

秦　英　他怎么样？

程咬金　他、他、他还康福！（背身哭介）

程咬金　啊！程爷爷向来说话畅快，今日却怎么吞吞吐吐。我自有道理。唉呀程爷爷呀！人言边关军事紧急，你、你为何吞吞吐吐，不漏真言呢？

程咬金　啊！这娃娃已经知道了！秦英过来。边关军情紧急！你父中贼暗器被困锁阳，你那罗叔叔被王伯超这么一枪……

秦　英　怎么样？

程咬金　挑落马下，他、他、他疆场阵亡了！

秦　英　哎呀不好！（昏倒，书童扶起）
　　　　（唱）　听罢言来雷击顶，
　　　　（喝场）我的罗叔叔啊！啊哎！
　　　　　　　　好似乱箭穿胸中。
　　　　　　　　可怜把罗叔叔命丧贼手，
　　　　　　　　我不杀王伯超誓不罢休！（欲走）

程咬金　孙孙你向哪里去？

秦　英　进宫面奏我外爷，速发援兵，与我叔叔报仇雪恨！

程咬金　提起救援之事，实实令人可恼！

秦　英　啊！难道我外爷还不愿意救援边关吗？

程咬金　唉！孙孙啊！
　　　　（唱）　提起了救援事令人可恼，
　　　　　　　　詹太师在一旁动本阻挠。
　　　　　　　　万岁爷一时间难把旨降，
　　　　　　　　带愁容回后宫退了朝堂。
　　　　　　　　实不服苏宝童兴风作浪，
　　　　　　　　辱边民夺国土损我大唐。
　　　　　　　　想当年为社稷东杀西闯，
　　　　　　　　多少人舍头颅血染沙场。
　　　　　　　　好容易灭隋朝杨广命丧，
　　　　　　　　建大唐安四方万民称祥。
　　　　　　　　到今日万岁爷轻信国丈，

诚恐怕到后来难保家邦。

一霎时气得我火冒千丈,

恨不能把奸臣剜肝断肠。

〔内锣声响起。

程咬金　哎咓！无能却当政,

　　　　无德称霸雄。

　　　　世事不公正,

　　　　教人恨难平。

唉！（欲走被秦英拦住）

秦　英　程爷爷,救援之事,难道你也不管了吗?

程咬金　爷爷怎能不管。我想速召九卿四相,复动本章,力劝
万岁发兵救援。孙孙哪！你等着,这回准用上你了!
（欲下又止）我的孙孙啊！爷爷刚才火性大发,你可
不能火上加油,寻事生非啊!

秦　英　孙孙记下了。

程咬金　记下了就好。（欲走又止）我的孙孙啊！人常说:君
子不和小人斗。霎时太师驾到,你可要避避他的虎
威,免得让那老狐狸钻咱的空子。

秦　英　孙孙记下了。

程咬金　好,爷爷走了!（下）

〔校卫簇拥太师上场。

太　师　（唱）　金殿上与咬金唇枪舌战,

　　　　　　那老儿问得我闭口无言。

　　　　　　昔日里瓦岗寨结下私怨,

　　　　　　今日里借火势来把油添。

前道为何不行?

校　卫　有一少年,水边钓鱼,挡住去路!

太　师　将他赶走!

校　卫　遵命！咓！这一小子,快快让开大道,太师轿子过来
了!

秦　英　哼！（不动地）

213

书　童　少爷,咱让个道叫他过去就对了。

秦　英　那么宽的阳关大道,他们不走,与咱们何干啊?

校　卫　谁家少年如此大胆!

书　童　提起此人你可要害怕哩。

校　卫　讲!

书　童　他是皇上老子的外甥,公主的掌上明珠,驸马爷的娇子,名叫秦英!

校　卫　啊!秦英!禀太师,钓鱼的少年是驸马爷的娇子秦英。

太　师　啊!闻人都说此子力大无穷,今日巧遇此,我不免借此机会,将这娃娃除掉,免得日后危及于我!住轿!

众　　　住轿!

〔詹太师下轿。

太　师　胆大的秦英,掌朝太师,路经此桥,你竟不避远,难道你还寻机惹事不成吗?

秦　英　这是皇上爷家的金水桥,并非太师府的禁地,你过得,难道我就走不得吗?

太　师　娃娃口出不逊之言,校卫们与我拿下!

书　童　少爷!咱们跑吧,别让他们抓住!(欲跑)

秦　英　胆小鬼!站住!看他哪个敢拔我身上一根毫毛!

太　师　啊!大胆!

　　　(唱)　万岁爷赐御辇老夫乘坐,
　　　　　　文武臣见此辇战战索索。
　　　　　　你奴才目无尊拦道挡我,
　　　　　　口又出不逊言还不认错。

秦　英　(唱)　我本是皇王的外孙一个,
　　　　　　你皇亲我国戚相差不多。
　　　　　　今日里明明是你故意惹祸,
　　　　　　凭什么要让我低头认错。

太　师　(唱)　尔的父失战机罪应连坐,
　　　　　　你娃娃就等着剑把头割。

秦　英	（唱）	我的父平叛贼功多无过，
		纵比那靠裙带受人指说。
太　师	（唱）	你敢开言辱骂我，
秦　英	（唱）	你也休想出言恶。
太　师	（唱）	今日送你狱中坐，
秦　英	（唱）	谁碰少爷命难活。
太　师	（唱）	校尉上前用绳锁，
		先送娃娃见阎罗。
秦　英	（唱）	这只铁拳容不过，
		碰上人儿命不多。
太　师	（唱）	你敢动拳来打我，
秦　英	（唱）	打你老贼怕什么。

〔秦英和众校尉开打，众人招架不住，东倒西歪，詹太师仗剑欲杀秦英，秦英夺剑甩剑，用拳击毙詹太师。

书　童　哎呀少爷呀！詹太师已被打死，咱们快跑吧！

秦　英　啊！轻轻地打了一拳，怎么就给死了！（惊）

书　童　哎呀！和纸糊的一样，唉！

第五场　绑烈子

〔驸马府中，银屏上。

银　屏	（唱）	驸马爷统雄师平叛西地，
		银屏女在府中日夜费思。
		为什么数月天家书未递，
		该不是战事紧难动纸笔。
		喜雀儿叫枝头几番报喜，
		却不见鸿雁过捎回信息。
		我本该探军情要进宫去，
		秦英儿似烈马我难把身离。

小奴才为出征常常憋气，

有时劝有时训他战志不移。

无奈了锁书房消磨意志，

望奴才去辈心稍能顺依。

〔秦英和书童慌张而上。

秦　英　千万莫言闯祸。

书　童　泥菩萨怎能过河。

银　屏　啊！你奴才怎么扭锁自出啊？

秦　英　儿我、我、我肚子饿了……

银　屏　既然如此，下边用膳去吧！

秦　英　（悦）幸喜混过这一关。

书　童　后边就有大麻缠！（同下）

〔家院紧上。

家　院　禀公主，大事不好了！

银　屏　何事惊慌啊？

家　院　我家少爷，私到金水桥，打死了掌朝太师，闯下了滔天
　　　　祸！

银　屏　哎呀不好！（昏绝）

家　院　公主醒得！

银　屏　（唱）　银屏女闻此言心肺惊炸，

〔秦英上。

秦　英　娘——我娘怎么样了？

家　院　少爷你、你做的好事，还来问我！

秦　英　啊！（假装介）我做下什么事了？

家　院　你……（胆惧地）

秦　英　我怎么样？喔！你在我娘身边告了我的状，呸！（扬
　　　　拳）我打死你个奴才！

家　院　啊！还来打人哪，你已经打出了滔天大祸了！

〔银屏苏醒过来，看见秦英怒火千丈。

银　屏　你向我这儿来！

秦　英　我、我、我，好！娘你讲说什么？

银　屏　（打秦英一记耳光）

　　　　（唱）　骂了声小秦英闯祸冤家。

　　　　　　　　儿的父临行时怎样训话？

　　　　　　　　为社稷对太师莫究小差。

　　　　　　　　他女儿坐西宫陪王伴驾，

　　　　　　　　满朝中文武臣谁不怕他。

　　　　　　　　打死了詹太师非同戏耍，

　　　　　　　　按律条我秦家满门犯杀。

秦　英　（唱）　母亲不必把泪掉，

　　　　　　　　詹贼无功又无劳。

　　　　　　　　他妒贤忌能行霸道，

　　　　　　　　不该动本压英豪。

　　　　　　　　为国我把他除掉，

　　　　　　　　细思想孩儿我不犯律条。

银　屏　（唱）　眼看着死到临头你全不晓，

　　　　　　　　儿呀，你不怕死？

秦　英　儿不怕死！

银　屏　我将你不怕死的奴才啊！

　　　　（唱）　为娘绑你去求饶。

　　　　　　　　规规矩矩见圣上，

　　　　　　　　苦苦哀求你把泪抛。

秦　英　儿我不会哭啊！

　　　　（唱）　纵然是外爷他火冒三千丈，

　　　　　　　　他骂我打我我不开腔。

　　　　　　　　打死太师我不认账，

　　　　　　　　看他对我有何方。

银　屏　我就看你奴才的造化呀！家院你将他绑了！

家　院　我、我、我，不敢绑他！

秦　英　你要怎样绑就怎样绑，今日我绝不动手！

家　院　那就请你原谅了！（取绳绑秦英）

　　　　〔内喊：“圣旨下！”

217

家　院	禀公主,圣旨下!
银　屏	啊!
	(唱)　听说是圣旨下我魂飞魄散,
	一定是灭九族要把儿杀。
内	接旨!
	〔内侍捧旨上,银屏跪迎圣旨。
内　侍	"边关告急,因而朕命你挂帅,秦英马前先行,即日发兵边关破敌,钦此!"
银　屏	啊?……
	(唱)　小奴才打死人还委重任!
	这件事倒叫我难解难分?
秦　英	哈哈哈……母亲,你是元帅,我是先行,我未犯令你绑我着为何?
	〔家院欲解秦英。
银　屏	呃!
	〔家院退下。
秦　英	母亲,这下没事了,你快将儿解开吧!
内　侍	公主快快接旨啊!
银　屏	啊!(猛省)万岁,万万岁!(接旨)
	〔内侍纳闷地来回迈着步子。
内　侍	他们一家人是怎么了?一个个呆头呆脑地。公主咱家告辞了!
银　屏	喔!送公公大人!(内侍下。银屏忽解其意)我明白了!
	(唱)　一定是万岁他未知祸事,
	因此上下圣旨命我征西。
	你奴才万莫要侥幸稚气,
	午时三刻等死期。
秦　英	(大声呼喊)爹——孩儿再不能见你了啊!
银　屏	啊!(激情似决坝之水咆哮沸腾)
秦　英	娘啊!你与我外爷说说情吧!只许我边关去一趟,待儿杀了苏宝童、王伯超两个贼子,解除边患,为我

第六场　斩秦英

〔御花园,宫女内侍引李世民上。

唐　王　（唱）　御花园百枝娇群芳争妍,
　　　　　　　　碧云天翠玉鸟枝头贪玩。
　　　　　　　　赏月楼管弦乐忽隐忽现,
　　　　　　　　真可谓长安城天上乐园。
　　　　　　　　景幽美寡人我赖得观看,
　　　　　　　　忧国愤不由朕思后想前。
　　　　　　　　苏宝童行叛逆越律造反,
　　　　　　　　秦驸马战不胜败困锁关。
　　　　　　　　罗皇侄甚剽悍身经百战,
　　　　　　　　可怜他战死在锁阳关前。
　　　　　　　　程王兄和太师当殿争辩,
　　　　　　　　战与和不相让惹朕心烦。
　　　　　　　　今日事若由那魏征决断,
　　　　　　　　大料想苏宝童贼早被歼。
　　　　　　　　可惜他去年冬中风瘫痪,
　　　　　　　　朕才用詹太师掌握朝班。
　　　　　　　　可惜他欠韬略腹肚狭浅,
　　　　　　　　与众卿闹不和朕把心担。
　　　　　　　　无奈了逢大事朕自决断,
　　　　　　　　点银屏挂帅印将选外甥。
　　　　　　　　御花园为皇儿亲摆酒宴,
　　　　　　　　但愿她马到功成凯歌还。

〔内侍捧酒上。

内　　　（唱）　秦英作事好大胆,

〔詹妃紧上。

詹　妃　（唱）　打死我父丧黄泉。

　　　　　　　　御花园我把万岁见，

　　　　　罢了万岁！万岁！万岁呀！

　　　　（唱）　妾妃有本奏君前。

唐　王　爱妃因何成了这般光景？

詹　妃　唉呀万岁呀！秦英在金水桥边，扬拳打死我父！

唐　王　啊！（大惊）竟有此事！

詹　妃　妾妃焉敢妄本奏谏，快快与妻妃作主哇！（哭）

唐　王　（扔掉玉杯）

　　　　（唱）　晴天霹雳风波起，

　　　　　　　　满园花草把头低。

　　　　　　　　秦英胆大无法纪，

　　　　　　　　还未出征动杀机。

　　　　　　　　爱姬平身莫哭泣，（詹妃就座）

　　　　　　　　杀人者偿性命立法有依。

　　　　　内侍！

内　侍　在！

唐　王　宣御林军进见！

内　侍　御林军！

〔御林军紧上。

众　　　在！

唐　王　持朕旨意，速去驸马府，捆绑秦英来见！

银　屏　（内唱）银屏女绑逆子来见圣驾，

　　　　（内）校尉们！

校　尉　（内）在！

银　屏　（内）押上走！

校　尉　（内）啊！

众　　　是！（众军紧下）

〔御林军校尉们用绳捆缠着秦英紧上。众压秦英跪
　　倒，银屏跟上。

银　屏　（唱）　银屏女绑来了惹祸的冤家！
　　　　　　　银屏参见父王万岁！
唐　王　儿啊，你可知罪否？
银　屏　逆子闯祸，罪该万死，故而孩儿绑子伏罪来了。
唐　王　打死掌朝太师，本应满门犯抄，父念秦门功盖众臣，
　　　　　因而减轻诛罚，御林军！
众　　　在！
唐　王　你将秦英推出午门……
詹　妃　爹爹啊！
银　屏　父王啊！
唐　王　唉！……斩首！
众　　　啊！（押秦英下。银屏急促拦阻）
银　屏　刀下留人！（内喊：“啊！”）银屏跪地哭，父王！
　　　（唱）　秦英犯罪本该斩，
　　　　　　　你念起秦门功高只有这这个独生男！
詹　妃　（唱）　功高就应把法犯？
　　　　　　　皇姑你讲话心、心、心太偏！
　　　　　　万岁！
　　　（唱）　倘若不将秦英斩，
　　　　　　　妾妃我碰死在你的面前。
　　　〔妃欲触柱、唐王拦住。
唐　王　（唱）　皇儿再休用本谏，
　　　　　　　国法不容舍儿难。
　　　〔唐王将詹妃扶到座前安慰着。
　　　〔银屏大惊失色地起身。
银　屏　（唱）　急得我束手无主见，
　　　　　　　眼看娇儿命难全。（略思介）
　　　　　　　内侍臣速去后宫把龙母见，
内　侍　是！（下）
银　屏　（唱）　搬来了龙母拿本参。
皇　后　（内唱）急忙离了后宫院，

〔皇后上。

皇　后　（唱）　秦英闯祸罪滔天。（向下场门）

刀斧手莫要杀来莫要斩，

本后动本见龙颜。

妻妃参见万岁！

〔詹妃让座与皇后。

詹　妃　参拜皇后！（拜揖）

皇　后　罢了！坐去！（詹妃入座）

皇　后　唉,万岁啊！

（唱）　万岁莫把秦英斩，

妻妃还有不尽言。

曾不记老王离长安，

杨广领兵劫家眷。

那时候多亏秦门好汉，

保奴才回到太原。

苏宝童今朝造了反，

秦怀玉领兵保江山。

秦英虽然把法犯，

本应立即吃刀弦。

且念他三代忠勇解国难，

就应该留下这一脉单传。

唐　王　（唱）　三代忠良朕怀念，

代代入朝朕赐官。

秦叔宝受封国公职位显，

秦怀玉官拜驸马都御更非凡。

银屏女下嫁将他伴，

小秦英朕已封他先行官。

皇恩浩荡并非浅，

难道说还教孤家让江山。

劝你再休用本谏，

回后宫养神自清闲。

银　屏　（唱）　我龙母上前去用本参谏，

我父王不准本龙心颇烦。

莫奈何提朝衣跪父当面，

叫一声父王你细听心间。

常说教子不到父有过，

教女无德娘不贤。

既然秦英把法犯，

我愿替他上刀山。

求父王将他快赦免，

杀你儿好与太师报仇冤。

詹　妃　（唱）　我怎能把此事丢开不管，

杀父仇不共天绝难罢完。

詹贵妃跪尘埃忙拿本谏，

皇　后　啊！国有国法宫有宫规，背着昭阳正院私奏万岁，这不是有意蔑视本后吗？

唐　王　唉唉唉！好一梓童这就不是啊！你母女这个一本，那个一本，难道没寡人爱妃奏的本事吗？爱妃上来，寡人赦你无罪，十本八本你只管地奏来！

皇　后　啊！国事你为主，宫事我为尊。皇儿上来，千本万本你也只管地奏来！

唐　王　你不能偏袒皇儿！

皇　后　你不能偏袒詹妃！

唐　王　她是我的贵妃！

皇　后　她是我的女儿！

唐　王　啊！（指詹妃）你奏你的！

皇　后　啊！（指银屏）你奏你的！

唐　王　寡人与你作主！

皇　后　为娘给你撑腰！

唐　王　（指皇后）你坐你的！

皇　后　（指唐王）你坐你的！

唐　王　唉……

223

皇　后　唉……

詹　妃　万岁!

　　　　（唱）　叫万岁龙位里细听妃言。

　　　　　　　　哪有儿子犯罪母受斩,

　　　　　　　　分明是银屏女无理为难。

唐　王　这个——平身啊!

　　　　（唱）　这件事叫寡人难以判断……

詹　妃　（哭唱）老爹爹!

银　屏　（哭唱）娘的儿!

詹　妃　（哭唱）老爹爹!

银　屏　（哭唱）娘的儿!

詹　妃　罢了爹爹!

银　屏　罢了儿呀!

詹　妃　爹爹呀!

银　屏　儿呀!

唐　王　（唱）　哭声罢叫声起王好心酸。

　　　　　　　　人常说清官难把家务判,

　　　　　　　　难煞了万乘尊一代英贤。

　　　　　　　　王有心传圣旨把外甥除斩,

银　屏　（哭唱）娘的儿啊!

詹　妃　（哭唱）老爹爹!

皇　后　（哭唱）御外孙!

唐　王　（哭唱）老岳丈!

银　屏　罢了娘的儿……

詹　妃　老爹爹……

皇　后　御外孙……

唐　王　老国丈……

　　　　（唱）　秦门中只有这一个英男。

　　　　　　　　虽说是银屏女心怀偏见,

　　　　　　　　忠良后犯斩刑我心似油煎。

　　　　　　　　小秦英有勇力世之稀罕,

驰骋疆场将一员。

社稷正在蒙灾难，

选拔人才最为先。

我有心将他赦免不除斩……

贵妃哭得泪涟涟。

人人都有母和父，

难道她父是多嫌。

罢罢罢王将秦英斩了吧！

御林军！

〔内喊："在！"

（唱）　斩秦英与太师平屈冤。

〔内喊："斩不得，斩不得呀！"程咬金紧上。

程咬金　刀下留人！参见万岁！（拜揖）

唐　王　老皇兄到此何事？

程咬金　万岁！

（唱）　告急书飞来似雪片，

驸马被困在边关。

眼看锁阳要失陷，

怎能斩首先行官。

纵然秦英把法犯，

征西回来审甥男。

或是杀来或是斩，

拔舌剜眼碎心肝。

倘若不听为臣劝，

眼下就要失江山。

皇王当了俘虏汉，（有所指地）

贵妃娘娘难避嫌。

那时候后悔莫及事已晚，

老臣我再上我的瓦岗山。

银　屏　（唱）　儿愿带子把敌抗，

戴罪立功保父王。

　　　　　　　　倘若此去打败仗，

　　　　　　　　二罪归一绑法桩。

唐　王　皇儿呀！（拉着银屏手语重心长）

　　　　（唱）　御花园父赐你佳酿并御盏，

　　　　　　　　去将你詹姨娘哀告一番。

　　　　　　　　但愿她放海量大开恩典，

　　　　　　　　父情愿赦免了秦门儿男。

银　屏　（唱）　我父王传旨意语重心长，

　　　　　　　　为娇儿屈膝跪这有何妨。

　　　　　　　　内侍臣捧金杯当面敬上，

　　　（执酒杯跪詹妃面前介）

　　　　　　　　尊姨娘莫上气细听端详。

　　　　　　　　都只为苏宝童越律犯上，

　　　　　　　　秦驸马领人马去到沙场。

　　　　　　　　只因为小奴才性情放荡，

　　　　　　　　因此上带石锁关在书房。

　　　　　　　　小奴才砸石锁性烈狂妄，

　　　　　　　　不料想金水桥妄自逞强。

　　　　　　　　可怜把太师爷年老命丧，

　　　　　　　　提起来叫你儿实实悲伤。

　　　　　　　　恨奴才胆包天将祸来闯，

　　　　　　　　该将他正国法应把命偿。

　　　　　　　　念驸马中金镖边庭以上，

　　　　　　　　念秦门独根苗一个儿郎。

　　　　　　　　念边关遭围困正用兵将，

　　　　　　　　念母子愿赎罪奔向疆场。

　　　　　　　　纵然间把奴才一刀命丧，

　　　　　　　　是何人与万岁保立家邦。

　　　　　　　　太师爷身后事金鼎御葬，

　　　　　　　　命秦英穿孝服跪倒灵堂。

　　　　　　　　叫姨娘开了恩将儿释放，

		把姨娘贤名儿后世传扬。
程咬金	（唱）	为国家为社稷你放海量，
		求娘娘看在了老臣脸上。
皇　后	（唱）	有一日本后我若把命丧，
		万岁爷封妹妹执掌昭阳。
唐　王	（唱）	太师亡朕将他金鼎御葬，
		赐王爵封疆邑再建庙堂。
詹　妃	（唱）	见皇儿跪倒地泪流两行，
		偷眼看万岁爷实实心伤。
		若不赦忠良后秦英小将，
		是何人与万岁保国安邦。
		看他们口气儿尽都一样，
		说了唱唱了说还有帮腔。
		我若还学汉朝郭妃模样，
		诚恐怕到后来无有下场。
		我的父七十余已把命丧，
		又怎能为私怨毁坏栋梁。
		无奈了叫皇儿细听娘讲，
		从今后效贤母教子有方。
		罢罢罢接御酒洒在地上，
		愿我父魂灵儿早归天堂。
		手扶起银屏女心酸泪淌，
		叫万岁开龙恩细听端详。
		妾妃我为万岁社稷着想，
		赦秦英为万岁保立家邦。
唐　王	哈哈哈！
	（唱）	好一个詹贵妃宽宏大量，
		人世间甚稀罕如此贤良。
		内侍臣进前来朕有话讲，
		午门外快赦免秦门儿郎。
内　侍	是！（下）

〔又一内侍紧上。

内　侍　禀万岁大事不好!

唐　王　何事惊慌?

内　侍　苏宝童限期三天,勒要驸马归降,如其不然,便要纵火焚毁锁阳!

唐　王　啊!内侍,速命秦英来见!

内　侍　是!秦英来见!

〔秦英身披法绳急速而上。

秦　英　秦英参拜外爷!

唐　王　(拉着秦英的手)孙孙哪!你本应身犯杀身之罪,多亏你这位大贤大德的西宫姨奶,赦你不死!你快当面谢恩!

〔秦英激动地跪在詹妃面前。

秦　英　秦英罪在不赦,谢过姨奶大恩大德。孙孙我戴罪立功为国平逆!

〔詹妃扶起秦英。

唐　王　哎呀好!朕封银屏为讨逆平叛大元帅。老皇兄随军参赞。秦英马前先行,孙孙啊!(激动地取过秦英身上的法绳)你要戴罪立功,用这条法绳将那逆贼苏宝童缚来见朕!

程咬金　孙孙啊!这一下可真的将鱼竿变成枪杆了,哈哈哈。

〔唐王由内侍手里接过上方宝剑给予银屏,秦英,三拜御驾亮相。

第七场　破敌阵

〔叛兵、叛将引苏宝童,王伯超上。

苏宝童　众将官!

众　　　啊!

苏宝童	秦怀玉界牌关失利,锁阳城被困数月,粮草断绝,久无援兵,我等四面攻打,马踏锁阳城,夺取大唐江山!
众	啊!

〔报子上。

报　子	报,银屏公主挂帅带子秦英,大军已近锁阳城!
苏宝童	再探再报!
报　子	得令!(下)
苏宝童	王将军!
王伯超	元帅!
苏宝童	银屏公主挂帅带子秦英与我决战如何是好?
王伯超	待俺大摆火龙阵擒拿他们母子去者!
苏宝童	众将官!
众	啊!
苏宝童	摆起阵来!
众	啊!

〔众舞火龙旗,摆火龙阵同下。

银　屏	(内白)众将官,催马!
众	(内应)啊!
银　屏	(内唱)披星戴月奔沙场……

〔众兵将上,马童引秦英上。程咬金、银屏公主随上。

众	(唱)　三军待命马蹄忙。

〔报子上。

报　子	报,苏宝童摆阵挑战!
银　屏	再探再报!
报　子	得令!(下)
银　屏	众将官!
众	啊!
银　屏	破阵去者!
众	啊!(同下)

〔王伯超引叛兵上,秦英引三军上,会阵。

王伯超	众将官,杀!

秦　英　三军们,杀!

〔起打。群战秦英,均败下,苏宝童上。

苏宝童　这个娃娃杀法厉害,火龙阵被破,待我用火龙金镖伤他,看镖!

〔银屏急上,接镖。

银　屏　接镖!

苏宝童　(见破了金镖大叫)哇呀呀呀……

秦　英　看鞭! (打苏宝童,苏败下)

银　屏
秦　英　追! (同下)

〔王伯超,苏宝童败上。

苏宝童　众将官,收兵!

众　　　啊!

〔秦怀玉上。

秦怀玉　哪里走!

〔开打。秦英、银屏、程咬金引军上。

〔王伯超、苏宝童大败。

程咬金　愣娃,打得好,打得好! 程爷爷给娃带马回朝庆功!

〔亮相。

——剧　终

演出单位

西安尚友社

秦王求贤

王君秋　张骅　编剧

剧情简介

　　范雎,原魏国须贾门客,使齐有功,遭人陷害,改名张禄,西入秦国。

　　秦国宣太后垂帘听政,拜其弟魏冉为相,使志在统一九州的秦昭襄王大权旁落,犹如傀儡。张禄趁秦王射猎之机,拦道挡驾,告发魏冉草菅人命,并呈《初见秦王书》,秦王如获至宝,约定重阳节御苑会面,请教治国之策。奸细老内侍,暗通魏冉,在重阳节私捕张禄。魏冉以桃代李,派门客刘弦冒充张禄,鱼目混珠,蒙蔽秦王。秦王见疑,官封假禄,搪塞魏冉,暗派王翦明查暗访,适逢李勇见义勇为,护张禄越狱。魏冉弄巧成拙,以攻为守,状告王翦助贼盗驹,糊涂的宣太后,动怒要杀王翦。一场复杂而又激烈的辨真假张禄的事件在秦王宫中展开了。最后,假禄暴露,真禄拜相,魏冉罢官,秦王得贤。

　　范雎远交近攻的战略,为二十年后的秦始皇统一列国奠定了基础。

《西安秦腔剧本精编》QINQIANGJUBENJINGBIAN

场　目

秦腔

秦王求贤

QINWANGQIUXIAN

人 物 表

张　　禄	须　生	真名范雎，先客卿，后丞相	
秦　　王	小　生	秦昭襄王	
太　　后	正　旦	宣太后，秦王母亲	
魏　　冉	大　净	秦王舅父，太后之弟，秦国丞相	
王　　翦	毛　净	秦国大将	
李　　勇	武　生	秦国偏将	
桂　　香	小　旦	李勇妻，农村少妇	
刘　　弦	须　生	相府门客	
内　　侍	老　丑	魏冉亲信	
甲　　差	小　丑	相府差人	
乙　　差	小　丑	相府差人	
众　　将			
武　　士			
内　　侍			
宫女若干			

第一场　拦路挡驾

〔秦都咸阳城郊,终南山上森林茂密,沣水北流,阡
陌纵横,秋高气爽,景色宜人。

太　后　(内唱)旌旗展鹰犬噪威风八面,

〔众武士上摆围场(舞蹈),宫女持箭,作欲射之势
(舞蹈)。太后、魏冉上。

太　后　(唱)　观射猎赏美景心欢眼宽。
　　　　　　　魏冉弟封禳侯爵高位显,
　　　　　　　有老身掌朝纲听政垂帘。
　　　　　　　娘和舅辅秦王先主遗愿,
　　　　　　　发大兵先灭齐再制荆蛮。

魏　冉　(背弓唱)
　　　　　　　终南山设围场操弓射箭,
　　　　　　　明狩猎暗练兵显示威权。
　　　　　　　挟秦王我还要巧施权变,

太　后　(接唱)殿下他不紧随所为哪般?

魏　冉　武士们!

武　士　在!

魏　冉　大王御驾怎么还未到来?

武　士　大王单独上山射猎去了!

魏　冉　哼哼哼!真是捷足先登。禀太后,殿下单独登山狩
　　　　猎去了!

太　后　知道了!

魏　冉　哎呀太后,大王他今非昔比,他……(挑拨)他的翅
　　　　膀已经硬了!

太　后　翅膀硬了,就让他飞吧!

魏　冉	前日我欲发兵攻齐，扩展我陶邑封地，不料大王当着满朝文武顶撞老臣。睁眼不认舅翁了！
太　后	他？（疑虑）
魏　冉	他和王龁暗中来往甚密，诚恐祸起萧墙！
太　后	哼！兄弟勿疑，未必如此，丞相听我吩咐。
魏　冉	臣！
太　后	明日即命白起点兵二十万，挥师伐齐。
魏　冉	为臣遵命！秦国伐齐，一扬姐姐声威，二拓为弟封地，只恐大王他……
太　后	我是垂帘执政的太后，亦非身居冷宫的罪后！

魏　冉	（唱）　大王要把朝纲掌，
	他暗差王稽访大梁！
太　后	啊！有这等事，差人到魏国大梁，去访何人哪？
魏　冉	（唱）　他一心要把范雎访，
	拜范雎为相抛舅娘。
太　后	区区范雎，何以为相？
魏　冉	（唱）　范雎惯施小伎俩，
	奉命使齐会法章。
	三寸舌挡住了十万兵将，
	直说得那齐王喜气洋洋。
	一斗金要留他齐国拜相，
	怎奈他不受命返回大梁。
	布衣之士胜卿相，
	从此威名天下扬。
	大王他闻此讯命人查访，
	因此上劝姐姐早些提防。
太　后	（唱）　外姓之人怀异想，
	我兄弟才不高却是忠良。
	王儿的江山我执掌，
	决策兄弟待身旁。
	我王儿要拜相痴心妄想，

骨肉亲胜过那外姓儿郎。

这是丞相,有姐姐作主,你但放宽心,只管打猎上来!

魏　冉　是,为臣遵命!武士们。

武　士　在!

魏　冉　不论家畜野禽闲杂人等,凡入猎场者,皆为在矢之的,百步以内射中者相爷有赏。

武　士　啊!(众挽弓搭箭,齐向下场门射去)

魏　冉　请太后驾临山神庙,观赏射猎!

〔众人簇拥太后、魏冉下。桂香、李勇爹赶船上。

桂　香　(唱)　奴的夫李勇出兵远,

　　　　　　新婚之日跨征鞍。

　　　　　　三年征战未见面,

　　　　　　恩爱夫妻各一边。

　　　　　　幸喜他战功卓著得荣显,

　　　　　　晋升偏将镇边关。

　　　　　　传书捎信会亲眷,

　　　　　　与公爹探亲走一番。

　　　　　　叫爹爹挥篙将船赶,

　　　　　　小心急流过险滩。

李勇爹　(唱)　我老汉家住眉坞县,

　　　　　　房舍田垄靠南山。

　　　　　　不幸老伴把命断,

　　　　　　留下李勇一儿男。

　　　　　　幸喜鱼龙变了化,

　　　　　　立下战功坐了官。

　　　　叫媳妇!

　　　　　　眼看船儿要靠岸,

　　　　　　站稳脚跟防船颠。

　　　　　　耳内里忽听人声喊,

　　　　哎呀媳妇,耳听人喊马叫,必定是穰侯魏冉围场射

猎,你我速离此地,免遭祸殃!(二人下船登岸)

〔下场门飞来一箭,射倒李勇爹。桂香舞蹈,抚尸大哭。

桂　香　(唱)　我公爹遭横祸死得可怜。

　　　　　　　是何人狠毒心暗放冷箭,

　　　　　　　气得我一阵阵哭地怨天。

〔二差人上,甲差拔箭。

甲　差　看!这支箭是我射的吧!

乙　差　那不见得,啊!是丞相射的!(二人欲走,被桂香将箭夺去)

桂　香　你们射死我的公公,难道就此罢了不成?

甲　差　这有什么大不了的事情啊!

乙　差　不射死他拿什么去领赏呢?

桂　香　你等草菅人命,难道就没有王法了吗?

甲　差　你可算说着了,我们秦国只有相法,哪儿来的王法!

桂　香　相法?

乙　差　对,相法!

甲　差　丞相说话就是法。

乙　差　放屁也是法。

甲　差　说辘轳把能擀面。

乙　差　你就说好窍道,好窍道。

甲　差　说鸡蛋上长刺。

乙　差　你就说扎手,扎手。

甲　差　说月亮是烙饼。

乙　差　你就说吃了真香。

甲　差　什么王法,他娘的头发!

乙　差　我等只知相法!

桂　香　你们这些无赖,竟敢目无王法,我要进宫告状!

甲　差　随你的便!

乙　差　我们等着领赏,拿箭来!(上前夺箭,桂香不舍)

甲　差　(抽腰刀欲杀桂香)去他娘的,吃我一刀!

张　禄　（内喊）且慢！

〔张禄上场挡住二差人。

张　禄　青天白日，竟敢逞强行凶，岂有此理！

乙　差　这算哪一路的诸侯？

甲　差　你又是哪一家王公？

乙　差　狗逮老鼠，多管闲事。

张　禄　岂不知王子犯法，与民同罪。路见不平，拔刀相助。

甲　差　还有点来头，报知相爷去！（与乙差溜下）

张　禄　恶人业已走去，少妇人莫要悲伤，设法申冤才是，

　　　　（用手接箭）原是丞相金皮羽箭，不知死者何人？

桂　香　死者是我的公爹，苦啊！（看尸见箭）人言秦王爱民

　　　　如子，谁知他怂恿穰侯魏冉，苦害良民，真乃不如禽

　　　　兽了！

　　　（唱）　我丈夫为秦国疆场效命，

　　　　　　　我公爹遭飞祸箭下丧生。

　　　　　　　可怜我孤弱女身遭不幸，

　　　　　　　该向何处诉冤情？（略思）

　　　　　　　手持雕翎闯宫院，

　　　　　　　面见秦王鸣不平。

张　禄　唉呀少妇人哪！魏冉专权，国人谈虎色变，就连秦

　　　　王也得让他三分，你一民间妇人休说闯宫告状，只

　　　　怕眼下就有杀身之祸。

〔幕内喊声起。

张　禄　你听！魏冉必然前来索箭，杀人灭口，你赶快脱下

　　　　绣鞋，（桂香脱鞋，范将鞋放在沣水河边）说是你速

　　　　快逃命去吧！

〔桂香下。范雎用石投水，急下。幕后喊声起"有人

跳水了"。众军拥魏冉上。

魏　冉　民女在哪里？

甲　差　哎呀！像是投河自尽了！（拾鞋示意）

魏　冉　死得干净，免得老夫动手！马来，回府！

239

〔乙差拉马，魏冉与众军下。张禄紧上，手持雕翎。

张　禄　（唱）　我范雎入咸阳秦王难见，

隐姓名埋身世四处周旋。

西秦地山关险沃野平坦，

民淳厚守教养勤务桑田。

实可恨宣太后目光短浅，

拜魏冉为丞相虎狼一般。

倘若还助贤君宏图大展，

随民意顺天威统一江山。

趁此时挡御驾强谒王面，

试一试那秦王是否爱贤！

秦　王　（内唱）挟弓跨马出宫院，

〔秦王上。

（接唱）不为狩猎解愁烦。

诸侯纷争多战乱，

黎民不堪兵灾年。

寡人虽有扶摇胆，

鹏鸟束翅难高悬。

范雎因何不肯见？

寡人日夜加熬煎。

〔秦王单骑与张禄马头相撞，互相不及，同时下马，张故意席地而坐，拦住秦王。内侍、武士急上，用剑欲砍张，被秦王阻挡。

内　侍　咦！好一大胆狂徒，竟敢阻挡秦王御驾？

张　禄　什么秦王，秦国只知穰侯魏冉，哪晓得还有秦王？

内　侍　这一狂徒，出言不逊，名叫什么？

张　禄　张禄！

内　侍　挡路，噢！你是专门来挡路的，怪不得连秦王的路也挡起来了。武士们！

武　士　有！

内　侍　将这挡路的狂徒拉下去宰了！

武 士	是！（秦王示意阻止）
秦 王	先生挡驾，必有要事！
张 禄	小人挡驾，实属大王纵恶害民之故！
秦 王	此话从何说起？
张 禄	大王递刀，丞相杀人，难道不算纵恶吗？
秦 王	有何为证？
张 禄	大王请看！（指尸首）这一老者就是死在丞相之手！
秦 王	口说无凭？
张 禄	现有带血雕翎在此！（呈箭，秦王接箭大惊，悲愤交集，折断雕翎）
秦 王	多谢先生指教，寡人明白了。来！

〔内侍上。

埋葬老者，带马回宫！（上马欲走，张禄挡驾）

张 禄	且慢！大王！民闻法严而官清，官清而民顺，民顺而国立。先王立政，纲纪无亲，王子犯法，与民同罪。今日丞相借大王之威，屠杀无辜，大王就该依照秦法，严惩不贷！
秦 王	唉！寡人无才，愧对天地……
张 禄	大王苦楚，小民深知，今日小民尚有富国强兵、兼并列国、根除内患之策，请我王过目！（跪呈《初见秦王书》）
秦 王	（接书念）"初见秦王书……大王若要根除内患，兼并列国，必须先安内而后攘外。安内者，废穰侯，强公室，杜私门，重耕战；攘外者，远交齐楚燕，近攻韩魏赵，名曰"远交近攻"，即可统一天下……啊！寥寥数语，明朕肺腑，难得呀！（扶张禄）难得！

（唱）　　恰似东风驱云散，

字字震动我心弦。

此人果有破天胆，

不是范雎也非凡。

知音初遇犹未晚，

以贤代佞统九天。

内　侍　请大王回宫！

秦　王　（迟疑，略思）

　　　　（唱）　娘舅若知必生嫌。

　　　　　　　　魏冉狠毒多诡辨，

　　　　　　　　耳目甚多布朝班。

　　　　　　　　他妒贤嫉能行事短，

　　　　　　　　诚恐玉碎难保全。

　　　　张先生教诲，寡人受益匪浅，只是这荒郊野外非是论政之处，不日便是重阳佳节，请先生步履御花园，赏菊赐教！

张　禄　小人遵命！

秦　王　内侍！

内　侍　在！

秦　王　命人厚葬农夫。摆驾回宫！（下）

内　侍　哎呀不好！此人才智非同一般，若被秦王重用，这朝廷能有魏丞相站足之地吗！（略思）有了！我不免早报相爷，除却后患！

第二场　借刀杀人

〔二幕前，甲、乙差人拿绳索上。

甲　差　（念）　奉命拿张禄，

　　　　　　　　两腿快如风。

乙　差　（念）　寻了二十天，

　　　　　　　　无影又无踪。

甲　差　伙计，今日九月九日重阳佳节，张禄御花园要会秦王，要是入宫前拿不住张禄，你我二人就得完蛋，这可是非同小可，人命关天！

乙　差　（摸脑袋）哎呀我的妈呀！咱俩他娘的偏讨了这个差使！

甲　差　伙计莫要发愁,张禄要入后宫,必经此地,你我是发财还是掉脑袋就在此一举了！

乙　差　你我小心行事！

甲　差　伙计,你还记得张禄的模样吗？

乙　差　记得。此人和相府刘弦还有七分相像,把他烧成灰我也能认得！

甲　差　好！咦！他来了！

〔甲、乙差人悄悄溜下,张禄策马上。

张　禄　（唱）　那日喜见秦王面,

果是雄才非一般,

求贤如渴善从谏,

今日会我御花园。

迈开大步将路赶,

〔甲、乙二差上,缚绑张禄。

张　禄　为何无故拿人啊？

甲　差　（唱）　看你还能飞上天。

偷了相爷的千里驹还想跑,押上走！

张　禄　一派胡言！

甲　差　押上走。（下）

〔二幕启。内侍和魏冉密谈。

内　侍　丞相！张禄娃娃若得宠,

你的宝座要落空。

魏　冉　哼！先发制人将计用,

鱼目混珠教他难分清！

内　侍　鱼目混珠,妙！妙！妙！

魏　冉　妙虽妙,只是苦无相像之人！

内　侍　相爷！贵府门客刘弦,倒和此人长得甚是相像,何不让他以桃代李！

魏　冉　果真如此吗？（略思）倘若露出破绽……

内　侍	此人不仅和张禄相像,而且胆识过人,善于雄辩,以假乱真,神鬼难测啊!
魏　冉	好!还望公公暗中相助!
内　侍	何待叮咛,告辞!
魏　冉	送公公!(内侍下)人来!
	〔家院上。
家　院	在!
魏　冉	有请刘弦刘先生!
家　院	是!(出庭)有请刘弦刘先生!(下)
	〔刘弦上。
刘　弦	唉!投靠相府已十秋,
	功名未成难出头。
	刘弦参拜相爷!(拜揖)
魏　冉	刘先生免礼,快快坐了!(刘入座)
刘　弦	相爷唤我到来,有何见教?
魏　冉	刘先生,我有一为难之事,非你去办不可!
刘　弦	丞相呼唤之日,正是我刘弦效忠之时!
魏　冉	好!俯耳上来!(耳语,受宠若惊,大笑)
刘　弦	哈哈哈!相爷放心,我刘弦不但善于模仿,而且还能随机应变,管保秦王信假为真,重用无疑!
魏　冉	好!来呀!
	〔家院上。
家　院	在!
魏　冉	击鼓升堂!
家　院	击——鼓——升——堂——
	〔幕内喊"升堂——",堂鼓声起,武士持器上,站堂。魏冉入座。
武　士	带——张——禄!
	〔二差押张禄上。
张　禄	(唱)　身遭暗计欠提防,
	昂首阔步公堂上。

魏　冉　下站的你是张禄？

张　禄　正是！

魏　冉　你是哪里人氏？

张　禄　魏国大梁人氏！

魏　冉　不在魏国，西入函关，潜入秦国所为何事？

张　禄　堂堂中华，朗朗乾坤，炎黄子孙，四海为家，游览河
　　　　山，探古访幽，有何不可？

魏　冉　哼！哼哼！当今诸侯纷争，各霸一方，秦魏相仇，你
　　　　借游山玩水之机，偷窃我军国之情，你说是也不是？

张　禄　小人布衣之民，何有奸细之嫌，请问丞相是哪国
　　　　人氏？

魏　冉　老夫原是楚国人氏，啊！（自觉失口）

张　禄　哈哈哈！

魏　冉　你发笑为何？

张　禄　丞相既是楚国人氏，不居荆蛮之地，而西进函关，来
　　　　到秦国，所为何事？

魏　冉　这个！

张　禄　大人由楚入秦，可以位居卿相，小人由魏入秦，窃你
　　　　军机，岂不可笑！
　　　　（唱）　依仗太后霸朝政，
　　　　　　　作乐行猎害百姓。
　　　　　　　秦法森严有刑定，
　　　　　　　早该斩首判死刑。

魏　冉　好恼！（背躬自白）这个狂徒，果是才华过人，若得
　　　　秦王重用，岂有老夫容身之地！来呀！

武　士　在！

魏　冉　拉下去鞭打一百！

武　士　啊！（如狼似虎拖张禄下）

魏　冉　刘弦，此人舌枪唇剑，非同一般。你见了秦王也要……

刘　弦　丞相且放宽心，保管一模一样！

张　禄　（内唱）一百鞭打得我皮开肉绽！

〔武士拖张禄上,跌倒,甩发,舞蹈。

张　禄　（唱）　魏冉贼果然是祸国刁顽。

魏　冉　张禄,狂徒!今日要知道是你的嘴硬,还是相爷我
　　　　的刑法硬?

张　禄　任凭你火烹油熬,我有钢筋铁骨!

魏　冉　哼哼哼!油熬岂不可惜,棍棒即可服你!来呀!

武　士　有!

魏　冉　乱棍决脊!

武　士　啊!（武士决脊,张禄气绝,身倒）禀相爷,张禄绝命!

魏　冉　什么?

武　士　张禄绝命!

魏　冉　闪开!（下堂承脸,有气）死不了!将张禄打进花园
　　　　牢房,千万不能走漏风声!

甲　差　相爷你就放心了,牢房黑咕咚咚,里面臭气哄哄,晚
　　　　上蚊子嗡嗡,外加蝎子臭虫,不出十天半月,保他送
　　　　终!（下）

魏　冉　退堂!（武士下）刘先生,这是老夫写的《万言表》,
　　　　现在就该你捷足先登了!

刘　弦　相爷放心,就凭我刘弦这三寸不烂之舌,管叫秦王
　　　　信假为真!

魏　冉　（转向刘弦）先生尊姓大名?

刘　弦　姓张名禄!

魏　冉　哪里人氏?

刘　弦　大梁人氏!

魏　冉　求见寡人,有得何事?

刘　弦　陈说治国之策,敬献《万言表》。

魏　冉　哈哈哈!（背躬独白）伶牙俐齿,对答如流,不愧相
　　　　府门客,哟!哈哈哈!速快更衣,即刻入宫!

刘　弦　告辞了!（拜揖下）

〔甲差上。

甲　差　禀相爷,偏将李勇离边回朝,府门求见。

魏	冉	啊！无人调遣,怎能离边回朝?
甲	差	妻父被害,回朝祭奠!
魏	冉	何人行凶,竟敢杀害李将军的尊父爱妻?
甲	差	(走近魏冉)相爷!他的尊父爱妻,就是那日中箭身亡的老头和投河自尽的少妇!
魏	冉	啊!(吃惊,略思)真乃无巧不成书,冤家路相逢,哎呀,说是妙妙妙!来!有请李将军!
甲	差	相爷有令!李勇晋见。(甲差下)

〔李勇上。

李	勇	(念) 重阳佳节菊正黄, 家遇大难遭风霜。

参见相爷！

魏	冉	少将军重孝在身,快快免礼坐了!(李勇入座)唉!闻听少将军尊父爱妻被害,老夫即刻捉拿凶手……
李	勇	凶手早已远走高飞,怎能拿得,多谢相爷费心了!
魏	冉	凶手现已拿到!
李	勇	喔!他叫什么名字?
魏	冉	名叫刘弦,乃是老夫府下门客,狐假虎威,作科犯律,残害生灵!
李	勇	哎呀相爷,既然拿到凶手,就该按律治罪,为少将军报仇呀!
魏	冉	是呀!本应将罪犯送于刑狱治罪,但念少将军功垂边关,又仗老夫门下,故将凶手交你处置,以报将军之仇!
李	勇	多谢相爷!(跪拜)
魏	冉	将军报仇,须听我一言!
李	勇	末将感恩戴德,百依百从!
魏	冉	罪犯未交刑狱,私处死刑,只可暗杀,不可声张!
李	勇	末将遵命!
魏	冉	好!今晚三更时分,你到后花园牢房,那被囚之徒便是你的仇人——刘弦!

李　勇　刘弦！（恨极）谢相爷！（下）

魏　冉　来！

　　〔甲、乙差上。

甲　差
乙　差　伺候相爷！

魏　冉　李勇杀死张禄，你二人就将李勇就地处死，然后将他二人尸首埋于牢房之中，不要留一点痕迹！

第三场　鱼目混珠

　　〔御花园，秦王捧书。

秦　王　（念）"……远交者，离人之欢；近攻者，广我之地，自近而远，如蚕食桑叶，何愁天下不统也。昔魏越赵而攻中山，克其地，而为赵有。今襄侯又越韩、魏而攻齐，舍近求远，复蹈旧辙，此乃劳民伤财误国之计也！……"真乃金玉良言也！

　　　　（唱）　那张禄金石语非同凡响，
　　　　　　　　治秦国灭诸侯改弦更张。
　　　　　　　　寡人我为求贤朝思暮想，
　　　　　　　　御花园会英雄请教良方。

　　〔王翦上。

王　翦　（念）　辅佐秦王坐咸阳，
　　　　　　　　金戈铁马冠疆场。

　　　　参见大王！

秦　王　免礼，王将军请坐！（和王翦入座）

王　翦　大王召臣进宫，有何大事相商？

秦　王　将军哪知，半月前咸阳郊外，遇见一人挡驾，告发丞相，寡人观他胆识非凡，约定今日重阳佳节，花园面试，请将军坐在一旁察颜观色，同朕共试其才！

248

内　侍　以假乱真要拿稳。

刘　弦　公公勿怕请放心。

内　侍　禀大王,张禄入宫候旨!

秦　王　有请,内侍摆筵伺候了!（摆筵）

刘　弦　张……禄……参见大王!

秦　王　免礼,张先生!

（念）　伯乐识马朕识才,

　　　　林深自有鸟归来。

　　　　先生若知弦外音,

　　　　金杯玉浆敞胸怀。

刘　弦　（念）　春秋五霸到如今,

　　　　管仲乐毅非能臣。

　　　　信陵空养三千客,

　　　　只有大王能用人。

〔秦王闻语惊。

王　翦　（旁白）此人言过其实,不可大用!

内　侍　（旁白）吹破了牛皮,气炸了我的肚皮,怪我瞎了眼
睛,这货难卖出去!

秦　王　张先生、王将军请!（三人饮酒,秦王略思）

（背唱）半月前偶相遇颇有英气,

　　　　今日里貌虽像气质可疑。

　　　　是劣马是良骥再探根底,

　　　　这其中恐有诈其事跷蹊。

刘　弦　（背唱）几句话直说得秦王心喜,

　　　　快献上万言书勿失良机。

　　　　魏丞相才智广暗定妙计,

　　　　俺刘弦坐高官只在朝夕。

　　　　呈上《万言表》,陈说治国策!

秦　王　先生那日进献秦王书,今日又呈《万言表》,这……

刘　弦　喔!这……那日仓促相见,诚恐言未尽意,因而今
日又呈《万言表》!

秦　王	啊！
王　翦	啊！
秦　王	这！
刘　弦	这！
秦　王	哈哈哈！
王　翦 刘　弦	哈哈哈！

秦　王　先生请坐！（观《万言表》）"今日天下之富莫若于齐，大王如借襄侯之智，白起之勇，挥师伐齐，克齐，楚必孤，楚孤，弱必服，那时霸主非我王而谁？……"先生所言襄侯之智？

刘　弦　魏丞相德高望重，才高智广！

秦　王　（大怒）寡人虽有这三千里江山，这本《万言表》实难效纳！（扔表于地）

王　翦　啊！大王！定是吃醉了！

秦　王　喔！我醉了！我醉了！哈哈哈！喔！（假装酒醉呕吐，王翦、小内侍换秦王下）

内　侍　（拉刘弦一旁）你他娘的，连个狗皮膏药都卖不了，今日之事，秦王若是看出破绽，祸及丞相，那时他完你完我也完了！

刘　弦　公公不必惊慌，大王已信假为真了！

　　　　〔王翦上。

王　翦　张禄听旨！

内　侍　准是完蛋了！（跪）

王　翦　大王酒后失礼，怠慢先生，懊悔莫及……

　　　　〔刘弦和内侍惊喜对视。

刘　弦　啊！

王　翦　（接念）今封我卿为上大夫，钦旨！

刘　弦　千岁！千岁！千千岁！

王　翦　大王言道，先生暂歇馆驿，择日另造府邸！

刘　弦　谢大王！

〔内侍引刘弦下,秦王上。

秦　王　真真气煞人了!

王　翦　大王莫要上气! 常言"千军易得,一将难求",王稽访贤,那范雎吗,迟早要入函关!

秦　王　话虽如此,远水不解近渴。

王　翦　唉! 这才是张禄不来想张禄,张禄来了怨张禄啊!

秦　王　王将军哪,今日之禄并非真禄!

王　翦　怎见得呢?

秦　王　王将军哪! 前日那一张禄虽则寥寥数语,明朕肺腑,并对统一九州,胸有成竹;今日之禄,不仅言过其实,而且语多不离穰侯,那一张禄要我远交近攻,这一张禄要我近交远图。这一书一表,岂不是真假张禄之别吗?

王　翦　大王既知今日之张禄是假,为何封他为大夫呢?

秦　王　我糊涂的王将军哪! 今日之事必是魏冉奸谋,寡人将计就计,只有封官假禄,搪塞老贼,保护真禄啊!

王　翦　大王苦楚,为臣深知了!

秦　王　王将军,如今真禄命在旦夕,将军速去明查暗访,莫让鹿(禄)死贼手!

王　翦　为臣遵命! (下)

秦　王　大丈夫三十而立,寡人身近三旬,面对天下无所建树,真真气煞人了!

　　　　(唱)　重阳节约张禄御苑会面,
　　　　　　　又谁知出假禄进献《万言》欺蒙寡人,
　　　　　　　令人不安。
　　　　　　　莫非是那张禄遭贼暗算,
　　　　　　　霎时间难抑制思绪万千。
　　　　　　　周幽王背民意天下大乱,
　　　　　　　从此后诸侯割据五百年。
　　　　　　　五百年百姓们深遭大难,
　　　　　　　五百年干戈不息烽火燃。

五百年山河破碎碧血染，

五百年尸横遍野忒惨然。

王登基我立下兴华誓愿，

灭诸侯息战乱统一河山。

为求贤寡人我废寝忘膳，

差王稽访范雎音信杳还。

那一日遇张禄才智稀罕，

几句话似明灯照我心田。

逢贤才朕心慰愁眉舒展，

又谁知魏冉贼暗用机关。

他妒贤嫉能行事短见，

用假禄扮真禄将朕欺瞒。

叹国事忧社稷如同累卵，

恨母后宠舅翁怂恿权奸。

这才是养痈不除成后患，

哀怨声声漫秦川。

人常说好事多磨难，

知音初遇又断弦。

叫声张禄禄不见。

这天涯海角——卿啊！

你身在哪边，身在哪边！

〔秦王捧书思贤，切光。

第四场　李勇行刺

〔二幕前。桂香忧心忡忡地上。

桂　香　（唱）　自那日沣水岸遭遇不幸，

可怜把奴公爹箭下丧生。

多亏了那张禄巧计救应，

假投河诓魏贼化险为宁。

为报仇卖自身改名换姓,

进相府做奴婢忍气吞声。

暗地里藏匕首探查动静,

待时机杀仇人慰父魂灵。

昨日里将一人黑牢锁定,

观容貌好似那救命恩公。

放大胆乘月黑监牢走动,

是不是大恩人细观分明。

〔二幕启:监狱张禄披头散发,对灯孤坐。桂香对铁
窗向内观望。

张　禄　哎哟!(呻吟)

桂　香　待我喊叫一声!(小声)张恩公?

张　禄　(惊喜)窗外谁人!?

桂　香　你,你是张禄张先生吗?

张　禄　(有气无力)你是何人哪?

桂　香　啊!正是张禄张先生!

张　禄　你是何人?这里是非之地,切莫久留啊!

桂　香　(哭泣)滴水之恩,涌泉相报。我恨不能相救先生逃
出樊笼,还怕什么是非不是非!

张　禄　整日未见水米,只觉头昏眼花,(挣扎不起)你究竟
是何人哪!

桂　香　恩人不必多问,少等片刻!(蹑步而下)

〔狂风大作,雷鸣电闪,倾盆大雨。张禄挣扎向窗外
望去。

张　禄　(念)　雨洒天公泪,

雷鸣世人吟。

风扫邪恶尽,

日照普天人。

(唱)　遭奸计困牢房我气破肝胆,

受酷刑索铐我宏图难展步履艰难。

雷阵阵电击闪阴云天暗，
风凄凄秋蝉鸣我把愁添。
雨潇潇檐前铁马声声怨，
一阵阵过往事涌我心间。
周天子封诸侯养痈成患，
你称雄我争霸九州不安。
齐法章攻魏国发泄私怨，
派田单围大梁血染中原。
打败仗魏昭王心慌意乱，
为求和召来了文武两班，
金殿上遣使臣无人应选，
我范雎虽布衣报名当先。
到齐国唇枪舌剑据理争辩陈说利害独
树卓见，
直说得那齐王喜笑开颜。
退甲兵才讲和罢兵息战，
那齐王赠斗金封我高官。
拒赠金回魏国反遭暗算，
须贾贼诬陷我通齐行奸。
有魏齐打得我皮开肉绽，
郑安平他藏我具茨山间。
我只说到秦国处境能变，
有谁知我伤未愈骨又断又遭陷害坐牢监！
满腹委屈满腔怨，
怀才不遇问苍天！

〔李勇怒上。

李　勇　（唱）　来到牢房用剑砍，（进门）
　　　　　　　　一剑送你鬼门关。

张　禄　慢慢慢着！因何仗剑杀人？

〔李勇轻蔑地将剑扎在柱上。

李　勇　你我明人不做暗事，我来问你，为何杀死我父，又害我妻？

张　禄　杀你之父,害你之妻!?（迷惑不解）

李　勇　对,我再问你,你我有仇？

张　禄　无仇!

李　勇　你我有怨？

张　禄　无怨!

李　勇　既然无仇无怨,怎忍枉杀无辜,害得我家破人亡了!

　　　　（唱）　冤家相逢令人愤,

　　　　　　　　口口声声骂仇人,

　　　　　　　　千刀万剐方解恨,

　　　　　　　　接来热血祭幽魂。

　　　　〔李勇拔下柱上宝剑,张禄用锁镣和利剑格斗,李用
　　　　力过猛,剑入墙壁,不及拔出,李用拳打张,张用锁
　　　　镣阻隔,李拔剑逼张项颈。

张　禄　天哪!苍天!想我张禄,满腹经纶,实想辅佐秦王,
　　　　统一列国,谁料秦王未见,先做冤魂哪!

　　　　〔李勇惊愕不解。

李　勇　你叫什么？

张　禄　我叫张禄!

李　勇　张……禄!你不叫刘弦？（张摇头,李迟疑）相爷说
　　　　你名叫刘弦,是杀我妻、父的仇人!

张　禄　你的妻子、父老死在何处？

李　勇　终南山下,沣水岸边!

张　禄　何时被害？

李　勇　八月中秋遇难!

张　禄　你父是中箭而亡？

李　勇　这不是昭然若揭了吗!你既未曾杀人,怎知我父死
　　　　于箭下,改名换姓,岂能瞒过末将。说你（拖倒张
　　　　禄,靴底磨剑,咬紧牙关,怒目视张）看剑!

　　　　〔桂香上。李勇刺中桂香。"啊——",桂香苦叫一
　　　　声,进门。

桂　香	李勇！（用手拖住李勇）
李　勇	桂香！（李勇惊愕，认出桂香，丢剑）啊！你是桂香？
桂　香	李勇！（扑向李勇怀）
李　勇	（悲愤交集）你，你你你，还活在人世啊?!
桂　香	我没有死，我欲报公爹之仇，卖身为奴……谁料今日竟死在亲人的剑下……
	（念）　昔日新婚别，
	今朝剑下分。
	恩爱成梦幻，
	不知恨何人！
	你太得糊涂……（挣扎着说明事情原委后，气绝）
李　勇	桂香！桂香！桂——香——（抱起桂香，泣不成声）
张　禄	（扶李勇）人死不能复生，将军勿要悲伤！
李　勇	魏冉老贼害得我家破人亡，我和老贼誓不两立。他妒贤嫉能，陷害先生，我岂能袖手旁观，先生快快随我逃出相府！
	〔李勇换扶张禄欲走，二差人上。
甲　差	伙计，人常说仇人相见眼发黑，他俩倒亲热起来了！
李　勇	既是仇人相见眼发黑，我就不客气了！（乙差逃下，李勇抓住甲差）你要死要活？
甲　差	只要饶了小子狗命，你说干啥都行！
李　勇	为先生打开镣铐！
甲　差	是！（打开镣铐）早该打开，张先生可是个好人。将军！才跑了的那个家伙，就是他逼死了你的妻子，你父（回顾）可是丞相用箭射死的！与张先生根本无关，也与小人无关！
李　勇	哪里有出去的路径？
甲　差	有！花园井边有一暗洞，出去便是个小巷！
李　勇	难为你了！（用镣铐锁住甲差，挽张禄下）

第五场　明查暗访

〔二幕前,王翦扮民人上。

王　翦　（念）　秦王命咸阳城明查暗访,
　　　　　　　　趁雨夜来至在相府街坊。

〔李勇挽扶张禄上,乙差带兵追上,开打。李勇寡不敌众,欲护张禄被杀,张被捕,王翦阻止。

乙　差　哪儿蹦出这个野毛光棍,少管闲事,滚开,拉上走!

王　翦　尔等随意杀捕他人,难为秦法所容!

乙　差　口气倒不小,秦法,他娘的头发,你也不看这是什么地方。

王　翦　堂堂相府街坊,谁人不知?

乙　差　既是相府,相爷他比秦王大,相法自然赛王法!

王　翦　相法就是任意抄杀?

乙　差　这算说对了!

　　　　（念）　相爷出言就是法,
　　　　　　　　生杀予夺人怕他。
　　　　　　　　劝你滚开少麻嗒,
　　　　　　　　不然将你黑牢押。（欲打王翦,被一脚踢倒）

王　翦　大胆!

　　　　（唱）　奴才出言太无理,
　　　　　　　　仗势行凶将人欺。
　　　　　　　　莫道堂堂相府地,
　　　　　　　　王府金阙我敢立。

乙　差　啊!如此说来,老天为大,你是老二了,今天先打你个大闹相府之罪!伙计们,你们与我打!

〔开打,众败,跪地求饶。

众　兵　勇士饶命！

王　翦　尔等知我是谁？

乙　差　（众打灯笼瞧）我的妈呀！原是王翦王将军！快跑！

张　禄　啊！王翦！（惊喜）

　　　　（众兵下）

王　翦　哪里逃！（挡住乙差）将张先生背上走！（下）

第六场　对证真假

〔二幕启。富丽堂皇的后宫，太后端坐，帷帐后，宫女翩翩起舞。

宫　女　（唱）香烟冉冉椒气清，
　　　　　　　歌声悠悠绕秦宫。
　　　　　　　昔日王府把君奉，
　　　　　　　今朝金阙掌龙廷。

　　　　〔太后转身，不耐烦地摆了摆手。

太　后　唉！这个龙廷不好掌啊！
　　　　（唱）西风吹秋叶黄碧云高淡，
　　　　　　　观终南览渭水愁锁眉尖。
　　　　　　　想当初秦武王举鼎命断，
　　　　　　　惠太后拥季君要争王权。
　　　　　　　有本后立昭王通达权变，
　　　　　　　靠魏冉杀季君除却叛奸。
　　　　　　　仗舅翁小外甥才登金殿，
　　　　　　　老身我为王儿听政垂帘。
　　　　　　　论功劳第一人当推魏冉，
　　　　　　　赐陶邑握兵权执掌朝班。
　　　　　　　封穰侯拜丞相爵高位显，
　　　　　　　众兄弟皆封君非同一般。

　　　　　　　小秦王长成人已加冠冕，
　　　　　　　他一心抛舅翁更相选贤。
　　　　　　　我有心将秦王训言教管，
　　　　　　　怎奈他据理争义正词严。
　　　　　　　我有心将兄弟暗中规劝，
　　　　　　　怎奈他居功劳无法无天。
　　　　　　　臣和君舅和甥猜疑积怨，
　　　　　　　母与子姐与弟怎么周旋？
　　　　〔转身又看窗外，魏冉惊慌地上。

魏　冉　（唱）　弄巧计成拙事心惊胆怕，
　　　　　　　瞒太后欺君王要把头杀。
　　　　　　　事到此助风浪沙泥俱下，
　　　　　　　浑水中让他们难辨鱼虾。

　　　　　　参见太后！

太　后　兄弟来了，快快坐下！

魏　冉　哎呀太后啊！臣府门客刘弦，盗去千里驹，为臣差
　　　　人捕捉，谁知王翦那厮护贼而逃！

太　后　啊！他竟敢与盗贼同流合污？

魏　冉　以臣看来，王翦目无太后，有意欺压老臣！

太　后　啊！如此大胆！

魏　冉　好糊涂的姐姐哩，（挑拨）没有大王怂恿，王翦他敢
　　　　如此无礼吗？

太　后　这！我说兄弟呀，你不要多疑善感了！

魏　冉　这……

太　后　好了好了，我让王儿杀了王翦给你出气，行不行啊？

魏　冉　多谢姐姐，为我作主！

太　后　内侍！
　　　　〔内侍上。

内　侍　伺候！

太　后　速请大王进宫！

内　侍　是！（出宫）太后有旨，大王进宫！

〔秦王上。

秦　王　（唱）　两个张禄无异样，

人妖颠倒非寻常。

鱼目混珠休妄想，

辨真假与母后保荐贤良。

儿臣参见母后！

太　后　罢了，坐下！

秦　王　谢母后！（入座）

魏　冉　大王在上，为臣……

〔太后拉魏冉袍袖。

太　后　设朝议事，君臣相称；内苑宫闱，甥舅相呼！

〔秦王气极。

秦　王　召儿进宫，有得何事？

太　后　你速将王翦斩首示众！

秦　王　王翦忠勇可嘉，为何斩首示众？

太　后　王翦暗助盗贼刘弦，偷了相府的千里驹，你说该杀
　　　　不该杀？

秦　王　王翦助贼盗驹，有何凭证啊？

魏　冉　本府差人为证！

秦　王　相府差人乃一偏之词，不足为证！

太　后　啊！你连舅翁都不信了？当初要不是他兵权在握，
　　　　除了“季君之乱”，这龙椅能由你坐吗？（心有感慨
　　　　地）为了你稳坐江山，不知杀了多少人哪……

秦　王　未必都该杀！

太　后　啊！坐江山不杀人能成吗？

秦　王　半月前，一位行舟赶路的老者，被箭射死终南山；将
　　　　军李勇身遭暗器，死在相府门首。

太　后　啊！（看魏冉）

秦　王　难道这都是为让儿臣稳坐江山不杀不成吗？

魏　冉　这！

秦　王　臣僚之中，有人高官厚禄，尚不知足，不远千里，背

　　　　主用兵,假公济私,扩大封地,难道这也是让寡人稳
　　　　坐江山吗?

魏　冉　老臣用兵陶邑,乃是太后的旨意呀!

太　后　这有什么!(质问)周封诸侯,秦封君,扩大封地有
　　　　何罪啊?

秦　王　(气极)周封诸侯乱天下,
　　　　　　　　秦封三君不太平!

太　后　啊!
　　　　(唱)　王儿讲话太可恼,
　　　　　　　　枉为人君坐当朝。
　　　　　　　　老王晏驾有遗诏,
　　　　　　　　为娘不忍让你瞧。
　　　　　　　　既然你今不听教,
　　　　　　　　母子翻脸在今朝。
　　　　　　　　内侍取来先王诏,
　　　　〔内侍入内捧诏上,递与太后。

太　后　(唱)　内有明文第一条:
　　　　　　　　倘若继君不行孝,
　　　　　　　　另选贤明来掌朝。
　　　　　　　　你兄弟还有人两个,
　　　　　　　　由我选来由我挑。(将诏扔与秦王)

秦　王　这——个!
　　　　(唱)　听罢言来真可恼,
　　　　　　　　母后糊涂不明了。
　　　　　　　　舅翁握权行霸道,
　　　　　　　　儿虽加冕不掌朝。
　　　　　　　　真假张禄未分晓,
　　　　　　　　松柏莲蒿且混淆。
　　　　　　　　恶人告状太奸狡,
　　　　　　　　诬陷王翦害臣僚。
　　　　　　　　母后偏袒又烦躁,

261

此事教朕怎开销。

太　后　　王翦助贼盗驹，欺压丞相，也是欺了你，他目无大王，还有母后吗？这样的臣子，不杀能成吗？内侍！

内　侍　　伺候！

太　后　　速宣王翦进宫！

内　侍　　是！太后有旨，大将军王翦进宫！

　　　　　〔王翦上。

王　翦　　（念）　美玉出荆山，

　　　　　　　　　张禄入函关。

　　　　　大王、太后在上，为臣参拜！（拜揖）

太　后　　哼！王翦，你可知罪否？

王　翦　　不知为臣法犯何律？

魏　冉　　助贼打劫，偷盗相府千里驹，还言无罪！

王　翦　　（背躬）张禄先生果然料事如神！这盘棋真从这儿开始了！（面向太后）哎呀太后！为臣奉命巡夜，路遇强人行凶，一人被杀，一人呼救，臣理应查个明白，何言助贼盗驹呢？

魏　冉　　求你相救者，乃相府门客，名叫刘弦，就是他，伙同李勇偷盗了老夫的千里驹！

王　翦　　死者名叫李勇，活者并非刘弦，而叫张禄！

魏　冉　　刘弦！

王　翦　　张禄！

魏　冉　　刘弦，刘——弦——！（发怒）

秦　王　　哎呀母后，前日有位贤者名叫张禄，儿臣封他为上大夫，今日又有一人自称张禄？这！

太　后　　啊！竟有此事？

魏　冉　　哼！这分明是刘弦做贼心虚，冒名张禄，迷惑将军！

秦　王　　哼！胆大的刘弦，竟敢冒他人名讳，嫁祸于人，这还了得！

王　翦　　为臣疏忽，被人蒙骗，啊！太后，大王，事到如今，只有将两个张禄召来，查他个水落石出！

秦　王　好！是人是妖，弄个明白！

魏　冉　哎呀不好！

　　　　（唱）　若把两个张禄召，（心慌意乱）
　　　　　　　　分清真假我怎开交？

秦　王　（唱）　刘弦冒名实可恼，（旁敲侧击）
　　　　　　　　嫁祸大臣罪难逃。

魏　冉　（唱）　浑水来把清水搅，（以攻为守）
　　　　　　　　先斩刘弦把气消。

秦　王　（唱）　是人是妖未分晓，
　　　　　　　　又怎能糊里糊涂乱开刀？

太　后　（唱）　谁把丞相宝驹盗？
　　　　　　　　是贼是官查根苗。

魏　冉　（唱）　三十六计我走了好，（欲走，被王翦阻拦）
　　　　　　　　免得出丑在今朝。

王　翦　丞相干什么去？

魏　冉　（唱）　我一时头昏心又跳，
　　　　　　　　旧病复发我要退朝。

王　翦　丞相霎时旧病复发，必是因盗贼刘弦所气。啊太
　　　　后，快将两个张禄召来，查个水落石出，好为丞相出
　　　　气啊！

魏　冉　啊！……（气极）

秦　王　（唱）　丞相忍耐莫烦躁，
　　　　　　　　三面六对辨人妖。

太　后　是啊！

　　　　（唱）　真假之分事虽小，
　　　　　　　　实为甥舅把气消。
　　　　内侍，传两个张禄同时晋见！
　　　　〔众入座。

内　侍　盗贼张禄、上大夫张禄同时晋见！
　　　　〔二人上。

张　禄　（唱）　撒下诱饵鱼上钩，

263

刘　弦　（唱）　我一口咬定叫张禄。

张　禄
刘　弦　张禄参拜太后、大王千岁千千岁！

太　后　啊！二人面貌果然相似！

秦　王　他二人面貌相似，才学各异，分清真假，要查仔细！

魏　冉　那刘弦不叫张禄，却自称张禄，我看尔等怎样识辨！

太　后　你二人究竟谁叫张禄？

刘　弦　我叫张禄！

张　禄　我叫张禄！

魏　冉　大胆的刘弦，老夫待你厚而不薄，竟敢忘恩负义，盗去老夫千里驹。今日进宫，还不低头认罪，哪能容得。来呀！推下砍了！

〔武士持戈逼张禄。

张　禄　且慢，两个张禄，未曾问明真假，怎能随便杀人？

魏　冉　这！

张　禄　这里是巍巍秦王宫阙，并非丞相的公堂黑牢，就是要杀要剐，也不该由丞相做主吧！

〔魏冉尴尬。

刘　弦　胆大的刘弦，尔竟敢冒我名讳，欺蒙太后大王，该当何罪？

张　禄　你我二人，是人是妖，霎时就会分晓，何用你狐假虎威，张牙舞爪！

秦　王　你既是张禄，丞相为什么却叫你刘弦？

张　禄　丞相张冠李戴，加罪于我，非我之过也！
　　　　（唱）　丞相他年事已高眼花乱，（讥笑）
　　　　　　　　人妖难分是非颠。
　　　　　　　　相府人役知刘弦，
　　　　　　　　何不召来认一番？

魏　冉　哎呀太后，刘弦奸狡诡诈，其罪难赦，容臣带回相府，严加惩治！

太　后　这！

秦　　王　母后,真情未明,丞相带走一个,如何了结此案?

太　　后　这!

王　　翦　如此结案,诚恐于理不通?

魏　　冉　此乃老夫家事,不劳尔等多管!

秦　　王　既是丞相家事,为何禀明太后?

魏　　冉　这个!

秦　　王　这个什么? 来!

内　　侍　伺候大王!

秦　　王　速召相府家人进宫!

内　　侍　是! (下)相府家人进宫!

　　　　　〔甲差上。

甲　　差　(念)　从来未曾进王宫,

　　　　　　　　　王宫还比相府穷。

　　　　　小人参拜太后千岁,大王千岁,千千岁!

太　　后　你是相府中的什么人?

甲　　差　唉! 人都称就是闲打浪,

　　　　　　　　　实是相爷左右膀。

王　　翦　奴才大胆,上坐太后、大王,你休得放肆!

魏　　冉　你要是认错了(指刘弦)张禄,小心你的脑袋!

甲　　差　相爷你放心,我哑巴吃饺子,心中有数! 我就不是
　　　　　吃谁饭砸谁的锅、住谁的房捅谁的窝咻号人!

太　　后　说是你来看! (指张禄)他是何人哪?

甲　　差　唉! 他就是偷跑的那个囚犯!

太　　后　他叫什么名讳?

甲　　差　张禄!

太　　后　啊!

秦　王
　　　　张禄!
王　翦

魏　　冉　你奴才认错人了!

甲　　差　相爷咋能错吗! 一丝一毫一分一厘都没错!

魏　　冉　哎呀太后啊! (双膝跪下)这个奴才暗受王翦的贿

265

赂,不然为什么将我的门客刘弦叫成张禄!

甲　差　我的妈呀!相爷呀!(双膝跪下)我情愿对天盟誓,我未拿王翦的分文!相爷!你不要冤枉好人哪!

秦　王　你再看看,(指刘弦,刘弦浑身打颤)他是何人!

甲　差　待小人看过!(走向刘弦)看看看,这不是刘弦嘛!相爷你老人家眼花瞭乱,连你的门客都认不得了,你看看他都坐官了!(转问太后、秦王)太后,大王,这能错吗!把他烧成灰我也能认得!别看他如今衣冠楚楚,在相府时,他和我经常玩狗咬仗、鸡斗嘴哩!

魏　冉　啊!滚!(甲差下)哎呀太后啊!王翦收买臣府门客,陷害老臣,欲夺相位,望姐姐做主啊!

刘　弦　哎呀太后啊!王翦陷害丞相,也将为臣攀扯在内,还望太后做主啊!

秦　王　哼哼哼……上大夫张禄往前站!我问你见朕几次?

刘　弦　二次!

秦　王　何时何地?

刘　弦　八月十五终南山下,九月九日御花园中!

秦　王　呈献何物?

刘　弦　《初见秦王书》,后呈《万言表》!

秦　王　秦王书中内含何意?

刘　弦　这!

秦　王　怎么,出你笔下,连内容都不晓得吗?

刘　弦　这!(双膝跪地)大王饶命,我非真禄。(卸帽)

太　后　这!兄弟你你你你做的好事啊!

秦　王　哈哈哈,寡人虽说求贤如渴,但对那些投机钻营,空有虚名之徒早有提防!如今天下纷争,百姓不堪兵灾,寡人欲达统一九州之志,解救生灵于水火之中。因而梦寐以求辅佐之臣。谁料寡人之舅父,秦国之丞相,不知求贤取士,解朕之急,反而妒贤嫉能,弄虚作假,欺蒙寡人,你该当何罪?

魏　冉　姐姐呀！（跪求太后）

太　后　王儿,千错万错都是你舅父之错,看在为娘脸上,你就饶了他吧！

秦　王　母后,你不是讲过吗,坐江山不杀人是不行的吗?

魏　冉　姐姐呀！（哭求）

秦　王　哎呀母后,丞相欺蒙母后,挟持王儿,天怒人怨,应当立即斩首！

魏　冉　（恼羞成怒）张禄啊！小孺子,我生不能食尔之肉,死当追尔之魂！

张　禄　太后,大王,丞相罪在不赦,但念昔日拥戴之功,只可饶恕,不可问斩！

太　后　张先生虚若怀谷,果真世之贤才！

秦　王　也罢！舅翁,你就回上你陶邑封地养老去吧！

魏　冉　谢大王！

秦　王　今日就拜张禄为相！

太　后　好！

张　禄　臣非张禄！

众　　　你是何人?

张　禄　臣乃魏国大梁人氏,姓范名雎字叔也！

众　　　（惊喜）范雎！范先生！

〔太后、秦王喜出望外,搀扶起范雎,魏冉心悦诚服地卸下相帽跪地。

——剧　终

演出单位

西安尚友社

贵妃东渡

杨 晨 编剧

剧情简介

马嵬坡下泥土中,不见玉颜空死处。

——唐·白居易

贵妃东渡访仙屿,荻町久津留芳迹。

往时传播中华舞,至今犹闻唐时曲。

堪怜艳骨入东土,年年樱花寄相思。

唐天宝十五载(公元 756 年)六月。唐玄宗宠妃杨玉环,以替罪羊于马嵬坡事件自缢而死。然而,她芳魂不散,在宫女们的营救下奇迹般地复活了,她历尽沧桑、栖身无着!无奈凄然洒泪随日本遣唐使东渡而去。

她以传播中华文化为中日友好架起了一道美丽的彩虹……

场　目

秦腔

贵妃东渡

GUIFEIDONGDU

人 物 表

杨玉环　　　原唐宫贵妃,三十八岁

阿　兰　　　原唐宫侍女,二十岁

阿　香　　　原唐宫侍女。阿兰之妹,十八岁

沈惟岳　　　原唐朝潼关守将,二十五岁

藤原刷雄　　日本遣唐副使,后升太政右大臣,三十岁

刷雄夫人　　二十七岁

孝濂天皇　　日本天皇,四十岁

李隆基　　　唐"天宝"皇帝

奈良麻侣　　日本遣唐副使,后升左大臣,四十岁

陈玄礼　　　唐龙武大将军

杨国忠　　　唐朝右宰相

高力士　　　唐朝右监门卫将军知内侍省事

安禄山　　　唐朝河东、平卢、范阳节度使

洛阳使臣　　安禄山亲信

二僧人、唐朝将士、内侍、宫伎;波斯、土蕃、勃海国使节;
日本武士、使从、国袍(宫女)、卿臣、安禄山爪牙等若干
人

序 幕

〔唐天宝十五载(公元 756 年)六月。

〔陕西省兴平县马嵬坡。

〔主题歌:

> 唐宫倾尽胭脂泪,
> 人间自古红颜悲。
> 君王失政谁论罪?
> 亡国不该怨蛾眉。
>
> 六军不发无奈何,
> 马嵬坡下葬贵妃。
> 香销玉殒精灵在,
> 芳魂化作白云飞!

〔幕启:阴霾四起、惊雷轰鸣、电舌闪射出道道寒光,风摧百草泣泣、万木哀嚎。

〔龙武大将军陈玄礼戎装佩剑,率诸将疾步登上土丘,怒目东望,仰天长啸。

陈玄礼　苍天……啊!杨氏兄妹毁乱朝纲,苍天何以亡唐啊?(雷声随之大震)看这金瓯残破,圣驾蒙难,望上苍不瞑、共诛杨氏兄妹……

〔幕内将士怒吼:"共诛杨氏兄妹,共诛杨氏兄妹!"吼声远,陈玄礼高大身影在云雾中隐没。顷刻,人喊马叫刀枪拼击之声汹涌如潮,杀声中突然有人一声高喊:"圣旨下。"

〔高力士面色苍白,凶光毕露,与陈玄礼等捧旨急上。

高力士　圣旨下,贵妃娘娘接旨!

〔杨玉环带宫女急上。

杨玉环　（长跪）妾妃接旨！

高力士　（宣旨）奉天承运,大唐皇帝诏曰:
"朕欲振国威而顺天意,除内患而应民心,安禄山叛乱,皆杨氏兄妹妄言所致,御赐白绫三尺,命贵妃佛堂归天！钦此。

杨玉环　（惊叫）　哎……呀！（昏厥倒地）
〔霎时,一匹白绫赫然悬起。

众宫女　（悲声呼叫）贵妃娘娘,贵妃娘……娘！

陈玄礼　（呵叱地）拉下去！
〔众将执刀逼宫女下。

高力士
陈玄礼　恭请娘娘归天！

众将士　恭请娘娘归天,恭请娘娘归天！
〔怒吼声在佛堂回荡。随之雷声霹雳,风声大作。

杨玉环　（满怀悲愤地）
（唱）　天坠地暗,
　　　　难抑满腔怨。
　　　　想不到唐王情断,
　　　　三尺白绫葬红颜。
　　　　谁明我千古奇冤,
　　　　苍天何不赐明鉴?
　　　　早知晓代人殉难,
　　　　悔不梦醒骊山,
　　　　飞离长生殿！

高力士
陈玄礼　（威逼地）恭请娘娘归天！

众将士　恭请娘娘归天！
〔杨玉环愤恨至极,绝望地走上高台,紧握白绫自套颈上。

陈玄礼　（喝令）动刑！
〔众将士绞起白绫,杨玉环双足离地闭目死去。

陈玄礼　护驾登程！（率众急下）

〔一束惨淡的微光射向玉环的尸体。突然二位僧人疾步奔上，解下白绫，放下尸体。远处传来阿兰、阿香哭叫之声。

阿　兰
阿　香　（急上、扑向玉环尸体）娘……娘！

二僧人　（闭目合掌）阿弥陀佛！

第一场　险　遇

〔数日后。

〔兴平、咸阳交界。

〔幕启：烈日炎炎，野外一片荒芜，一条小溪湍湍东流，羊肠小道蜿蜒崎岖地向远方伸去。

杨玉环　（内唱）兔起凫举心头惊！

〔阿兰、阿香扮作书生模样，小心翼翼地奔上、作探路舞蹈。

〔杨玉环扮儒生上。

杨玉环　（唱）　匿影藏形急逃生。

　　　　　　　　可叹我红颜多薄命，

　　　　　　　　白绫下……

　　　　　　　　险做了鬼魂亡灵！

阿　兰　（唱）　喜娘娘罹难中瞑目复醒，

阿　香　（唱）　马嵬坡巧设下贵妃坟茔。

杨玉环　（唱）　谢恩公搭救玉环命，

　　　　　　　　衔环结草待来生。（跪拜）

阿　兰
阿　香　（急扶）娘……娘！

杨玉环　（羞愧难当地）我的二位恩公。

（唱）　万望再莫娘娘称，
　　　　往事羞愧难自容。
　　　　悔不该寿王府里承恩宠，
　　　　更不该伴驾帝王宫。
　　　　一错铸成千古恨，
　　　　千年万载落骂名！

阿　香　（唱）　李唐衰亡气数尽，
　　　　　　　　不该移祸女儿身。

娘娘呀！

　　　　　　　　三尺白绫似雪刃，
　　　　　　　　狠毒莫过帝王心！
　　　　　　　　娘娘记取前世恨，
　　　　　　　　芳魂归来另一人！

阿　兰　（唱）　我姐妹承蒙多怜悯，
　　　　　　　　甘露一滴情海深。

阿　香　（唱）　滴水之恩涌泉报。

阿　兰
阿　香　（唱）　寸心难报三春晖！

〔三人欲走，突然远处传来战马嘶鸣，俱惊。

阿　香　啊，一骑战马向这边疾驰而来！

阿　兰　咱们快快躲在丛林之中！

〔三人急下。

沈惟岳　（内唱）山河不幸遭兵燹！

〔沈惟岳戎装佩剑，蓬头散发上。

沈惟岳　（唱）　千军无援败潼关。
　　　　　　　　尸横遍野民涂炭，
　　　　　　　　将军挥泪驰征鞍。
　　　　　　　　追寻圣驾挽危难，
　　　　　　　　力除奸人复河山！

〔战马惊嘶，沈被翻落马下，沈起身环顾，似乎有所发现，紧握利刃。

沈惟岳　何人藏匿在此！

〔阿兰、阿香胆战心惊地上，见沈蓬头散发，戎装佩剑不觉失声惊叫。

阿　兰　啊……（仓皇欲走）

沈惟岳　（见是两个书生，怒气顿消）我是过路之人，二位不必胆怕。

阿　香　哦，怎么你也是过路之人？

沈惟岳　正是，听二位之言，莫非也是过路之人？

阿　香　（吞吞吐吐地）嗯，正……是的。

沈惟岳　如此在下有一事相求。

阿　兰　何事相求？

沈惟岳　请问二位，可知大唐天子去向？

阿　兰　（骇然大惊）啊！你，你是朝廷大臣？

沈惟岳　并非朝廷大臣。

阿　兰　既非朝廷大臣，为何询问那亡国天子？

阿　香　（仇视地）看你这般模样，不像个好人！

沈惟岳　（欲怒不能地）啊，我与你等实讲了，我乃哥舒翰麾下将领沈惟岳，奉命镇守潼关，剿灭叛贼，可恨杨氏兄妹专权误国，致使主帅殉难，将士横尸疆场，我欲面奏君王，立除奸人，重整河山！

阿　兰　（愤愤不平地）啊，听你之言，这亡国之罪尽归杨氏兄妹么？

沈惟岳　杨氏兄妹祸殃天下，当汲其血告慰将士亡灵！

阿　香　将军虔诚，将士未必瞑目！

沈惟岳　这是何意？

阿　香　我且问你，当今何人天下？

沈惟岳　大唐天下。

阿　香　何人主宰？

沈惟岳　当今天子！

阿　香　（怒笑）哼哼哼，好一个大唐天下，国属天子，如今天下大乱，国破家亡，难道天子无罪么？

沈惟岳　（惊愕）啊……

阿　香	（愤怒地）水从源起，祸自根生，将军不能究根溯源，历数天子之罪，而嫁祸无辜，天理何在？
沈惟岳	（瞋目）啊！
阿　兰	（上前劝阻）贤弟莫可浪言！
沈惟岳	胆敢诽谤圣上，庇护奸人？
阿　香	（愈言愈烈地）天理昭彰，众口难封！
沈惟岳	尔莫非奸人党羽？（怒然抽剑相逼）
阿　兰	（急忙以身相护）啊，小……弟！
阿　香	（倔强地）哼，掌剑不能破敌，而杀无辜小民，将军不怕羞耻吗？
	〔阿兰上前身护阿香。杨玉环内喊："住手！"急上。
杨玉环	（身护阿兰、阿香）休得伤害无辜！
沈惟岳	（惊怔）啊，你是何人？
杨玉环	我就是你要杀要剐的杨玉环！
沈惟岳	（怔然）啊，你就是贵妃娘娘！
杨玉环	贵妃不存，玉环犹在。素与将军无冤无仇，为何如此相煎？
沈惟岳	娘娘兄妹专权误国，毁我大唐天下，天怒人怨，今日定冤怨相报！
杨玉环	天子无道，移罪玉环，只怕天理不公！
沈惟岳	（勃然大怒）住口！
	（唱）　你兄妹百媚承欢宠， 　　　　阿谀换取皇恩隆。 　　　　满门裂土弹冠庆， 　　　　莽袍尽是血染红。 　　　　一枝荔枝万里路， 　　　　无数人死马丧生。 　　　　我兄采果驰蜀境， 　　　　荔枝归来不见兄。 　　　　涂炭百姓毁朝政， 　　　　国仇家恨罪难容！（掌剑急刺玉环）

阿　兰 阿　香	（惊叫）啊！（急护玉环）
杨玉环	（镇静自若地趋步上前）将军若杀玉环一人，拯救天下百姓，我愿受千刀万剐，死而无怨！
阿　兰 阿　香	（悲恸地）娘……娘！
杨玉环	（含泪相望）恩……人！ （唱）　二恩公莫为我潸然泣泪， 　　　　人间自古红颜悲。 　　　　君王失政谁论罪？ 　　　　代代亡国怨蛾眉。 　　　　夏桀衰亡怨喜妹， 　　　　殷纣亡国怨妲己。 　　　　周乱错怨褒氏女， 　　　　祸水女子载史册！ 　　　　今日李唐江山毁， 　　　　国人岂容杨贵妃。 　　　　马嵬已为冤屈鬼。 　　　　玉环视死亦如归！（怒然撕开衣领） 将军动手吧！
阿　兰 阿　香	（惨声呼叫）娘娘……
阿　兰	（怒目视沈）马嵬兵变，娘娘替罪而死。今日重生，为何不容？
阿　香	（怒不可遏露出红妆）我姐妹都是唐宫侍女，要杀一起杀吧！
沈惟岳	（盛怒顿消）这…… （唱）　她三人啼血倾诉…… 　　　　直言不讳， 　　　　疾恶如仇恨宫闱。 　　　　山河破碎君王罪， 　　　　掌剑何以杀贵妃。

秦腔　贵妃东渡
GUIFEIDONGDU

惟岳鲁莽心有愧，
拙才不辨是与非。
含羞悔恨我双膝跪，
恳望娘娘恕罪责！

杨玉环　（诧异地）将军这是何意？

沈惟岳　末将冒犯娘娘，恳望恕罪。

杨玉环　事已言明，何罪之有，将军请起。

沈惟岳　谢娘娘。

杨玉环　将军欲往蜀地速请登程！

沈惟岳　（惭愧色地）天子失政，大唐江山难保，末将不作亡国之臣！

阿　香　嗯，这才算是好样的！

杨玉环　将军壮心不已，报国必有来日！

阿　兰　将军，娘娘蒙难，欲回晋地，望将军护送一程。

沈惟岳　娘娘莫可，山西乃安禄山盘踞之地，此去凶多吉少！

阿　兰　这么说来，山西难归，何处可留？难道要置我等死地不成！

阿　香　（激将地）将军自诩忧国忧民之士，我等蒙难为何见死不救？

沈惟岳　这……

杨玉环　（跪拜）恳望将军急难相助！

沈惟岳　（忙跪扶）哎呀娘娘，末将愿效犬马之劳。

杨玉环　将军有何良策？

沈惟岳　娘娘勿忧。日本遣唐使臣藤原刷雄，乃末将好友，何不投奔他处？

杨玉环　哦，日本使臣现在何处？

沈惟岳　安贼叛乱，他已退往扬州！

阿　香　扬州，那太好了！

杨玉环　就依将军。

沈惟岳　好，如此我等依南山而行，直奔扬州！

　　　　〔众人喜出望外地亮相。

第二场 惊 变

〔同年重阳节。

〔日本遣唐使馆邸。

〔幕启：一束微光照射舞台角落，几上堆满无数珍宝，日本遣唐副使奈良麻侣与安禄山的亲信——洛阳使臣密谈。

洛阳使臣 在下奉安禄山将军之命，这些稀世之物敬赠阁下，不过……

奈良麻侣 将军有何要事？

洛阳使臣 近闻扬州藏一无价之宝，奉命前来求取！

奈良麻侣 （一怔）哦，何为无价之宝？

洛阳使臣 就是那罕世明珠——杨贵妃！

奈良麻侣 （呵然奸笑）哈哈哈，贵妃已被唐王处死，阁下难道不知么？

洛阳使臣 （狡黠一笑）呵呵呵，苍蝇飞过尚留声影，何况一个蜚声天下的美人。贵妃死而复生逃至扬州，就在舍下！

奈良麻侣 （一惊）哦，将军莫非还想加害于她？

洛阳使臣 （狂笑）哈哈哈，好物人人皆爱。俺今奉命前来迎入洛宫！

奈良麻侣 阁下可知，西蜀老王属臣、灵武太子李亨均已遣人到此查访，此事恐怕……

洛阳使臣 （恼怒）哼，安将军已踞中枢，宝珠当献洛阳！

奈良麻侣 （为之一震）哦！

洛阳使臣 （要挟地）阁下曾言，此番回国立志取代日本天皇宝座！难道……

奈良麻侣　（暗惊）啊！

洛阳使臣　安将军情愿遥相呼应，力助阁下成功！这些宝
　　　　　物……

奈良麻侣　（猛然击案）好，安将军不失诺言，我愿尽力相助！

洛阳使臣　一言为定！

　　　　　〔二人相对奸笑，灯暗。

　　　　　〔灯光复明：馆邸院内秋菊、枫叶黄红相映，远处扬子
　　　　　江滔滔奔流。

　　　　　〔阿兰、阿香雀跃地上。

阿　香　（唱）　千里飞舟蹈碧波，
　　　　　　　　急驰扬州心为梭。
　　　　　　　　一般坎坷千般苦，
　　　　　　　　人虽苦，心头乐。

阿　兰　（唱）　怨恨烽火烧不尽，
　　　　　　　　北风吹乱江南云。
　　　　　　　　凉亭虽好难久停，
　　　　　　　　何处容我天涯人？

阿　香　姐姐何必伤心，爹娘去世无牵无挂，乱世之中听天由
　　　　命吧！再说，天下哪有烧不尽的烽火，总有一天会同
　　　　贵人回到山西，到那时姐姐与那沈将军么……（双手
　　　　示成双意）

阿　兰　（顿觉羞涩地）丫……头！

　　　　　〔幕内忽然传出琴歌之声——调寄《菩萨蛮》：
　　　　　　　黄花铺金满庭院，
　　　　　　　琴音心声皆是怨。
　　　　　　　和泪对秋风，
　　　　　　　但闻孤雁鸣。
　　　　　　　欲求身世静，
　　　　　　　更逐心头惊！
　　　　　　　举目望征途，
　　　　　　　干戈何时休！

阿　香　（惊喜地）啊，是贵人歌声！
　　　　〔琴歌声渐渐隐去。忽然传出藤原刷雄赞叹笑声，杨
　　　　玉环着女装与刷雄、惟岳及日本随从上。
刷　雄　（唱）　喜逢九九重阳节，
　　　　　　　　对菊弄弦妙韵绝。
　　　　　　　　历尽沧桑经百折，
　　　　　　　　芳心不馁情高洁。
　　　　　　　　日本若得亲手授，
　　　　　　　　琴声携来秦时月。
杨玉环　（唱）　天怜红颜得侥幸，
　　　　　　　　故友不意邂逅逢。
　　　　　　　　枯草萌发生憧憬，
　　　　　　　　心驰神往思弘农。
刷　雄　贵人思念故土心切，但望天遂人愿。
杨玉环　叶落归根，乃玉环再生夙愿。
沈惟岳　今日避难扬州，多谢阁下竭力相助。
刷　雄　中原战乱，我等若非将军差人护送，焉有今日。
阿　兰　贵人方才一歌，堪称绝世无双啊！
阿　香　若归故里，我姐妹定要陪伴贵人纵情歌唱！
刷　雄　我已命人江北探听军情，若无险阻即可登程。
阿　香　太好了，贵人，姐姐，（同时瞥沈一眼）咱们不日就可
　　　　回到山西了！
　　　　〔奈良暗上，闻言奸笑。
奈良麻侣　哈哈哈，闻听人言，贵人出生西蜀养在豫地，为何舍
　　　　此两处而入晋地呢？
杨玉环　祖上原籍于晋，官迁蜀地，玉环不忘根本。
奈良麻侣　啊，钦佩，钦佩，不过时逢战乱，龙虎争斗中原，贵人
　　　　夙愿只怕遥遥无望啊！
杨玉环　玉环苟全性命不得，望阁下明教！
奈良麻侣　哦，贵人呀！
　　　　（唱）　贵人西逃遇劫难，

千里迢迢下江南。
恨天不公分贵贱，
凤凰落架情堪怜。
到如今家难归，
古道远——
展翅难以回中原。
莫若重梦长生殿，
沐浴华清温泉暖。
三千宠爱系一身，
七夕密语共婵娟。

杨玉环　（唱）　说什么"重梦长生殿，
七夕密语共婵娟"。
我与那唐天子恩绝情断，
血洗精灵还人间。
二世归来无奢愿，
休道这意绕情牵！

刷　雄　奈良公，不可强人所难！

日本随从　（急上）藤原阁下。

刷　雄　有何要事？

日本随从　（见玉环等在场，以日语禀报）唐王李亨遣人已到扬
州，要阁下献出杨贵人，若不献出定要带兵搜查馆
邸！

刷　雄　（惊怒）啊，唐王父子如此毒狠！

奈良麻侣　（暗喜）藤原公，事关重大，不可因一人而毁坏两国
和好！

刷　雄　（踌躇地）这……

杨玉环　（急切地）藤原阁下，出了什么事了？

奈良麻侣　（迫不及待地）贵人，我与你实说了，唐王李亨遣人
已到扬州，立逼藤原公献出贵人，若不献出定以窝藏
朝廷要犯论处！

杨玉环　（骇然大惊）哎呀！（踉跄欲倒）

阿　兰 阿　香	（急搀扶）贵……人！
刷　雄	（气极地）来人现在何处？
日本随从	现在客厅。
刷　雄	待我去见！

〔刷雄与随从急下，惟岳、阿兰、阿香急切探听消息相
继而下；奈良麻侣阴然一笑尾随而下。

〔杨玉环悲愤交集，泣泪哀号。

杨玉环	（唱）　噩耗聩耳如雷霆！
	怒火中烧血沸腾。
	半世冤债已偿命，
	为什么——
	冤怨相报却无穷？
	忆当初——
	白绫索魂鬼催命，
	阎罗凶煞露狰狞。
	厉声逼我升天境，
	梨花讥笑柳嘲讽。
	弄潮儿反被潮戏弄，
	始知乐极悲从生。
	只说是，
	死去活来身自省，
	返本归真改真容。
	孰料想李唐天下多魔影，
	为妃为民均难容。
	不能求生但求死，
	再将玉项系白绫。
	碧血白骨入后土，
	香销玉殒万事清！

〔阿兰、阿香、惟岳急上。

阿　兰	贵人，太子李亨派兵接管扬州，定要捉拿贵人！
阿　香	唐王父子狠如豺狼，贵人，咱们快快逃走！

沈惟岳　唐室兵戈相煎,江南大乱,乘此机会末将愿保贵人冲
　　　　出扬州!

杨玉环　玉环命不当生,怎好连累众位恩公。沈将军,你保她
　　　　姐妹二人速速逃出扬州,还归故里!

阿　兰　(悲怆地)贵——人!
　　　　(唱)　爹娘已葬黄土下,
　　　　　　　姐妹有家似无家。
　　　　　　　孤苦伶仃谁牵挂?
　　　　　　　一双弱花任霜杀。

阿　香　(唱)　绝处逢生遇知己,

阿　兰
阿　香　(唱)　同生共死走天涯!

杨玉环　(与阿兰、阿香抱头痛哭)恩……人!
　　　　〔藤原刷雄、奈良麻侣急上。

刷　雄　贵人,淮南西道节度使已知贵人在此,遣人捉拿,解
　　　　往灵武!

奈良麻侣　(阴沉地)着令三日献出,贵人此去必死无疑啊!

杨玉环　(怒笑)哼哼哼,纵然将我碎尸万断,也难拯救李唐
　　　　社稷江河日下啊!

洛阳使臣　(暗上、油然发出狂笑)哈哈哈,李唐江河日下,燕帝
　　　　东日初升!(众闻言一惊)

刷　雄　(嗔怒)什么人?

奈良麻侣　藤原公,此乃安禄山心腹之人——洛阳使臣!

刷　雄　到此作甚?

洛阳使臣　(嘿然一笑)贵人身陷绝境,特来拯救!

杨玉环　天大祸患,自有玉环一人承担,何须你来操劳!

奈良麻侣　贵人,安禄山洛阳称帝,欲纳贵人为妃,这可是天赐
　　　　良机呀!

众　人　(惊怒)啊——你!

洛阳使臣　(得意而笑)哈哈哈!
　　　　(唱)　燕帝洛阳主九鼎,
　　　　　　　虎踞中原威群雄。

久仰贵妃花月貌，

访遍江南觅芙蓉。

有缘相会三生幸，

蛾眉应未老，

依旧笑春风！

杨玉环　（怒不可遏地）满口胡道！

（唱）　歹徒狂妄恃骄横，

丧家之犬吠盈庭。

乘人之危设陷阱，

一双血手污莲蓬。

今日玉环有血性，

蛾眉横对帝王宫！

洛阳使臣　（凶相毕露地）哼哼哼，今日灵武相逼，西蜀难回，有家难归，你已走投无路了！

刷　雄　（勃然大怒）太得放肆，来，将来使赶出去！

洛阳使臣　（狂叫地）哼，这扬州城已布下天罗地网，料你插翅难逃！

〔日本随从赶洛阳使臣下。

刷　雄　（焦急不安地）

（唱）　四方刀逼剑影动，

八面犹闻楚歌声。

贵人不幸落困境，

不知何处可逢生？

奈良麻侣　（发难地）藤原公，天皇着令我等即刻回国复命，杨贵人之事迫在眉睫呀！

刷　雄　（恍然大悟）哦？

（唱）　承蒙一语醒迷梦，

胸中豁然巧计生。

贵人若愿踏异境，

延请天使渡东瀛！（众人心惊）

奈良麻侣　（急忙阻止）藤原公，这可是有违天皇之命呀！

刷　雄　延请贵人渡至东瀛，传播中华文明制度，教化国民，也是天皇意愿！

阿　兰　贵人，藤原大人一片好心，你就应允了吧！
阿　香

沈惟岳　对，东渡日本，也好免除这眼前大祸！

刷　雄　贵人意下如何？

杨玉环　（顿觉肝肠裂碎，伤痛万分）天……哪，巍巍神州，茫茫大地，为何无有玉环站足之地，生我养我的皇天后土，难道忍心舍弃你的儿女吗?！

众　人　（潸然泪下）贵……人！

刷　雄　贵……人！

　　　　（唱）　天下善良心，

　　　　　　　　情同一家人。

　　　　　　　　神州、宝岛有国界，

　　　　　　　　两国情谊当无垠。

　　　　　　　　莫流泪，莫怨恨，

　　　　　　　　此时无春——来时必有春！

杨玉环　（热泪夺眶而出）拜谢了！

　　　　〔玉环跪拜，刷雄急扶，奈良麻侣悻悻拂袖而下。

第三场　东　渡

〔翌日黎明。

〔扬子江岸。

〔幕启：东方微微露出鱼肚白，江水波涛滚滚，一行倩影穿破迷雾沿江岸走去。突然，幕内呐喊，拼杀声蜂拥而起，霎时一蒙面妇女被一伙强人强行抬上。

洛阳使臣　（紧握利刃、惊喜若狂地上）哈哈哈，贵妃，俺在此等候多时了！

蒙面妇女　歹徒，贵人远走高飞，你来迟了！

〔洛阳使臣闻音揭去妇女头上黑布，见是阿香，大吃一惊。

洛阳使臣　啊，中计了，速速沿江搜查！

〔幕内怒喝："歹徒休走！"

〔阿香挣脱双手，从怀中掏出匕首狠刺洛阳使臣，洛阳使臣臂膀受伤，惨叫一声挥刀向阿香胸部砍去，阿香负伤倒地。刷雄、惟岳及日本随从急上，与洛阳使臣等激战，沈惟岳怒杀洛阳使臣，其余歹徒仓惶逃下。杨玉环、阿兰奔上，见阿香倒卧血泊，惨声呼叫。

杨玉环　阿香！

阿　兰　妹妹！

众　人　（回头大惊）啊，阿香！

阿　香　（微微睁开双眼）姐……姐！

杨玉环　（悲恸万分）你舍身救我，玉环殁世难忘啊！

阿　香　你我都是不幸之人，我将姐姐拜托贵人，望能姐妹相待，阿香含笑……九……泉！

〔阿香闭目死去。

众　人　（含泪悲呼）阿……香！

杨玉环　（紧紧搂住阿香尸体疾声呼叫）妹……妹！

〔哀乐顿起，众人垂首拭泪，奈良麻侣悄然溜上，见景惊诧，继而故作伤情神态。

刷　雄　此处不可久留，请天使登舟！

〔沈惟岳抱起阿香尸体与众人怒目亮相。

〔灯光急暗。

〔海上。

〔灯光复明：一望无际的海洋，巨浪汹涌，狂风咆哮，一艘巨舟在大海里破浪前进。杨玉环、沈惟岳、阿兰与刷雄及日本随从回首眺望，奈良胆战心惊地龟缩船舱。

〔幕内歌声悲壮：

(伴唱)水流船行心难去，

秋风霜天泪花飞。

别愁离恨问沧海，

游人东去何时归。

〔巨舟远去,歌声渐渐消逝。

第四场　释　疑

〔唐至德二载(公元757年,日本天平宝字元年)春日。

〔和歌山"天使"馆邸。

〔幕启:一座仿唐式院落,院内樱花堆锦,远处富士山隐约可见。

〔杨玉环与刷雄夫人以及沈惟岳、阿兰谈笑风生地观赏歌舞;刷雄府一群侍女欢快地跳着日本舞蹈,边舞边唱原日本相国即左大臣长屋王所作《绣袈裟衣缘》诗。

杨玉环　(赞叹地)"山川异域,风月同天,寄诸佛子,共结来缘。"好一首《绣袈裟衣缘》诗!

刷雄夫人　此诗原是鄙国长屋王所作,今日谱曲歌舞献与贵人,还望赐教。

杨玉环　不敢当。

刷雄夫人　贵人哪!

(唱)　日本文字古未有,

难表心声语交流。

久闻中华遣天使,

竹帛传输来瀛州。

秦时曾有徐福到,

　　　　　　　熊趾山上遗陵丘。

　　　　　　　风物教化制国度，

　　　　　　　喜逐国人唱歌喉。

　　　　　　　今日相见如故友，

　　　　　　　重话往事忆神州！

杨玉环　夫人过奖了。

刷雄夫人　贵人幸临宝岛，传授中华技艺，实属国人之幸！

杨玉环　玉环栖身仙乡宝地，朝夕待望神州无恙啊！

　　（唱）　满院樱花竞芬芳，

　　　　　　春风拂面微微香。

　　　　　　触景生情心向往，

　　　　　　忆我中华好风光。

　　　　　　恨不如鸟生双翅，

　　　　　　身托白云还故乡。

刷雄夫人　天使真乃"看竹看花本国春，人声鸟哢汉家新"呀！

　　〔杨玉环嫣然而笑。

沈惟岳　夫人亲临馆邸歌舞遣兴，刷雄大人为何未来？

刷雄夫人　（情绪顿时黯然）唉，近闻朝事不宁，天皇诏宣，入宫议事去了！

　　〔刷雄府随从仓惶奔上。

随　从　禀夫人，大事不好！

众　人　（惊）哦？

随　从　奈良麻侣告发藤原大人阴结异敌，反叛朝廷，天皇动怒，大人已被问罪捉拿！

刷雄夫人　（骇然大惊）哎……呀！

　　〔众人急扶刷雄夫人。幕内突然传出"天皇驾到"。

　　〔玉环等回避不及拱手敬候。

　　〔日本天皇在众国袍（宫女）簇拥下情急而上。

众　人　（跪迎）接驾天皇陛下。

天　皇　（隐恨斜视玉环）"中华天使"？

刷雄夫人　（疾声哭叫）陛下，刷雄究犯何罪呀！

天　皇　（怒气不息地）

　　　　（唱）　数年来治群屿风平浪静，

　　　　　　　　填沧海造桑田哺育生灵。

　　　　　　　　孰料想风波突起浪汹涌，

　　　　　　　　奸人作乱于内庭。

　　　　　　　　刷雄图谋窃权柄，

　　　　　　　　阴结异敌暗蓄兵。

　　　　　　　　现有宝刀为铁证，（出示宝刀）

　　　　　　　　按律当斩法难容！

刷雄夫人　（惊叫）啊！

　　　　（唱）　天有不测风云变，

　　　　　　　　为什么，

　　　　　　　　精诚国事反成奸？

　　　　　　　　陛下呀——

　　　　　　　　刷雄赤诚天可鉴，

　　　　　　　　万莫教忠良臣衔恨含冤！

杨玉环　（欲吐不能地）陛……下！

天　皇　（绵里藏针地）尊贵的天使，刷雄出使神州，暗结叛臣安禄山，阴图推翻天皇，天使熟知此情，为何隐匿不报？

杨玉环　（事出意外地）啊！

天　皇　天使此番东渡而来，与叛臣刷雄过往甚密，莫非另有图谋？如今朝野震惊，本皇特来询问，天使就该实言相告！

杨玉环　（如当头一棒，有口难言地）

　　　　（唱）　恩公含冤落陷阱，

　　　　　　　　是非颠倒天不公。

　　　　　　　　提起昔日唐宫事，

　　　　　　　　欲言喉哽吐不能。

　　　　　　　　流亡之人怀隐痛，

　　　　　　　　鳞鳞伤痕印心灵。

盟誓不再参朝政，

为什么横祸接踵——

狭路相逢！

刷雄夫人　陛下，贵人心如皓月，莫要错怪好人呀！

阿　兰　姐姐，有什么话统统说出来吧，免得人家疑神疑鬼的！

杨玉环　陛下！

（唱）　陛下驾临访真情，

何不询问奈良公！

沈惟岳
阿　兰　（为之震惊）啊，奈良公，姐姐——你？

天　皇　（冷笑）哼哼哼，实不相瞒，刷雄图谋反叛之事，幸有左大臣奈良告发！

阿　兰　（按捺不住地）哎呀陛下，扬州之时奈良公与安禄山使臣暗中勾结出卖贵人，为何反来诬陷他人？

沈惟岳　奈良公与贼通风报信，江岸劫持贵人，惨杀阿香姑娘，陛下难道不知？

天　皇　（大惊）啊，此情当真？

沈惟岳　陛下不信，可查奈良所藏无数珍宝从何而来！

天　皇　既然如此，我且问你，刷雄所佩宝刀何人馈赠？

沈惟岳　（瞠目结舌地）这——

杨玉环　（终于鼓起勇气）唐宫赠刀是实，阴图推翻天皇并非刷雄大人所为！

阿　兰　姐姐何不讲说明白？

刷雄夫人　贵人，刷雄命在旦夕，恳求你了！

〔刷雄夫人洒泪长跪，玉环深情急扶。

天　皇　（感慨万端地）望天使念我东瀛创业不易，守业艰难。这欲毁桑田，乱我朝政者究系何人，恳望明教。

杨玉环　（进退两难地）这——

天　皇　天使不予明言，莫非让本皇亦作乱世流亡之人么？

杨玉环　（被天皇一语深深打动）　玉环斗胆浮现往事，愿天皇陛下慧眼明鉴！

〔杨玉环、天皇二人相望长跪。

〔灯光急暗。

〔继而灯光复明：再现唐天宝十三载，秋日。长生殿内金碧辉煌，烟雾缭绕，悠扬的鼓乐此起彼伏。

唐玄宗高居龙位，内侍、御林军两厢鹄立；杨国忠、安禄山、陈玄礼、高力士以及日本遣唐使藤原刷雄、奈良麻侣与波斯、吐蕃、渤海国等使节举杯朝贺。

众使节　愿天朝陛下万岁、万万岁！

安禄山　（故作醉态）臣愿陛下，福如沧海，寿比南山！

唐玄宗　好，一同请！（捧杯一饮而尽，呵然大笑）

　　　　（唱）　承天运四十载江山鼎盛，

　　　　　　　　拓疆土改"开元""天宝"升平。

　　　　　　　　大圣朝威四海八方朝贡，

　　　　　　　　悬日月待一统九州大同。

　　　　今日欢聚一堂，望各位来使开怀畅饮。

众使节　谢陛下！（举杯欢饮）

安禄山　（放荡不羁地）陛下，臣闻贵妃善舞《霓裳羽衣曲》，从未目睹，今日朝贺恳望赏赐！

高力士　（随声附和地）是呀，是呀，对酒当歌，人生几何？请陛下恩准。

唐玄宗　（兴致勃勃地）好，高爱卿，宣贵妃娘娘、梨园弟子进宫！

高力士　遵旨。（向内高声宣旨）万岁有旨，贵妃娘娘、梨园弟子进宫！

　　　　〔杨玉环内应："接旨！"

　　　　〔杨玉环在舞伎、乐工簇拥下着浓装上。

杨玉环　参见陛下。

唐玄宗　杨爱妃，今日朝贺，寡人击鼓，速将《霓裳羽衣曲》演奏上来！

杨玉环　妾妃遵旨！

众使节　（欢呼）谢陛下！

　　　　〔唐玄宗宽衣击鼓、杨玉环引舞伎翩翩起舞。

（伴唱）金阙弥漫烟霞锁，

　　　　玉楼天半起笙歌。

　　　　碧壶琼浆瑶池宴，

　　　　霓裳羽衣舞婆娑。

〔安禄山醉眼矇眬，手舞足蹈地伺机狎昵玉环，玉环嗔怒诉与玄宗，玄宗佯装不知。

杨国忠　（勃怒）陛下，宫阙之内成何体统！

唐玄宗　（醉梦方醒地）啊？

杨国忠　（呵叱舞伎）何不退下！（舞伎、乐工悄然退下）

安禄山　陛下，为臣还要观赏，还要观赏！

刷　雄　（上前规劝）安将军吃醉了。

安禄山　不醉，不醉，来来来，你我再饮一杯。

刷　雄　将军酒后失礼，贵妃动怒了。

杨国忠　（嫉恨地）陛下，安禄山胆大妄为，亵渎圣驾，就该治罪！

安禄山　（矜持地）安某手握三镇重兵，岂奈我何！

奈良麻侣　（暗中提醒）安将军，此地乃是长安并非燕山！

安禄山　（心中猛惊）啊！

刷　雄　（语重心长地）安将军，保国忠君方不失将军之威名！

安禄山　（假情假意地）哦，多谢贵使好意。陛下，承蒙皇恩浩荡，遂使禄山荣耀，今日赐宴，臣愿舞刀助兴！

杨国忠　（暗惊）陛下驾前安能习以利刃！

唐玄宗　（余兴未消地）胡儿擅长刀舞，寡人正好借此一观，来，将将军御赐宝刀呈上！

〔武士呈宝刀上，众臣哗然大惊。

安禄山　（得意忘形地）谢陛下！（接刀跃跃欲试）

杨玉环　（急中生智地）慢，陛下，安将军驾前舞刀岂不落下“项庄舞剑，意在沛公”之罪名么？

唐玄宗　（为之一惊）哦！

杨玉环　妾妃闻听日本使臣阿倍仲麻侣曾写有“平生一宝剑，

留赠结交人"。陛下就该传旨,以此宝刀回赠日本来使!

唐玄宗 (大喜)贵妃言之有理,传朕旨意,将此宝刀赠与日本使臣藤原刷雄!

阿禄山 (尴尬难堪地)啊!

杨国忠 (暗暗庆幸)贵使请来接刀!(武士呈刀)

刷　雄 (半信半疑地)这……

杨玉环 此乃通好之物,贵使就该收下!

刷　雄 (谦恭接刀)谢天朝陛下!

〔安禄山隐恨地退至宫中角落,奈良麻侣乘机靠近一步,背语。

奈良麻侣 将军今日所为明皇目睹,日后恐有大祸临头!

安禄山 (猛然一惊)啊!

奈良麻侣 将军既握三镇重兵,何必作人鹰犬,仰人鼻息!

安禄山 哦?

奈良麻侣 将军独为一统方为上策!

安禄山 哦,看来阁下胸怀大谋?

奈良麻侣 愿与将军遥相呼应!

**安禄山
奈良麻侣** (二人心领神会地)啊——哈哈哈!

〔杨玉环捧酒杯轻盈走至二人身后聆听于耳。

杨玉环 陛下与二位赐酒!

〔安禄山、奈良麻侣回头一惊,三人神态各异。

〔灯暗。

〔继而灯光复明:回现杨玉环、天皇等人。

天　皇 (深情地拉住玉环双手)多谢神州天使!

众　人 (如释重负地)陛下!

〔一日本卿臣惊慌奔上。

卿　臣 启奏陛下,奈良麻侣收集橘氏族叛乱!

天　皇 (惊怒)啊,护驾回宫!

众　人 送陛下!

〔天皇怀着万分感激的心情向杨玉环等回首致意。

〔灯暗。

〔灯光复明:远处号角长鸣;天皇、刷雄腰佩利刃,举目眺望,朝廷士兵疾驰过场。远处不时传来呐喊、狂呼之声。

卿　　臣　(急上)启奏陛下,叛军溃乱,拿住奈良麻侣!

天　　皇　带上来!

〔武士押奈良麻侣上。

奈良麻侣　天皇饶命!

天　　皇　尔久怀不轨,叛逆朝廷,陷害功臣,推下斩首!

〔武士押奈良麻侣下。

刷　　雄　陛下力主沉浮,功载千秋!

众武士　(欢呼)陛下功载千秋!

天　　皇　今朝弭患,兵不血刃,皆赖神州贵人竭力相助!

卿　　臣　(急上)启奏陛下,神州贵人离开馆邸奔往海岸去了!临行呈上书信一封。

天　　皇　(接过书信)

　　　　　(念)　春去春来夜夜梦,
　　　　　　　　万里归心对月明。
　　　　　　　　辞别远送亲人去,
　　　　　　　　自将身世任漂零!

　　　　　(愕然)啊——!

刷　　雄　陛下,神州贵人有功于我,臣请陛下挽留!

天　　皇　(颔首称是)好,摆驾海岸!

第五场　　两岸情深

〔幕启:晴空万里,风光旖旎,潮水轻轻地拍打着海岸。

〔杨玉环、沈惟岳、阿兰心情沉重而上。

杨玉环	（念）　东来含辛苦，
	西别泪长流。
	仍怜故乡水，
	万里送行舟。

沈惟岳
阿兰　姐姐，东渡而来同生共死，今日西归也应同来同往！

怎能让你一人……

杨玉环　（摇头示意）玉环已如浮萍，只好随风漂泊，你二人相爱已久，今日玉环为媒，沧海作证，就此结为夫妻，同回神州！

惟岳
阿兰　（洒泪长跪）姐——姐！

杨玉环　（含泪卸下腕上玉环）这只玉环赠与妹妹，若待清明时节，阿香坟前代为吊祭！

（唱）　三人共渡天涯路，
　　　　离别洒泪一天愁。
　　　　游子尝尽流离苦，
　　　　难断梦魂系神州。
　　　　思故土不能归故土，
　　　　沧海水流泪亦流……

惟岳
阿兰　今日登程回归路，

遣来鱼雁报春秋！

〔内喊："天皇到！"

〔天皇、刷雄、刷雄夫人以及日本随从急上。

天　皇　天使为何不辞而去？

杨玉环　玉环之心已在书中言明，陛下莫怪。

天　皇　日本使臣阿倍仲麻侣尚且留驻中国，本皇期望天使留驻东海，朝夕求教。

刷　雄　贵人不欢而去，莫非本国慢怠么？

杨玉环　玉环东渡而来，承蒙以礼相待，万分感激！

刷雄夫人　贵人，天皇陛下特来迎请贵人，你们还是留下吧！

沈惟岳	姐姐留驻日本,有朝一日我们定来迎请!
阿　兰	姐姐何必再受漂泊之苦,你,你就留下吧!
天　皇	尊贵的天使,中国有两句名言:"海内存知己,天涯若比邻。"天使不肯栖身于此,莫非记恨往事么?
杨玉环	既是天皇垂爱,玉环暂借仙乡宝地,以继鉴真法师之志,传播中华技艺!
天　皇	天使到此传播中华文明制度,亲授技艺,本皇掬沧海之水感激不尽!(欲拜)
杨玉环	(急扶)陛下,沈将军夫妻回国意定,望陛下恩准。
天　皇	(拉阿兰双手)身负重托,难以强留。右大臣,速派使臣护送沈将军夫妻回国。呈酒来!(捧酒至沈惟岳、阿兰面前)
	(唱)　你我虽非亲骨肉,
	同舟共济意相投。
	姐妹分别携双手,
	情载瀛洲与神州。
刷　雄	(唱)　愿彩虹化作桥沧海铺路,
刷雄夫人	(唱)　祝中日永相好万古千秋。
杨玉环	(唱)　送别一盏辛酸酒,
众　人	(合唱)两岸情深送行舟!
沈惟岳 阿　兰	(接酒祭洒、挥泪长跪)谢天皇陛下,谢姐姐!

〔霎时螺号长鸣,彩旗飞舞。沈惟岳、阿兰揩泪缓步登上海岸高处,向众人挥手告别。

——剧　终

演出单位

西安尚友社

西安三意社

西安市五一剧团

徐九经升官记

郭大宇　习志淦　编剧

范　角　移植

剧情简介

安国侯义子刘钰，并肩王内弟尤金，你争我抢要与李倩娘成亲。兴诉讼，双龙夺珠，吓煞京都执法人。

王爷举荐，宣召玉田知县徐九经专审此案。徐九经多欢欣，七品官平步青云做了三品正卿，谢王爷举能荐贤。哎！往事伤心，九年前两榜夺魁却未点状元。恨侯爷以貌取人，圣驾前进谗言。公堂上尤公子持婚书为证，少将军有人证为凭。哎呀呀难煞徐九经！一家靠山硬，一家权势重，想一推六二五也不能。伪证、真情、良心、王命……紧急中更有"仙鹤顶上红"催命！也罢，你们心狠，我也聪明，借毒酒且把风波平。黄粱梦醒，脱袍挂冠卖酒去也，徐九经离官场，保住清白身命。

场　目

秦腔
徐九经升官记
XUJIUJINGSHENGGUANJI

人 物 表

徐九经　　丑　　　大理寺正卿
李倩娘　　正　旦　刘钰的未婚妻
刘文秉　　净　　　安国侯，刘钰义父
刘　钰　　武　生　四品将军
徐小茗　　娃娃生　徐九经侍童
李小二　　生　　　酒家，李倩娘堂兄
并肩王　　老　生　皇帝叔父
尤　妃　　二　旦　并肩王之妃
尤　金　　小　生　尤妃之弟
尤　母　　老　旦　尤金之母
司务甲　　丑　　　大理寺司务
司务乙　　丑　　　大理寺司务
幻影甲　　丑　　　徐九经幻影
幻影乙　　丑　　　徐九经幻影

傧相、傧相、中军、小校、家院、家役、衙役、宫女、小丫环、刀斧手等

第一场　抢　亲

〔幕启：尤家喜堂。

〔家院、丫环来往穿梭,忙碌布置。

〔傧相甲、乙上。

傧相甲　吉星高照——

傧相乙　喜气满门——

〔丫环拥尤母上。

尤　母　(大笑)哈哈哈哈!

傧相甲　夫妻和美——

傧相乙　多子多孙——

傧相甲
傧相乙　动乐,搀新人——

〔尤金上。

〔丫环拥李倩娘上。

傧相甲
傧相乙　一拜天地,二拜高堂,夫妻对拜——

李倩娘　(惨呼)天哪——(突然掀掉盖头,甩下红斗篷,露出
　　　　一身白孝,手捧灵牌)

李倩娘　(激动地,唱)手捧着钰郎的灵牌,珠泪滚滚——

尤　母　嗯——今天乃大喜之日,你怎么身穿孝服?

李倩娘　为祭刘钰亡灵!

尤　金　倩娘,刘钰已经战死沙场,你又何必如此?

李倩娘　(哭)钰哥呀!

尤　金　死了钰哥,还有我这金哥呀。

李倩娘　贼子!

　　　　(唱)　开口大骂贼尤金!

依权仗势忒凶狠，

乘人之危强抢亲！

倩娘我死是刘家鬼，

生是刘家人。

拔出钢刀寻自尽——

（拔出钢刀欲自刎）

尤　金　（一把拉住）哎呀！使不得！

〔李倩娘、尤金争夺钢刀。家院上。

家　院　启禀少爷，大事不好啦！

尤　金　何事惊慌？

家　院　刘钰带领人马冲进府来啦！

〔尤府大乱。刘钰率小校冲上，拨开众人，怒视李倩娘，见孝服、灵牌，恍然大悟。

李倩娘　钰郎——

刘　钰　倩娘——

李倩娘　（唱）　啊——钰郎啊！
刘　钰　　　　　　　　倩娘啊！

李倩娘　（唱）　是梦、是醒、是假、是真？

刘　钰　倩娘啊！刘钰从军八载，血战沙场，蒙安国侯宠爱，收为螟蛉义子，今随父帅凯旋归来了。

李倩娘　钰郎。

尤　金　嘟！胆大刘钰。竟敢闯入王室内亲府中，大闹花堂，调戏我妻，该当何罪？

刘　钰　尤金！尔敢强夺我妻，吃某一剑！（拔剑）

尤　母　哎哟，快来人哪！这小子要杀人啦！

刘　钰　饶尔不死！回府！

〔尤金阻拦。

刘　钰　（以剑逼住尤金）便宜了你！

〔刘钰李倩娘下。小校随下。

尤　母　哎呀，他怎么把新娘抢走啦？

尤　金　母亲哪！这花堂被闹，娘子被抢，好不叫儿气……气……

尤　母　我的宝贝儿子，可别气坏了。快去找你王妃姐姐，求王爷出面,把倩娘追回来!

尤　金　倩娘,妻呀!(抱住尤母)

尤　母　(挣脱尤金)我是你妈!

第二场　辩　冤

〔幕启:安国侯府邸。

〔家将、中军引刘文秉急上。

刘文秉　(念)　班师还朝气轩昂,

　　　　　　　　孽子抢亲面无光!

〔刘钰上。

刘　钰　参见爹爹。

刘文秉　儿是刘钰?

刘　钰　正是孩儿。

刘文秉　奴才!

　　　　(唱)　小奴才做事太任性,

　　　　　　　　败坏了三军的好名声!

　　　　　　　　你、你、你,忘了为父的谆谆教训,

　　　　　　　　闯花堂夺人妻——

　　　　　　　　军纪王法难容情!

　　　　绑了!

刘　钰　爹爹呀!孩儿久蒙爹爹教诲,怎敢做那违法之事,您
　　　　实实屈煞孩儿了。

刘文秉　哼! 可是你闯入尤家喜堂?

刘　钰　正是孩儿。

刘文秉　可是你仗剑抢走新娘?

刘　钰　也是孩儿。爹爹,尤金他……

刘文秉　住口! 军纪王法岂能容你,与我——斩!

刘　钰　爹爹!

刘文秉　斩！

刘　钰　爹爹！

刘文秉　斩！斩！斩！

〔李倩娘内呼："刘钰冤枉——"冲上。

刘文秉　你是何人？

李倩娘　民女就是与刘钰自幼订亲，为他苦守八载的李倩娘。

刘文秉　李倩娘？刘钰在尤府所抢之女，莫非就是你？

李倩娘　正是。

刘文秉　你既然与刘钰订下百年之好，为何又与尤金拜堂成亲？

李倩娘　侯爷呀！

（唱）　八年前钰郎他边庭效命，
　　　　倩娘我奉高堂、侍公婆，望门空守茹苦含辛。
　　　　灾荒年，爹娘、公婆俱遭不幸，
　　　　抛下了倩娘女孤苦一人。
　　　　那一日慈亲坟前把香敬，
　　　　泣血哀鸣叹伶仃。
　　　　贼尤金百般调戏廉耻丧尽，
　　　　软硬兼施强逼婚。
　　　　倩娘我守贞操花堂之上寻自尽，
　　　　多亏了钰郎他从天降临！

刘文秉　好恼！

（唱）　将士边关舍性命，
　　　　妻小在家受欺凌！
　　　　错怪钰儿心不忍，

（扶起李倩娘。为刘钰松绑）儿啊！

　　　　是非定要论分明。
　　　　天理昭昭王法在，
　　　　岂容歹徒胡乱行？
　　　　不怕他皇亲国戚权势大，
　　　　为父与你把腰撑！

写张状,递衙门,

诉原委,述实情,

定让那大理寺严惩尤金!

李倩娘　权杖 ^{侯爷}作主!
刘　钰　　　　_{爹爹}

第三场　荐　徐

〔二幕外。

〔司务甲、乙捧状上。

司务甲　（数板）稀奇。

司务乙　（数板）古怪。

司务甲　（数板）一个姑娘两家爱。

司务乙　（数板）两张状子一齐来。

司务甲　（数板）刘钰告尤金,

　　　　　　　　把他的老婆拐。

司务乙　（数板）尤金告刘钰,

　　　　　　　　抢他的少奶奶!

司务甲　（数板）一个抢。

司务乙　（数板）一个拐。

司务甲
司务乙　（数板）两家都有大后台!

司务甲　（数板）刘钰的干爹安国侯,

　　　　　　　　是统领兵马的大元帅。

司务乙　（数板）尤金的姐夫并肩王,

　　　　　　　　跟皇帝的老子是双胞胎。

司务甲　（数板）这张状,侯爷后面把印盖。

司务乙　（数板）这张状,王爷手谕写明白。

司务甲　（数板）这个说,尤金该死。

司务乙　（数板）那个说，刘钰该埋。

司务甲　（数板）这个要依法重办。

司务乙　（数板）那个要严惩不怠！

司务甲　（数板）龙虎相斗。

司务乙　（数板）鱼鳖遭灾。

司务甲　（数板）正卿见了状，眼斜嘴也歪。

司务乙　（数板）少卿见了状，头往地下栽！

司务甲
司务乙　（数板）堂堂皇皇的大理寺。

司务甲　（数板）病的病。

司务乙　（数板）歪的歪。

司务甲　（数板）痴的痴。

司务乙　（数板）呆的呆。

司务甲
司务乙　（数板）烧火的都想开小差。

司务甲　（数板）官司无人问。

司务乙　（数板）状子无人睬。

司务甲　（数板）大官溜得快。

司务乙　（数板）苦坏小当差。

司务甲　（数板）硬着头皮把状退。

司务乙　（数板）老天保祐。

司务甲
司务乙　（数板）无祸无灾！（下）

〔二幕启：并肩王府。

〔官女侍立。司务甲、乙颤惊惊跪在一边。

〔并肩王怒气冲冲来回踱步。

〔尤妃、尤金在一旁，观察并肩王的脸色。

并肩王　（问司务甲）正卿得何病症？

司务甲　正卿羊角疯越犯越凶。

并肩王　（问司务乙）少卿呢？

司务乙　少卿中邪气不能动弹。

司务甲
司务乙　只怕十天半月也好不了哇！

尤　金　哼！哪里是中邪气、羊角疯,分明患的是恐"侯"之
　　　　症!

并肩王　好气也!

　　　（唱）　心中恼恨刘文秉,

　　　　　　　居功傲上盛气凌人。

　　　　　　　纵孽子夺人妻横蛮凶狠,

　　　　　　　藐视王法包藏祸心。

　　　　　　　大理寺惧淫威不敢把案问,

　　　　　　　辜负了我皇家宠幸之恩。

　　　　　　　将此案交与那刑部鞫审——

司务甲　千岁,刑部尚书已回乡省亲。

并肩王　嘿嘿。

　　　（唱）　偏偏此时去省亲。

　　　　　　　传王谕将此案交往吏部——

司务乙　吏部尚书的爸爸死了,原郡奔丧!

并肩王　啊? 将此案交都察院,让都御史审理!

尤　金　兄王啊,都御史请旨出巡,已于昨日离京!

并肩王　你待怎讲?

司务甲　刑部。

司务乙　吏部。

尤　金　都察院。

司务甲
司务乙　俱都无人!
尤　金

并肩王　(大怒,狞笑)嗬哈哈哈!

　　　（唱）　一个小小的安国侯,

　　　　　　　吓倒了六部大臣!

　　　　气死我也!

众　人　(跪)王爷息怒! 王爷息怒!

并肩王　滚! 滚! 滚!

　　　〔司务甲、乙和宫女退下。

尤　金　姐姐……

尤　妃　嗯！（佯骂尤金）此事皆因你起，招惹王爷动气，还不与我跪下！

尤　金　姐姐……

尤　妃　跪下！（尤金跪）

尤　妃　千岁，万万不可动气呀。

尤　金　难道此事就罢了不成？

尤　妃　多嘴！与我退下去！（尤金下）啊，千岁休要为此事动气。如今，那安国侯兵权在手，又刚刚立了大功，慢说千岁您啦，就是万岁爷，也得让他三分。咱们惹不起，难道还躲不起吗？

并肩王　啊，我堂堂皇叔，就怕了他不成？待我亲审此案！

尤　妃　千岁亲审嘛……此意欠妥。依妾妃之见，倒不如找一个如意的官儿代审此案，岂不是更能服众？

并肩王　如今，到哪里去寻这样的官儿。

尤　妃　想那刘文秉如此飞扬跋扈，这满朝文武之中，难道就没有一个仇人吗？

并肩王　这仇人么……（思考）有了。那日在万岁龙案之上，见一奏折，有一名官吏，精明干练，刚正不阿，执法严明；巧就巧在他与刘文秉，确有深仇大恨！

尤　妃　有这等之人，再好不过啦。但不知他与那刘文秉有何旧怨？

并肩王　此人才华横溢，当年大比，他两榜夺魁。金殿面君，圣上见他相貌丑陋，心中不喜。适有刘文秉在旁，奏了一本，言道："若将此人点为状元，有失朝廷的体面。"圣上准奏，将此人黜为进士，放了个小小县令。

尤　妃　此人姓甚名谁？

并肩王　就是那玉田知县徐九经！

尤　妃　徐九经……

并肩王　他在玉田，九年不得升迁，皆因当年之故。他能不对刘文秉耿耿于怀么？

尤　妃　千岁高见！您若大大提拔他，他必然涕零，为王家竭力效命!

并肩王　好。本王进宫,奏上一本,保他到大理寺办案!

尤　妃　来!

〔太监上。

太　监　有。

尤　妃　吩咐搭轿,王爷进宫!

太　监　是啦。外厢备轿,王爷进宫啦!

第四场　　上　任

〔幕启:玉田县郊外。

〔徐九经内唱:"御札一道传圣命!"

〔徐茗牵马上。徐九经疾步随上。

徐九经　(唱)　万岁爷宣诏我这——

相貌不扬,年岁不大,

官阶不高,资历不深,

不俗不庸,不亢不卑,

鼎鼎大名,大名鼎鼎,

鼎鼎大名的徐九经!

徐　茗　老爷,您瞧! 歪脖树到啦。

(唱)　今日里歪脖树摇头晃脑,

晃脑摇头,多高兴。

徐九经　(唱)　老朋友它知我——

平步青云把官升,把官升!

徐　茗　老爷,我听说,九年前您刚到玉田县的时候,还为这
歪脖树写过诗呢。

徐九经　(笑)那是一首"打油诗"!

徐　茗　老爷,您听。

(念)　分明栋梁材,

零落路旁栽，

为何遭小看？

皆因脖子歪！

徐九经　那是老爷怀才不遇，以此树自比之作。

　　　　（唱）　九年前在科场我文章得意露锋颖，

徐　茗　（唱）　本应当高中皇榜第一名！

徐九经　（唱）　又谁知半路杀出了个刘文秉，

　　　　他说我——

　　　　　　　　四体不匀称，

　　　　　　　　五官不端正，

　　　　　　　　容貌不英俊，

　　　　　　　　嗓音不柔润。

　　　　　　　　说老爷当了状元朝庭脸面会丢尽，

　　　　　　　　要做高官今生休想看来生。

　　　　　　　　今生休想看来生！

徐　茗　（唱）　老爷您好比擎天柱——

徐九经　（唱）　做了打狗棍！

徐　茗　（唱）　老爷好比定海针——

徐九经　（唱）　做了钉鞋钉！

徐　茗　（唱）　老爷好比大……

徐九经　（唱）　大牯牛掉进枯水井

　　　　　　　　我好比灵官菩萨——

徐九经
徐　茗　（唱）　做了灶神。

徐九经　（唱）　治国安邦靠学问，

　　　　　　　　自古来忠臣良将，又有几个大美人？

　　　　　　　　今日里王爷保举我交上好运，

徐　茗　（唱）　也亏您廉明清正，

　　　　　　　　兢兢业业九冬春！

徐九经　哈哈……今日老爷时来运转，那首歪脖树的"打油诗"，我要略作改动。

徐　茗　老爷请。

徐九经	（念）	生就栋梁材，
		不怕路旁栽。
		刮目再相看，
		脖子……
徐 茗	（念）	并不歪！

徐九经　你这意思是说……老爷我变漂亮啦？

徐 茗　只要做了大官，就没人敢说丑！

徐九经　此话有理。就说这歪脖树吧，要是它有朝一日被哪位木匠师傅看中，选去做金銮宝殿的大梁，谁敢说它不正？那歪脖子……正好雕个龙头呢。

徐 茗　看起来，成材不成材，全看木匠的本事啦！

徐九经　歪树直木匠嘛。只可惜世上像王爷这样的"木匠"太少啦！

徐 茗　老爷，王爷乃当今皇叔，您把他比作"木匠"……嘻嘻嘻！

徐九经　哎，老爷此番升迁，全亏王爷保举。我既以此树相比，王爷当然就是"木匠"啦。

徐 茗　比得好，比得好。

徐九经　此番进京，可别忘了去拜访王爷，答谢他的提携之恩。

徐 茗　您放心，忘不了。

徐九经　好。徐茗，走！

徐 茗　走。

徐九经　这边走。

徐 茗　京城是在那边呀。

徐九经　哎，你怎么把我的老规矩忘啦？

徐 茗　什么老规矩？

徐九经　老爷每路过歪脖树，都要到李小二的酒店中……

徐 茗　老爷，您不是戒酒了吗？

徐九经　是戒酒啦！

徐 茗　哪还去干什么？

徐九经	去辞个行。
徐　茗	我怕您不是辞行,是又犯了酒瘾吧?
徐九经	(闻)哎,酒香! 酒香!
徐　茗	小二哥来啦!

〔李小二抱酒坛上。

李小二	给大人叩头,给大人贺喜。恭喜大人荣升!
徐九经	小二,老爷高升你也知道啦?
李小二	知道啦,知道啦! 我这不专门给大人送行来了吗?
徐九经	徐茗,这真是有情有义之人啊! 酒家呀!

（唱）　想当年我走霉运,

　　　　喝你的酒才开心。

哎呀呀!

　　　　你害得我得了酒病,上了酒瘾,

　　　　离了它我就难活命。

李小二	（唱）　"醉半仙"成了老爷一美名。
徐九经	(笑)哈哈……
李小二	（唱）　徐青天为民作主执法公正。
徐九经	（唱）　只要是有凭有证,

　　　　老爷生来最会做顺水人情。

　　　　从今后再有那豪强劣绅,恶霸横行欺百姓,

你们就写——

　　　　写张状子送进京,

　　　　大理寺找我徐正卿。

李小二	（唱）　衙门口,不让进,
徐九经	你就说——
李小二	说什么?
徐九经	你就讲——
李小二	讲什么?
徐九经	（唱）　你就说老爷是你的姑表亲!
李小二	(笑)哈哈哈,取笑了,取笑了。
徐九经	徐茗,走。

李小二	老爷,小人特意送来老酒一坛,祝贺老爷高升!
徐九经	(唱)　你的盛情我心领,
	老爷我戒了酒,再不饮。
	也免得一天到晚醉醺醺,
	误了大事情。
	不喝啦,不喝啦!
李小二	什么? 徐茗小哥……
徐　茗	老爷!
	(唱)　还念他一片真心意诚恳。
	老爷,送出手的礼,泼出盆的水,您让他怎么再拿回去呢?
徐九经	怎么,你让我收下?
徐　茗	老爷,您不是要去拜谢王爷吗? 这玉田的土产,正好送人情呢。
徐九经	谢"木匠"? 拿它去谢"木匠"。收下,收下。
李小二	多谢老爷。
徐九经	照价给钱。
李小二	不不不,小人怎能要老爷的钱呢?
徐九经	小二,做官的白吃白喝老百姓的东西,人家要骂娘的!
	(唱)　决不能少你半分文,
	不少你半分文。(交银)
李小二	谢大人!
徐九经	天不早啦,回去吧。
李小二	我再送大人一程。
徐九经	酒家。
李小二	老爷!
徐九经	小二。
李小二	大人!
徐九经	你……回去吧。
李小二	老爷慢走。(缓缓而下)

徐九经　徐茗,过了歪脖树,就出玉田县啦。

徐　茗　是啊。

徐九经　咱们走了,还回不回来呀?

徐　茗　回来?回来干什么?

　　　　〔鸟叫声。

徐　茗　老爷,您听。

徐九经　(听)呜呀!

徐　茗　乌鸦?老爷,出门碰见乌鸦叫,可不是好兆头哇!

徐九经　(喷嚏)啊欠——胡说!

　　　　(唱)　分明是喜鹊向我报喜讯——

徐　茗　老爷,是乌鸦!

徐九经　喜鹊!

徐　茗　乌鸦。

徐九经　喜鹊!

徐　茗　老爷,您看!

　　　　〔乌鸦叫。

徐九经　哎呀,果然是一只黑毛乌鸦!

　　　　(唱)　这乌鸦叫得我肉跳心惊!

　　　　(与徐茗看乌鸦飞去)

第五场　到　任

　　　　〔二幕外。
　　　　〔司务甲、乙上。司务乙打呵欠。

司务甲　怎么,没有睡好?

司务乙　徐大人昨晚到任,今天五更就点卯,把他那县衙门的
　　　　规矩搬到大理寺,谁受得了哇!

司务甲　你放心,他是兔子尾巴长不了。

司务乙　长不了?他可是王爷保荐来的,来头不小哇。

司务甲	管他多大来头,看了状子一样发昏。
司务乙	听说他在玉田县倒颇有名声。
司务甲	那是县城,这是京城。七品县令来做三品正卿,只怕是爬得高,摔得重。
司务乙	闲话少讲,打开二堂,伺候便了。
	〔二幕启:徐九经手捏状纸,趴在公案下。
司务乙	咦! 徐大人?!
司务甲	(对司务乙)看见状子,羊角疯犯了吧。
司务乙	怕是中了邪。
司务甲	羊角疯!
	〔徐九经打鼾。
司务甲	嘻,原来是睡着了。
司务乙	嗯,睡着了。
司务甲	这哪儿像个正卿?
司务乙	可不是嘛,瞧他那长相。
司务甲	还有那脖子……
司务乙	那胳膊腿儿……
司务甲	那肩膀儿……
司务乙	说话的嗓子眼儿……
	〔徐九经打喷嚏,醒。司务甲、乙忙上前。
司务甲 司务乙	徐大人。
徐九经	你们都来啦? 好,好好,帮个忙!
	〔司务甲、乙扶起徐九经。
徐九经	二司务。
司务甲 司务乙	伺候大人。
徐九经	你们在嘀咕老爷我吧?
司务甲 司务乙	大人……
徐九经	你们说,老爷我这身材……
司务甲	大人身材伟岸,堂堂正正!

徐九经	哦？那我这长相……
司务乙	大人天庭饱满，地角方圆，眉清目秀，五官端正！
徐九经	咦？那我这胳膊腿儿……
司务甲	大人四肢匀称！
徐九经	还有我这嗓门儿……
司务乙	您的嗓音柔润，说话比唱的还好听。
徐九经	嘻嘻！
司务甲	嘻嘻！
徐九经	哈哈！
司务乙	哈哈！
徐九经	啊——
司务甲 司务乙	啊……
徐九经	（变脸）捧热屁！老爷我这叫身材伟岸？这叫眉清目秀？这叫四肢匀称？这叫……
司务甲	大人乃天下奇人，当然有此异相。
徐九经	真会说话呀。（问司务乙）你说呢？
司务乙	呃，大人确实有一丁丁儿……丑。
徐九经	丑就是丑！还一丁丁儿丑。老爷当年就是因为丑，才丢了状元没做！
司务甲 司务乙	丑，丑。
徐九经	老爷我生得丑，丑话说前头。从今往后，谁再说瞎话，臭奉承，老爷就割了他的舌头！
司务甲 司务乙	是是是。（背白）好厉害呀！
徐九经	前任二卿真的犯了病？
司务甲	正卿中了邪。
徐九经	还有一位……
司务乙	少卿羊角疯。
徐九经	何时患的病？
司务甲	尤金、刘钰送状的那天。

徐九经	在何地发作的呢?
司务乙	俱在公堂之上。
徐九经	俱在公堂之上?!哈哈……我把那二位大人,好有一比。
司务甲	比做何来?
徐九经	黄鼠狼打屁——溜得不光彩!
司务甲 司务乙	大人心如明镜。
徐九经	(对司务乙)这张状,你看啦?
司务乙	看过啦。是尤金告刘钰。
徐九经	告他什么。
司务乙	告他花堂抢亲,强夺人妻!
徐九经	这人妻……
司务乙	就是李倩娘。
徐九经	这张状,背后还有王爷手谕。
司务乙	命咱们严惩刘钰,伸张国法。
徐九经	那就该把刘钰捉拿归案喽?
司务乙	理当捉拿归案!
徐九经	嗯。(对司务甲)这张状子,你看过啦?
司务甲	看过啦。是刘钰告尤金!
徐九经	告他什么?
司务甲	告他仗势逼婚,强夺人妻!
徐九经	这人妻……
司务甲	还是那李倩娘!
徐九经	这张状,背后也有侯爷的批文。
司务甲	命咱们重办尤金,森严法禁!
徐九经	那就该把尤金捉拿归案了?
司务甲	理当捉拿归案!
徐九经	刘钰该抓?
司务乙	该抓!
徐九经	尤金也该抓?
司务甲	该抓!

321

徐九经	有见识。
司务乙	大人夸奖。
徐九经	有胆量。
司务甲	大人过誉。
徐九经	好,来呀!
司务甲 司务乙	有。
徐九经	命你二人,速去王府、侯府,将尤金、刘钰捉拿归案!
司务甲 司务乙	啊!(哆嗦,跪)
徐九经	哎,二位怎么矮了半截呀?
司务乙	大人开恩,我家有八十岁的老娘!
司务甲	大人开恩,我家也有八……八个月的娃娃!
徐九经	(暗笑)捉拿凶犯与你们娃娃、老娘有什么相干?起来,起来。你们可知道,这桩公案有个名堂!
司务甲 司务乙	大人指教!
徐九经	这叫做双龙夺珠!
司务甲 司务乙	双龙夺珠?
徐九经	你们没看见,为了一个李倩娘,王爷、侯爷不是都在那儿较劲儿吗?
司务甲 司务乙	这两条龙一搅,水可就浑了。
徐九经	浑得很哪!
	〔徐茗内声:"老爷——"上。
徐 茗	老爷,不好啦!
徐九经	有话慢慢讲。
徐 茗	老爷呀!
	(念) 大街之上人谈论,
	侯府结彩又张灯。
	刘钰倩娘完花烛——
徐九经	啊?

徐　茗	（念）　就在明日午时辰！
徐九经	侯爷呀,侯爷。本官刚刚到任,还未审案,你就急急忙忙让刘钰、倩娘完婚。你眼里,还有我这个正卿吗？嗯,有意思……
徐　茗	老爷,明儿个他们拜完天地,再审这桩案子,可就没意思了。
司务甲	是啊,那生米就煮成熟饭了。
司务乙	得想个法子,不能让他们成亲哪!
徐九经	想法子,想法子……（问司务乙）你有何高见？
司务乙	呃,要是没有李倩娘,就好办了!
徐九经	一句废话!（问司务甲）你有何良策？
司务甲	呃,大人,要是有两个李倩娘……
徐九经	废话一句!徐茗,你呢？
徐　茗	要是李倩娘长得像老爷一样……
徐九经	那就太平无事喽。（一拍大腿,径直朝台下走去）〔众人忙拉徐九经。
徐　茗	老爷,您上哪儿？
徐九经	趁着饭没做成,把那"生米"先端出来呀!
司务甲司务乙	大人要上侯府？
徐九经	二龙夺珠,不能先让侯爷夺跑了。
司务甲司务乙	大人,这可不是闹着玩的。
徐九经	嗨!今天不是把李倩娘弄出来,就是把老爷我弄进去!
司务甲	大人,您有此胆量？
徐九经	没此胆量,也不敢来大理寺做这个正卿!今天,老爷拼上这一顶乌纱、两榜进士、三品正卿,不把李倩娘弄出侯府,老爷我就不姓徐!
徐　茗	老爷,常言道"侯门深似海",只怕侯爷连府门都不会让您进呐。
徐九经	哎,如今我与他同朝为臣,敢将我拒之门外？

徐　茗	王爷、侯爷不和，您又是王爷保举，加之九年前的旧怨，他给您一碗闭门羹，又何足为奇呢？
徐九经	这……哎，明天他们不是拜堂成亲吗？老爷我要是以贺喜为名，前去送礼，侯爷总不会不见吧。
徐　茗	对！他不会把送礼的人拒之门外。不过，这一时半刻，到哪儿去弄礼物呢？
徐九经	礼物……咱们不是有坛玉田老酒吗？
徐　茗	那是留着送王……"木匠"的。
徐九经	唉，如今半道杀出个"铁匠"，顾不了那"木匠"了，快取去，快取去！

〔徐茗和司务甲、乙下。

徐九经　（唱）　舍不得孩子打不了狼，

　　　　　　　　一坛酒换一个李倩娘。

〔徐茗和司务甲、乙抬酒上。

〔徐九经挥手下。徐茗、司务甲、乙抬酒随下。

第六场　谒　侯

〔幕启：安国侯府邸。

〔刘钰、李倩娘伴刘文秉上。

刘文秉　哈哈……

　　　　（唱）　有情人成眷属天意难违抗，

　　　　　　　　待明日完花烛淑女配才郎。

刘　钰　（唱）　夫妻团聚情欢意畅，

李倩娘　（唱）　八载相思夙愿已偿。

刘　钰　（唱）　老爹爹来主婚恩深义广，

刘文秉　（唱）　愿你们白头偕老地久天长。

刘　钰
李倩娘　多谢爹爹。

〔中军上。

中　军　启禀侯爷,有人送礼来了。

刘文秉　嗯,礼单呈上。

〔中军呈礼单。

刘文秉　玉田老酒一坛。徐九经……

刘　钰　徐九经……他是何人?

刘文秉　他是与为父有旧怨之人。

刘　钰　旧怨之人?

刘文秉　因他相貌丑陋,九年前在金殿之上,曾被我参过一
　　　　本,因而未得高官。

刘　钰　既然如此,为何又来送礼?

刘文秉　我儿有所不知,如今他由并肩王保举,任了大理寺正
　　　　卿,审理抢亲一案。今日前来送礼,只怕醉翁之意不
　　　　在酒。

刘　钰　可恼!

　　（唱）　既然是老匹夫将他来保,
　　　　　　定是那王府中恶犬一条!

李倩娘　钰郎。

　　（唱）　倒不如趁此时探明分晓,
　　　　　　看看那徐九经是人是妖?

刘文秉　倩儿言之有理。唤他进府问询一番,也未尝不可。

刘　钰　即便如此,也得煞煞他的威风!

刘文秉　为父自有道理。倩儿回避,卫士走上。

刘　钰　卫士走上!

〔李倩娘下。众卫士上。

众卫士　参见侯爷!

刘文秉　站立两厢!

众卫士　啊!

刘文秉　中军听令,叫徐九经报门而进!

中　军　呔! 侯爷有令,徐九经报门而进!

〔内声:"徐九经报门而进!"

〔徐九经内声"来也"上。

徐九经　（唱）　好一座威严侯爷府，

人未进门闻三呼。

一霎时我的心跳得咚咚咚咚像打鼓——

哎！

王命在身我怎能犯迷糊。

我定住了神，稳住了步，

未进门先把气运足！

〔刘钰迎上。

刘　钰　你就是徐九经？

徐九经　正是。

刘　钰　侯爷命你报门而进，你要仔细了，打点了！

徐九经　知道，知道了。报——大理寺正卿徐九经告进！（进门，跪）徐九经叩见侯爷。

刘文秉　嗯，起过一旁！

徐九经　谢侯爷。（起身，见未赐坐）啊侯爷，下官就这么站着讲话吗？

刘文秉　你要怎样讲话？

徐九经　下官不才，却也是大理寺正卿啊。今日过府送礼，为何连冷板凳都无有一条呢？

刘文秉　我侯府乃清白之地，焉有尔的座位！

徐九经　侯爷言外之意，是说卑职有不清不白之处了？

刘文秉　嘿嘿，区区七品县令，晋升大理寺正卿，若无吹牛拍马之技，欺上压下之能，焉能如此腾达，一步登天！

徐九经　依侯爷之见，凡升官者，必是那欺上压下，吹牛拍马之徒。您就是靠这一手爬上来的吧？

刘文秉　住口！老夫文韬武略，辅万岁安邦治国，方有今日。

徐九经　下官为官九载，廉明清正，才得升迁！

刘文秉　此番若非那并肩王保举，尔焉能如此！

徐九经　九年前不是您安国侯见弃，我何用等到如今！

刘文秉　莫非你还记恨老夫？

徐九经　我若记恨侯爷，就不会登门送酒了。

刘文秉　这个……

徐九经　今日下官过府送礼，侯爷非但不能以礼相待，反而显权弄势，以大凌小，只怕有些不清不白吧？既是不清不白之地，自然无有我这清白人的座位了！

刘文秉　好一张利口。

徐九经　卑职心直口快。啊侯爷，您不会见怪吧？

刘文秉　啊？

徐九经　啊？

刘文秉
徐九经　（同笑）哈哈哈哈！

刘文秉　好，给徐大人看座！

刘　钰　爹爹……

徐九经　谢座！

〔刘钰故意置一反座。徐九经骑坐椅上。

刘文秉　哎，你这是怎样的坐法？

徐九经　侯爷，若依少将军设座之坐法，我就要面墙而坐。面墙而坐，恐对侯爷不恭，下官只得如此。

刘文秉　中军，将座打正。

〔中军打正座位。徐九经坐下。

刘文秉　徐大人，多谢你为老夫送来这贺喜酒。

徐九经　不不不！下官送来的乃是谢恩之酒。

刘文秉　老夫与你只有旧怨，何来恩情？

徐九经　哎，侯爷对下官有天大的恩情。

刘文秉　恩从何来？

徐九经　是这么回事。想这抢亲一案，侯爷和王爷各据一方。不得罪王爷，就得罪侯爷。不得罪侯爷，就得罪王爷。明日侯爷为少将军一完婚，这案子我就不用审了。在万岁面前，您替我交了差，在王爷面前，您替我免了难；在百姓面前，您替我挨了骂！这样大的恩情，我不谢您，又谢谁呢？

刘文秉　啊？老夫为人正直，谁能骂我？

徐九经	怎么？您还不知道哪？为这抢亲一案，整个京师骂声一片，把您可骂苦喽！
刘文秉	骂老夫何来？
徐九经	侯爷听了要生气，还是不讲的好。
刘文秉	一定要讲！
	〔徐九经与刘文秉耳语。
刘文秉	大声些。
	〔徐九经又与刘文秉耳语。
刘文秉	再大声些！
徐九经	哎哟，他们骂您不是东西！
刘文秉	啊！
徐九经	（唱） 骂侯爷飞扬跋扈专横独断，
	目无王法，黑心烂肝！
刘 钰	（大怒）我要了尔的命！（拔剑）
徐九经	（躲在刘文秉身旁）您看，我说不讲，您非要我讲。
	〔刘文秉止住刘钰。
徐九经	他们不但骂侯爷，还骂少将军呢！
刘 钰	骂我何来？
徐九经	你先把这玩意收起来。（把刘钰手中的剑推入鞘内）
	（唱） 少将军市井无赖小人得志，
	依仗着干爸爸强夺人妻，你无法无天！
刘 钰	哎呀！
刘文秉	哇呀！（气极）
徐九经	侯爷，少将军，千万别生气。话已讲明，礼已送到，请把原状收回，下官告辞啦！
刘文秉	慢！老夫既已状告大理寺，你必须将此案审个清清楚楚，明明白白！
徐九经	我说侯爷，您儿媳已经到手，明日拜堂成亲就行了，管它清楚不清楚呢？外面爱骂什么，就让他骂什么，反正您也听不见！
刘文秉	我父子并非那违法乱纪之人，岂能容人信口雌黄！

刘　钰　你定要将是非明辨！

徐九经　侯府明日就要完婚，只怕此事难以说清了。

刘文秉　不是你提醒，老夫倒错办此事。也罢！老夫就将钰儿的婚期推迟几日，待你审完此案再行完婚，你看如何？

徐九经　侯爷，您是个明白人，倩娘身在侯府，不推婚期是完婚，推迟婚期还是完婚！下锅的"米"，还有不成熟饭的吗？

刘　钰　你言下之意，要倩娘到哪里去呀？

徐九经　哪里去？没地方去。看来只有……

刘　钰　怎么样？

徐九经　明日照常完婚！下官告辞啦。

刘文秉　徐大人慢走！你方才之言，甚是有理。倩娘在侯府，恐被非议。闻听你才华过人，你要与老夫想个万全之策。

徐九经　下官才疏学浅，想不出来。

刘文秉　一定要想！

徐九经　想不出来。

刘文秉　一定要想！

徐九经　想不出来。

刘文秉　想！

徐九经　想？嗨，这不是叫我为难吗。倩娘留在侯府不行，去往王府更不行，这叫我大理寺……为难哪！

刘文秉　大理寺……有了！徐大人，就将倩娘交付与你，带回大理寺避嫌一时也就是了。

徐九经　侯爷，这可不行。倩娘去往大理寺干系甚重，我不能自找麻烦。

刘文秉　倩娘已牵扯到此案之中，理当由大理寺看管。

徐九经　下官管不了。

刘文秉　一定要管！

徐九经　管不了。

刘文秉　一定要管!

徐九经　管不了。

刘文秉　管!

徐九经　管?哎,早知如此,不该前来送礼。

刘文秉　休要啰嗦!来,多派人役,护送倩娘到大理寺暂住一时!

刘　钰　啊,爹爹,徐九经乃王爷保荐之人,若将倩娘交付与他,须防有诈!

徐九经　(大笑)哈哈……还是少将军有见识。侯爷没瞧出诈来,你倒瞧出诈来了。真是好人难做呀,下官告辞啦!

刘文秉　慢!老夫主意已定,就将倩娘交付与你。徐大人!命你明日开庭审案,将倩娘断还刘钰!

徐九经　明日开审?

刘文秉　审案之时,老夫要亲自观审。倘有半点差错哇……哼哼!小心尔的狗头!

〔刘钰将徐九经推出府门。二幕落。

〔徐九经呆若木鸡。徐茗上。

徐　茗　老爷!老爷!

徐九经　(渐缓过气来)哎哟。

徐　茗　老爷真行,一坛酒就把倩娘换出来啦!

徐九经　换,换出麻烦啦!

徐　茗　啊?

徐九经　侯爷命我明日结案,将倩娘断还刘钰。如若不然,他就要我的脑袋!

徐　茗　哎呀,这……这可不好办!

徐九经　不好办,也得办哪!

徐　茗　那……除非有柄尚方剑!

徐九经　尚方剑……对,尚方剑!

徐　茗　老爷,您上哪儿?

徐九经　欲求尚方剑,得把王爷见。

徐　茗	去见王爷？哎呀，不行。那坛酒送给侯爷了，咱们拿什么做见面礼呢？
徐九经	找侯爷把酒要回来，不就得啦。
徐　茗	送出的礼，还要得回来呀？
徐九经	试试看。门上有人吗？

〔中军上。

中　军	徐大人，何事？
徐九经	呃……下官进府之时，曾送老酒一坛。如今侯爷让我替他说话，那酒留在府上，难免有些风言风语。别人骂我拍侯爷的马屁倒没什么，就怕侯爷自己落个贪财受贿之名，不好听啊！
中　军	哪有送礼又要还之理？
徐九经	你就照这样回禀一声。
中　军	候着。（下）
徐　茗	老爷，这几句话，就能把酒要回来？
徐九经	你瞧着。

〔中军抱酒坛上。

中　军	徐大人，侯爷传话，原礼退回。命你速速回府办案，不得有误。（下）
徐九经	有劳了。哈哈……

（唱）　赚回个倩娘本钱还在，
　　　　再把那尚方剑换得来。

哈哈哈哈。

〔司务甲、乙上，抬酒下。徐九经、徐茗随下。

第七场　求　剑

〔幕启：并肩王府邸。
〔宫女引尤妃上。

尤　妃　（唱）　徐九经他去那侯府送礼，
　　　　　　　　　分明是藐视我皇亲国戚。
　　　　　　　　　小人得志忘恩负义——
　　　　〔尤金上。

尤　金　（唱）　笑眉头喜心中快步如飞！
　　　　　　姐姐。

尤　妃　（怒气未息）罢啦！那徐九经……

尤　金　徐九经果然是王府心腹。

尤　妃　那……他为何去侯府送礼呢？

尤　金　送礼是假，接出倩娘是真！

尤　妃　怎么，他把倩娘从侯府接出来啦？

尤　金　正是。

尤　妃　王爷真是慧眼识真金。

尤　金　此人果然有胆有识。
　　　　〔太监上。

太　监　启禀王妃，大理寺正卿徐九经求见。

尤　妃　哦？定是为送倩娘而来。

尤　金　快快传见！

尤　妃　慢！请。

尤　金　对，对，有请！

太　监　是啦。有请徐大人！
　　　　〔徐九经上。

徐九经　侯府报门进，王府一声请。（在门外）老王爷好哇！

尤　金　（迎出）徐大人，学生尤金这厢有礼。

徐九经　还礼，还礼。尤公子真是谦恭有礼。

尤　金　王爷不在府中，王妃召您相见。

徐九经　王妃？只怕有些不便吧。

尤　金　不妨事，随我来。（引徐九经进府）

徐九经　徐九经拜见王妃。（跪）

尤　妃　徐大人少礼。

徐九经　谢王妃。（起）

尤　妃	来！
宫　女	有。
尤　妃	与徐大人看座。
宫　女	是。
徐九经	谢王妃。
尤　妃	与徐大人捧茶。
宫　女	是。
徐九经	愧领盛情。
尤　妃	与徐大人掌扇。
宫　女	是。
徐九经	下官不敢！下官不敢！
	〔宫女给徐九经搬座、捧茶、打扇。
尤　妃	啊，徐大人。闻听人言，你乃是两榜魁元，却为何只做了个小小县令？
徐九经	唉，一言难尽。都只为那安国侯刘……
尤　妃	（对宫女）退下！
	〔宫女下。
尤　妃	徐大人，此番若不是王爷保你进京，只怕你永无出头之日了。
徐九经	王爷提携之恩，下官没齿不忘。
尤　妃	只要你尽心为王爷办事，日后定会有你的好处！
徐九经	下官铭刻心中。
尤　金	啊，徐大人。今日过府敢是为送倩娘而来？
徐九经	李倩娘？下官已将她送往大理寺了。
尤　金	啊？你不将她送还与我，送往大理寺是何意呀？
徐九经	本官还要当堂论断哪！
尤　金	哎呀呀，哪个要你当堂论断哪？我兄王保你进京，就是要你替我夺回倩娘，你却装腔作势，假充正经，真真岂有此理！
徐九经	（意外地，背白）嗯？歪嘴吹灯——有股子邪气呀！（正色）尤公子，我这官儿可不是为你做的。

尤　金　这……

尤　妃　啊,徐大人。自从倩娘被贼人抢去,我弟茶饭不思,急于相见,因此冲撞了徐大人,且莫见怪。

徐九经　不妨事,不妨事。尤公子,你与倩娘订婚,可有凭证?

尤　金　我有婚书为证。

徐九经　拿来我看。

尤　金　徐大人,婚书在此。(递与徐九经)

徐九经　(看)有了这张婚书,倩娘就是公子的了。

尤　金　多谢大人!

徐九经　哎呀,王妃呀!适才安国侯命我,明日了结此案。他、他还要亲自观审!

尤　妃　他要怎样?

徐九经　他威胁下官,若不将倩娘断还刘钰,他就要我的脑袋!

尤　妃　啊?!

　　　　(唱)　闻此言不由人气冲牛斗,

尤　金　(唱)　刘文秉抗王府强做对头!

　　　　徐大人,难道你也怕那安国侯不成?

徐九经　王妃、公子呀。下官手中若有柄尚方宝剑,安国侯就奈何我不得了。

尤　妃　尚方宝剑……

尤　金　姐姐呀,看来小弟的性命就系在这尚方剑上了。你、你、你要为小弟作主!

徐九经　哎,王爷是万岁的叔叔,连尚方剑都请不到,还说什么王家的威风?

尤　妃　也罢!

　　　　(唱)　请王爷进宫去把本启奏。

　　　　徐大人,你且回去,尚方剑立刻就到!

徐九经　只要有尚方剑,我担保李倩娘——

　　　　(唱)　她姓尤不姓刘!

尤　妃　送客!

〔尤妃、尤金下。

〔徐茗送酒上。徐九经示意拿回。

第八场　苦　思

〔二幕外。

〔李小二挑酒上。

李小二　（唱）　采办货物京城进，

顺路探望徐大人。（观看）

大理寺。（放担，进）

〔司务甲、乙上。

司务甲　哎哎哎！哪儿来的穷小子，胆敢到大理寺胡跑乱闯？

司务乙　真是狗胆包天！

司务甲　滚滚滚！

李小二　我要找徐九经，徐大人！

司务甲
司务乙　大人公务繁忙，不见！不见！（推李小二）

李小二　（着急）亲戚也不见？

司务甲
司务乙　（一惊）亲戚？

李小二　姑表亲！

司务乙　（马上献媚地）哎哟，您怎么不早说呢？

司务甲　（拉司务乙）别忙，我看不像，先问问他。

司务乙　对对！（对李小二）你先等会儿。

〔徐茗上。

司务甲　上差，徐大人的亲戚来了。

徐　茗　亲戚？我们老爷命犯孤独，没有亲戚！

司务乙　（变脸）混蛋！

〔李小二跪地。

司务乙	你小子敢冒充大人的姑表亲,我……(举手欲打)
徐　茗	姑表亲?有一个。
司务甲	慢,有个姑表亲。
徐　茗	快快有请!
司务乙	(又变笑脸)嘿嘿嘿。快请起,快请起。(扶起李小二)
徐　茗	小二哥,你来啦?
李小二	徐茗小哥,我来看望徐大人。
徐　茗	大人公务繁忙,你先吃饭吧!
李小二	我的酒……
司务乙	我给您挑着呢。

〔徐茗、李小二下。司务甲、乙挑担随下。

〔二幕启:大理寺二堂。

〔徐九经在审阅案卷。

〔徐茗捧酒上。

徐　茗	老爷用"茶"。
徐九经	放下。
徐　茗	老爷用"茶"。
徐九经	(接杯,闻)你这是……
徐　茗	(念)　龙口夺珠威风大,
	断案如同刀斩麻。
	明日公堂伸正义,
	今夜且把酒当"茶"。
徐九经	好一个酒当"茶"。
徐　茗	您不喝?
徐九经	明日要把抢亲案,审个清清楚楚,老爷就得明明白白。要是今夜喝得糊糊涂涂,明日就会颠颠倒倒。
徐　茗	没那么难吧!明日您把倩娘断给尤金。再问那安国侯一个纵子行凶罪,不就成啦!
徐九经	没那么容易,古人云"三思而后行"。去,把李倩娘带来。

徐　茗　　怎么？您要夜审李倩娘？

徐九经　　没有倩娘的口供，老爷心里不踏实。快去！

〔徐茗下。徐九经继续审阅案卷。

〔徐茗内声："倩娘随我来。"引李倩娘上。

李倩娘　　徐大人，为民女申冤！

徐九经　　李倩娘，这是大理寺二堂，不要害怕。你把安国侯怎样纵子行凶，刘钰如何花堂抢亲，他们又是怎样威逼恐吓于你？诉个清楚明白，老爷一定为你作主。

李倩娘　　大人此言差矣！我与刘钰自幼订亲，情投意合，怎说他花堂抢亲？他又逼我何来？大人哪！抢亲者亦非刘钰，乃是狗贼尤金！

徐九经　　嘿嘿，这才是阴错阳差，七扯八拉，把我搞糊涂了。那尤公子温文尔雅，仪表堂堂，怎会去抢亲呢？

李倩娘　　尤金乃衣冠禽兽，徐大人切莫以貌取人！

徐九经　　以貌取人？我恨的就是以貌取人！当年若不是安国侯以貌取我，本官也不会丢掉状元！

李倩娘　　难道徐大人要将昔日之怨，报在倩娘身上么？

徐九经　　哎哎哎，打破碟说碟，打破碗说碗，两码事。你既然与刘钰自幼订亲，为何又与尤金拜堂呢？

李倩娘　　大人哪！

（唱）　少小时与刘钰鸳盟早订，
　　　　未成婚国难起两下离分。
　　　　八年来爹娘公婆俱遭不幸，
　　　　抛下我茕茕孑立守闺门。
　　　　盼郎归，我望穿秋水不见影。
　　　　盼郎归，我常伴残月待天明。
　　　　贼尤金衣冠禽兽下流成性，
　　　　强逼我改节移志换门庭。
　　　　倩娘我守节不从命，
　　　　贼子他差来了丫环、养娘、恶奴、家丁，如狼似虎，拉拉扯扯，拉拉扯扯，把我抢进了尤家

337

门。

倩娘生就刚烈性，

大闹花堂怀抱亡灵！

一身孝服白泠泠，

一把钢刀亮铮铮，

为保贞操寻自尽，

老天睁眼钰郎归——

我绝处逢生！

还望大人，高悬秦镜，

明察秋毫，详参细情。

秉公而断，持平而论，

抑恶扬善，森严法禁。

为官清正，万里鹏程。

为虎作伥，千秋骂名。

为民作主，十方仰钦。

为人要讲，天理良心！

和血挽泪，悲愤难忍，

哀哀陈词，句句实情！

徐九经　为保贞操，着孝服于喜堂，以死相拼！听来倒也感人。只是……你说与刘钰自幼订亲，有何凭证？

倩　娘　这凭证么……

徐九经　没有凭证，叫我如何相信你呢？

李倩娘　大人哪！

　　　　（唱）　我与刘郎订亲有凭证，

徐九经　凭证在哪里？

李倩娘　（唱）　天作证来地为凭。

徐九经　天地怎能为凭？

李倩娘　（唱）　三亲六眷尽知晓，

徐九经　说出一个来。

李倩娘　（唱）　玉田县内有一人。

徐九经　玉田县？说来说去，说到我老窝去了。

玉田县有你什么人哪?

李倩娘　（唱）　与倩娘是同宗兄妹相称,

徐九经　他叫什么名字?

李倩娘　（唱）　他姓李名石磙。

徐九经　干什么的?

李倩娘　（唱）　卖酒为生。

徐九经　哈哈!李倩娘,你撒谎也不看看对谁?老爷我在玉田县是有名的"醉半仙",要讲这卖酒的,我敢说是无店不知,无人不晓!玉田县三十六家卖酒的,金磙、银磙、铜磙、铁磙,我都知道。单单不知一个什么李石磙!

李倩娘　我那石磙兄在玉田卖酒多年,大人一查便知。

徐九经　不用。正巧从玉田县来了老爷的亲戚,咱们一同叫个见证!来呀,把老爷的亲戚请来。

徐　茗　是。（下）

李倩娘　我倒明白了。

徐九经　明白什么?

李倩娘　想是徐大人得了王爷的好处,便与他们串通一气,以假乱真!

徐九经　呵,倒会反咬一口!（厉声）李倩娘!什么自幼订亲,天地为凭?俱都难以证实!今天你有人证还则罢了;若无人证,你就有反行诬告之罪!

李倩娘　徐大人,明日公堂之上,你若不能秉公而断,倩娘只有以死相拼!

徐九经　嘿嘿,老爷怕这怕那,就不怕要死的。

〔徐茗引李小二上。

李小二　徐大人,徐大人!（打量李倩娘,不禁一愣）你……

李倩娘　（打量李小二）你……

李小二　你是倩娘妹?

李倩娘　你是石磙兄?

李小二　倩娘妹!

339

李倩娘　石磙兄!

徐九经　你们认识?

李小二　她是我堂妹。

李倩娘　他是我堂兄!

徐九经　得,我的人证成了她的人证!

李小二　(问李倩娘)你为何深夜在此?

李倩娘　(问李小二)你为何来到衙中?

徐九经　(把李小二拉到一旁)你就是李石磙?

李小二　是啊,是啊。自从当了卖酒的小二,就丢了石磙这个
　　　　大名了。

徐九经　倩娘可曾自幼订亲?

李小二　订啦。订啦。

徐九经　她,她、她、她许配谁啦?

李小二　许配给刘钰啦。

徐九经　可曾立下凭证?

李小二　天地为凭,有我作证!

　　　　〔徐九经支持不住欲倒。李小二、徐茗扶住徐九经。

徐九经　哎呀,且住! 原以为刘钰花堂抢亲,我才去王府求请
　　　　尚方剑,为的是严惩刘钰,伸张国法! 可抢亲的明明
　　　　是尤金不是刘钰,尚方剑一到——

　　　　〔内声:"王爷驾到——"

徐九经　哎哟,正怕它,它就来喽! 快回避。

　　　　〔徐茗引李倩娘、李小二下。

　　　　〔太监引并肩王上。并肩王抱尚方剑。

徐九经　(拜接尚方剑)恭迎千岁。

并肩王　徐大人!

　　　　(唱)　明日里大理寺公堂审案,

　　　　　　　凭婚书断倩娘要执法如山。

　　　　　　　此一案若断得遂王心愿,

　　　　　　　我保你踏金阶厚禄高官!

徐九经　千岁,只是这案情大有出入哇!

并肩王　嗯？

徐九经　下官现已查明,刘钰、倩娘实乃自幼订亲,这强夺人妻者……

并肩王　难道是那尤金不成？

徐九经　千岁明断！

并肩王　徐大人,莫非你忘却了九年前安国侯陷害之仇？

徐九经　这……

并肩王　忘却了本王保你进京之恩？

徐九经　这……

并肩王　徐大人！ 本王保你进京,就是要你为某效力。如今王法就是婚书,婚书就是王法！ 明日公堂审案,本王要亲自观审,若有半点差错哇……哼哼！ 你要小心了。回府！（拂袖下）

〔太监随下。

〔徐茗抱酒坛跑上。

徐　茗　老爷,这酒还没送王爷呢？

〔徐九经见酒坛,夺过痛饮。徐茗急拦。

徐　茗　老爷,这酒是送王爷的,您怎么喝起来啦？

徐九经　我原以为侯爷不是好东西,现在看来,王爷才真不是好东西！（捧坛又喝）

徐　茗　（拦）老爷,您不是戒酒了吗？

徐九经　当初戒酒,是为了好好做官！ 如今我……开戒啦！（又喝）

徐　茗　老爷！（夺过酒坛）

徐九经　徐茗,怪不得出门碰上乌鸦叫呢。早知这样,咱们就是在玉田县卖酒,也不该上这儿来呀！

徐　茗　是啊,无官一身轻嘛！

徐九经　也怪老爷未明真相,就去求请尚方剑。我、我、我是自己挖坑,自己跳啊！（夺过酒坛,喝酒）

徐　茗　（复夺）老爷,您不能喝啦！（抱酒坛下）

徐九经　（醉步）怎么办？ 怎么办？ 我若成全刘钰,就是抗旨不遵,王法不容！若把倩娘断给尤金,良心何在？天理怎容？王爷依王法压我,侯爷据理逼我,还有这尚方剑……

（唱）　当官难,难当官,
　　　　徐九经做了一个受气官,
　　　　一个窝囊官！
　　　　自幼读书为做官,
　　　　文章满腹得意洋洋,我进京考大官。
　　　　又谁知我才高八斗难做官,
　　　　皆因是,爹娘没有为我生一副好五官,
　　　　我怨,怨,怨五官！
　　　　头名状元到那玉田县——
　　　　当了一名小小的七品官！
　　　　九年来,我兢兢业业做的是卖命官,
　　　　却感动不了那皇帝大老官！
　　　　眼睁睁不该升官的总升官,
　　　　我这该升官的,只有梦里跳加官！
　　　　原以为,此番升官我能做个管官的官,
　　　　又谁知我这大官头上还压着官。
　　　　王爷、侯爷官告官,
　　　　偏要我这小官审大官。
　　　　他们本是管官的官,
　　　　我这被管的官儿,怎能管那管官的官。
　　　　官管官,官被管！
　　　　管官,官管,
　　　　官官管管,管管官官,
　　　　叫我怎做官？
　　　　我成了夹在石头缝里一瘪官！
　　　　我若是顺从王爷做一个昧心官,
　　　　阴曹地府躲不过阎王和判官！
　　　　我若是成全了倩娘,做一个良心官,

怕的是,刚做了大官又罢官!

是升官? 是罢官?

做清官,还是做赃官?

做一个良心官?

做一个昧心官?

升官,罢官,

大官,小官,

清官,赃官,

好官,坏官,

官、官、官官官官官官!

我劝世人莫做官! 莫做官!(伏案入睡)

〔隐约传来呼叫声:"徐九经——"

徐九经　（唱）　朦胧中似有人将我呼唤——

〔出现幻影甲、乙。

徐九经　你们是谁?

幻影甲
幻影乙　哈哈,自己不认识自己,我们就是你!

徐九经　什么? 你们是我徐九经?

幻影甲　我乃徐九经的良心,

幻影乙　我乃徐九经的私心。

幻影甲　为官不可不讲良心,

幻影乙　为官哪个没有私心?

幻影甲　为官不讲良心,不如猪狗,

幻影乙　为官不讲私心,到处碰头!

幻影甲　凭良心,倩娘应该断给刘钰!

幻影乙　凭私心,顺从王爷,倩娘该姓尤。

幻影甲　倩娘该姓刘!

幻影乙　该姓尤!

幻影甲　姓刘!

幻影乙　姓尤!

　　　　幻影甲、乙互相厮打)

徐九经　别打啦! 你们打架我难受!

幻影乙　当年安国侯以貌取人,害我不浅,正好报此旧怨!

幻影甲　伤害无辜,公报私仇,有违天理,定要遗臭万年!

幻影乙　如今是有他,没我!

幻影甲　这会儿是有我,无他!

幻影乙　你快快决断,

幻影甲　你休要拖延!

幻影乙　你快说!

幻影甲　你快讲!

幻影乙　说!

幻影甲　讲!

〔幻影甲、乙紧逼徐九经。徐九经大叫一声,钻到公案下。幻影甲、乙隐去。

〔徐茗上。

徐　茗　老爷!老爷!您怎么啦?

徐九经　(唱)　哎呀呀,我的心……心在哪边?

徐　茗　老爷,王爷派张公公来啦!

徐九经　啊?

〔太监捧鹤杯疾步上。

太　监　徐大人,你来看!(举杯)此物乃剧毒之药,名曰"仙鹤顶上红"!沾上一滴立刻升天!王爷特意命咱家送来,赏与徐大人。你若效忠王室,加官晋爵前程无量;若不从命,这"仙鹤顶上红"便是你归天之物。王爷另择他贤来审此案!传谕已毕,咱家告辞啦!

(将鹤杯递与徐九经,下)

〔徐九经两眼发愣,呆若木鸡。

徐　茗　老爷!老爷!

徐九经　(见鹤杯,喃喃地)"仙鹤顶上红"……"仙鹤顶上红"……这追命的"仙鹤顶上红"!

徐　茗　老爷,这是王爷想要您的命啊!

徐九经　唉,人活百岁,难免一死,死就让它死了吧!(突然想起什么,从身上摸出一锭银子)

徐九经　徐茗。去,买口大缸来。

徐　茗　老爷要大缸干什么?

徐九经　给老爷办后事呀!

徐　茗　(边哭边说)办后事要缸干什么?

徐九经　(声泪俱下)徐茗,老爷一辈子就是离不开酒。

徐　茗　您还喝呢?

徐九经　老爷死了,你一不要买棺木,二不要烧纸钱。

徐　茗　那把您埋在哪儿?

徐九经　装上一坛玉田老酒,把老爷的尸首泡在酒缸内,埋在
　　　　那歪脖树下。我在那九泉之下,也不忘你的大恩哪!
　　　　(跪)

徐　茗　(急扶)老爷,您不能死啊!(哭)

徐九经　我不死,就得昧着良心把倩娘断给尤金!

徐　茗　您死了,王爷换人重审,倩娘照样得断给尤金!

徐九经　真要如此,倩娘也难免一死呀。

徐　茗　与其两人都死,不如只死一个。

徐九经　你是说……

徐　茗　倩娘要是死了,也不会被人争来抢去啦!

徐九经　(眼睛突然一亮,猛的抓起鹤杯)哈哈!哈哈!(跟
　　　　跄而下)

徐　茗　老爷怎么啦?老爷!老爷!(追下)

第九场　醉　审

〔静场。金鸣三下。

〔徐茗内声:"下面听着:徐大人传话击鼓升堂!"

〔幕启:大理寺正堂。

〔校尉、刀斧手呼堂威上。

〔徐九经手捧鹤杯,醉醺醺地上。徐茗随上。

〔司务甲、乙上。

司务甲　启禀大人，并肩王到！

司务乙　安国侯到！

徐九经　王爷来啦？

司务甲　来了。

徐九经　侯爷来了？

司务乙　来了。

徐九经　神鬼都到，有戏好瞧。请！

司务甲
司务乙　有请！

〔并肩王、刘文秉分上，相遇，怒目而视，各不相让。

〔徐九经迎上，向并肩王、刘文秉施礼。

并肩王
刘文秉　徐大人，本^王_侯看你审案来了。

徐九经　是是是！

并肩王　你要按婚书而断！

刘文秉　你要按实情而断！

徐九经　照办，照办。

并肩王　你要仔细了！

刘文秉　你要打点了！

并肩王　你与我升堂！

刘文秉　你与我问案！

徐九经　升——堂！（转身，勉强站住，整衣）

〔并肩王、刘文秉抢上正座。

〔徐九经见状，搬出小凳，放在公案下，坐定。

徐九经　带原告！

徐　茗　原告上堂！

〔刘钰、尤金上。

刘　钰
尤　金　参见大人！

徐九经　老爷在这儿呢，起过。

〔刘钰、尤金分立两旁。

徐九经	你们都要倩娘,老爷我刮肚搜肠,说判就判,说断就断!
刘　钰 尤　金	大人明快!
徐九经	尤金。
尤　金	学生在。
徐九经	你有婚书,倩娘应断于你!
并肩王	好!有胆有识!
尤　金	秦镜高悬。
刘文秉	断得不公。
刘　钰	一派胡言!
徐九经	瞧瞧,一句话没说完,就乱了套啦。老爷下面还有半句。刘钰与倩娘订亲,也有人做保。
并肩王	徐大人,哪里来的人证?
刘文秉	徐大人,传人证上堂。
徐九经	带人证!
徐　茗	人证上堂! 〔李小二上。
李小二	给老爷叩头!
徐九经	李小二,有话当堂讲来。
李小二	回老爷话。李倩娘乃小人堂妹,自幼与刘钰订亲,小人可以做证。
徐九经	不许说谎!
李小二	句句实言!
徐九经	下去! 〔李小二下。
并肩王	徐大人,你唤出此人,敢是说尤金的婚书不真?
徐九经	王爷说真,就真。
刘文秉	如此说来,这人证是假的了。
徐九经	卑职没有说假!
并肩王	倒会两边讨好。
刘文秉	真乃油滑之徒!

秦腔 徐九经升官记 XUJIUJINGSHENGGUANJI

并肩王 刘文秉	徐九经！你若偏袒凶犯，本王侯决不轻饶于你！
徐九经	（猛地跳起）这哪儿是我在审案哪？分明是在审我嘛。此风不止，大理寺威风何在？（变脸）徐茗，请圣命！

〔徐茗下，捧尚方宝剑复上。徐九经接剑。

徐九经	尚方剑到！
并肩王 刘文秉	（下座，拜）万岁！……
徐九经	对剑如面君，谁再敢胡言乱语，我就当堂宰了他！

〔并肩王、刘文秉惊。

徐九经	王爷，侯爷，给万岁爷让个地方。徐茗，吩咐大吹大擂，老爷二次升堂！
徐　茗	升堂——

〔徐九经归正座。并肩王、刘文秉分坐两边。

徐九经	带李倩娘！
徐　茗	李倩娘上堂！

〔李倩娘上。

李倩娘	叩见大人。
徐九经	李倩娘。叽喳喳公堂喧哗，乱哄哄两耳发麻，醉醺醺难分真假，糊涂涂将你遣发。
李倩娘	不知大人怎样发落？
尤　金	我有婚书为证。
刘　钰	我有人证在堂。
尤　金	倩娘应断于我。
刘　钰	倩娘应断于我。
徐九经	（拍案）都听我的！刘钰与倩娘订亲，有人证在堂；尤金与倩娘订亲，有婚书在手。为此，倩娘只有委身刘、尤二家，方能消灾平祸。本官判决：李倩娘单月事刘钰，双月事尤金，同为二人之妻，按月轮换！
众　人	（惊）吓！
并肩王	（念）　糊涂官断的糊涂案，

刘文秉　（念）　一妇二夫怎周全？

众　人　（念）　一腔怒气实难按——（逼向徐九经）

徐九经　（示剑）不要命的请上前！

〔众无奈而退。

李倩娘　徐大人，这就是你的天理良心？这就是你的秉公而断？

徐九经　这叫做公平合理，老少无欺。

李倩娘　你这遭天杀的狗官！

　　　　（唱）　狗赃官胡乱断了案，

　　　　　　　　趋炎附势黑心肝！

　　　　　　　　手中挥舞尚方剑，

　　　　　　　　执法乱法是非颠。

　　　　　　　　你那里天理良心做门面，

　　　　　　　　其实是，千人咒，万人怨。

　　　　　　　　贪赃枉法、为虎作伥、口是心非，

　　　　　　　　笑里藏奸的禽兽官！

徐九经　李倩娘！

　　　　（念）　倩娘休将本官怨，

　　　　　　　　你的冤，难比我的冤！

　　　　　　　　本官有心成全你，

　　　　　　　　王命在身我难上难。

　　　　　　　　今日断案违心愿，

　　　　　　　　我一生清白全丢完！

　　　　　　　　你忍辱还可把富贵享，

　　　　　　　　老爷我为你——要上西天。

　　　　（举鹤杯，悲伤）瞧见没有，这是剧毒药酒，名曰"仙鹤顶上红"。沾上一滴，立刻升天。老爷今日委屈了你，我知道你恨老爷，老爷也是不得已而为之，如今只有以死赎罪啦。我死以后，你就按月轮换吧！（欲喝）

李倩娘　（拉住徐九经）倩娘不愿受辱，情愿以死殉情！（夺

	杯)
徐九经	不不！你是一朵鲜花还没开，怎么就死呢？我可是连根都烂了。你还是让我死，你就一心一意地去"换"吧。
李倩娘	让我死！
徐九经	我不能活着，让人家戳脊梁骨。
	〔李倩娘和徐九经夺杯。李倩娘喝下。
刘　钰	（悲呼）倩娘——
李倩娘	钰郎！（唱） 　　　　实指望结发夫妻偕白首， 　　　　又谁知，八载相盼，瞬息欢聚， 　　　　生离死别一世恩爱付东流！ 　　　　保贞操舍性命甘饮毒酒， 　　　　盼夫君来年清明哭我的坟头。（倒地）
刘　钰	（抚尸大恸）妻呀！
并肩王 刘文秉	徐九经！尔竟敢假借圣命，逼死无辜，待本王_侯上殿参奏一本，要尔狗命！（拂袖下）
徐　茗	老爷！王爷、侯爷都走啦。
徐九经	走啦？（抖起精神）刘钰、尤金听判：本官将李倩娘一刀劈成两半，分与你刘、尤两家，责你二人各出银一万两，以正房大礼将其厚葬！
刘　钰	我妻已遭惨死，怎能让她尸分两地，仍背那两家妻室的丑名？小将甘愿出双份银两，以保我妻名节！
徐九经	两家之妻，岂能由你一人独葬？
尤　金	徐大人，安葬倩娘与我无关！
徐九经	嗯？她不是你的妻室吗？
尤　金	天大的笑话！
徐九经	笑话？有婚书为证。（递婚书给尤金）
尤　金	这婚书么？（边撕边说）是假的。
徐九徐	怎么？假的？

尤　金	怎么样？
徐九经	啊——当堂具结，与你无事。
	〔徐茗递给尤金供词。尤金画押。
尤　金	徐大人，学生告辞了。
徐九经	上哪儿去？
尤　金	回府。
徐九经	你呀，走不了啦！嘟！大胆尤金，伪造婚书，强夺人
	妻，诬告良善。来呀！将他重责四十！
尤　金	我乃王室内亲，你们哪个敢打？
徐九经	哼！
尤　金	哼！
徐九经	哼！
尤　金	哼！
徐九经	冲撞本官，再加四十。拖下去与我打！打！打！
	〔刀斧手将尤金拖下。
刘　钰	徐九经！案情已明，你逼死无辜，该当何罪！
徐九经	少将军不要发怒。徐茗，清水伺候！
	〔徐茗递清水给徐九经。
徐九经	倩娘，倩娘，邪恶已除，你回来吧！
	（唱）　呼唤玉魂感苍穹——
	〔徐九经喷清水，李倩娘动。
刘　钰	（惊）啊？你这是……
徐九经	少将军，她喝的不是毒药，是——
	（唱）　冒名顶替的"仙鹤顶上红"！（李倩娘苏醒）
	〔徐九经、徐茗下。
刘　钰	倩娘！
李倩娘	钰郎！
	〔李小二上。
李小二	是徐大人用计成全了你们，惩罚了狗贼尤金！
李倩娘	徐大人！徐大人在哪里？徐大人在哪里？
李小二	咦，刚才还在大堂之上，这会儿怎么不见了？徐大

秦腔
徐九经升官记
XUJIUJINGSHENGGUANJI

人——

〔司务甲、乙托盘上。盘内放有冠带。

司务乙　大人换了衣帽出府去了。

司务甲　临行前,还留诗一首。(递笺)

李倩娘　(念)　王法条条空自有,

　　　　　　　大人弄权小人愁。

　　　　　　　脱袍挂冠吾去也,

　　　　　　　歪脖树下卖老酒!

李小二　徐大人弃官而去了!

众　人　徐大人——(向后堂涌去)

〔二幕落。

〔徐九经穿青衣、戴小帽,挑酒担上场,徐茗扛着酒旗
随后。

——剧　终

演出单位

西安尚友社

金锤冤

根据赵致远《包龙图陈州私访》移植

范　角　移植

剧情简介

　　《金锤冤》是根据《包龙图陈州私访》移植的。《包龙图陈州私访》是据元杂剧《包待制陈州粜米》整理改编。通过陈州受灾、放粮赈济的重大事件，揭露了贪官污吏和当时社会的黑暗；反映了人民在天灾人祸下垂死挣扎的反抗呼声，并歌颂了包拯执法严明，不徇私情，敢于反抗特权，刚正不阿的精神。

场　目

人 物 表

张　仁

张撇古

刘金吾（衙内）

春莺妈

春　莺

刘得中

刘　福

包　拯

王　朝

马　汉

包　兴

吕夷简

范仲淹

王粉莲

刘　禄

张　龙

赵　虎

斗子甲

斗子乙

粮　商

劣　绅

刽子手

老　汉

青年甲

青年乙

丫　环

家　丁

校　尉

歌　伎

家　院

众勇士

群众数人

第一场　官仓遇害

〔陈州。官仓通往府衙的大路上。田野龟裂,枯树荒草,一片凄凉景象。

（合唱）三年旱,连年荒,

　　　　饿殍满目甚凄凉。

　　　　圣上赐恩开官仓,

　　　　百姓能得几颗粮。

　　　　官商勾结苛如虎,

　　　　人祸反比天灾狂!

〔幕启:突然传来张仁呼喊:冤枉!

〔内声。

斗　子　把他抓起来!

张　仁　你们为何抓人?

斗　子　大胆刁民!目无钦差,煽动闹事,抓上走!

张撇古　不能抓走我儿呀!

斗　子　走!

〔斗子甲乙押张仁上。张仁戴手铐,拼命挣扎。

〔斗子甲乙,连拉带推,押着张仁前往府衙。

斗子甲　走!

张　仁　（回头凄惨地呼喊）爹爹!

〔斗子甲乙押张仁急奔走。

〔突然传来一阵马嘶,三人不约而同地站住。

〔四校尉、刘禄引刘金吾上。

〔刘金吾抱紫金锤,耀武扬威地上。

〔斗子甲乙跪迎刘金吾。

张　仁　（不顾一切地）大人!冤枉!（跪步向前）哎呀大人!

　　　　我们合庄院七八户人家攒零合整,凑齐十二两纹

357

金,前来官仓买粮,不料两位官差,竟用小斗大秤克扣银米……

刘金吾　（一惊,愕然）唔?

斗子甲　启禀大人,今有刁民闹事,带来请大人发落。

张撇古　（内）二位官差慢走!（急上）

张撇古　（唱）　霹雳一声从天降,

　　　　　　　　我儿买粮起祸殃。

　　　　　　　　跌跌撞撞忙赶上!

〔张撇古直奔过来,众校尉一齐喝住。

张　仁　爹爹! 钦差大人在此!

张撇古　哎呀!

　　　　（唱）　望求大人作主张!（跪下）

　　　　大人哪! 老汉张撇古,我儿张仁前来官仓买粮。是他幼小无知,不会讲话,得罪了官差。望大人念在灾民的苦情,将我儿饶恕了吧!

〔百姓青年甲乙、老汉、春莺母女悄悄地上,在一旁看着。

刘金吾　（紧锁眉头）这——

〔刘见百姓面带不平,突一转念。

刘金吾　（假惺惺地）哈哈……我当是什么大不了的事情! 起来!

〔张撇古依然哀告。

张撇古　大人开恩! 大人开恩哪!

〔刘金吾转对二斗子,满面怒容。

刘金吾　这是怎么回事? 嗯?

斗子甲　他诋毁官仓!

斗子乙　他辱骂官长! 他说……

刘金吾　嗯! 身为公差,理应宽宏大量,体恤下民才是!

二斗子　是,是!

刘金吾　把张仁放了!

二斗子　（不解地）啊? 这——!

刘金吾　放了!

斗子甲	是！（摘下手铐，放开张仁）
张撇古	（意外）多谢大人开恩！多谢大人！
张　仁	（同时）谢大人！（扶张撇古起来）
众百姓	多谢大人开恩！
刘金吾	（伪善地）百姓们！本官奉了万岁钦命，来到陈州开仓放粮，赈济灾民，当然要为民作主啊！
众百姓	谢大人！
刘金吾	想这陈州连年遭灾，百姓们真是受尽苦了，若有人胆敢背着本钦差贪赃取利，欺诈灾民，定要严惩不贷！你们有什么话尽管言讲，不要害怕！
众　人	（害怕地）这——
刘金吾	说呀！
众　人	无有什么，无有什么！
刘金吾	哈哈……张撇古你说呀！
张撇古	这——
刘金吾	你儿子不是我把他放了吗？有话你尽管说，本钦差替你作主！
张撇古	大人哪！

（唱）　可恨官差良心丧，

　　　　伤天害理似豺狼。

　　　　奉旨赈灾把粮放，

　　　　本当廉洁救灾荒。

　　　　焉能贪赃诓圣上，

　　　　怎忍心八升小斗、加三戥秤，克扣百姓活命粮。

　　　　黎民切齿不敢讲，大人哪！

　　　　灾民雪上加冰霜。

刘金吾	啊！（对张撇古敢讲实话出乎意外）什么？八升小斗？加三戥秤！本钦差的官仓会有这样的事情？
张撇古	（未觉察刘金吾话中的压力）是啊！定是有人假公济私，克扣银米！
刘金吾	（一震，怒形于色）什么？

二斗子　你胡说！

张　仁　（制止）爹爹！

刘金吾　张撇古，你可不要胡言乱语，造谣生事啊！哼哼……

张撇古　老汉怎敢胡言，众位乡亲都是见证。乡亲们，有钦差为咱作主，有话就实说了吧！

青年甲　仓米钦定五两一石，官差为何改为十两一石？

青年乙　官仓出粮用的是八升小斗，入银却用加三的戥秤！

春莺妈　哎呀大人哪！我母女二个典当了衣裙钗环，却只买得这点粗粮！

春　莺　真是不叫我们活了！

张撇古　（捧起春莺妈的粮袋）大人请看，这粮中还有许多泥沙糠稗！

众百姓　这不是要我们的命吗？

　　　　〔刘金吾勃然大怒，飞起一脚踢开粮袋。

刘金吾　（厉声地）住口！张撇古！你敢煽动闹事？

张撇古　（猛地一惊）啊！这——

斗　子　哼哼，你好大的胆子！

张撇古　（满腔义愤）大人哪！既然愿为小民作主，为何动起雷霆之怒？

刘金吾　（语塞）啊！

斗子甲　张撇古！你胆敢冲撞钦差大人！

斗子乙　你就不怕掉脑袋吗？

张撇古　哼哼，只要灾民得以活命，老汉死有何惧！

刘金吾　张撇古！本官身负皇命，非同一般，休要惹是生非！

张撇古　尔等光天化日之下，欺压善良，难道就不怕王法吗？

斗子甲　（惊慌地）这！大人，他这是要造反哪！

刘金吾　王法？（冷笑）哼哼，（拿过紫金锤）这紫金锤乃是先王御赐，"臣民犯法，准其先行打死而后奏"，哪个胆敢造反，以身试法！

　　　　（唱）　高举金锤威风凛，

张撇古　（忍无可忍）

（唱）　你权高势大欺乡民。
　　　　莫道江流清而稳，
　　　　风浪乍起把舟沉。

刘金吾　（唱）　犯上作乱难容忍，
　　　　　　　紫金锤下你命难存！

〔刘金吾用金锤猛击张撇古头顶，张撇古倒地身亡。张仁急扑过去。众百姓大惊。

张　仁　（唱）　爹爹锤下把命丧。

刘金吾　（狰狞地）住声！本钦差今天是杀一儆百！谁敢闹事，就是这个下场！

〔春莺妈不由自主地呜咽抽泣，刘金吾用金锤一指，春莺急忙挡住。

春　莺　（挡）母亲！

刘金吾　（发现春莺）你？（示意刘禄抢春莺进府）好！回府！

〔刘金吾带校尉人役扬长而去，下。

张　仁　（呼天拍地大哭）爹爹啊！
　　　　（唱）　鲜血淋淋爹命丧，
　　　　　　　怒火填膺恨满腔。
　　　　　　　刘衙内，狠心狼，
　　　　　　　血海深仇要血偿。
　　　　　　　哀求乡亲把父葬，

〔张仁跪拜乡亲，众乡民抬张撇古尸体下。

张　仁　（接唱）深恩大德永难忘。
　　　　　　　赶到县衙去告状，

春莺妈　（拉住张仁）孩子，如今上下征利，官官相护，你到哪里去告！

张　仁　哎呀……是！
　　　　（唱）　开封府里申冤枉！

〔张仁拜别春莺母女，毅然奔下。

〔幕闭。

第二场 开封误告

〔数日后,开封刘府门前。张仁头戴孝巾,疲惫不堪地上。

张 仁　（唱）　千辛万苦到京城,
　　　　　　　　又谁知包大人不在开封。
　　　　　　　　告状无门心伤痛?

〔远处传来开道锣声,张仁急忙张望。

张 仁　（唱）　猛然听见喝道声。

且住! 那旁来了一位大人,我且在这府前等候,待他到来好为我父申冤便了!

　　　　（唱）　强忍悲愤府门等,
　　　　　　　　拼着一死申冤情。

〔张仁躲在府门外石狮子旁边。
〔四校尉、刘福引刘得中骑马上。

刘得中　校尉们! 回府!

〔张仁突然奔出,拦住马头。

张 仁　冤枉! （跪下）

刘得中　（猛地一惊）呀! （勒住马头,连忙观看）

刘 福　嘟! 胆大刁民竟敢在老爷府门拦马喊冤,真真可恼,来! 扯下去打!

众校尉　啊!

张 仁　（惊恐万分）大人! 陈州灾民冤枉!

刘得中　（惊讶地）啊! 你讲什么?

张 仁　（浑身颤抖不敢讲）这——

刘 福　他说陈州灾民冤枉,打! （吩咐众校尉）

刘得中　慢! 待老夫仔细问来。（下马）

刘得中　这一乡民,你叫什么名字,因何喊冤?

张　仁　小人名叫张仁,乃是陈州灾民,进京告状,为父
　　　　申冤!

刘得中　你状告何人?

张　仁　(害怕地)这——

刘得中　你休要害怕,只管进来!

张　仁　小人状告钦差刘衙内!

众　　　(齐声呼喊)胡说!
　　　　〔张仁惊倒在地上。

刘得中　(大惊失色)怎么?你告那刘衙内么?

张　仁　正是。

刘得中　你告他什么?

张　仁　告他贪赃枉法,擅杀无辜,打死我父张撇古!

刘得中　(惊慌地)这个——可是实情?

张　仁　小人怎敢诬告钦差!

刘得中　(惊慌变成愤怒,愤怒变成仇视)嗯……

刘　福　大人,这小子敢告——

刘得中　(制止刘福讲话)张仁,你可曾到别的衙门申诉
　　　　此事?

张　仁　小人今日才到开封,尚未申诉。

刘得中　(奸诈地)嘿嘿,这就好了。起来!
　　　　〔与刘福耳语,刘福进府下。

张　仁　谢大人!(起身)

刘得中　张仁,你来到京城,哪里安身?

张　仁　我举目无亲无处投奔。

刘得中　我开封府乃是帝王之都,城禁森严,老夫与你安排。
　　　　来!与张仁找个安身之处,好好照应于他。
　　　　〔刘福拎灯笼上。

刘　福　走!

刘得中　张仁,申冤之事,老夫作主,你但放宽心,随他们
　　　　去吧!
　　　　〔进府下。

张　仁　(十分感激地)谢大人!

刘　福　张仁，天快黑了，快跟我走吧！

张　仁　是，是。

张　仁　（唱）　拦马申冤真幸运，
　　　　　　　　巧遇爱民好大人。
　　　　　　　　体恤灾情蒙怜悯，
　　　　　　　　黑夜出城怎安身？

　　　　〔开封郊外，夜幕低垂，鬼火闪烁。

　　　　〔刘福带张仁出城，二校尉手执钢刀紧紧跟随。

　　　　〔张仁四下张望，路远天黑，心中疑惑。

刘　福　安身？马上就到，走吧！

张　仁　（惊疑地）啊？这是什么地方？

刘　福　这就是你的安身之处！动手！

　　　　〔二校尉抓住张仁，张仁大惊。

张　仁　啊？这是何意呀？

刘　福　哼哼！照我们大人的吩咐，在这儿结果你的性命！

张　仁　（大为惊恐）哎呀列位呀！我纵然冲撞了老大人也
　　　　无该杀之罪呀！

　　　　〔刘福接过木棍。

刘　福　什么？不该杀？（冷笑）嘿嘿……今日个我叫你死
　　　　个明白。我问问你，你来干什么？

张　仁　进京告状，为父申冤！

刘　福　（恶狠狠地）我打你个进京告状！（打）我打你个为
　　　　父申冤！（打）我问你，你告的是谁？

张　仁　放粮的钦差！

刘　福　他姓什么？

张　仁　他，他姓刘。

刘　福　我家老大人姓什么？

张　仁　这——未曾敢问。

刘　福　啊——告诉你，他也姓刘！

张　仁　（惊）啊？

刘　福　他就是刘钦差的亲爸爸！（猛地一棍打下）

张　仁　（如雷轰顶）哎呀！（跌倒在地）

刘　福　张仁！你也不打听清楚了就诉冤,如今你落到他爸爸的手里,还想活命啊?(打)

张　仁　(拼命呼喊)救命啊!

　　　〔三人一起动手,张仁拼命挣脱,逃跑。

张　仁　救命啊!

　　　〔张仁跌跌撞撞地跑下。

刘　福　跑?追!!

　　　〔二校尉追下,刘福拎灯笼追下。

第三场　回京察冤

　　　〔新月升起,繁星点点。

　　　〔远处传来张仁呼喊声:救命啊!

　　　〔王朝、马汉、包兴骑马急上,巡视,下。

　　　〔张龙、赵虎、校尉、人役引包拯乘马急上。

　　　〔人役高举"开封府包"大纸灯笼引路。

包　拯　(唱)　离五南返开封日夜兼程,

　　　　　　　金牌召急令我回转帝京。

　　　　　　　都只为陈州灾情重,

　　　　　　　民心浮动朝野惊。

　　　　　　　我屡次奏本把命传,

　　　　　　　薄赋宽役救百姓。

　　　〔忽听远处传来呼喊声:救命啊!

　　　〔众人闻声止步,王朝、马汉急上。

　　　〔马汉背张仁,包兴拎刘府灯笼上。

王　朝　启禀相爷,我等救得一名百姓,请相爷查看。

　　　〔王朝将张仁放下,张仁已经昏过去,包拯急忙查看。

包　兴　我们赶上前去,三个凶手丢下灯笼就跑了!

　　　〔包兴拿刘府灯笼给包拯看,已烧了半边。只留半个刘字。

王　朝　（唤张仁）醒醒！

张　仁　（挣扎地）你们……

包　兴　包大人在这儿！

张　仁　（拼命挣扎）包……陈州灾民好苦哇！（又昏过去，
　　　　众人急救）

包　拯　（十分惊诧）啊？

　　　　（唱）　黑夜里荒郊外惨伤人命，
　　　　　　　　辇毂下怎容忍无法横行。
　　　　　　　　这情景决非是图财害命，
　　　　　　　　却为何要谋害陈州百姓？

包　拯　包兴，将此人带回衙去，好生照看。

众　　　遵命！

包　拯　王朝、马汉！速速回衙，严查凶手！（下）
　　　　〔二幕前。
　　　　〔刘福与二校尉狼狈地奔上。

刘　福　有请大人！
　　　　〔刘得中内"嗯哼！"上。

刘得中　（念）　杀人须灭口，
　　　　　　　　无毒不丈夫。

刘　福　老爷，大事不好！

刘得中　（一惊）啊！何事惊惶？

刘　福　那——张仁逃跑了！

刘得中　啊！

刘　福　我们照老爷的吩咐，将张仁带往荒郊野外，趁着天
　　　　黑动手。那张仁拼命挣扎呼喊救命，我们三人不容
　　　　分说，乱棍就打——正在这个时候，忽然跑来几
　　　　个人！

刘得中　什么人？

刘　福　他们高举一盏灯笼，上写"开封府包"！

刘得中　啊！

刘　福　领头的就是包兴！

刘得中　哎呀！

刘　福　我们三人，也就跑回来了！

刘得中　（急忙地）那张仁死了无有？

刘　福　这——

二校尉　八成活不成了！

刘得中　咳！无用的东西！滚了下去！

二校尉　是！（溜下）

刘　福　大人，您别生气呀！谁知碰上他们了！

刘得中　（猛地想起）哎呀且住！朝堂之上闻听万岁用金牌调包拯星夜回朝，今晚之事偏偏被他撞见！我儿在陈州所为岂不也要败露？这！这！哎呀！（惊慌失措）

刘　福　大人！您总得想个法子，搭救衙内才好！

刘得中　那包拯铁面无私，难办得很。

刘　福　这满朝文武难道就没有一位能去说情吗？

刘得中　这——若去开封讲情，非请吕国公不可！

刘　福　吕国公？

刘得中　他乃是三朝元老，又是当今万岁之太傅，德高望重，权倾满朝，他若肯前去讲情，谅那包拯不敢不从。刘福，速备厚礼，待我亲自去往吕府相求。

刘　福　是。

刘得中　（念）　备下千金一份礼，

　　　　　　　　买动国公去讲情。

　　　　唉！（下）

第四场　包府求情

〔开封府衙书房。傍晚。

〔包拯身穿便服，捧读圣旨独自沉吟。

包　拯　（唱）　金乌坠乱云飞眉月初上，

读圣旨不由我气愤满腔。

宋王爷开天恩宏德无量，

命钦差开官仓陈州救荒。

恨只恨刘衙内傲慢圣上，

恃权势杀无辜太得猖狂。

张撇古金锤下惨把命丧，

那张仁险些儿又遭祸殃。

众灾民惧权势不敢言讲，

天降灾遇人祸雪上加霜。

怎容忍歹徒逃法网，

难纵容奸佞乱朝纲。

〔王朝、马汉上。

王　朝　启禀相爷，刘得中大人称病不朝，府门紧闭，并无动静！

马　汉　我等在四城巡查，却无所获！

包　拯　我今请命出京，那刘得中必有动静。四门城关更要严加验查！

王、马　是。

包　拯　此去陈州不比往常。照我吩咐，速作准备。

王、马　遵命。（关切地）相爷连日劳累，又要远行还望保重。

包　拯　我自晓得。务公去吧！

〔包兴上。

包　兴　启禀相爷，吕夷简吕国公来访。

包　拯　（诧异）哦？我与他素无来往，今日过府何事？动乐相迎。

〔包拯整衣出迎。

包　兴　是。（包兴下，王朝马汉下）

夷　简　（上念）重收刘府礼，

　　　　　　　南衙求人情。

〔包拯出迎。

包　拯　国公请！

夷　简　明公,请! 哈哈……

〔二人进书房归坐。

包　拯　平章今日驾到,蓬荜生辉!

夷　简　老朽少来领教,明公海涵!

〔吕夷简环视书房。

夷　简　素闻南衙简朴,今日见明公果然清廉,令人敬佩。

包　拯　岂敢。国公,过府必有见教。

夷　简　明公五南巡查千里归来,风尘未洗,又下陈州,不知何日起程?

包　拯　陈州灾民陷于水火之中,包拯寝食不安,明日即行。

夷　简　(惊讶)哎呀呀,明日就要启程! 明公勤劳公事太辛苦了吧?

包　拯　辛苦二字实不敢当。此去陈州只求上慰君心,下安百姓。

夷　简　唉! 想这陈州地僻民穷,连年荒旱,朝廷屡派大臣前去安抚,俱被那些百姓诬告,反受其害。况且那些个刁民欺乡绅,抗官粮,告谎状,生事端,实属刁顽不驯,贤契此去要上慰君心,下安百姓么? 只恐难、难、难哪!

包　拯　(不解地)却是为何?

夷　简　(欲言又止)这……(环顾左右)

包　拯　(会意)打座向前!

〔包兴前移二人座椅。包兴与吕府家人齐退下。

包　拯　包拯此番五南巡查,久离朝堂,放粮之事不明就里,还望国公指教。

夷　简　既是贤契再三动问,且容老朽一叙拙见。

包　拯　还愿直言。

夷　简　(唱)　陈州灾情四海惊,
　　　　　　　　万岁开恩救苍生。
　　　　　　　　贤契察访宜慎重,
　　　　　　　　免得灾民惹事情。

包　拯　(唱)　只要为臣官清正,

不怕妖魔起阴风。
国公教诲臣牢记，
陈州巡查看得清。

夷　简　（唱）刘大人深得圣眷宠，
　　　　　　　权压朝野众公卿。
　　　　　　　刘金吾放粮是钦命，
　　　　　　　灾民诬告公留情。

包　拯　（唱）他敲诈勒索有人证，
　　　　　　　负君辱命应严惩。
　　　　　　　执法犯法难宽纵，
　　　　　　　国公莫要恨百姓。

夷　简　（唱）纵然他此番负君命，
　　　　　　　念他为官年纪轻。

包　拯　（唱）紫金锤连伤好百姓，
　　　　　　　胡作非为罪难容。

夷　简　（唱）他不该金锤伤人命，
　　　　　　　无威严黎民难顺从。

包　拯　（唱）臣去陈州受王命，
　　　　　　　钦差犯法按律行。

夷　简　（冷笑）哼哼，明公啊！
　　　　　（唱）执法无私实可敬，
　　　　　　　且把圣命看分明。
　　　　　　　此去未曾授权柄，
　　　　　　　无非是察察访访报君听！

包　拯　（唱）纵然是为臣无权柄，
　　　　　　　遇此事包拯难宽容。

夷　简　（唱）顺水推舟多干净，
　　　　　　　息事宁人求太平。

包　拯　（唱）刘衙内横行害百姓，
　　　　　　　请教处置求国公？

夷　简　（唱）"下不为例"劝改正，
　　　　　　　宽宏大量饶后生！

包　拯　（唱）　国公之言难服众，

　　　　　　　　莫非要我徇私情？

夷　简　哪里，哪里，此事与老朽毫不相干！不过找你同僚
　　　　谈谈心哪，听也在明公，不听也在明公，哈哈……

包　拯　（故作沉吟）这——

夷　简　（趁机而入）我来之时那刘得中大人写下书信一封，
　　　　要我面交明公，改日他要亲自过府前来谢罪！（取
　　　　出书信一封）

包　拯　（强压怒火）待我看来！（接书信观看）

夷　简　（旁敲侧击）那刘大人自愧教子无方，惶恐得很！
　　　　唉，儿大不由父哇！

　　　　〔包拯看罢书信气得发抖，变了脸色。

包　拯　啊！好个刘得中，他竟敢私通关节，暗中求情！

夷　简　（出乎意料）啊！这——

包　拯　他杀人灭口包庇凶犯其罪难逃！

夷　简　哈哈……明公，何必如此激愤哪？

包　拯　承蒙国公一番指教。此案上涉国法下牵民心，非同
　　　　小可，包拯实难从命！

夷　简　（阴险地）老朽的言语不关紧要，只是皇家的威严、
　　　　同僚的脸面却非同小可，你要仔细权衡！慎之又
　　　　慎哪！

包　拯　包拯只知忠心为国，纵有流短飞长，只做清风过耳！

夷　简　嘿嘿！明公如此一意孤行，只恐是上迁圣心，下犯
　　　　众怒，祸将至也！

　　　　（唱）　忠言逆耳你听不进，

　　　　　　　　纵容刁难惹祸根！

　　　　　　　　倘若是触龙颜合朝齿冷，

　　　　　　　　只恐你里外难为人！

　　　　（冷笑）嘿嘿！我朝能有你这么个公正廉明、执法如
　　　　山的包大人，真是难得的很哪！刘大人的面子莫要
　　　　说起，你也该看看老夫的面子。包大人，你可莫要
　　　　做那些得罪同僚，众怒难犯的事情啊！真真的不通

　　　　　　人情！告辞！

包　拯　　不送！

　　　　〔吕国公悻悻下。

包　拯　（唱）吕国公讲人情实难屈就，
　　　　　　　　出冷言拂袖去好无来由。
　　　　　　　　包拯我扶大宋执法不宥，
　　　　　　　　却与那众国戚结下冤仇。
　　　　　　　　秉忠心整纲纪权贵含怒，
　　　　　　　　施明枪放暗箭逼我同流。
　　　　　　　　观古今辨忠奸怒眉紧皱，
　　　　　　　　有几个忠良臣不遭杀戮。
　　　　　　　　倒不如隐田园刚正不辱，
　　　　　　　　想起了朝中事怨恨难收。
　　　　　　　　自幼儿读圣训清廉自守，
　　　　　　　　扶朝政正典刑为国分忧。

　　　　〔观看圣旨、简帖，又拿张仁诉状，抬头看见“慎独”
　　　　匾额感慨万分。

　　　　（唱）“慎独”二字挂堂口，
　　　　　　　　简帖诉状细深究。
　　　　　　　　一家要把子宽宥，
　　　　　　　　一家要伸杀父仇。
　　　　　　　　屈从权贵冤难诉，
　　　　　　　　为民伸冤怒王侯。
　　　　　　　　难道说一片丹心付东流，
　　　　　　　　难道说允私情顺水推舟。
　　　　　　　　难道说急流勇退且罢手，
　　　　　　　　难道说胸中枉怀社稷忧。
　　　　　　　　罢罢罢！
　　　　　　　　纵然是冒犯天威宋王怒，
　　　　　　　　何惧那权贵结冤仇。
　　　　　　　　砥柱敢把风浪斗，
　　　　　　　　我耿耿忠心不低头！

〔王朝上。

王　　朝　启禀相爷,刘府今晚大摆酒宴,鼓乐喧天,非常热闹。

包　　拯　哦。

王　　朝　内廷总管、各部大臣齐至刘府赴宴!

包　　拯　(心内一沉)果然!

王　　朝　唯有范仲淹大人未曾前去。

包　　拯　(心中一喜)怎么,唯有范大人不曾赴宴?

王　　朝　正是。

包　　拯　(异常喜悦)好好好! 包兴,提灯引路,随我前去
　　　　　范府。

王　　朝　相爷,深夜出府,恐不稳便吧?

包　　拯　我微服前往,料不妨事。

　　　　　〔包兴取灯笼、斗篷上。包拯披斗篷。

包　　拯　包兴,前面带路!（出府）

　　　　　（唱）　身在浊流不沾染,
　　　　　　　　　朝中唯有范仲淹。
　　　　　　　　　提灯引路小巷转,
　　　　　　　　　乘月色访知己去会忠贤。

　　　　　〔包兴提灯引路,二人悄悄下。

第五场　月下共勉

　　　　　〔范府庭院内,竹影婆娑、银光满地。当中石几上供
　　　　　一炉,香烟飘袅,远处传来二更梆声。

　　　　　〔范仲淹凭栏望月,家人侍立。

范仲淹　（唱）　望月华云雾障凭栏浮想,
　　　　　　　　　恨奸佞仗权势扰乱朝纲。
　　　　　　　　　朱门中酒肉臭挥金欢唱,
　　　　　　　　　陈州地众灾民饥馑难当。
　　　　　　　　　民不安社稷危凄凉景象,

愁煞人心如焚昼夜忧伤。
包拯他奉王命陈州察访，
刘得中摆酒宴所为哪桩？
莫不是庆刘府驾前受宠？
难道说有祸心暗藏未张？
心烦乱神不爽愁眉难放，
举玉杯邀明月共饮琼浆。

〔包拯悄然而至，包兴随上。

包　拯　范公！

范仲淹　明公！

包　拯　（唱）　未通报休怪我来得鲁莽！

范仲淹　（惊喜地）

　　　　（唱）　今夜晚咱两人——

包　拯　（唱）　共叙衷肠！

〔包拯、范仲淹同笑归座。

〔家人置灯、茶，与包兴下。

范仲淹　明公夤夜至此，不知为了何事？

包　拯　包拯明日前往陈州，特来造访尚书大人，还请赐教！

范仲淹　那刘家乃世代豪门，盘根错节，权高势大呀！

包　拯　朝堂之上我再三请命，方得准行，谁知这圣命只说
　　　　"察访，察访"。

范仲淹　是啊。想那刘家乃世代豪门，权高势大。万岁对他
　　　　确是勉为其难！

包　拯　包拯此去，远离朝堂，刘得中之辈岂不要进谗欺君。
　　　　有道是"三人成市虎，谗言惑君心"！

范仲淹　（不解其意）啊？明公今日心中存疑虑，明朝岂不进
　　　　退两难？

包　拯　唉，臣蒙范公举荐，包拯得去陈州察访，为此来求范
　　　　公明日早朝，恳求万岁收回臣虑！

范仲淹　哦？你就为此事而来么？

包　拯　非但如此，包拯还要上殿面君，告辞还乡！

范仲淹　你……此话当真？

包　拯　当真。

范仲淹　非公之言！

包　拯　我乃是由衷相告。

范仲淹　（激动地）明公，你你你此言差矣！

　　　　（唱）　你我交好数十年，

　　　　　　　　今日惊闻懵懂言。

　　　　　　　　素敬明公忠义胆，

　　　　　　　　刚正不阿立朝班。

　　　　　　　　却因何故生此念，

　　　　　　　　铁面无私成笑谈！

包　拯　（递书信）

　　　　（唱）　未曾离京遇暗箭，

　　　　　　　　软硬兼施臣胆寒。

　　　　　　　　官官相护民涂炭，

　　　　　　　　上下包庇情相连。

　　　　　　　　我何必秉公结私怨，

　　　　　　　　我也要看风使舵不开顶风船！

范仲淹　（唱）　包大人一席话将我试探，

　　　　　　　　辞朝政隐山林并非实言。

　　　　　　　　咱二人今夜晚赤诚相见，

　　　　　　　　风浪中愿与公同舟并肩。

　　　　　　　　你休讲急流勇退怕风险，

　　　　　　　　即就是隐退故里心难安。

　　　　　　　　青山蜀道征途险，

　　　　　　　　治国岂能怕权奸。

　　　　　　　　你找同心把狂澜挽，

　　　　　　　　安危祸福共承担。

　　　　　　　　纵然壮志未酬无遗憾，

　　　　　　　　留得美名万古传。

包　拯　（唱）　范公忠义述高见，

　　　　　　　　洗耳恭听肺腑言。

　　　　　　　　此行怎得操胜券？

秦腔 金锤冤 JINCHUIYUAN

范仲淹　（唱）　明察暗访要防奸！

包　拯　（唱）　朝堂倘若风云变？

范仲淹　（唱）　俱有范某来承担！

包　拯　（唱）　万岁若把臣埋怨？

范仲淹　（唱）　我在驾前巧周旋！

包　拯　（唱）　范公赐教壮行胆，
　　　　　　　　明朝飞马渡关山。

〔远处传来三响更鼓。

包　拯　（唱）　夜阑人静辞府院，
　　　　　　　　忠良之心磐石坚。

〔范仲淹举起酒杯向包拯敬酒。

范仲淹　明公啊！

　　　　（唱）　一杯美酒敬明公，
　　　　　　　　马蹄得意乘长风。
　　　　　　　　祝公远行多珍重，
　　　　　　　　翘首捷报传帝京。
　　　　　　　　二杯美酒表深情，
　　　　　　　　一片冰心玉壶中。
　　　　　　　　察访民情除奸佞，
　　　　　　　　莫负王命陈州行。
　　　　　　　　三杯美酒情更浓，
　　　　　　　　遮莫邻鸡下五更。
　　　　　　　　巡查回京喜相逢，
　　　　　　　　举觞痛饮再接风。

包　拯　（唱）　惟有涓埃合圣命，
　　　　　　　　但愿野旷无悲声。

〔范仲淹、包拯举杯一饮而尽。

范仲淹
　　　　（笑）哈哈哈哈！
包　拯

第六场　豪门血泪

〔陈州城,钦差官邸花厅内。

〔夜,花灯初上,月照当空。

〔幕启,刘金吾观赏歌舞,王粉莲率众歌伎,且歌且舞。

（合唱）香烟轻绕华灯亮,

　　　　振袖旋腰舞霓裳。

　　　　笙箫管笛奏不尽,

　　　　金杯玉盏饮琼浆。

〔舞罢。

刘金吾　哈哈……好好,粉莲,唱得好,舞更妙。来来,歇息片刻。哈哈……

〔刘禄上,见状迟疑。

刘　禄　衙内,小子有密事回禀。

刘金吾　（扫兴地）讨厌! 粉莲,你去更衣,我马上就到!

〔王粉莲下。

刘　禄　衙内! 那些粮食全部出手了。商绅们要过府面谢衙内。

刘金吾　让他们进来!

〔禄挥手示意。

〔二商绅带二家丁拿托盘上。

二商绅　参见钦差大人。

刘金吾　罢了。

商　甲　蒙受钦差大人雨露恩泽,无以为报——

商　乙　谨备薄礼不成敬意,望大人笑纳。

〔二商绅揭下托盘的盖布,盘上放古玩玉器、金银器皿。

刘金吾　（心中一喜）让你们费心了！

二商绅　不成敬意呀！

刘　禄　大人公务在身,二位请回吧！

二商绅　我等告退！（众下）

刘金吾　（十分得意）好,我头一回放差出京,有了权就有了钱,这太方便啊！钱、权、权、钱。哈哈……（笑）

刘　禄　衙内,咱们这回出来进项可不少了。这是清单（递上一折子）您看着收起来,衙内,陈州上下,风声不小。我看咱们不要再——

刘金吾　哼！我的事哪个敢管？

刘　禄　是！是！来呀,看茶！衙内,话是这么说,你也该有备无患才好呀！

刘金吾　嗯,准备几份厚礼,送回京去。

刘　禄　是。

　　　　〔春莺端茶上,献茶。

刘金吾　你？

　　　　〔春莺忙躲闪,下。

刘金吾　她是？

刘　禄　她叫春莺,是奉大人之命新抢进府来的。

刘金吾　对,对,对！（望春莺背影）嘿,她太不知抬举了！

刘　禄　一会儿我去教训她,让她顺从就是。大人,酒宴早就准备好了。

刘金吾　对对,粉莲还等着我入席哪！（下）

　　　　〔刘禄挥手二家人上,对二人耳语吩咐。

二家人　是。（欲下）

刘　禄　慢着,这大人的意中人,手下留神！（下）

　　　　〔二丫环端酒、果盒过场。

　　　　〔王粉莲上。

王粉莲　（唱）　推杯盏,到花厅心方舒展,
　　　　　　　　轻移步、慢徘徊聊解心烦。
　　　　　　　　丝竹如诉满腹怨,
　　　　　　　　灯红酒绿无心恋。

　　　　　　刘衙内威逼将奴占，

　　　　　　残杯冷炙强作欢。

　　　　　　身落烟花空长叹，

　　　　　　低头顾影且自怜。

　　　　　　愿问堂前归来燕，

　　　　　　梦魂不到姑苏南。

　　　　　　我好似出水芙蓉凌波站，

　　　　　　玉立吐芳污不沾！

　　　　〔金吾手拿酒杯，摇摇晃晃地上。

刘金吾　粉莲，你怎么逃席了？来，咱们俩再饮一杯！送
　　　　酒来！

王粉莲　您怎么又喝这么多呀？

刘金吾　大爷我心里高兴，想喝多少就喝多少。

　　　　〔丫环送酒上。

刘金吾　放下，我给你斟上一杯。

　　　　（唱）　我将美酒来斟满，

　　　　　　　红灯歌舞戏婵娟。

王粉莲　（十分厌恶）

　　　　（唱）　且用大杯将他灌，

　　　　　　　免得衙内苦纠缠。

　　　　衙内，你今儿个高兴，咱们换上大杯，我敬你三杯。

刘金吾　好……好！来……人，大杯侍候！

　　　　〔丫环上，拿大杯置桌上，下。

刘金吾　哦？你想灌我？我不怕！来，干！

　　　　〔王粉莲斟酒，刘金吾连饮三杯。

刘金吾　干！干！大爷我乃是沧海之量，别说三杯，十杯之
　　　　下我都不怕。

王粉莲　怎么，您在十杯之下都不怕？

刘金吾　（已醉）不，不怕！

王粉莲　那您再喝呀！

刘金吾　粉莲，你真有福！你要是跟了我，我把这个给你！
　　　　（掏清单折）我的进项全在这儿。我请你做我掌钱

的夫人！你看看（塞折子给王粉莲）咱们再干！干！
唔……（醉伏案上）

王粉莲 （唱） 三杯未满刚下咽，
　　　　　　　他已醉成泥一摊！
〔王粉莲欲扶刘金吾，刘金吾扶不起来。

刘金吾 我没醉！没醉！
〔王粉莲下。
〔春莺哭上。

春　莺 （唱） 为倒茶遭毒打疼痛难忍，
　　　　　　　纵然是插双翅难以飞奔。
　　　　　　　进刘府犹似那囚入监禁，
　　　　　　　何一日归故里重见娘亲。

娘啊！（哭）
〔刘金吾忽然喊叫起来。

刘金吾 打茶来！来人！

春　莺 （急忙应声）来了！
〔猛见刘金吾醉态大吃一惊，止步不敢向前。

刘金吾 谁？（抬头找人）

春　莺 我……（惊慌万分，不知如何是好，忽然想起应躲
避，拔脚要走）

刘金吾 站住！你是——春莺啊！嘿嘿……大爷我正想你
哪！过来过来呀！
〔春莺又惊又怕，急忙躲闪。

刘金吾 别躲呀！大爷喜欢你，这是你的造化。
〔猛地去抱春莺，春莺拼命挣扎。

刘金吾 别怕，大爷我高兴……
〔春莺挣扎逃走被刘金吾一把抓住，捂住春莺的嘴，
拖至屏风后面。

春　莺 救人哪！
〔王粉莲送还折子，见桌边没有刘金吾，欲将折子放
在桌上又觉不妥。收起来，走过去，前往后厅寻找
刘金吾，忽然觉得听见什么响动，望一下，未见有

人,匆匆地下。

〔春莺披头散发地逃上,跌倒在地,又挣扎起来。

春　莺　(绝望地)天哪！天！

　　　　(唱)　无耻的奸贼施强暴！

　　　　　　　可怜我春莺把难遭！

〔刘金吾摇摇晃晃追上,一脸淫笑。

〔刘金吾又扑过来,春莺猛地一记耳光,打得刘金吾
一个踉跄。

刘金吾　啊？(追赶春莺)

〔春莺上前抓住刘金吾胳膊狠咬一口。

〔刘金吾踢开春莺,转身逃跑。

〔春莺抓起烛台打将过去,刘金吾腰被砸,大叫一
声,抓起金锤。

〔王粉莲闻声赶到花厅,呆在门口。

〔刘金吾猛地一击把春莺打死！

〔春莺顿时倒地身亡,王粉莲急扑向春莺。

〔刘金吾打死春莺后跌坐在椅子上。

〔王粉莲见春莺已死大惊。

王粉莲　(悲痛欲绝)春莺！春莺！天哪！

第七场　私访牵驴

〔通往陈州的官道上,沿路一片灾荒景象。

〔包拯与包兴改扮成客商伙计模样。包拯骑马,包
兴随上。

包　拯　(内唱)离开了汴梁城忙把路上——

〔包拯一路看到灾情严重,十分痛心。

包　拯　(唱)　脱蟒袍,换行装。

　　　　　　　昼行夜宿暗察访,

　　　　　　　隐名换姓改扮客商。

放眼关山细瞭望，
村舍庄田蒿草荒。
又只见古道茫茫云路远，
铁铃声声断肝肠。
此情景令人添惆怅，
倒叫我心中好悲伤！
一路上多留心把灾情察访，
餐风宿露苦奔忙。
众灾民情冷漠不把冤讲，
恨奸佞掩真相层层设防。
今日里到陈州一番较量，
纵然是泰山压顶我决不徬徨。
心沉重下马来进村查访，

〔包拯下马，包兴拴住马匹。

（唱）　访真情我还要另作主张。

包　兴　唉，走了半天了，又渴又累，相爷，咱们也该歇会儿
　　　　了吧？

包　拯　啊！你叫我什么？

包　兴　（自觉失言）对，对，客官。您是客官，我是伙计，我
　　　　又忘了！客官，你在这儿等会儿，我去找点儿水来。

包　拯　不，你且歇息片刻，我自去寻。（下）

包　兴　好。（喘息未定）唉，我的妈呀！这一路上可把我累
　　　　坏了！这回相爷出京私访，一不准惊动地方骚扰百
　　　　姓，二又不去馆驿食宿。每天在小店里歇脚，吃点
　　　　干粮就登程赶路，真是晓行夜宿马不停蹄。可是。
　　　　他在马上骑着，我在下面跑着！这两条腿儿哪跑得
　　　　过四条腿儿啊！这几天不但没吃油水，肚子里的油
　　　　水也耗光了，我这腿一个劲地打趔趄！出京这才几
　　　　天，我早受不了了！（感慨地）咳，当个好官真不容
　　　　易！谁要想当好官，干点好事儿，得像我相爷，不，
　　　　就是像我家客官，就是得放下架子吃点苦，受点罪！
　　　　嘿嘿，我想起来了，今儿早上，我多了个心眼，偷偷地

留下个烧饼,这会儿我拿出来先垫垫饥!(掏烧饼)

〔包兴吃起烧饼来,包拯上站在一旁听着。

包　兴　谁不知道,我们相爷是图龙阁大学士,兼理开封府尹。执掌朝政,官高爵显。外人不知道还以为我们跟着他有享不尽的荣华,受不尽的富贵哪! 可哪个知道我们相爷真是公私分明,一尘不染! 我们哪? 连一点油水也不能沾! 你们不信哪? 你看! 连我这个相府的大管家还蹲在这儿啃这干巴烧饼哩!

〔包兴边说边吃,包拯耐心地听着。

包　拯　(突然地)包兴! 你讲些什么啊?

〔包兴一惊,赶忙把烧饼塞进嘴里。

包　拯　你这是怎么样了?

〔包兴被烧饼噎住,讲不出话来。

包　拯　(故意地)包兴,你这是怎么样了? 讲啊!

包　兴　(越急越讲不出话来)啊! 噎死我了! 我的老爷,这烧饼太干了! 你怎么回来了?

包　拯　四下无水可寻!

包　兴　没水? 快把我干死了!

包　拯　离陈州城不远了,你回去迎上王朝、马汉,我一人悄悄进城。

包　兴　您一人进城?

包　拯　那刘衙内与我并不相识,料也无事。你骑马去吧!

包　兴　我骑马? 你怎么走呢?

包　拯　我步行前往。

包　兴　让你走路? 让我骑马? 这哪儿成啊!

包　拯　事不宜迟。你快走! 快去!

包　兴　您可多加小心。(骑上马)

包　拯　大管家! 这四条腿比两条腿儿强多了吧!

包　兴　哎!

包　拯　哈哈……

〔包兴打马下。包拯目送包兴下。

〔忽然传来王粉莲的喊声:"喂! 快把毛驴儿拉住

喽!"包拯急忙观看。

王粉莲 （唱） 小毛驴撒了欢又蹦又蹿,

〔王粉莲骑毛驴上,收不住缰,惊慌失措,包拯急忙
上前拦住驴,王粉莲跳下驴来气喘吁吁。包拯把驴
牵住。

包 拯 （唱） 急忙忙向前来挽住绳缰。

王粉莲 （喘息未定）多亏您把驴牵住了。我这儿有礼了!
（作揖相谢）

包 拯 岂敢,岂敢。

〔王粉莲抬望包拯。

王粉莲 （惊讶地）哟! 这个人怎么这么黑呀!

包 拯 （风趣地）呃,你没听人家说,黑是黑,是本色,白是
白,溜光锤嘛! 你将驴牵过去吧。

王粉莲 哟,我说,你这个人要做好事,也不做到底。这毛驴
颠了我半天,您也得让我喘口气儿呀!

包 拯 哦,她倒比我还有理!

王粉莲 就难为您再牵一会儿,行不行啊?

包 拯 好好,听她讲话倒也爽快,我倒要与她谈上几句。

王粉莲 别看他黑,心眼倒还不错。对! 我说咱们俩走着说
着行吗?

包 拯 好。你这样匆匆忙忙,去往哪里?

王粉莲 您问我上哪儿? 哎! 别提了,气死人!

包 拯 却是为何?

王粉莲 你听我说! 他呀——

（唱） 他约我西门把春景玩,

怎料他失约我孤单。

心中着急将他找,

慌不择路任驴颠!

包 拯 （疑惑地）他? 他是哪个呀?

王粉莲 （唱） 他——他就是钦差刘衙内,

朝廷派来的放粮官!

包 拯 （惊讶地）哦?

	（唱）	钦差大人官爵显， 你能与他相识非一般！
王粉莲	（唱）	他到陈州两天半， 丽春院来会我王粉莲！
包　拯	哦？王粉莲！	
	（唱）	她心直口快不遮掩， 拦驴巧遇王粉莲。 耐心与她话长短， 我来个钻子钻木慢慢向进钻。 你有幸能与钦差攀， 定能够扶摇青云上九天。
王粉莲	（唱）	说什么我把高枝占， 刘衙内怀藏黑心肝。 依仗他父官爵显， 克扣银米民受冤。 勾结商绅太阴险， 捞来多少昧心钱！
包　拯	什么？昧心钱?!	
王粉莲	（忽觉失言）咳！	
	（唱）	你快帮我把驴赶， 这事和你不相干！
	咱们快赶路吧，我去长亭，您去哪儿？	
包　拯	我进东门，正好顺路。	
王粉莲	正好顺路？可是得麻烦您给我牵着。咱们一边儿 走一边儿谈，你看好不好？	
包　拯	好！（牵驴）	
王粉莲	（唱）	你我同行把路赶。
包　拯	（唱）	老包我今日把驴牵！
王粉莲	（唱）	边走边谈话长短。
包　拯	（唱）	钦差之事儿慢慢谈。
王粉莲	（奇怪地）我说你怎么爱打听钦差大人的事儿啊？	
包　拯	哦！我乃行商之人遍走江湖，听你讲讲，长长见识。	

王粉莲	怎么你是个行商的客官？你姓什么？
包　拯	嗯——我姓黄。
王粉莲	做什么生意呀？
包　拯	（唱）　小本经商贩绸缎——
	浪迹江湖度余年。
王粉莲	怎么你姓黄？是贩绸缎的？
包　拯	正是。
	〔王粉莲上下打量包拯。
王粉莲	是真的吗？
包　拯	怎么会是假的呢？
王粉莲	我看不对！
	（唱）　他气宇轩昂不平凡！
	又追钱来又问官。
	你不姓黄不贩缎，
	我看你口中无实言！
包　拯	啊！
王粉莲	看你这模样儿，（改变话题）肯定姓黑，是个卖煤炭的！
包　拯	取笑了！听你说话不像这陈州人氏？因为何事来到这里？
王粉莲	（触动心事）这……嘛？客官请听！
	（唱）　提往事不由我伤心悲叹，
	尊一声黄客官细听我言。
	自幼儿家穷困出身贫贱，
	家住在姑苏城西门外边。
	天灾人祸沧桑变，
	背井离乡来中原。
	千家万户去讨饭，
	饥寒交迫泪涟涟。
	辗转卖身丽春院，
	流落烟花受熬煎。
	红灯绿酒独伤叹，

強作笑顔有谁怜。

天长地久魂飞断，

遥思乡情泪阑干。

包　拯　原来如此。如今有了刘衙内，你岂不是荣耀非常？

王粉莲　（唱）　提起衙内我满腹怨，

纨袴子弟做高官。

紫金锤仗他三分胆，

胡作非为无法又无天！

包　拯　他身为钦差，做什么违法之事？

王粉莲　（唱）　他到陈州一月满，

可怜灾民祸压肩。

我在府中冷眼看，

搜刮的金银堆如山！

包　拯　啊！你道他贪赃有何凭证？

王粉莲　凭证！（欲说又止）不说啦！不说啦！

包　拯　哈哈！我从原路而来，要往原路而去。陈州之事也
不过说说闲话，无妨，无妨，你有何凭证啊？

王粉莲　凭证？

（唱）　那一夜，三更晚，

他酒醉之后吐实言。

账目折儿递给我，

桩桩件件记上边。

抢田产，霸庄园，

克扣皇粮万万千！

流水账目细观看，

吓得我心惊胆又寒。

包　拯　嗯，竟有此事！后来呢？

王粉莲　（唱）　酒醒之后觉失算，

他又哄又吓要账单。

许下金银将我骗，

今日游春两交还！

包　拯　（急忙追问）怎么，那账目折子你还与他了么？

王粉莲　嗯！我哪能那么傻呀！

　　　　（唱）　把柄在我手中攥，

　　　　　　　　粉莲稳坐钓鱼船。

包　拯　哦。它还在你手！

王粉莲　他不给我银两，这折子他休想拿走！

包　拯　（心中甚喜）好，好，好！只是那刘衙内岂能甘休？

王粉莲　他呀？现在顾不得喽！

　　　　（唱）　西郊我未见钦差面，

　　　　　　　　听说来了包青天。

　　　　　　　　刘衙内，心慌乱，

　　　　　　　　去往长亭做周旋。

包　拯　（故意地）啊？钦差大人现在长亭，我不敢去了。这
　　　　驴我也不牵了，你自己去吧！

王粉莲　哎，你别怕呀，有我哩！

包　拯　我去得？

王粉莲　我保你没事儿！

包　拯　好！我就跟你去一趟。

王粉莲　好吧！客官，您给我牵驴来！

包　拯　来喽！

　　　　〔包拯牵过驴，王粉莲上驴。

王粉莲　客官，你随我来呀！

　　　　（唱）　叫客官，放大胆，

　　　　　　　　一切都有我承担。

　　　　　　　　随我到长亭看一看，

　　　　　　　　歇歇腿儿来抽袋烟。

　　　　　　　　送我回城再相谢，

　　　　　　　　多谢你一路把驴牵！

　　　　〔王粉莲骑驴儿奔下，包拯目送其下场。想着王粉
　　　　莲的一番言语，看着赶驴的鞭儿忽觉可笑。

包　拯　（唱）　我改换行装暗察访，

　　　　　　　　包龙图做了牵驴郎。

　　　　　　　　我且随她长亭往，

冷眼旁观看端详。

定查个水落石出明真相，

不枉我今日牵驴走一场！

〔粉莲在远处喊："客官,赶驴呀!"

包　拯　哎,来喽!

〔包拯扬鞭赶驴,匆匆地往长亭赶去,下。

第八场　长亭绑包

〔陈州城郊,长亭。亭中设摆酒宴,斗子乙在一边
侍立。

〔刘衙内心神不安,来回踱步,算着日期。

刘金吾　（念）　我父差人把信送,

包拯查访离汴京!

先发制人安排定,

管他是吉还是凶!

〔斗子甲急上。

斗子甲　大人! 去开封告状的张仁回来了!

刘金吾　（一惊）张仁! （咬牙切齿）事情就坏在他的身上!

把他给我抓起来!

二斗子　是!

刘金吾　张仁哪张仁,我不杀了你难解我心头之恨!

〔王粉莲与包拯来到长亭。

王粉莲　嘚儿,吁!

（唱）　来到长亭下鞍蹬,

包　拯　（唱）　冷眼旁观看分明。

〔粉莲下驴,包拯接过缰绳,牵驴。

王粉莲　你把驴牵过去,在旁边歇会儿,一会儿就走!

包　拯　好,好。（牵驴下）

王粉莲　大人! 衙内!

刘金吾	谁呀？（见王粉莲）咳！你怎么到这儿来了？
王粉莲	嘿！我还没问你，你倒问起我来了，你怎么到这儿来了？
刘金吾	我有公事在身，不能不来呀！
王粉莲	什么公事，把你忙成这个样儿？
刘金吾	哎呀，京里来的包大人今儿到了！
王粉莲	（惊讶）怎么？那包大人真的来了吗？
刘金吾	我早派人打听这还有错，我在这儿等着给他接风哩！
王粉莲	接风？那我怎么办？
刘金吾	咱们那件事儿回头再说，你赶快走吧！
王粉莲	走？我这么老远的从西跑到东，也得喘喘气，喝口水呀！
刘金吾	（无可奈何）好好，趁他没到，你先坐会儿！
	〔二人欲入亭，粉莲看见金锤。
王粉莲	我说衙内，你到长亭，还带这个金锤干什么？
刘金吾	这可是我的护身宝，我走到哪儿带到哪儿！这是御赐，打死白打，就是老包来了，趁他不防，我也给他一锤！
王粉莲	这——（暗自打算）他说包大人要到了，我自有道理。衙内！这紫金锤院里姐妹没有见过，我带回去给她们看看好不好？
刘金吾	护身之物，岂能拿走？
王粉莲	姐妹们看完之后，我就拿回来。
刘金吾	真把你没有办法。
	〔刘衙内进亭取锤，粉莲喊包拯过来。
王粉莲	这有什么？明日就还给你！
刘金吾	（交粉莲金锤）你看看吧。
王粉莲	客官，把驴牵过来，咱们走吧！带驴！带驴！
	〔包拯带过驴来。
	〔忽然斗子甲疾呼："大人！"刘衙内一惊，急忙观看，粉莲乘机上驴急奔下。包拯在一旁看动静。斗子

甲气喘吁吁地奔上。

斗子甲 我们去抓张仁,谁知老百姓起哄捣乱,一伙人都涌向这儿来了!

刘金吾 (大惊)啊!(连忙观望)

斗子甲 这不都来了吗?

刘金吾 (又气又急)这是要造反哪!都给我抓起来!

斗子甲 (害怕地)这……

刘金吾 快去!(发现王粉莲不见了)

斗子甲 是!(欲下)

刘金吾 (喊粉莲)回来!

斗子甲 在!

刘金吾 咳!(又怒又急)谁叫你了,快把张仁带来!(斗子甲下)

〔二斗子、众校尉押张仁上,众百姓拥上。

刘金吾 (咬牙切齿地)张仁!大胆的张仁!你竟敢诬告本钦差?

张 仁 为父申冤,告告何妨!

刘金吾 (凶狠地)哈哈!我不杀你难以压服这群刁民!来呀,给我打!

〔二斗子欲打张仁,众百姓群情激愤上前阻挡,春莺妈愤恨至极,上前大骂刘衙内。

春莺妈 刘衙内,狗强盗!

(唱)　骂声强盗休狂妄,

　　　　欺压良民罪昭彰。

　　　　今日实难逃法网,

　　　　我看你难有好下场!

刘金吾 (狰狞地)好哇!你这个老东西,你别想活着见到你们那个包青天了!来呀!给我往死地打!

〔众差役抢过棍子,欲打春莺妈,张仁用身体挡住,又被校尉推开。

众百姓 不能打呀!不能打!

刘金吾 (夺过棍子)

391

（唱）　倾刻叫你把命丧！

〔刘衙内抓住春莺妈,举棍欲打。

〔包拯忍无可忍,大步向前抓住刘衙内手中木棍,挡住春莺妈。

包　拯　（唱）　擅杀无辜忒猖狂！

〔众人发现包拯,同吃一惊。

张　仁　你?!

刘金吾　你?!

〔二人同时指包拯。包拯止住张仁。

包　拯　你因何杀他?

刘金吾　（心中惊异）你是什么人,敢来阻挡?

包　拯　俺乃货商,目睹行凶,岂能不管?

刘金吾　管?（更为疑惑）你好大的口气!（见包拯气度不凡,十分疑心）

刘金吾　你到底是什么人?（包拯不理,扶起春莺妈）

斗子乙　大人,他就是刚才那个牵驴的吗?

刘金吾　（猛地想起）不错是他,来呀,给我绑了!

〔二斗子上前抓包拯,张仁大叫!

张　仁　包大人!……

〔众大惊,包拯冷笑不理。

〔刘衙内大惊失色。

〔内突然传来刘禄喊声:"大人!"急奔上。

刘　禄　衙内,包大人他到了!

刘金吾　（惊讶地）哦! 什么?

刘　禄　你看包大人的大轿快到长亭了。

〔刘衙内远看,果然有一伙人马从远而近,又看包拯立在面前。

刘金吾　你敢冒充! 来呀! 绑他在长亭示众!

〔斗子甲乙把包拯绑在长亭柱子上,包拯泰然自若。

〔校尉押张仁及百姓下,张仁拼命挣扎。

张　仁　包大人! 包大人!（被押下）

〔远处传来锣声。包拯仪仗已到。刘衙内等乱成一团。

〔锣声大作,开封府尹、钦差包大人的全副执事仪仗走上。王朝、马汉、张龙、赵虎等拥一乘大轿走上。

〔刘衙内慌忙迎接。

刘金吾　包相爷驾到,小侄迎接来迟,望乞恕罪!

轿内声　罢了!

刘金吾　长亭备酒与相爷接风,望大人下轿歇息片刻!

轿内声　这个——不消哇不消!（笑）

〔张仁内狂喊:"救人哪!"张仁挣脱了捆绑奔上。

张　仁　（声泪俱下）包、包大人被绑在亭上!

〔众人大吃一惊,轿落。包兴从轿里跳出来。

包　兴　（大叫）哎呀,我的相爷呀!

〔众人急上前解救,刘衙内失魂落魄。

刘金吾　（指包拯）你……

〔包拯怒不可遏,走下亭来。

包　拯　（唱）　大胆奸贼太疯狂,

　　　　　　　　　残害百姓丧天良。

　　　　　　　　　今日长亭明真相,

　　　　勇士们!

　　　　（接唱）带进了府衙内立即升堂。

〔王朝、马汉押刘衙内下。

〔张龙、赵虎与张仁松绑。

〔包拯大步进城。

〔众百姓随下。

第九场　惩奸雪冤

〔二幕前。刘得中带校尉急上。

刘得中　老夫刘得中!可恨包拯偏与老夫作对,不肯徇情。他到陈州只恐我儿性命难保,为了此事我苦苦哀求

万岁将我儿速调回朝，也好保全于他。幸得准奏，待我速速押旨出京，赶往陈州。校尉们！

校　尉　啊！

刘得中　快马加鞭！

〔刘得中急下，众校尉随下。

〔二幕启。陈州府大堂。

〔包拯升堂，王朝、马汉及校尉、人役等分站公堂两侧。

包　拯　（念）　执法如山朝野惊，

岂容奸佞胡乱行。

（拍惊堂木）带刘金吾！

〔王朝、马汉带刘金吾上。

刘金吾　（蔑视地）包拯呀！大胆的包拯！我乃王命钦差，一不贪赃，二不枉法，你竟敢目无圣上，欺压朝官，哼哼，你也太得无理！

〔众百姓内高喊：冤枉！冤枉！冤枉！

〔刘金吾惊恐。

王　朝　启禀相爷，百姓堂口喊冤！

包　拯　快快带上堂来！

王　朝　百姓们上堂！

〔众百姓涌上。

青年甲　大人哪！抢占庄田的就是他！

老　汉　克扣粮米的就是他！

春莺妈　害死我女儿的就是他！

张　仁　打死我父，害我一家的就是他！大人与我……

众　　　（齐声）作主啊！（举过状纸跪地）大人为民伸冤！

刘金吾　哼，煽动刁民，诬告钦差，你们把赃证拿出来！

包　拯　带王粉莲！

〔包兴带王粉莲急上。

王粉莲　参见相爷！

包　兴　相爷，王粉莲带到！

包　拯　王粉莲，有话当堂讲来！

王粉莲　（心中害怕）这——

〔刘衙内示意粉莲不要讲,众人役挡住。

包　拯　你休要害怕,站起来讲!

王粉莲　谢包大人!（起身,抬头看见包拯,惊讶地）你不是那个牵驴的吗?

刘金吾　（沮丧地）王粉莲,你休要胡说!

王粉莲　大人哪!

（唱）　在大堂我把真情摆,

未曾开言我泪满腮。

春莺被辱又被害,

我眼见他金锤打下倒尘埃。

杀人凶犯仇如海,

百姓不敢把口开。

贪赃枉法休抵赖,

凭证在此难消灾!

（拿出金锤）这是他杀人的凶器,这是他贪赃的凭证!

〔王粉莲拿出清单折,刘衙内大惊,包兴拿过去,递上公案,刘衙内欲抢金锤,众拦。

〔包拯怒不可遏,举起金锤。

包　拯　（唱）　人证物证俱都在,

自掘坟墓把身埋。

要为无辜讨血债,

勇士们!

众　　　啊!

包　拯　（唱）　快将那虎头铜铡抬上来!

〔众刽子手抬虎头铡上场放下。

刘金吾　（猛地大吼）慢着!虎头铜铡!（歇斯底里地狂笑）哈哈……包大人!你别来这一套!想把我铡了?没那么容易!告诉你我乃世代功勋之后,万岁亲命的钦差,我跟他一个样!（指包拯）你别当我不知道,你到陈州只是奉旨察访,对我你无权治罪!我说包大人！黑老包，(恶毒地)你纵容刁民，买盗攀赃，陷害钦差。我有这先王御赐的紫金锤在，你敢把我怎么样啊?!

包　拯　(唱)　大胆的孺子莫骄横，
　　　　　　　　死到临头还逞凶。
　　　　　　　　万岁爷亲命你救济灾情，
　　　　　　　　你不该结商绅残害百姓。
　　　　　　　　你本该公正廉明行王命，
　　　　　　　　怎能狐假虎威害苍生。
　　　　　　　　国不宁皆因为权奸作梗，
　　　　　　　　民不安怨豪门不忠朝廷。
　　　　　　　　莫道你世代功勋权势重，
　　　　　　　　包拯断案不讲情。
　　　　　　　　执法犯法伤人命，
　　　　　　　　人证物证难逃生。
　　　　　　　　休夸你父掌国柄，
　　　　　　　　包拯不在眼目中。
　　　　　　　　留下国贼有何用，
　　　　　　　　今日送你黄泉行！

　　　　　　刽子手！

众　　　啊！

〔张龙赵虎急呼"相爷"奔上。

张　龙　禀相爷,圣旨下!

赵　虎　刘得中老儿押旨前来!

〔众惊,包拯愕然,走下公案,徘徊踱步! 怒视刘金吾,望着百姓,环视公案,王朝等呼威。

刘金吾　(奸笑)哈哈! 哈哈! 包拯啊! 黑老包! 我父奉旨前来,料你也不敢把我怎么样! 走! 咱俩回京去见万岁,看看谁胜谁负。快把你那虎头铜铡悄悄地抬下去吧。我是钦差大人,不是你家包勉,想铡我,小心把你的铡刃崩了!

众　　　相爷! 为民作主!

包　拯　（毅然地）罢！

　　　　　（唱）　刘得中宣旨大堂外，

　　　　　　　　　定为讲情到此来。

　　　　　　　　　今日替民除祸害，

　　　　　　　　　你难逃国法来制裁。

　　　　　　　　　迎请圣旨且稍待，

　　　　　　　　　刽子手先把铜铡开！

　　　　〔众校尉、刽子手将刘金吾押进铡口。

刘金吾　（绝望地）父亲呀！

包　拯　铡！

　　　　〔刘得中急奔上，进大堂。

刘得中　（惊呆）啊！儿呀！

　　　　〔圣旨落地，瘫坐地上。

　　　　〔王粉莲、张仁、春莺妈跪谢包拯，包扶起。众欢呼
　　　　雀跃。

　　　　　　　　　　　　　——剧　终

演出单位

西安尚友社

吸毒之恨

根据秦腔剧本《大烟魔》改编

江 魏 改编

剧情简介

　　清末,巨商谭少伯深为信任的两个掌柜——吴智伯、贾仁义,为夺其家产,暗中唆使其子谭德容常年出入烟花妓院,不理家事。谭少伯为教其子,不幸又堕入吴智伯移花接木之计,诱其子抽上大烟。

　　谭少伯教子不成,气病身亡,德容却烟瘾日甚一日,吴、贾二人趁机将其商号店铺尽行骗去。德容却不思悔悟,假意戒烟,将吴贾二人给的假戒烟药带回,误将其子毒死。其母怒其不争触柱而死,其妻哀其不幸自缢身死,家人见其败落盗财而逃,吴贾二人又趁机将其田产庄院据为己有。谭家遂家破人亡。

　　至此,德容仍不思戒烟,携女乞讨时又被原家仆将其女骗卖烟花。其女不堪凌辱,逃跑路遇德容,德容才醒悟悔恨,以烟枪自毙。

场　目

人物表

谭少伯	巨　商
范　氏	谭之妻
谭德容	谭之子
罗惠贞	德之妻
谭金华	德之女
谭琪儿	德之子
梅　姜	家　院
奶　妈	奶　妈
吴智伯	谭家掌柜
贾仁义	谭家掌柜
倪芙蓉	吴之妻
韩莲花	贾之妻
桑　清	妓院老板
阳　红	打　手
绿　毒	打　手

第一场　阴谋定计

〔幕启,谭家客厅。中悬巨幅福禄寿三星图,两扇屏风分置左右,各绘山水人物。华灯照耀,物极华贵。

谭少伯　（唱）　有老夫在客厅思绪涌动,
　　　　　　　　思想起一生事风起云涌。
　　　　　　　　涉商界数十年辛劳不停,
　　　　　　　　设良谋巧运筹财运亨通。
　　　　　　　　只可惜德容孽子不理家事太任性,
　　　　　　　　整日里贪恋烟花嫖风浪荡丧门风。
　　　　　　　　媳妇为他常心痛,
　　　　　　　　一家人骂他心不宁。
　　　　　　　　命梅姜去把那我的左膀右臂请,
　　　　　　　　吴智伯智谋多他必能变通。

〔吴智伯上。

吴智伯　（唱）　常低眉为的是暗用心计,
　　　　　　　　勤哈腰为的是吐气扬眉。
　　　　　　　　面带笑为实施我的主意,
　　　　　　　　菩萨容藏杀机神鬼难知。

　　　　参见老太爷。

谭少伯　吴掌柜免礼,快快请坐。

吴智伯　谢老太爷。（坐）唤小人到来有何吩咐?

谭少伯　吴掌柜哪知。只因德容那个奴才,目今已是而立之年,还是在外嫖风浪荡,不务正业,长此下去,如何了得。

吴智伯　（心头一震）……

谭少伯　想你我虽为主仆,实乃兄弟,就该想一万全之策。

吴智伯　啊老太爷，自古常言讲得却好，皇帝爱吃豆芽菜，各人心爱不同。大少爷既然有那个嗜好，不如就由他去吧。况你就这么一个儿子，难道……

谭少伯　吴掌柜差矣，据说他每进一次院子，就要花去一千余元，一月就需三万多，照这样下去，老夫这百万之家不出三四年就要被他嫖荡殆尽。

吴智伯　（背）哎呀，这老家伙把账给算扎了。

谭少伯　（唱）　吴掌柜此话理由差，
　　　　　　　　此事万不可由着他。
　　　　　　　　老夫力瘁年纪大，
　　　　　　　　晚秋黄叶风霜花。
　　　　　　　　家事要靠他料理，
　　　　　　　　生意兴亡也靠他。
　　　　　　　　何况他娇妻子女皆可夸，
　　　　　　　　怎容他嫖风浪荡不回家。

吴智伯　（背唱）听一言不由我暗吃一惊，
　　　　　　　　老家伙今日里想教子成龙。
　　　　　　　　眼看着我的计划要成泡影，
　　　　　　　　急切切设奇谋绝处逢生。

　　　　（对谭唱）
　　　　　　　　老太爷思虑缜密主意正，
　　　　　　　　怕只怕，少爷他，三十多年，娇生惯养，
　　　　　　　　百依百顺猛然煞车把弦崩。

谭少伯　（唱）　请你来就为的把良谋商定，
　　　　　　　　咱二人就好比刘备孔明。

吴智伯　多谢老太爷这般相信吴某，我一定对老太爷鞠躬尽瘁，死而后已。

谭少伯　哈……吴掌柜言重了。

吴智伯　只是大少爷乃是荡久了、野惯了的，只怕逼得太急难以接受，万一急出病来……

谭少伯　那以吴掌柜之见……

吴智伯 不若这样。回头我和贾掌柜再合计合计,想一万全之策,定要叫大少爷改掉恶习你看如何?

谭少伯 好,一切就按你说的办。

（唱）　交你办老夫我将心放起。

吴智伯 （唱）　我还需设奇谋暗布良机。

谭少伯 （唱）　但愿的德容儿回心转意。（下）

吴智伯 （唱）　我叫他吃唱嫖赌都占齐。（下）

〔二幕外,郊外景色。

谭德容 （上唱）且喜我生世来颇有家产,

　　　　　　长成人更觉得顺风扬帆。

　　　　　　走四方谁不将咱另眼看,

　　　　　　游八面大爷的称呼响耳边。

　　　　　　俏娇娃如蝶恋花日日缠,

　　　　　　俏美人似蜂采蜜时时沾。

　　　　　　因此上——

　　　　　　夜夜佳人来陪伴,

　　　　　　日日美色拥身边。

　　　　　　温柔乡里遂心愿,

　　　　　　哪怕如水花银钱。

哈……那日我进了桑德开的院子,他给我推荐了一位如花似玉的娇娃,那女子生的是靥若桃花,腰似杨柳,真是美妙绝纶,秀色可餐呀! 哈……是她言道:"今日乃是我十七岁生日,你得给我做寿"。才使我猛然想起后日乃是我父六十大寿,便顾不上她娇憨恼怒,跑将出来要与我父准备寿礼。只是身上银钱尽被那一女子拿去,该用什么与我父备得寿礼,有了。吴智伯贾仁义二位掌柜的平日背着我父,常与我极大的方便,我还是去找他二人便了。

（唱）　吴智伯贾仁义待我极好,

　　　　　　取银钱备寿礼去走一遭。（下）

〔二幕启:远处庭院住宅参差错落,飞檐翘角颇为考究。近处住宅布置。

倪芙蓉　（唱）　倪芙蓉来笑满面，

嫁与了吴家心喜欢。

吃唱穿戴由我拣，

还暗与贾郎喜度巫山。

哼哼……我乃倪芙蓉，丈夫吴智伯是谭百万铺子掌柜的。还有一个贾仁义，是谭百万另一个铺子的掌柜的。你可莫说那个贾掌柜的呀，年青体面，干净利落，模样俊俏，心眼灵活，把个奴爱的呀哼……（荡笑）为了我二人能常常见面，日日约会，我想下移花接木之计，假意和他夫人韩莲花结为姐妹，又窜掇她搬来和我同住一个院落，这真是明夺阴平，暗度陈仓。为了做到密不透风，掩人耳目，我和贾郎的约会都在麻将桌下暗号商定，今日又想起那个死鬼，待我唤出韩莲花撑起麻将桌。（向内）妹妹走来！

韩莲花　（内）来来来了。

（唱）　朋友交好地位同，

富贵权势是宾朋。

穷鬼请我不愿应，

相称叫我走如风。

姐姐，将妹妹唤出有何吩咐。

倪芙蓉　你看今日闲暇无事，何不将兄弟唤来，咱们打上几圈如何。

韩莲花　只是兄长不在，是个三缺一么。

倪芙蓉　无妨无妨，咱们先将摊子撑起，他一回来咱就开始。

韩莲花　好好好，就照姐姐说的办。（向内）掌柜的快来！

〔贾仁义上。

贾仁义　（唱）　天生我才有大用，

无须刻苦起五更。

机会命运由天定，

容貌好也能够享乐无穷。

内当家的,你大呼小叫的将我唤出有得何事?

韩莲花　姐姐言说,今日闲暇无事,将麻将摊子先行撑起,等兄长回来玩上几圈。

贾仁义　好得很。我正闷得心慌瞀乱的。

倪芙蓉　妹妹去将你那副上好的章子拿来,我和兄弟摆摊子。

韩莲花　遵姐姐命。(下)

〔倪、贾对视。

倪芙蓉　死鬼,将我忘得一干二净。

贾仁义　看你说的,我都快急疯了。(欲动手)

倪芙蓉　死鬼,你不怕她来了,快搬桌子。(示意)

贾仁义　(明白)好,搬桌子。(二人摆桌椅,瞅空互相调戏。桌子碰倪)

倪芙蓉　哎哟!

贾仁义　(趁机抱住)怎么了,怎么了。

〔吴智伯上,见状醋意发。

吴智伯　啊,你们这是……

倪芙蓉　哎呀,你怎么才回来。我们想把桌子撑起,等你回来好玩上几圈,谁知这桌子死沉怪沉的。将我的腿……哎哟……

韩莲花　(边上边喊)姐姐,姐姐,(见吴)哟,兄长回来了。我们刚才还说三缺一呢……(见倪)哟,姐姐,你这是……

贾仁义　还不快搀着姐姐。

吴智伯　(长舒一气)大家快快坐下,我有重要事要讲。

〔韩扶倪起,众坐。

贾仁义　兄长有何吩咐?

吴智伯　(问倪韩)明日即是谭老板六十大寿,寿礼可曾备齐?

倪芙蓉　我姐妹早就准备好了。

韩莲花　单等着这一天呢。

吴智伯　好。(对贾)贤弟有所不知,谭老板今日将兄叫去,让兄想一万全之策,定要杜绝大少爷再去妓院。

贾仁义　啊！那不要坏了咱们的大事?

吴智伯　贤弟莫忧,为兄已给他布下"移花接木"之计。

贾仁义　移花接木。

吴智伯　对。为兄此计,乃计中有套,套中有计,谭老板既将大少爷之事托付于咱,咱就趁机诱其将大烟抽上。虽然他不再去嫖,咱却让他去抽,只要一上烟瘾,他还不跟废物一样。到时候,谭老板不被他气死也得被他气病。他的那个百万之家还不跟咱的一样。明日即是谭老板大寿,我料定那个谭大少爷必然要来取钱。(对倪韩)他的好色你们是知道的,一定要设法将他迷住。(对贾)咱弟兄两个,都要效仿苏秦张仪三寸不烂之舌,将抽大烟的好处渲染得淋漓尽致,务必使鱼儿上钩。

贾仁义
倪芙蓉　妙!
韩莲花

〔内:谭大少爷到!

吴智伯　摆摊子!

〔四人高兴地坐上桌子玩麻将,灯暗。

第二场　寿堂教子

〔谭家客厅,寿堂装置。中置一巨大寿字,几案红烛高烧,空悬四盏宫灯,各书福、寿、吉祥。锦墩绣帐,富丽堂皇。

〔音乐声中,梅姜、奶妈拂拭灰尘,端正摆设,罗惠贞盛装端庄地上。

罗惠贞　(唱)　铺红毡挂绣帐清音缭绕,

悬寿字点寿灯红烛高烧。

一家人沐喜气欢声喧闹,

唯有我一丝哀愁胸中飘。

怨夫主而立之年学年少,

怨夫主不理家事,不顾妻子,

整日里招蜂引蝶,拈花惹草怎开交?

眼看着吉日之期宾客亲朋将来到,

他至今人形不见音讯全无不由我把心儿操。

愁闷心头何时了,

但愿他迷途知返合家欢乐展眉梢。

梅　姜
奶　妈　　少奶奶,一切俱已齐备。

罗惠贞　　梅姜,奶妈,大少爷回来无有。

谭琪儿　　(内)姐姐快走!(急跑上,金追上)

谭金华　　兄弟兄弟,你跑得那样快,也不等着姐姐。

谭琪儿　　爷爷奶奶平日那样疼我,今日给爷爷拜寿,我就是要
　　　　　跑得快么。

谭金华　　哟,就你是个孝子。

谭琪儿　　嗯,你忘了唐朝大诗人孟郊曾说:"谁言寸草心,报得
　　　　　三春晖"。我当然要当个孝子。

谭金华　　兄弟越发地长进了。

谭琪儿　　我才不像咱爹,整天……

谭金华　　(急阻)兄弟!

谭琪儿　　我长大以后,一定要孝敬爷爷、奶奶、咱娘,还有姐姐
　　　　　你呢。

谭金华　　兄弟真好。(发现罗)

谭琪儿　　娘,寿筵怎么还不开始,我们都急着给爷爷叩头呢。

罗惠贞　　梅姜,有请太爷太婆。

梅　姜　　是。有请寿星老儿!

　　　　　〔场上人皆下。

　　　　　〔音乐声中,谭少伯、范氏雍容华贵地上。

谭少伯　　(念)　六十花甲,寿筵开处,

満堂辉煌浸喜气。

范　氏　（念）笙歌筱弦，合家欢庆，

德容未回愁心里。

〔琪急上要给谭拜，金挡。

谭金华　兄弟莫急，得等咱娘拜了才能轮到咱。

谭琪儿　咱娘怎么这么慢腾腾的。

谭金华　你看，那不是咱娘来了。

〔罗惠贞上。

谭琪儿　娘吔，你也快一点吗？

罗惠贞　爹爹母亲在上，孩儿参拜。

谭少伯
范　氏　我儿快起来。

谭琪儿　姐姐快走！（拉金进）

谭金华
谭琪儿　爷爷奶奶在上，孙儿给你们叩头。

潭少伯
范　氏　我娃快快起来，哈……

〔众坐，梅、奶依次斟酒。

范　氏　这是媳妇，你那丈夫还未回来？

罗惠贞　无有。

谭少伯　我儿勿忧，为父已托吴贾二位掌柜，设法劝阻那个奴
才。另外，为父已下决心单等他今日回家，就别想再
出府门。

罗惠贞　多谢爹爹费心。

梅　姜　（上）老太爷，二位掌柜的和他们的夫人到。

谭少伯　快快有清。

梅　姜　是。（向内）有请。

〔人夫抬礼品过场，吴、贾、倪、韩上。

四　人　与老太爷，老太太叩头。

谭少伯　快快请起，梅姜看坐。（四人坐），二位掌柜，老夫所
托之事，不知办得如何。

吴智伯　老太爷呀，古人有训，受人之托，忠于人事，况且老太

爷对我等真是情同手足,恩同父子,我们当然是尽力去办,只是……

谭少伯　只是什么?

贾仁义　老太爷,今日乃是你六十大寿,喜庆之日,大少爷之事改日再说。

谭少伯　二位掌柜差矣,想老夫就这么一个儿子,将来这生意店铺,庄园田产,全都靠他继承。六十大寿和它比将起来不过是区区小事,德容他倒底怎么样了。二位但讲无妨。

吴智伯　哎呀老太爷……

贾仁义
倪芙蓉　兄长!

韩莲花　夫君!

贾仁义　讲不得。

倪芙蓉
韩莲花　莫要讲。

谭少伯　哼……(冷笑),这是二位掌柜,自你们给老夫干事以来,老夫自思待你们不薄,房尽你们住,钱尽你们用,生意账目全都托付你们。今日为德容一事,你们都是这样的吞吞吐吐,不露真言,老夫我也看出来了。

吴智伯
贾仁义　看出什么来了。

谭少伯　你们要自立门户,另起炉灶!

吴智伯　哎呀老太爷,我们自知只有跟上你老人家,才有我们的今日。

贾仁义　哪里还敢有非分之想。

谭少伯　既然如此,就该将德容之事讲清才是。

贾仁义　事到如今,不讲不得了,讲了了不得。

吴智伯　还是讲,讲,讲。哎呀老太爷,自你托付大少爷之事以后,我和贾掌柜是马不停蹄……

贾仁义　才在一家妓院将他找到。

吴智伯　谁知他不光是嫖……

贾仁义　还将大烟也吸上了。

吴智伯　我们找到他的时候，他……

贾仁义　正被几个一丝不挂的女子偎着。

吴智伯　拿烟枪的拿烟枪。

贾仁义　烧烟泡的烧烟泡。

吴智伯　我们只好说你老人家有急事等他。

贾仁义　才将他拖回店铺。

吴智伯　人家妓院还不依不饶，追到店铺。

贾仁义　逼着我们讨要店钱、饭钱、嫖钱、烟钱。

吴智伯　是我接过账目一看，这几天就花了十几万。

贾仁义　这是人家的账目，请老太爷观看。

谭少伯　（唱）　听一言把我的肝胆气炸，

　　　　　　　　浑身冒火咬碎牙。

　　　　　　　　小奴才越来胆越大，

　　　　　　　　看起要管教须动家法。

　　〔梅上。

梅　姜　禀老太爷，大少爷回府。（众骚动）

谭少伯　坐下！（向梅）命他进来！

梅　姜　是。（向内）有请大少爷。

谭德容　（提寿礼上）冷冷清清，不闻笑语欢声动，颤颤惊惊，自知大错已铸成。爹娘在上，孩儿与爹爹拜寿。（谭不理）爹娘在上，孩儿拜寿！（谭仍不理）爹娘在上，孩儿叩头！

谭少伯　（击案）就说你还知道有我这个爹，还知道有这个家？

谭德容　孩儿一步迟回，误了爹爹寿辰，自知有罪。

谭少伯　你……

范　氏　老爷且请息怒，奴才既已回来，就该问个明白，也好教导才是。

吴智伯　是啊，大少爷既已回来，老太爷说也说得他，我们大家劝也劝得他，还是老太爷息怒。

贾仁义	还是老太爷看我二人薄面,宽恕大少爷。
谭少伯	哼,看在二位掌柜面上,站起来。
谭德容	谢过爹爹。
倪芙蓉 韩莲花	(忙搀快请)大少爷快快起来,坐这儿。(请坐)
谭少伯	德容,你已是三十出头的人了,父母在堂,妻子在室,还是这样嫖风浪荡,成何体统。
谭德容	(烟瘾犯、强忍)孩儿再也不敢。
谭少伯	(发现强忍)听说你也抽起大烟来了。
谭德容	没有,没有呀。(已难支持)
谭少伯	没有了好。说是你近前来。
谭德容	(胆怯地走近)爹爹。
谭少伯	奴才!(德容倒地)

谭少伯
(唱)　一股烟气冲人面,
　　　　脚手不安口流涎。
　　　　还敢将我来欺骗,
　　　　打死你也免得把家财败完。

罗惠贞　(唱)　爹爹莫要太伤惨,
　　　　媳妇有言听心间。
　　　　待儿上前将他劝,
　　　　强忍泪叫夫君听我一言。

(滚白)我叫叫一声夫君呀夫君,你往尘世观看,那些形容枯槁的,衣衫褴褛的,当卖家产的,偷盗抢劫的,有多少人家,原来不是大家豪富。只因吸食大烟,到后来不是家破人亡,便是犯罪入狱,夫君若还敬养父母,疼爱一双儿女,万万不可有此做为了。

(唱)　强忍泪劝夫君听我言讲,
　　　　吸大烟祸无穷细细思量。
　　　　二爹娘年纪尊寄你厚望,
　　　　你怎忍不学好令人心伤。

范　氏　(唱)　叫媳妇你莫要泪流两行,
　　　　你悲痛为娘我更加心伤。

（对德）只因你小奴才性野浪荡，

一家人谁不是牵挂肚肠。

到如今抽大烟更加狂妄，

把一个寿晏日好比灵堂。

儿啊你要幡然悔悟一改从前样，

咱一家高高兴兴笑语满庭堂。

谭德容　（唱）　父母怒妻悲啼儿女泪淌，

德容我也非是铁石心肠。

只是这烟瘾来无法抵抗，

骨发酥身发困倒卧地上。（倒地吴扶）

谭少伯　（唱）　这样儿叫我太生气，

分明当面将我欺。

梅姜速将绳索取，

打死你也免我枉费心机。

只觉得一口气憋在心里。（欲倒）

范　氏　（唱）　叫媳妇扶你爹小房歇息。

〔罗、金、琪下。

嗯，不争气的奴才！（急下）

吴智伯　（见众人下，一转身将德摔倒）四人见状窃笑，梅姜
　　　　拿绳索上。

梅　姜　大少爷……

吴智伯　嗯，就说你倒算个啥东西吗。

贾仁义　竟敢绑起大少爷来了。

倪芙蓉　嗯，真真没一点眼色。

韩莲花　还不快滚！（梅急下）

吴智伯　来来来，快将大少爷扶起。

〔众扶德起坐至中场。

倪芙蓉　大少爷，你先蹬蹬腿，伸伸腰。

韩莲花　展展胳膊，缓缓气。

吴智伯　大少爷，你咋成了这相了。（窥视）来来来，我这儿
　　　　还有点纯货，先给你解解急。

谭德容　（急跃起）快把烟枪拿来！

吴智伯　不用不用，我这有更好的办法。（一把将大烟送入德
　　　　口中）快拿水来。（从倪手中接过水给德灌下）

　　　　〔德顿觉精神一震，长舒一气，伸一懒腰，倪、韩借机
　　　　一边一个的架住，取媚。

倪芙蓉
韩莲花　大少爷！

谭德容　呵吁！（就势跌入两人怀中）

　　　　〔吴、贾暗中奸笑。灯暗。

第三场　瘾犯灵堂

　　　　〔背景：二幕外。

桑　清　（唱）　吴贾二位有能耐，

　　　　　　　　干谭家事儿自发财。

　　　　　　　　院子的生意本不赖，

　　　　　　　　他让我又卖起大烟来。

　　　　　　　　人交好运高华盖，

　　　　　　　　咱星星跟上月亮亮起来。

　　　　我就说那个谭大少爷有日子不到院子来了，原来他
　　　　将大烟土给吃上了。这不，吴智伯不知道哪儿弄来
　　　　二百两，让我偷偷给他送去。我看谭府这两个掌柜
　　　　的都是油房的老鼠偷油吃——家贼！唉，管他呢。
　　　　他二人能大捣，咱就能小捣，我还是谭府走走。
　　　　（下）

　　　　〔二幕启，谭少伯病容沉重地坐于客厅，罗端药，引
　　　　金、琪上。

罗惠贞　爹爹，药已煎好，请来服用。

谭少伯　（难以下咽，置于案上）媳妇啊！

（唱）	心内酸药难咽珠泪两行，
	叫媳妇近前来细听心上。
	父一生为家业江湖闯荡，
	才积有百万财田产商行。
	德容他不争气嫖风浪荡，
	又竟然抽大烟将瘾染上。
	为教子父动怒将他捆绑，
	为教子父生气以在寿堂。
	实指望他归正道家业执掌，
	实指望他归正道生意弘扬。
	实指望他归正道合家欢畅，
	谁料想愿未遂我病入膏肓。
	父死后莫让他再去嫖荡，
	那大烟是万恶源更要提防。
	将孙儿和孙女用心抚养，
	你婆婆就如同你的亲娘。
	一霎时只觉得魂飞魄荡。（昏昏欲倒）

谭金华　（向内）奶奶，爹爹快来啊！（急下、范上）

谭少伯　（唱）　大料想今日里我命将亡，

　　　　孙儿，媳妇，夫人。

　　　　〔金引德上。

谭德容　（见状大惊）爹爹。

谭少伯　德容。（抱住德，突见德掉下烟枪，气绝身亡）

谭德容　爹爹！

范　氏
罗惠贞　老爷！爹爹！（皆扑向谭，哀号）

谭琪儿　爷爷！

罗惠贞　母亲且请节哀，你看爹爹去得突然，寿衣寿木尚无，就该做速准备才是。

范　氏　媳妇所言甚是，梅姜，去请二位掌柜，让他们速速前来。

梅　姜　是。(下)

〔德烟瘾犯,摸烟枪不见,偷偷捡起,范怒。

范　氏　你爹就是因你嫖风浪荡,吸食大烟气病身亡,你不看
　　　　着料理丧事,还是……

谭德容　娘,孩儿烟瘾已经上身,实在离不开它,只要有它,我
　　　　就可安心在家,学着料理家事。

罗惠贞　可是爹爹刚刚病故,你却拿上这个,这像话吗。

谭德容　这有什么,只要把瘾过饱,精神顿时大震,才能把事
　　　　料理得更好。

罗惠贞　你……(抢过烟枪)反正今天你就是不能吃。(扔)

谭德容　坏了,坏了,这好的东西给遭踏了。

〔桑上。

桑　清　大少爷在家吗?

谭德容　快撒手,有人找我呢。(罗放德出门)是桑清。什么
　　　　事啊。

桑　清　有个人从南洋带了些上等货,我给你送来了。

谭德容　好,你先放下,我尝尝再定。

桑　清　那你可要快点。

谭德容　明天就给你见话。

桑　清　好。(下)(德进门)

罗惠贞　何人找你。

谭德容　桑清拿了二百两南洋进的大烟让我买呢。

范　氏　啊!都到啥时候了你还买大烟。

罗惠贞　那桑清也真丧德!

谭德容　唉,咱总是要抽呢可怪人家做啥?你们等人,我先去
　　　　尝尝这货。(急下)

罗惠贞　你……母亲,他这个样子如何得了。

范　氏　这大烟可真害死人了。

〔梅引吴、贾上。

吴智伯　(唱)　听梅姜来报丧心中暗喜。

贾仁义　这才是发横财的好机会。

417

吴智伯 贾仁义	（边进边嚎叫）老太爷，老太爷！（抚尸）老太爷啊！
范　氏	二位掌柜且休悲伤，老爷亡得突然，德容奴才瘾大的放不下烟枪，二位还需尽力才是。
吴智伯	这还用得着老夫人叮咛吗。老太爷对我们真是恩及云天，他的事我们能不尽心吗？
贾仁义	是啊，老太爷对我们可谓恩同父子，情同手足，给老太爷办事就好比给我爸办事呢。
范　氏	甚好甚好。
罗惠贞	我先谢过二位掌柜。
吴智伯	不谢了，不谢了。
贾仁义	这是我们应该做的。
范　氏	这是二位掌柜，你们看如今什么都还未曾料理……
吴智伯	老夫人放心，接到梅姜报讯，该办的就都安排人去办了。
阳　红 绿　毒	回禀二位掌柜，一切都按吩咐安排就绪，这是孝衣孝布。
贾仁义	好。（接过交给罗，阳、绿下）
吴智伯	这是老夫人，就该请出大少爷，为老太爷更衣安灵。
范　氏	梅姜，去请你家大少爷。（梅下）媳妇，先给你爹更衣。
吴智伯	我们一同帮忙。
	〔众与谭更衣，梅引德上。
谭德容	你看这马眼不马眼，刚把泡烧好可叫呢。
罗惠贞	马上就给爹安灵呀，你还拿这个东西！
吴智伯	来，给你爹把孝戴上。（与德戴孝）知茶者献茶！
贾仁义	执事者各执其事。
吴智伯 贾仁义	与老太爷安灵了！众孝子下跪，一叩首，二叩首，三叩首，众孝子举哀！众孝子平身！（众起）
	〔烟瘾犯、德站立不稳，跌倒。

谭金华 谭琪儿	爹爹！

〔范、罗见状悲痛不已,吴、贾暗得意,灯暗。

第四场　婆媳双劝

〔背景:二幕外。吴、贾高兴地上。

吴智伯　（唱）　在中途难按捺心中高兴。

贾仁义　（唱）　老东西这一死看咱逞能。

吴智伯　兄弟,你没算算给老东西办事花了多少?

贾仁义　这还能在你老兄眼里打渣子。

吴智伯　哈……(伸出二人手指)有这个数吧。

贾仁义　不多不少,整整二百。

吴智伯　咱就给他报一万。

贾仁义　对,咱就美美搂它一把。

吴智伯　把这还不算美。

贾仁义　那……

吴智伯　待会儿咱们去交账,就说咱们经营的铺子赔了,连货总共折了八千块,还欠人家寿木店两千。

贾仁义　他们要是查账呢。

吴智伯　查账,谁来查。又查谁,兄弟你不早就准备好了吗。

贾仁义　这……

吴智伯　怎么,连老哥也不放心(掏出账本)看,这是老哥的账本。一本真的,一本假的。

贾仁义　(掏出账本)这是兄弟的,一样,一样。嘿嘿……

吴智伯　这就给他们交去。

贾仁义　好。(二人下)

〔景转谭府。范、罗、金、琪相继上。

范　氏　（唱）　我可恼德容儿太不检点。

罗惠贞	（唱） 又嫖风又浪荡又抽大烟。
范　氏	（唱） 让梅姜去找他至今不见。
罗惠贞	（唱） 婆媳们坐庭堂闷闷无言。
	〔吴、贾上。
吴智伯	（唱） 做好假账将他哄。
贾仁义	（唱） 哪怕人背后骂祖宗。（二人进门）
范　氏	二位掌柜请坐。（二人坐）二位掌柜到来有得何事。
吴智伯	老夫人，我们是来交账的。
范　氏	交账？
贾仁义	是啊，一是交老太爷丧事的账，二是几个铺子都赔了。
范　氏	什么，几个铺子都赔了？
吴智伯	是呀，我二人经营的几个铺子，所有货物现金共有八千元，而老太爷的丧事就花了一万元。
贾仁义	亏损的两千元算我二人给老太爷行了礼了。
罗惠贞	怎么，老爷的丧事就花了一万元？
范　氏	二位掌柜，依老身看来，这账有假。
吴智伯	假？ 老夫人不是开玩笑吧。
贾仁义	白纸黑字岂能有假？
范　氏	二位掌柜，老爷在世时可没亏待过你们。
吴智伯	老太爷对我们是恩及云天。
贾仁义	情同父子。
范　氏	如今他尸骨未寒，你们可不能欺我孤儿寡母。
吴智伯	老夫人，我们能那样做事吗。
贾仁义	我们祖上就没出咊瞎种。
范　氏	如此说来，果真赔了？
吴智伯 贾仁义	赔了。
范　氏	我要和你们见官！
贾仁义	见官，想必谁没见过官。
吴智伯	老东家在世时，为你家的生意打的官司也不少。
范　氏	好恼！

（唱）　骂一声二贼子伤天害理。

吴智伯　（夹白）有理说理。

贾仁义　（夹白）不要骂人。

范　氏　（唱）　做此事黑了心将我来欺，
　　　　　　　　叫媳妇随娘来速更衣去。

〔范、罗下，德伸腰打哈欠上。

谭德容　哎、哎，就说你们把乱子董下了还不快走。

谭金华　爹，不能让他们走。

谭德容　不让走还请他们吃酒席不成？

谭琪儿　就该扯他们见官评理。

谭德容　你也会给我找麻烦。

谭金华
谭琪儿　爹……

谭德容　你们别管。（向吴、贾）我也不在乎那几个铺子，你
　　　　们快走，不要误了我的烟瘾。

吴智伯　好，是你让我们走。

贾仁义　可不是我们怕见官。（拉吴下，范、罗上）

范　氏　（唱）　公堂上与贼子一见高低。
　　　　　（夹白）那两个贼子呢。

谭德容　我让他们走了。

范　氏　嗯，你个奴才！（打德一耳光）
　　　　（唱）　万事都由你引起，
　　　　　　　　你只知抽大烟身懒神迷。
　　　　　　　　铺子的账目不去理，
　　　　　　　　家中的大小事不放心里。
　　　　　　　　到如今遭贼害还不挺身起，
　　　　　　　　要你这无用儿又有何益。

罗惠贞　（唱）　见婆婆上了气将心疼烂，
　　　　　　　　强忍痛劝母亲细听儿言。
　　　　　　　　你打他骂他气他无有用，
　　　　　　　　倒不如借机相劝在今天。

范　氏　（唱）　贤媳妇话有理且将他劝。

罗惠贞 （唱） 望夫君平心静气安安心心仔仔细细听我言，

老爹爹当初恨你嫖风浪荡吸食大烟把命断。

定是那吴贾二贼心怀不善欲夺家产暗设这机关，

你不见爹爹新亡尸骨未寒俩个贼子就将咱铺子骗。

你怎忍不思悔悟不理家事当机立断戒大烟，

夫啊你睁双目且请观看，

咱一家高堂老母妻子儿女田园家产全靠你这一儿男。

老娘年纪已高迈，

一双娇儿在幼年。

你怎忍不将亲人来怜念，

你怎忍全家受苦在目前。

你若能当机立断挺腰杆，

一家人老老少少皆喜欢。

铺子虽丢有田产，

钱财虽骗有庄园。

悬崖收缰不算晚，

戒大烟做一个有志儿男。

谭德容 不是我不戒，咻根本就戒不掉。

罗惠贞 为妻与你跪下了。（跪）

谭金华 爹爹，女儿也与你跪下了。（跪）

谭琪儿 （跪）爹爹，你可怜可怜孩儿，把咻大烟给戒了吧。

范 氏 你难道让老娘也给你跪下不成。

谭德容 好，我戒，我戒，你们都起来。（众起）母亲，儿这烟瘾太大，听说戒得急了会出人命呢，不若让我买些戒烟药，喝着慢慢戒。

范 氏 只要果真戒，就去买来。（德下）

（唱） 如今才把心放稳。

罗惠贞 （唱） 幸亏劝转迷路人。

〔罗引金、琪下,梅与奶妈暗示亦下。灯暗。

第五场　韩倪丧命

〔背景:谭家院落。
〔黑夜中梅姜手持一钱匣子上,四面窥视无人,向内击掌,奶妈亦持一匣子上。

梅　姜　(悄声地)拿到无有?
奶　妈　拿到了,你呢。
梅　姜　这不。
奶　妈　好,快走。(二人急下)
　　　　〔灯明。吴、贾院落。
倪芙蓉　(唱)　时来运转财气虹,
　　　　　　　两个铺子到手中。
　　　　　　　只是还不称我意,
　　　　　　　煞费心思把计生。
可喜我家夫君和贾郎,不费吹灰之力,就把谭百万的几个铺子弄到手中,只是觉得还是不称心。自从那日将谭大少爷勾引上以后,才知道他确实是个风流情种,温柔可心。嘿……(荡笑)只是可恼韩莲花那个贱人,竟然还想把谭大少爷独自占有。是我恶气难咽,弄来一些藤黄,设法将那个贱人毒死,到时候谭大少爷和他那百万家财再慢慢设法弄到手。韩莲花近日有病,不免将她唤出,伺机下手。(向内)妹妹走来,待我将药先弄好。(下)
　　　　〔韩上。
韩莲花　(唱)　思巧计我已将主意拿就,
　　　　　　　端来了这香饵引鱼上钩。
可恼倪芙蓉,暗中和我夫勾搭成奸,这口恶气还没出

呢,她又从中做梗,百般挑唆,不让谭大少爷和我亲近。真真地气死我了,因此,我暗思一计,假装有病,熬下这倪芙蓉最爱吃的冰糖莲籽银耳汤,内中却放了极毒的巴豆,借机将她毒死,稍解我心中怒气。以后再设法将吴智伯也害死,夺了他的家产,我这颗心才能真正平息下来。(向内)姐姐!姐姐!

倪芙蓉 (端药杯上)妹妹到了,快快请坐。(二人坐)妹妹,近日病体如何?

韩莲花 还不是老样子,懒得连话都不想说,别人介绍了个药方,叫冰糖莲籽银耳汤,说是既能清热解毒又可滋补。谁知妹妹一生极厌甜食,这不,熬好了,可一闻就觉恶心。

倪芙蓉 哎,那是平常滋补的东西怎能治病呢?姐姐平日就喜吃它难道你不知道。

韩莲花 是吗?

倪芙蓉 妹妹一病数日不见好转,把个姐姐急的愁的,就问了个偏方,人家说保证药到病除,所以呀,姐姐就催人抓药,亲自煎熬,将妹妹唤来,就是让妹妹试一试。你那个汤,既然你吃不下,就交给姐姐吧。

韩莲花 甚好甚好,咱姐妹真是亲如同胞,连吃药都空不了哪个。

倪芙蓉 来,咱们换一换,趁热吃。

韩莲花 好。(二人换杯)姐姐请。(二人同饮)
　　　　(唱)　难得姐姐多费心。

倪芙蓉 　　　　　煞时叫你命归阴。

韩莲花 呃,我这肚子咋疼得要紧。

倪芙蓉 哼……(冷笑)呃,我这肚子咋也疼得很?

倪芙蓉
韩莲花 (顿悟)你……哎哟!

　　〔二人死,灯暗。

第六场　家破人亡

〔背景:二幕外。

〔谭德容手提戒烟药上。

谭德容　（唱）　大烟吃了易上瘾，

　　　　　　　　如今想戒难死人。

　　　　　　　　我看这烟实难戒，

　　　　　　　　买来烟药哄他们。

　　　　唉,花了几十块就买了这一小瓶瓶和这一包面面子。凭这就能把烟戒了。刚才我每样都尝了一点,甜的,我看药铺咿掌柜的和我家原来咿俩掌柜的一样,都是些骗人的货色。（幕启现谭家）呵……欠,正说着烟瘾可犯了,叫我赶紧回屋过瘾。

谭琪儿　（上）爹爹回来了,爹爹你拿的啥好东西。

谭少伯　别动,这是戒烟药。

谭琪儿　戒烟药,（高兴地）奶奶,娘! 我爹将戒烟药买回了。

　　　　〔范、罗、金上。

范　氏　德容,既然将药买回,就该立戒才好。

谭德容　母亲,儿此时难受得狠,让儿再抽一次,然后下功夫戒。

范　氏　好好好,你就再抽一次。（德下）

罗惠贞　母亲……

范　氏　抽一次也不要紧。

罗惠贞　再别说不要紧了。

谭琪儿　（将药拿出,尝）甜的! 爹可把我奶和我妈骗了,不知买了些啥好吃的可说是戒烟药。待我把它一下吃

了,好让我奶我妈明白。(吃)

谭金华　兄弟,你怎么将爹的戒烟药吃了。

范　氏　琪儿真乃淘气。

谭琪儿　奶,妈,我爹他……哎呀,我肚子疼,哎哟,疼死我了!
　　　　(满地打滚)

罗惠贞　金华,快将你爹叫来。

谭金华　是。(下。范、罗照着琪,金拉德上)

谭德容　给你说了要紧不要紧就是不听,咻不知是些啥东西,
　　　　药铺用来骗人的。人连一口烟都抽不安宁。(进
　　　　门)

谭琪儿　(疼甚)哎哟!哎哟!

谭德容　(大惊)琪儿!

谭琪儿　爹,儿不得活了!(死)

范　氏　孙儿!　　　　见孙儿

谭德容　琪儿!　　　　见琪儿
　　　　　　　　(唱)　　　　　绝了气魂飞魄散。
罗惠贞　娇儿　　　　见娇儿

谭金华　兄弟!　　　　见兄弟

谭德容　(夹白)我的妈呀,这烟瘾咋这厉害的,待我赶紧过
　　　　口瘾。(下)

范　氏　小奴才!

罗惠贞　(唱)　都只为儿的父吸食大烟。

谭金华　我爹爹。

范　氏　(唱)　气上心我挖了奴才的双眼,
　　　　(夹白)那个奴才到哪里去了?

谭金华　大概又去过瘾了。

范　氏　(唱)　不肖子气的我头昏目眩。
　　　　媳妇,你和金华去叫那个东西,打也要将他打来,骂
　　　　也要将他骂来。

罗惠贞　只是母亲还要保重。(引金下)

范　氏　天啊,苍天,想我夫主新亡,几个店铺即被吴贾两个
　　　　贼子骗去。如今孙儿又被戒烟药毒死,孙儿啊,你死

得好冤屈啊！

（唱）　年迈人在庭堂低声哀号，

孙儿魂且慢走细听根苗。

可怜你天性活泼正年少，

可怜你善解人意尊奉年高。

可怜你聪明伶俐娇好貌，

可怜你涉世未久屈将命抛。

你一去谭门香烟将谁靠，

痛得我如坠深渊魂魄清。

心悲痛我把苍天叫，

为什么偏向老身头上架钢刀。

为什么青梅反比黄梅落得早，

莫非你也有私心不公道。

变厉鬼上天将你告，

和孙儿一路行走共赴阴曹。

走近庭柱将身倒，

我祖孙结伴路一条。（触柱而亡）

谭金华　（上惊）爹爹母亲，你们快来！

罗惠贞
谭德容　（见状大惊）哎呀母亲！

罗惠贞　（唱）　一霎时祖孙俩皆死非命。（昏死）

谭德容　唉！唉！唉！你看这脏也不脏，一个瘾没过成，把儿子和母亲都给死了。金华，你照顾你娘，待我叫人。梅姜，奶妈！这两个东西到哪里去了。难道也死了不成。

〔桑清、阳红、绿毒上。

桑　德　大少爷。

谭德容　就说你死——原是桑老板，你们来的正好，快快请进。

桑　德　（进，吓出）哎呀我的妈呀！你这家咋尽死人些？

谭德容　唉，一言难尽，正要仰仗几位帮忙。

桑　清　这不是勾搭子把倒搭子惹下了，大少爷，帮忙没时间,我们是来要烟钱的。

谭德容　烟钱?

桑　清　对,这烟你都抽了半年六个月了,至今可连个钱毛都没给。

谭德容　你看我家刚生变故,这烟钱能否缓上几天?

桑　清　不成。这可是吴、贾二位掌柜亲自交待的。

谭德容　是他们?

桑　清　对,这烟就是吴贾二位掌柜供的。我们也是端人家的饭碗,做不得主,你快将钱拿来。

谭德容　只是我手中无钱。

桑　清　你这可是砸我的饭碗子呢。

阳　红　没钱就抽大烟呢?

绿　毒　你痛快点,不然的话……

谭德容　(害怕)我给,我给。几位少等,让我把地契拿来相抵。

桑　清　那就快点。

〔德下。罗苏醒。

罗惠贞　(唱)　三魂缥缈枉死城,

　　　　　　　我猛然睁睛用目看。

　　　　　　　见几位陌生人站立院中。

〔德拿地契上。

罗惠贞　夫君,你这是……

谭德容　唉,桑清那个东西来讨烟钱,没办法,只好用地契相抵。

罗惠贞　啊,你看咱家这大的事还没料理,你又把地契抵给人家,这日子还怎么过呀?

谭德容　有啥办法吗。你没看那几个人恶的咻相。

罗惠贞　咱们不都有些体己钱吗,你一下拿来,一面安葬母亲琪儿,一面还他们烟钱。

谭德容　哎呀把我都弄糊涂了,待我去取。(下,又急上)不好了,不好了,咱们的钱匣子一个都没有了。

谭金华	准是爹拿去抽烟了。
谭德容	别胡说,这都啥时候了还胡说!
阳　红	谭德容你快一点儿!
谭德容	事到如今也只好拿地契相抵了。(出门)给,这是地契文约,至少也值一千多元,扣除烟钱外,再买两付棺木送来。
桑　清	这好说,你就在家等着。(欲走)
谭德容	(拉住)再给我加些烟土。
桑　清	好好好。(与阳、绿下)
谭德容	(烟瘾犯)哎呀,这个烟瘾咋这勤的,金华你照顾你娘,我一会就来。
谭金华	爹,你又去抽烟呀?
谭德容	这娃哟,都到这地步了我还去抽烟,哎,不成了,不成了!(急下)
罗惠贞	金华,你到内屋将那些孝衣孝布拿来。
谭金华	是。(下)
罗惠贞	(见已无人,悲怆而起)母亲,娇儿,天啊!想我谭家,当初是何等的大家豪富,庄园田地,生意铺面,财产何止百万,就因我那丈夫吸食大烟,才落得家破人亡,小人相欺,亲人丧尽,财产全无,只剩下这座孤零零的房屋,好一个凄凄,惨惨,戚戚!可是他还是忘不了那个大烟,这等局面,我活在世上又有何味?
	(唱)　痛极思痛细参想,
	伤心事让人痛断肠。
	娇儿死叫我已无望,
	母亲又悲痛一命亡。
	家产破败亲人丧,
	他还是不忘那烟枪。
	前路茫茫不敢想,
	倒不如一家欢聚在天堂。
	母亲,你等等媳妇,琪儿,你等等为娘,金华,为娘顾

不得你了！（悲愤地下）

桑　清　（上）谭德容！谭德容！

谭德容　来了！（上）

桑　清　给，这是给你的大烟，棺材一切都已抬来……

谭金华　（边上边喊）爹爹，爹爹！

谭德容　这娃哟，啥事把你急的。

谭金华　我娘她，她，她吊死了！

谭德容　啊！

桑　清　这屋子出了邪气了，快叫我走！

〔灯暗。

第七场　途穷卖女

〔背景：浓云滚滚，秋风阵阵，近处一株枯干的秃树。

谭德容　（内白）女儿，随父来！

〔德柱棍，金提篮，衣服褴褛地上。

（唱）　想当初家富豪任我吃用。

谭金华　（唱）　眨眼间生变故财去屋空。

谭德容　（唱）　为糊口为抽烟也为活命。

谭金华　（唱）　只落的沿街讨悲伤凄零。

谭德容　（唱）　被呵斥被指责又被讥讽。

谭金华　（唱）　遭白眼遭哄笑心颤脸红。

谭德容　（唱）　整一日无有人怜念馈赠。

谭金华　（唱）　腹中饥口中渴头重脚轻。

谭德容　（唱）　霎时间烟瘾犯身困难动。

谭金华　（唱）　叫爹爹强挣扎再往前行。

　　　　哎啊女儿，你看为父烟瘾又犯了，五内俱焚，浑身难受，四肢发软，鼻涕横流，实在走不动了。

谭金华　噢……（滚白）金华好命苦，家中生变故，父女沿街讨,一日甚也无。爹爹烟瘾犯,身屈鼻横流。我叫叫一声大爷、大娘、君子善人,你看我父女因家遭变,不得已来在大街乞讨,整整一日饭无半点,眼看就要饿死,还望大爷大娘、君子善人施舍施舍了。

〔以下甲、乙、丙、丁为内声。

甲　　我说伙计,你看那一女子哭得十分可怜,咱们就该施舍她些才是。

乙　　那一姑娘倒是可怜,你看那一老头儿,身子捲上,四肢瘫上,眼泪流上,鼻涕淌上,准是个大烟鬼。把家吃败了。这种人死了都活该。甭管甭管。

丙　　话虽如此,也可怜了那位姑娘,咱们还是周济周济。

丁　　对。我这儿还有十几个小钱,姑娘,给。

丙　　我也有一些,给。

甲　　我也给些。

乙　　我可不给钱,怕你爹又拿去抽烟。这有些剩菜剩饭,还有几个蒸馍你都拿去。

〔梅姜、奶妈上。

梅　姜　那不是大少爷吗,咋成了这相。

奶　妈　哼,吃烟比吃饭都勤能不败家。走,别管。

梅　姜　别急。桑清不是要买人吗?我看咏小姐就不错。
　　　　(指内金华)

奶　妈　她?咱俩做下咏瞎瞎事,咋敢见他们吗。

梅　姜　嗨!如今都成了叫化子了还怕什么,走。

奶　妈　做贼心虚,我就是有些怕。

梅　姜　是这相,咱去就说……(耳语)

奶　妈　走。(二人至德身旁)

梅　姜　哟,这不是大少爷吗。

奶　妈　咋把你成了这相了。快起来!快起来!

谭德容　啊,是你们!你们有大烟么,赶紧让我先抽一口。

梅　姜　有倒是有,可咋抽呀。(取烟)

谭德容　快拿来,我有办法。我有办法。(将烟一口吞下)

奶　妈　　大少爷,你这烟瘾越发得大了。

〔金上。

谭德容　　唉!

谭金华　　啍!你两个贼子,盗去我家财产,还有脸来此做甚?

梅　姜　　嫑厉害,嫑厉害,你厉害成咿样子做啥呀?

奶　妈　　小姐,今天可不是昨天了,再说,我们也是周济你爷
　　　　　　儿俩来的。

谭金华　　哼,我们父女就是饿死也不要你们周济。

谭德容　　女儿不要这样。二位如何周济我们。

梅　姜　　大少爷,你父女落到这个地步,吃饭都没着落,你的
　　　　　　烟瘾又大,照这样下去,没几天就把你爷儿俩灭绝
　　　　　　了。

奶　妈　　正好我们东家想娶个少奶奶,你不如将小姐卖给他。

谭德容　　这……

梅　姜　　(趁机将钱塞德手)驾,这是五十块大洋你先拿着。

谭金华　　爹爹莫要,他们不是好人。

谭德容　　唉,难道他们还能把心瞎透了。

奶　妈　　还是大少爷明白。

梅　姜　　对。大少爷我们再给你加十块。

谭德容　　这是儿啊,你看咱父女已到这般地步,我儿不如去
　　　　　　吧。

谭金华　　爹爹……

谭德容　　我儿一去,有个着落,为父有这些钱,也不至于饿死。

谭金华　　爹爹,如今只剩下咱父女相依为命,你万万不可将儿
　　　　　　卖了!

　　　　　(唱)　劝爹爹万莫信二贼之言,

　　　　　　　　　卖女儿事蹊跷你思量再三。

　　　　　　　　　咱一家遭巨变让人肠断,

　　　　　　　　　只剩下咱父女好不心酸。

　　　　　　　　　求爹爹和女儿相依做伴,

　　　　　　　　　你怎忍父和女天各一边。

儿一去留爹爹谁来照管。

女儿我有急难何人可怜，

这二贼狼与狈行为怪诞。

只怕是将祸心藏在心间，

想当初他趁机盗财逃窜。

这样人哪里有菩萨心田，

爹爹你莫卖儿挣扎前赶。

寻表兄在他家暂将身安，

到那时爹再把大烟戒断。

咱父女重建立美好家园。

谭德容　（白）我儿讲的有理。（向梅、奶）我不卖了。

奶　妈　啥。吃了个灯草，说了个轻巧！

梅　姜　钱都接了还想反悔，由了你了！（拉金）走！

谭金华　爹爹！（挣扎，被梅、奶强拉下）

谭德容　女儿！（追，瘾犯）哎呀，这烟瘾咋又犯了。（倒地）

第八场　悔之不及

〔背景：繁华的大街，灯红酒绿。

桑　清　（同阳、绿推德上）你拿来六十块钱，连抽带吃七十
　　　　都过了还品啥呢，快滚！

谭德容　桑老板，你就行行好，让我再抽一回。

桑　清　不成，要抽把钱拿来。伙计们。

阳　红
绿　毒　在。

桑　清　轰出去！（将德推倒下）

谭德容　（唱）　一时烟瘾又犯了，

　　　　　　　　浑身臂乱发㿠黗。

　　　　　　　　眼泪鼻涕往下掉，

躺卧街头熬一熬。

谭金华　（内唱）急忙忙逃虎口有人追赶。

〔金跌、爬、翻、滚地跑上，桑、梅、阳、绿追过场。

谭金华　（唱）　二贼子卖我到妓院内边，

吴智伯贾仁义将心坏烂。

想将我来蹂躏禽兽一般，

颤惊惊不择路急往前赶。

（被德绊倒，父女相见）

爹爹，贼子将儿卖进妓院，快快搭救女儿。

谭德容　啊！

〔吴智伯，贾仁义引桑、梅、奶、阳、绿上。

我不卖了，我不卖了，求你们放了我的女儿。

吴智伯　哼……谭德容，你爹当初都没翻过我的手心，别说你这秋后的蚂蚱。

贾仁义　你这个女儿我们是要定了。

吴智伯　拉上走！

〔德拖住金不放，被一顿拳打足踢，金被拉下。

谭德容　（唱）　将我儿卖妓院肝肠裂断，

父的儿呀！小女儿呀！

好一似百把剑来把心挖。

只怪我抽大烟人亡家散，

到今日悔不及能对谁言。

（滚白）是我出身豪门，从小娇生惯养，少年不知学习，长成身无一技，先是嫖风浪荡，后又被吴、贾二贼勾引，吸食大烟，老父被气亡故，娇儿中毒去世，母亲悲伤撞柱，媳妇自缢悬梁，唯有一女陪伴，也被我卖入烟花，想想起来，我还有何面目站立人世了。

（唱）　忆往事悔不及肝肠裂断，

思从前看今日苦痛难言。

自出世何曾受这样磨难，

吴贾贼他勾我吸食大烟。

老爹爹生了气他把命断,
吴贾贼又施计铺子骗完。
高堂母贤德妻见事有变,
婆媳们苦费心劝我戒烟。
怪自己假应酬买药回转,
谁料想害娇儿命丧黄泉。
老娘亲伤透心寻了短见,
贤德妻她恨我屋梁高悬。
梅姜贼和奶妈盗物逃窜,
那桑清又趁机逼要烟钱。
为葬亲没奈何折卖家产,
为抵债没奈何房屋卖完。
为糊口没奈何带女讨膳,
小人辈将我女卖进勾栏。
虽说是这巨变遭贼暗算,
也怪我无志气难戒大烟。
这大烟抽得我破了家产,
这大烟抽得我亲人死完。
这大烟抽得我女落妓院,
这大烟抽得我死狗一般。
这大烟实实的害我非浅,
到今日才后悔吸食大烟,
有何颜面世上站,
烟枪自毙归西天。

〔舞蹈,最后以烟枪自戳其口,倒地身亡。内女声独唱:

这次第,怎生了得。
万念已随秋风去。
谁解其中味。

——剧　终

编 后 语

　　《西安秦腔剧本精编》是一项大型剧本编辑工程。它收录了新中国建立后西安市辖的易俗社、三意社、尚友社、五一剧团四大著名秦腔社团上自清末、下至二十一世纪初近百年来曾经上演于舞台的保存剧本，承载与呈现着古都西安百年的秦腔史。这样一个浩大的戏剧工程，在西安市近百年文化史上是前所未有的，受到各方面广泛关注。

　　编辑组建立之初，面对的是四个社团档案室中百年以来的千余本（包括本戏、小戏、折子戏）约三千万字的剧本手抄稿、油印稿、铅印稿。由于时间久远，其中不少已经含混不清，或章节凌乱、缺张少页、错误多出，有的甚至连作者、改编者姓名、演出单位、演出时间等都已寻找不见，工作量之大、难点之多可以想象。更由于此次编辑的范围，是以必须经过舞台演出的剧本为前提，因而正式进入工作后，许多需要认真解决的具体问题都凸现出来了：

　　一是不少剧目，虽然演出过，但真正的排练演出本却找不到了。在查访中，有些尚可落实，有些则因当事人已故，无觅踪迹，只好录用现存的文学本，以解决该剧目缺失的遗憾。

　　二是有些排练演出本虽然收集到了，却不完整。有的有头无尾，有的有尾无头；有的场次短缺，有的唱段缺失；有的页码残缺，前后无法衔接。这样，只能依靠编辑组人员及有关演职人员反复回忆，或造访老艺人和当事人回忆，不厌其烦，完成残本的拾遗补缺、充实完善工作。

三是一些秦腔名戏和看家戏，艺术魅力强，观众很喜爱，但在长期的演出中，为了适应当时的形势，往往同一个戏，在新中国建立前后、改革开放前后都有不同版本。这些剧目，由于受客观时势和执笔者思想认识的影响，不少改编本把原作中一些脍炙人口的名场段、名唱段给遗漏了，拿掉了。今天看来，这是历史、文化的失误。因为这些场段、唱段的不少地方既含有简明而丰富的历史知识，又有淳朴淳厚的人文教化，附丽以历代秦腔名家的倾情演唱，熏陶和感染过无数戏迷观众，不失为秦腔传统艺术的闪光点所在。因此，在对这类剧本的认定和选用中，编辑组抱着尊重、抢救、保护国家非物质文化遗产的态度和立场，通过鉴别，更多地向传统倾斜，把该恢复、该补救的名场、名段都做了尽可能完善的恢复与补救。

四是曾经有一些在西安舞台上演过的老秦腔传统本，被兄弟剧种看好，拿去改编、移植成他们的优秀剧目。之后，这些剧本又被秦腔的剧作家再度移植、改编过来，在西安舞台上演。对这类本子，在找不到秦腔演出本的情况下，经过审定，也都作了收录，成为"出口转内销"的好本子。

五是有些保存本，当年演出、出版风靡一时，并有作者、改编者的署名。由于岁月的磨洗，演出本还在，而作者的名字则记忆模糊甚至不见了。为了尊重他们的劳动,还其以神圣的著作权,编辑组翻查了大量档案资料,终于使一些剧本的作者署名得以落实。

六是由于秦腔是大西北最有代表性的地方剧种,剧本中普遍存在大量的方言俚语、民俗风情,鲜明地体现着秦腔的地方戏色彩。但同时也因为作者和所写的题材来自不同方域,用字、用词、用语存在很多错、别和不规范、不统一的现象。此次编校,通过讨论、争议、比对、考证,尽可能地做到了规范和统一。

除此之外,还涉及到很多剧本在主题思想、故事情节以及版本、人物、时间、场景、舞台指示、板腔设置、动作、细节、念白、唱段、字词句、标点等许多大大小小的问题,需要进行有效地疏、改、勘、正工作。编辑组通过连续数月的辛勤工作,终于以艰苦的劳动征服了这座巨山。

参加本次编辑的专家平均年龄已 68 岁,每天要审校、修订三四万文字。为了提高工作效率,针对剧本的体裁特点,编辑组分为几个小组,采用读听结合、交叉审校的方法,尽可能精准地还原出作品的原貌,包括每场戏、每段唱词、每句念白、原作者、改编者、移植整理者、剧情简介、上演剧团、上演时间等等。为了争取进度,经常夜间加班,并放弃每周末和节假日的休息。为了保证质量,不时地对一些重要问题进行学术研究、学术的争执和判定,往往到深夜。其中有关秦腔的历史问题,有关一些现代戏的剧本入围标准问题,有关早期的秦昆相杂剧本的入选问题,甚至有的传统剧目中某个主要人物姓名中

秦腔
编后语
BIANHOUYU

的用字问题等,时常反复探讨。对较重大的,必须查明出处;对较具体的,则进行细心考证,直到水落石出。由于整个编校工作沉浸在不间断的学术气氛中,使编辑的过程,争议的过程,同时也是很好的互相学习的过程。特别是在阅编早中期一批秦腔剧作家的作品时,大家不禁为老先生们深厚的学识、精美的辞章和高超的艺术而叹服,更加体会到手中工作的重要性,更加珍惜此次机遇,从而加深了编辑组同志之间的学术友谊,提升了整体工作的水准。他们高昂执着的工作热情、认真负责的工作态度、严谨科学的工作作风、主动忘我的工作干劲,令人十分感动。

为了支持这项工程,不少老艺术家捐赠、捐用了自己多年的秦腔珍藏本、稀缺本、手抄本。有的老艺术家、老剧作家的家属、后代闻讯后主动从家里搜寻出原创作、演出剧本,送到编辑组工作驻地。全体编务人员,为了及时、保质、保量地做好业务供应工作和全组人员的生活安排,积极配合跑资料、查档案、复印剧本,忙前忙后,不遗余力。当他们听到几年前三意社在改革并团时尚遗存有部分资料档案后,便及时赶到原五一剧团档案室,从蛛网尘埃中翻寻到了七八十部老三意社的手抄本和油印本。上世纪五六十年代西安四大社团演出过很多好戏,有些戏直到现在还在乡间和外地热演,但由于政治气候、人事变更、内外搬迁等原因,造成原剧本遗失。后经有关方面帮助支持,从西安市艺术研究所找到了一批久已告别西安城内秦腔舞台、面目似已陌生的优秀剧目铅印、油印本,使剧本的编辑工作更加充实和完善。

这里，有几个问题需要予以说明。一是这套大型剧本集以西安易俗社、三意社、尚友社、五一剧团四个社团演出剧目为基础收集本子；四个社团均演出的同一剧本，只收集演出较早的本子，其他演出单位仅在书中予以署名；有原创作本、传统本的，一般不收录改编本，但个别两者都有历史、文化与研究价值的，可同时收录；除个别名折戏和进京、出国演出剧目外，凡有本戏的，原则上不再收折戏。二是为了突出"西安秦腔"的主题特色，经反复研究，决定按易俗社、三意社、尚友社、五一剧团四大块进行编排；在四大块中，又按传统戏、新编历史戏、现代戏三大类的历史顺序编目。三是从历史上看，秦腔不少优秀剧目被兄弟剧种搬演，很受欢迎，并成为兄弟剧种的保留剧目；同时，西安的秦腔也改编移植了兄弟剧种的不少成功剧本，丰富了西安秦腔舞台的演出剧目，满足了观众的欣赏需求，有些也成为各社团的保留剧目，因此，经过选择也都收录进来了。四是诞生于"文革"中的剧本，是一个历史现实，根据相关规定，经专家仔细甄别，有选择地收录；对有严重政治问题的不予收录；对确有一定保留价值而有涉版权纠纷的作为内部资料收录。五是有些优秀剧目由于年代久远、社团分合等历史原因，已无法搜集到剧本，只能成为遗憾了，待以后有下落时再版增补。

对眼前这套凝聚着众多领导、专家、艺术家、工作人员、技术人员、服务人员心血和辛勤汗水的《西安秦腔剧本精编》，编委会满怀感激之情向大家表示深切致谢！向关心、支持此项工程的西北五省（区）、市文艺界相关单位、专家学者及戏迷朋友表示诚挚的谢意！这套秦腔剧本集的出版是值得引以自豪的，它可以无愧地面对三秦大地，面对古都西安的故人、今人和后人！让我们不断总结经验，继续探索，与时俱进，努力为西安秦腔的发展繁荣做出新的贡献！

《西安秦腔剧本精编》编辑委员会
2011 年 9 月 14 日